BORIS KOCH

DER DRACHENFLÜSTERER

W0469518

cbj

Autorenfoto: © Anna Kuschnarowa

DER AUTOR

Boris Koch, Jahrgang 1973, wuchs auf dem Land südlich von Augsburg auf, studierte Alte Geschichte und Neuere Deutsche Literatur in München und lebt heute als freier Autor in Berlin. Er ist Mitveranstalter der phantastischen Lesereihe »Das StirnhirnhinterZimmer« und Redakteur des Magazins »Mephisto«.

BORIS KOCH

DER DRACHENFLÜSTERER

cbj

cbj
ist der Kinder- und Jugendbuchverlag
in der Verlagsgruppe Random House

MIX
Papier aus verantwortungsvollen Quellen
FSC® C014496
FSC
www.fsc.org

Verlagsgruppe Random House FSC-DEU-0100
Das FSC®-zertifizierte Papier *München Super Extra* für dieses Buch liefert Arctic Paper Mochenwangen GmbH.

4. Auflage
Erstmals als cbj Taschenbuch Mai 2010
Gesetzt nach den Regeln der Rechtschreibreform
© 2008 by Boris Koch
© 2008 der Originalausgabe by
Wilhelm Heyne Verlag, München,
in der Verlagsgruppe Random House GmbH
Alle Rechte dieser Ausgabe vorbehalten durch
cbj Verlag, München,
in der Verlagsgruppe Random House GmbH
Umschlagillustration: Lily A. Seidel
Umschlaggestaltung: Hauptmann & Kompanie, Werbeagentur, Zürich
Karte: Andreas Hancock
Innenillustrationen: Dirk Schulz/Horst Cotta
MI · Herstellung: CZ
Satz: Buch-Werkstatt GmbH, Bad Aibling
Druck und Bindung: GGP Media GmbH, Pößneck
ISBN: 978-3-570-40002-9
Printed in Germany

www.cbj-verlag.de

Für Mia

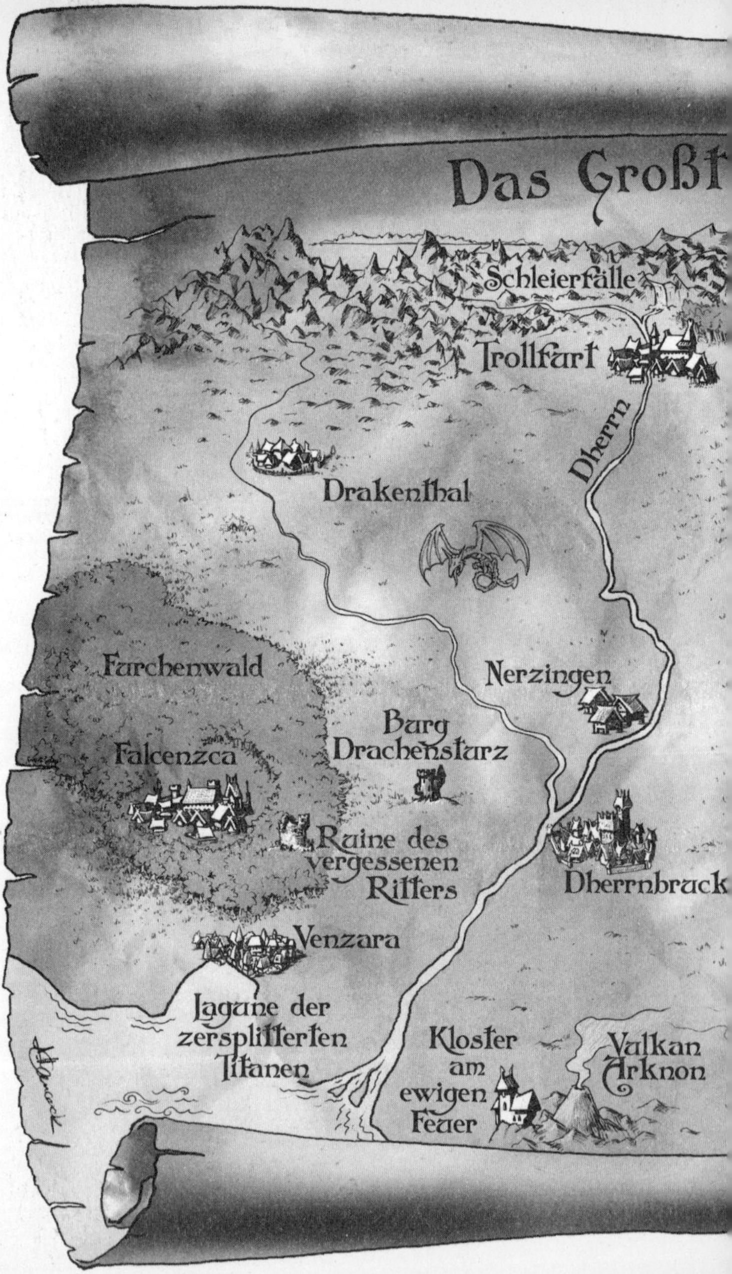
Das Großt
Schleierfälle
Trollfurt
Dherrn
Drakenthal
Furchenwald
Nerzingen
Burg
Drachensturz
Falcenzca
Ruine des
vergessenen
Ritters
Dherrnbruck
Venzara
Lagune der
zersplitterten
Titanen
Kloster
am
ewigen
Feuer
Vulkan
Arknon

ische Reich
Wolkengebirge
Morpendhal
Graukuppe
Kaltenbach
Wurzelhofen
Holzfällerlager
Ebene der rollenden Winde
Sippa
Aphrasehr
Floßerhütte
Klauenburg
Todesklippe
Dämmerforst

PROLOG

Ben war elf Jahre alt und erkältet, als er den Ordensritter auf dem befreiten Drachen durch Trollfurt reiten sah. Milde Herbstwinde wehten von den schneebedeckten Berggipfeln herunter, und die ersten bunten Blätter sammelten sich raschelnd im Rinnstein der grauen Hauptstraße.

Der Drache hatte kohlschwarze Schuppen und war bestimmt zehn Schritt lang, sein mit kantigen Hornsplittern übersäter Schwanz schrabbte zwischen den verdreckten Fahrrinnen über das Pflaster. Die Schulterknubbel hinter seinem kräftigen Hals waren frisch vernarbt; hier hatten ihn bis vor kurzem Samoths fluchbeladene Flügel versklavt, nun war er flügellos und frei. Freundlich blickten die großen hellgrünen Augen über die lange Schnauze in die Welt, zugleich strahlte sein majestätischer Körper Stärke und Macht aus.

Voller Ehrfurcht und atemlosem Staunen lief Ben mit einer ganzen Horde Jungen neben dem Fremden her.

Hinter ihnen ritt eine schöne junge Frau mit golden schillerndem Kopfschmuck auf einem schwarzen Pferd und führte einen mit allerlei Gepäck beladenen Schimmel am Zügel, doch Ben beachtete sie nicht. Er hatte nur Augen für den Drachen und seinen Ritter.

Dieser trug keinen Helm, die langen dunklen Haare wehten im Wind, und das erschöpfte, kantige Gesicht war unrasiert. Sein Kettenhemd aus wertvollem, gedämpftem Blausilber schimmerte selbst an diesem bewölkten Tag hell und klar, auch wenn es nicht von selbst leuchtete wie reines Blausilber, das im tiefen Fels ruhte. Kein Rost, kein Schmutz, kein Schatten konnte den Glanz von Blausilber trüben. Die rote, ärmellose Tunika mit dem stilisierten gelben Drachenkopf, dem Symbol des Ordens, war von Reise und Kämpfen verdreckt, doch der Ritter lächelte und winkte den Kindern zu, und Ben war sicher, dass er gerade ihn besonders lange angesehen hatte.

Deshalb nahm Ben all seinen Mut zusammen und näherte sich dem Drachen im Lauf, berührte die schwarzen Schuppen, die sich ganz kühl und rauer anfühlten, als er gedacht hatte, nicht so glatt wie ein perfekter Flussstein oder gar ein Fingernagel. Fast wie die Hornhaut auf seiner Fußsohle, nur noch härter und unverletzbar. Die Berührung kribbelte, so aufgeregt war Ben, und er zog die Hand schnell wieder zurück. Dabei musste er niesen.

Die anderen Jungen hatten es gesehen und drängten ihn nun ab, um ihrerseits den Drachen zu berühren. Sie schoben ihn einfach zur Seite wie immer, wenn er ihnen im Weg war.

»Vorsicht, Kinder«, brummte der Ritter, als das Gedränge um ihn zu eng wurde. »Nicht, dass einer unter Nachthimmels Füße stürzt.«

Nachthimmel. Lautlos wiederholte Ben den Namen des Drachen, flüsterte ihn sich vor, während er von den zurückweichenden Jungen noch weiter abgedrängt wurde und sich ein trockener Husten seiner Kehle entrang. Neugierige Mädchen wurden von ihren besorgten Eltern zurückgehalten, welche ebenfalls auf die Straße geeilt waren, um den Ritter zu betrachten und ihm Grußworte zuzurufen, die er freundlich erwiderte. Viel zu lange war kein Mann des Ordens mehr hier gewesen.

Auf dem Marktplatz bog der Ritter in die alte Handelsstraße ein, die den rauschenden Dherrn hinabführte, hinaus aus der Stadt, vorbei an Weiden und Feldern und dann durch den Wald ins Landesinnere. Ohne anzuhalten, nicht einmal, um die Tiere zu tränken, verließ er die Stadt, noch immer lächelnd und grüßend. Die Erwachsenen tuschelten und schimpften, weil er nicht einmal auf ein Bier geblieben war, um Geschichten aus der Ferne zu erzählen. Mit verbitterten Gesichtern murmelten sie, dass der Orden der Drachenritter Trollfurt vergessen habe.

»Schlimme Zeiten brechen an«, brabbelte der weißhaarige Konaan, der nur noch einen einzigen Zahn im Mund hatte und jeden Herbst das Ende der Stadt kommen sah, an gewitterdunklen, stürmischen Abenden gar das Ende der Welt.

Doch Ben war dies alles egal. Er hatte einen Drachen gesehen!

Lachend lief er nach Hause, stürmte in das kleine Haus am linken Flussufer, in dem er mit seiner Mutter lebte, und rief: »Mama! Ich will Drachenritter werden! Ich …«

»Wo warst du?«, unterbrach sie ihn scharf. »Du bist krank.« Eine Strähne war dem ausgeblichenen Haarband entkommen und hing ihr ins ausgemergelte Gesicht mit den blassen, schmalen Lippen. Eine dünne Schicht Mehl bedeckte ihre bloßen Arme, und auch auf dem abgetragenen, ehemals nachtblauen Rock waren Flecken aus staubigem Weiß zu erkennen. Mit den Händen stützte sie sich auf der Tischplatte ab, bis eben hatte sie sauren Apfelkernbrotteig geknetet. Ihre trüben Augen glänzten.

»Auf der Straße, da war ein riesiger schwarzer Drache mit einem Ritter und … Ich will Drachenritter werden, weil …«

»Du wirst nie ein Drachenritter«, unterbrach sie ihn erneut und kam auf ihn zu. »Dein Vater war ein nichtsnutziger Rumtreiber, und du bist ein nichtsnutziger Rumtreiber!«, schrie sie plötzlich, und dann verpasste sie ihm einen Schlag auf den Hinterkopf.

Ben wurde von dem Schlag völlig überrascht. Doch dann roch er ihren säuerlichen Atem und sah den leeren Weinkrug auf dem Tisch stehen. Den zweiten Schlag sah er kommen, aber er wagte nicht, auszuweichen, das würde alles nur schlimmer machen.

»Der hohe Herr wird also ein Drachenritter! Dass ich nicht lache«, keifte seine Mutter noch einmal und stierte ihn an. »Schlimmer als der Vater, das Balg ist schlimmer als der Vater.«

Das wusste er nicht, denn an seinen Vater konnte er sich nicht erinnern. Mit einem Fußtritt schickte sie ihn ins Bett und wäre dabei beinahe gestolpert. Wenn sie zu viel getrunken hatte, nannte sie ihn immer das Balg und behandelte ihn wie einen Hund. Und sie trank oft, deshalb war er gern und viel auf den Straßen Trollfurts unterwegs.

Gehorsam und still ging Ben in das angrenzende Zimmer und rollte sich auf dem Strohsack zusammen, obwohl es draußen noch hell war. Er hustete, starrte aus dem Fenster und lauschte angespannt auf die Geräusche aus der Küche, wo seine Mutter weiter den Teig knetete und vor sich hinfluchte.

Egal, was sie auch sagte, er würde doch ein Drachenritter werden. Er würde eine Klinge aus Blausilber und eine Rüstung tragen, und er würde zahlreiche Drachen von Samoths Fluch befreien. Eines Tages würde er auf einem Drachenrücken sitzen, das schwor er sich. Und dann würde sie Augen machen.

Erst lange nach Sonnenuntergang schlief er ein, und er träumte davon, wie er auf einem großen, schwarzen Drachen durch ferne, schöne Länder ritt.

ERSTER TEIL

TROLLFURT

NÄCHTLICHER ZAUBER

Natürlich geht eine tote Ratte auch, aber eine Drachenschuppe wirkt viel besser.«

»Wenn ich eine Drachenschuppe hätte, würde ich die nicht wegen einer Warze verschwenden. Eine tote Ratte bekommt man viel leichter noch mal neu.«

»Nimm, was du willst, Hauptsache, du sagst den passenden Spruch dazu. Und zwar unbedingt um Mitternacht auf dem Friedhof.«

Ben nickte, in dem Punkt waren sich er und sein bester und einziger Freund Yanko einig. Ben war ein drahtiger Junge von fünfzehn Jahren mit unscheinbar graublauen Augen, schmalen Wangen, stets ungekämmtem braunem Haar und flinken Fingern. Die Risse in seiner dunklen Leinenhose waren mehrmals notdürftig genäht worden, überall prangten bunte, ausgefranste Flicken in unterschiedlichster Form und Größe. An den Beinen war die Hose bereits im letzten Jahr zu kurz gewesen, doch das scherte ihn nicht, nicht jetzt, im Sommer. Sein Hemdkragen stand offen, weil die obersten Knöpfe abgerissen waren und er noch keine neuen gefunden hatte.

Yanko dagegen hatte schalkhaft-unruhige dunkle Augen und war kräftiger gebaut, jedoch zwei Fingerbreit kleiner. Irgendwann werde er Ben noch überholen, sagte er immer, er sei ja schließlich auch hundert Tage jünger. Das dunkle Haar schnitt ihm seine Mutter jeden zweiten Samstag ganz kurz, damit er es sich in der Schmiede des Vaters nicht versengte.

Sein helles Hemd knöpfte er stets anständig zu, bevor er nach Hause ging. Unter dem Hemd trug Yanko einen abgegriffenen Glücksgroschen an einem Lederband.

Vertieft in ihr Gespräch über Warzen, saßen sie auf dem blutroten Felsen, von dem vor vielen Jahren der grausame Raubritter Erkendahl in den Tod gestürzt war. Das war bereits so lange her, dass der Geist des Räubers seit ihrer Geburt nicht mehr gesichtet worden und der Platz nun gefahrlos war. Dennoch kamen nicht viele Menschen hier herauf, seit die Blausilbermine weiter oben geschlossen worden war.

»Zeig mal die Ratte«, verlangte Yanko, und Ben kramte sie aus der geräumigen Hosentasche heraus und gab sie ihm.

»Die ist ja ganz weiß, das ist gut. Das ist sehr gut.«

»Das *wäre* gut, wenn sie nicht den grauen Fleck auf der rechten Seite hätte.«

»Hm.« Kritisch drehte Yanko das tote Tier im hellen Sonnenlicht hin und her. Das Fell war zerzaust, ein Vorderfuß verdreht, doch sonst sah die Ratte noch ganz passabel aus. Prüfend roch Yanko an ihr und nickte. »Hat noch nicht angefangen zu stinken.«

»Hab sie heute früh ganz frisch gefunden.«

»Wo?«

»Hinter dem Haus des Schulmeisters.«

»Das passt«, sagte Yanko, auch wenn Ben nicht wusste, was daran passen sollte. Yanko gab ihm die Ratte zurück. »Das ist eine gute Ratte, deine Warze ist so gut wie weg.«

Ben schob sie wieder in die Tasche, ganz vorsichtig, nicht dass jetzt noch der Kopf oder der Schwanz abbrachen, dann wäre sie unbrauchbar. Wenn Yanko sagte, es war eine gute Ratte, dann stimmte das auch. Er musste gut auf sie aufpassen. Ben spuckte auf die dicke Warze auf dem oberen Gelenk seines linken Daumens und verrieb den Speichel langsam, während er ins Tal hinunterblickte.

Das Städtchen Trollfurt lag zu ihren baumelnden Füßen in der warmen Nachmittagssonne, geteilt durch den glitzernden Fluss Dherrn. An seinem rechten Ufer standen die meisten bewohnten Häuser, vor allem die der angesehenen Familien, der große weiße Tempel des Sonnengottes und der verwinkelte, vieleckige Tempel aus bemaltem Granit für die anderen Götter. Das Rathaus, die ehrbaren Geschäfte und das Spital des miesepetrigen Heilers Torreghast fanden sich dort ebenso wie die Gasthöfe, das Standbild des Trollbezwingers und Drachenreiters Dagwart, das Schulhaus und einfach alles Wichtige.

Ben selbst lebte auf der linken Seite des Flusses und sogar ein gutes Stück von der Brücke entfernt. Direkte Nachbarn hatte er keine, die meisten Häuser auf der linken Dherrnseite waren verlassen und mehr oder weniger verfallen. Dort hatten die Familien der Minenarbeiter gelebt, bevor die Mine geschlossen wurde und die Arbeiter weitergezogen waren, nach Graukuppe, Drakenthal und in andere Städte, wo nach Metallen oder Stein geschürft wurde. Ben hatte sich aus den verlassenen Gebäuden schon den einen oder anderen Ziegel geholt, um sein Dach auszubessern. Auch wenn ihm ein bisschen Regen eigentlich nichts ausmachte.

»Magst du heute Nacht mit auf den Friedhof kommen?«, fragte Ben, weil man ja nie wusste, ob nicht doch ein Geist auftauchte, selbst wenn nicht Freitag war.

»Spinnst du? Wenn der Zauber funktionieren soll, musst du allein sein.«

»Sicher?«

»Ganz sicher. Der alte Jorque hat einmal sogar drei Freunde auf den Friedhof mitgenommen, als er sich eine Warze von der Zehe weggezaubert hat, und sie alle haben zugesehen, und das hat den Zauber ins Gegenteil verwandelt. Drei Tage später sprossen ihm auf dem ganzen Fuß Warzen, eine direkt neben der anderen, und dann wuchsen Warzen auf den Warzen. Der Jorque hat in keinen Stiefel mehr gepasst! Bald war der Fuß doppelt so groß wie sein gesunder, und dann sogar dreimal so groß. Die Warzen haben derart gewuchert, du hast ihnen beim Wachsen richtig zusehen können. Was immer er fortan versucht hat, nichts hat geholfen, sie haben ihm den Fuß abnehmen müssen, und Jorque wurde zum Säufer, um das alles zu vergessen. Seine drei Freunde sind davongelaufen, weil sie es nicht mehr ausgehalten haben in Trollfurt. Es tut mir leid, Ben, aber du musst allein auf den Friedhof. Dich zu begleiten, ist viel zu riskant.«

Ben nickte dankbar. Dabei hatte er immer gedacht, Jorque hätte seinen Fuß vor Jahren in der Mine verloren, aber das sagte der alte Mann wohl nur, weil es besser klang und ihm die Leute so immer mal eine Münze zusteckten. Es war wirklich gut, dass Yanko so viel wusste. Ben wollte sich gar nicht ausmalen, wie sich ein wild wucherndes Warzengebirge über seine Hand ausbreitete.

Sie kletterten vom Raubritterfelsen und stiegen langsam wieder nach Trollfurt hinab, denn Yanko musste pünktlich zum Abendessen zu Hause sein. Am Stadttor verabschiedeten sie sich und verabredeten sich für den nächsten Morgen, um am oberen Fonksee zu fischen. Einen Moment lang sah Ben seinem Freund nach, der pfeifend und mit den Händen in den Taschen die Straße entlanglief, dann schlenderte er langsam in Richtung Brücke. Auf ihn wartete niemand mit dem Essen.

Seit dem Tod seiner Mutter lebte Ben allein und hielt sich

mit dem Verkauf von Fischen und anderen Gelegenheitsarbeiten über Wasser oder klaute sich mal bei diesem, mal bei jenem Bauern einen Apfel oder einen Eimer Kartoffeln. Die Knechte drückten meist ein Auge zu und hetzten die Hunde nicht auf ihn, doch die meisten guten Familien verboten ihren Kindern, mit ihm zu reden oder – schlimmer noch – etwas zu unternehmen. Ben ging weder zur Schule noch arbeitete er; ein schlimmeres Vorbild konnten sich die besorgten Väter und Mütter nicht vorstellen. Und nur Yanko pfiff auf die Meinung seiner Eltern.

Eine gute Weile nachdem die Sonne untergegangen war, spuckte Ben noch einmal auf die Warze und machte sich auf den Weg zum Friedhof. Der Himmel war sternenklar, der Mond noch immer halb voll, darum war diese Nacht nicht stockfinster. Trotzdem war ihm nicht wohl bei dem Gedanken, allein auf den Friedhof zu gehen. Doch die Warze störte ihn zu sehr, sie juckte und schien zu wachsen, sie musste einfach weg. Vier- oder fünfmal hatte er sie bereits rausgeschnitten, doch sie war immer wieder nachgewachsen. Es war eine von den Warzen, die nur mit einem Zauber zu bezwingen waren. Er hoffte, dass die meisten Toten dort spukten, wo sie gestorben waren, nicht da, wo sie begraben lagen.

Ohne einen Menschen zu treffen, gelangte er bis zur Brücke und überquerte den Fluss. Aus dem *Goldenen Stier* drangen noch Licht, trunkenes Lallen und lautes Gelächter, sonst war es auch auf der rechten Seite des Dherrn ruhig. Ben schlich weiter, folgte der Hauptstraße zum Marktplatz und wäre fast über einen herausstehenden Pflasterstein gestolpert. So schlug er sich nur die Zehe an und fluchte leise vor sich hin. Kleine Pfoten eilten im Dunkeln davon, wahrscheinlich eine Ratte oder eine nachtaktive Echse, die er aufgescheucht hatte. Dann herrschte wieder Stille.

Auf dem Marktplatz ging er direkt zur Wasseruhr hinüber, die zwischen Rathaus und Tempel stand. Sie funktionierte wie eine Sanduhr; das klare Glas, aus dem sie gefertigt war, stammte aus Venzara, der hängenden Stadt an der Lagune der Zersplitterten Titanen, und sie war so hoch wie drei ausgewachsene Männer. Trotz ausgeklügelter Mechanik brauchte es auch drei ausgewachsene Männer, um sie jeden Mittag umzudrehen. In vierundzwanzig Stunden lief das Wasser aus dem oberen Zylinder durch die Gefäßverengung in der Mitte der Uhr in den unteren Zylinder. An der Strichskala auf den Zylindern konnte man ablesen, wie spät es war. Yanko hatte ihm einmal erklärt, warum Wasseruhren genauer gingen als Sonnenuhren, aber Ben hatte es wieder vergessen. Er machte sich nur selten etwas aus der genauen Uhrzeit.

Das brackige Wasser stand irgendwo zwischen der elften und zwölften Stunde, er hatte also noch genug Zeit; der Friedhof war nicht weit. Ben drehte sich um und schlenderte zu Dagwarts Standbild, das in der Mitte des Marktplatzes thronte.

Der Held Dagwart hatte vor drei oder vier Jahrhunderten die damals zahlreichen Trolle in die Berge zurückgeschlagen. In einer letzten großen Schlacht im Tal waren die grauen, menschenfressenden Kreaturen auf der Flucht durch den Dherrn so zahlreich gefallen, dass ihre steinernen Leiber den Fluss beinahe aufgestaut hatten. Und als sie nach ihrem Tod wieder zu Fels wurden, ihr Blut und ihre Tränen zu Sand, bildeten sie im Dherrn am Fuß der Berge eine Furt. An dieser Stelle gründete Dagwart eine Siedlung und nannte sie im Gedenken an seinen großen Sieg Trollfurt. Von hier aus unternahm er zahlreiche Streifzüge in die Berge, um die letzten Trolle zu jagen und sie endgültig zu vertreiben.

»Heute gibt es keine Helden wie Dagwart mehr«, sagten die Leute in Trollfurt, und dann klangen immer Respekt und zugleich Tadel für die Nachfahren des oft besungenen Stadtgründers in ihren Stimmen mit.

Das Standbild war noch ein Stückchen größer als die Wasseruhr. Der imposante Trolltöter hatte sein Schwert erhoben und ritt auf einem flügellosen Drachen, der dreimal so groß wie ein Pferd war und sich angriffslustig auf die Hinterbeine erhoben hatte, die vorderen Klauen hochgereckt. Ben klammerte sich an Dagwarts linkes Knie, setzte den Fuß auf den Stiefel des Helden und zog sich hoch. Die Bronze war überall kühl, und die geschuppte Haut des Drachen fühlte sich rau an. Ben kletterte vor Dagwart in den Sattel und plumpste hinein, dann rieb er mit den Händen über die Schulterknubbel des Drachen. Das brachte bei lebenden Drachen Glück und konnte hier sicher nicht schaden. Daran glaubten die meisten Kinder in Trollfurt fest, deshalb war die Bronze an den Knubbeln ganz glatt gerieben.

Eine Weile ließ er die Hände auf den Knubbeln liegen und blieb einfach sitzen. Irgendwann würde er auf einem echten, lebendigen Drachen reiten, nicht immer nur nachts auf diesem Standbild. Er hatte nie vergessen, was er sich vor Jahren geschworen hatte, als er den Drachenritter gesehen hatte. Zweimal schon hatte er seine Sachen gepackt gehabt, doch das nächste Ordenskloster war weit, und plötzlich waren Zweifel in ihm erwacht. Weshalb sollte der Orden einen zerlumpten Jungen wie ihn überhaupt aufnehmen? Er gehörte nicht zu den unfreien Knechten, doch eine angesehene Familie hatte er auch nicht vorzuweisen. Er hatte gar keine, und er wusste nicht, ob man den Orden belügen konnte wie einen normalen Menschen. Wieso sollte der mächtige Orden ihn aufnehmen, wenn er nicht einmal in seiner unbedeutenden Heimatstadt akzeptiert wurde? Betrübt hatte er seine spärliche Habe wieder aus dem Rucksack genommen und auf die Bretter geräumt. Noch hatte er hier ein Dach über dem Kopf und einen Freund. Außerdem wusste er, wie er ohne Schule, Arbeit und größere Scherereien durchkam. Hatte er gerade keinen Ärger am Hals, war er frei wie ein Vogel. Also war er geblieben, um auf den nächsten Drachenritter zu warten. Ihn würde er fragen, wie er das Ritterwerden anstellen sollte, doch seit fast drei Jahren war keiner mehr in Trollfurt gewesen, nicht einmal hindurchgeritten. Trollfurt lag einfach am vergessenen Ende der Welt.

Ben rieb noch einmal über die Knubbel, um ganz bestimmt keinen Geistern zu begegnen, glitt wieder vom Standbild hinunter und schlich zum Friedhof am Stadtrand.

Das alte eiserne Tor war abgesperrt. Bei dem gespaltenen Olivenbaum stieg Ben über die Mauer und landete auf der anderen Seite zwischen zwei alten Grabsteinen. Sie waren klein und schief, und einer hatte eine abgeschlagene Ecke.

»Bleib aber bloß nicht am Rand, der Zauber ist stärker, je weiter du zur Mitte des Friedhofs kommst«, hatte Yanko gesagt, und so schlich Ben zwischen den Gräbern und Bäumen entlang zum Brunnen im Zentrum, der unweit der Toteneiche stand.

Das Mondlicht fand nur selten den Weg bis zum Boden, die Schatten unter den zahlreichen Baumkronen waren tief und für seine Augen kaum zu durchdringen. Ein Mondhäher stieß sein klagendes Krächzen aus, dann war weiter nichts zu hören als Bens vorsichtige Schritte.

Die Grabsteine wirkten in der Nacht viel massiger und dunkler. Hier und da schimmerte ein Stein sanft im Mondlicht, doch die meisten schienen selbst die kleinste Helligkeit aufzusaugen. Immer wieder sah sich Ben um, aber Geister konnte er keine entdecken. Doch hatte sich dort, unter den drei ausufernden Weidenbäumen um das gedrungene, breite Grab, nicht etwas bewegt? War das überhaupt ein Grab, oder kauerte dort irgendetwas? Ben vernahm kein Geräusch, aber das hatte nichts zu bedeuten. Geister bewegten sich schließlich lautlos, sie machten nur Lärm, wenn sie es wollten.

Ein gutes Stück links von ihm raschelte etwas.

Ben wich nach rechts und wurde mit jedem Schritt schneller, sah nach links und rechts und wieder nach links, dann nach rechts. Doch was in den dunklen Schatten steckte, konnte er nicht erkennen. Das letzte Stück zum Brunnen rannte er beinahe. Verflucht, hoffentlich erschien ihm nicht seine Mutter!

Ben schielte hinüber zur Toteneiche, deren Blätter jedoch schwiegen. Sie war bei der Stadtgründung mit Hellwahs Segen gepflanzt worden, bevor der erste Tote hier begraben wurde; so, wie es sich gehörte. Seither hatte sie mit ihren weit verzweigten magischen Wurzeln einen Teil der Seele eines jeden aufgenommen, der hier begraben lag. Nicht viel, den Toten sollte es im Nachleben an nichts mangeln, sie sog nur eine winzige Ahnung von ihnen aus der Erde, auf dass sie nicht vergessen wurden und der Stadtgemeinschaft zugehörig blieben, und formte Blätter nach den Gesichtern der Verstorbenen aus. Die Blätter wisperten im Wind – hörte man ihnen lange genug zu, konnte man deutlich Worte verstehen, hörte, was die Toten einem zuraunten. Manch einer fragte vor wichtigen Entscheidungen hier seine Ahnen um Rat, allerdings nie nachts. In der Nacht verbargen sich oft Schattenkrähen zwischen den Ästen und mischten ihre dämonischen, falschen Ratschläge unter das Wispern der Toten, um die Lebenden zu Untaten zu verleiten. Ben hatte noch keine Frage an seine Mutter gerichtet, er hatte noch nicht einmal nach ihrem Blatt gesucht. Auch jetzt hatte er nicht mehr als einen flüchtigen Blick für die Toteneiche übrig, sie war ihm unheimlich.

Es musste längst Mitternacht sein. Hastig zerrte er die Ratte aus der Hosentasche, legte das tote Tier auf den Brunnenrand und beruhigte sich. Hier war nichts, nichts und niemand. Es gab keinen Grund zur Panik, und er durfte jetzt keinen Fehler machen.

Noch einmal atmete er aus, dann holte er von tief unten Speichel hoch. Dreimal spuckte er auf die Warze, dreimal rieb er mit der Ratte über sie hinweg und murmelte die Beschwörung, die er von der alten Magd Irbanij gelernt hatte:

»Speichelfluss und Rattenzahn,
die Warze muss ins Jenseits fahr'n.
Bei Toten ruh'n in Ewigkeit,
Für mich ist sie Vergangenheit.«

Dann packte er die Ratte am Schwanz, stellte sich mit dem Rücken zum Mond und wirbelte sie dreimal über dem Kopf, um mit einem zweiten Zauber auf Nummer sicher zu gehen.

»Flieg hinfort, du Rattenvieh,
mit dir mit die Warze zieh.
Halt sie fest am fremden Ort,
Nimm sie von mei'm Daumen fort.«

Er ließ das Tier los, so dass es über seine linke Schulter geschleudert wurde, und hörte, wie es durch das Laub rauschte und dann irgendwo aufschlug. Erleichtert atmete er durch. Das wäre geschafft, die Warze war er los.

In diesem Moment der Erleichterung entdeckte er plötzlich ein schwaches Licht am östlichen Ende des Friedhofs, dort, wo auch seine Mutter lag, gleich neben den Opfern des großen Minenunglücks, das dreißig Jahre zurücklag. Langsam und ruckelnd schwebte es herbei. Ben stand starr vor Angst. War das ein Irrlicht? Oder doch eine verdammte Seele?

Da nahm er leises Murmeln und schlurfende Schritte wahr und wollte schon erleichtert aufatmen, weil es wohl doch ein lebender Mensch war, oder auch mehrere, die mit einer Laterne unterwegs waren. Aber dann fragte er sich, was jemand um Mitternacht auf dem Friedhof tat, wenn er nicht gerade eine Warze loswerden wollte? Konnte der Zauber jetzt schon wirken, oder würde seine Warze auch dann zu wuchern beginnen, wenn ihn nur jemand sah, solange er noch auf dem Friedhof war? Das wollte er nicht riskieren, und so huschte er möglichst leise und rasch davon. Einmal noch drehte er sich kurz um, aber das Licht war entweder hinter den Bäumen verschwunden, oder der Besitzer hatte es gelöscht, weil er Ben gehört hatte. Er rannte noch schneller, immer nah an großen Gräbern und Bäumen entlang, um nicht gesehen zu werden. Er wollte schließlich keine riesige Warzenhand bekommen!

Keuchend erreichte er die Mauer, kletterte über einen alten, verwitterten Grabstein am Rand des Friedhofs auf sie hinauf und sprang auf der anderen Seite in den Olivenbaum, hangelte sich dort hinab und hetzte davon. Niemand folgte ihm.

EIN NEUES GESICHT

Und du hast keine Ahnung, wer das auf dem Friedhof war?«, fragte Yanko am nächsten Tag, als Ben ihm sein nächtliches Abenteuer erzählt hatte.

»Nicht die geringste.«

Sie saßen in der heißen Mittagssonne auf dem kurzen, alten Steg des oberen Fonksees und hatten die Angeln ausgeworfen, der Friedhof war fern.

Der See war nicht groß, maß vielleicht hundert, höchstens hundertfünfzig Schritt im Durchmesser, doch sein Grund fiel rasch und steil ab, er musste ungeheuer tief sein. An seinem anderen Ufer erhob sich das Wolkengebirge, dessen kahle Gipfel mit Schnee bedeckt waren, selbst im Sommer. Ben konnte sich nicht vorstellen, dass die Trolle nun dort oben in der Kälte lebten, vielleicht waren sie ja weitergezogen, in die Länder nördlich davon. Fahrende Händler hatten erzählt, dass die Menschen jenseits der Berge selbst fast wie Trolle aussahen, in primitiven Holzhütten ohne Fenster lebten und grob und laut feierten.

Mehrere Bäche und Rinnsale von den Gipfeln ringsum flossen in den Fonksee, der beinahe reglos dalag. Nur manchmal kräuselte sich die Oberfläche, wenn ein Fisch in ihrer Nähe nach einem Insekt oder anderem Futter schnappte. Ein sanftes Plätschern war über das leise Rauschen der Schleierfälle hinweg kaum zu hören.

Das Wasser aus den Bergen verließ den Fonksee nur wenige Schritte neben dem Steg, es floss hinüber zu dem bestimmt dreihundert Schritt hohen Abhang in ihrem Rücken und stürzte als Schleierfälle über mehrere Stufen hinab ins Tal, wo es sich mit dem Dherrn vereinte und durch Trollfurt hindurch weiter in den Süden floss. Wenn seine Mutter ihn früher schlimm geschlagen hatte, hatte Ben unterhalb der schimmernden Schleierfälle kleine Holzboote ins Wasser gelassen und sich gewünscht, er würde selbst an Bord sein und nach Süden getragen werden. Das hatte er sich bis zu dem Tag gewünscht, an dem er ein Boot in den Wellen hatte kentern sehen, danach hatte er sich vorgestellt, seine Mutter wäre an Bord.

Seine Mutter hatte nie ein Boot betreten, doch sie war tatsächlich im Dherrn gestorben. Eines Nachts vor über zwei Jahren, nachdem sie Ben wieder einmal als Nichtsnutz beschimpft und geschlagen hatte und er sich mit Zornestränen auf dem Strohsack hin und her gewälzt und geschworen hatte, eines Tages würde er sich rächen, irgendwie, war sie im Suff von der Brücke gefallen oder gesprungen. Eigentlich glaubte er nicht, dass seine Wünsche ihr den Tod gebracht hatten, aber seitdem war er dennoch vorsichtig mit den Gedanken gewesen, die er den kleinen Holzbooten mitsandte.

Die wenigen Trollfurter, die zur Beerdigung gekommen waren, hatten ihm kondoliert, doch in den meisten Gesichtern war so wenig Bedauern zu lesen gewesen wie in seinem eigenen.

»So ganz ohne Eltern wird es schwer für dich«, hatten sie ohne viel Mitleid gesagt, eine einfache Feststellung, und seither behandelten sie ihn so, dass dieser Satz auch wirklich zutraf. Auch nach ihrem Tod blieb er für alle der Sohn der verachteten, verlassenen Säuferin. Seitdem schlug er sich allein durch.

Immer wieder schielte Ben auf seine Warze. Über Nacht war sie zwar nicht verschwunden, aber immerhin auch nicht gewachsen. Er würde das im Auge behalten.

»Bist du sicher, dass es kein Geist gewesen ist?«

»Ich weiß nicht. Hauptsache, mich hat niemand gesehen.« Wer wusste schon, was Warzen anstellten, wenn der Zauber nicht von einem Menschen, sondern einem Toten beobachtet wurde? Oder gar mehreren Toten? Würde die Warze dann nicht nur wuchern, sondern sogar vor sich hinfaulen, so wie das lebende Tote taten? Ben mochte gar nicht daran denken.

»Und das Licht ist aufgetaucht, direkt nachdem du die Ratte fortgeschleudert hast?«

»Ja, zumindest habe ich es erst dann gesehen.«

»Und du bist sicher, dass du die richtigen Worte gesagt hast?«

»Ja, Yanko. Ganz sicher!« Oder hatte er nicht? Er konnte doch gar keinen Zauber wirken, der Geister herbeirief. Außerdem war das Licht kein Geist gewesen.

»Aber was, wenn …«, setzte Yanko noch einmal an, dann riss etwas an seiner Angelrute. Er hielt dagegen und holte die Schnur langsam ein. Es war ein fetter Regenbogenflächler, ein wirklich dicker Brocken. Der wog sicher ein Dutzend Pfund, und als sie ihn aus dem See gezogen hatten und zu den zwei kleinen Lyngelen in den Eimer warfen, war dort kein Platz mehr für weitere Fische. Yanko beharrte darauf, dass das der größte Regenbogenflächler war, den er je gesehen hatte, und Ben musste zugeben, dass er selbst nie einen größeren gefangen hatte.

Der Friedhof war vergessen.

Sie legten sich auf den Steg, sahen in den klaren blauen Himmel und sprachen über die größten Fische Trollfurts, und dann über die größten Fische der Welt. Obwohl sie dazu natürlich auf Gehörtes zurückgreifen mussten und nur Vermutungen anstellen konnten, denn viel hatten sie von der Welt noch nicht gesehen.

»Lass uns zur Mine rübergehen«, schlug Yanko, der nie lange ruhig sitzen konnte, schon bald vor.

»Aber was willst du denn da? Da ist der alte Eingang zugenagelt.«

»Ich will doch auch nicht hinein, ich bin ja nicht verrückt. Ich will nur an den Brettern lauschen, ob man was hören kann.«

»Was soll man da hören können?«, wollte Ben wissen. Wenn Yanko ein solches Gesicht zog, fragte man besser nach.

»Ich weiß nicht. Deshalb will ich doch lauschen, ob man was hören kann. Wenn wir einen Höhlenalb lachen hören, dann wissen wir, dass die Mine wirklich wegen eines Höhlenalbs geschlossen wurde.«

»Aber ich will keinen Höhlenalb lachen hören«, erwiderte Ben. Das konnte selbst einen gestandenen Mann um den Verstand bringen.

»Deshalb müssen wir ja mittags hin. Wenn man in der Sonne steht und auf frischem Gras kaut, dann kann einem nichts passieren. Das bricht den Zauber des Albs.«

»Das ist gut. Aber woher weißt du, wie das Lachen eines Höhlenalbs klingt?«

Yanko wusste es nicht, doch er sagte, sie würden das schon erkennen. Er würde nur gern wissen, warum die Mine vor gut zehn Jahren geschlossen worden war. Damals waren Ben und Yanko noch zu klein gewesen, beide konnten sich nicht erinnern. Ben war fünf gewesen, und sein Vater schon verschollen. Mit der Mine hatte Ben nichts zu schaffen gehabt.

»Ich schätze, sie war einfach erschöpft«, sagte er, weil ihm das seine Mutter erzählt hatte, und sie konnte schließlich nicht immer gelogen haben.

»Ja, aber warum? Warum war sie erschöpft?« Yanko zählte die möglichen Gründe an den Fingern ab. »Der Müller-Taque sagt, es wäre der Fluch eines rachedurstigen Trollschamanen gewesen, der die Mine erschöpft hätte. Der alte Hender hat mir einmal erzählt, immer, wenn sie auf eine vielversprechende Stelle gestoßen waren, hätte diese kein Erz mehr hergegeben, sondern begonnen zu bluten. Manche behaupten sogar, es wäre so viel Blut geflossen, dass sieben Arbeiter ertrunken wären, bevor sie die Mine geschlossen hätten. Taques Vater glaubt, ein Höhlenalb hat die Arbeiter verwirrt, und sie haben fortan an den falschen Stellen gegraben, und die Mine ist gar nicht erschöpft, sondern noch immer voller Blausilber. Und Yhmas hat gehört, die Mine wurde geschlossen, weil dort Kristallwasser gefunden wurde, und jeder Ort mit Kristallwasser geht automatisch in den Besitz eines geheimen Ordens im Dienste des Königs über. Aber Yhmas redet ja die meiste Zeit Unsinn.«

»Was ist Kristallwasser?«, fragte Ben, der davon noch nie gehört hatte.

»Siehst du? Das meine ich. Yhmas redet den ganzen Tag Unsinn.« Yanko stand auf. Er warf sich die Angel über die Schulter und griff sich den Eimer.

Ben stapfte ihm hinterher. Zur Mine war es nicht weit, zehn oder fünfzehn Minuten Weg, der kaum bergauf führte. Schon von weitem sahen sie den riesigen Eingang zur Mine. Er war übermannshoch, doppelt so breit, lag nach Süden hin und wurde somit von der Sonne direkt angestrahlt. Der Eingang war nicht einfach nachlässig mit ein paar Brettern vernagelt worden, vielmehr hatte man eine massive Konstruktion aus schweren Bolzen und Balken in die Felswand und den Boden versenkt. Nicht einmal eine Eidechse konnte sich dort durchzwängen. Inmitten der Konstruktion befand sich eine eisenbeschlagene Tür mit einem schweren Schloss. Ziemlich viel Aufwand für eine Mine, in der nichts mehr zu holen war. Zudem hatte man ein bürgermeisterlich besiegeltes und inzwischen von zahlreichen Tieren zerkratztes Eisenschild an das Holz genagelt, auf dem stand:

PRIVATBESITZ!
BETRETEN BEI STRAFE VERBOTEN!
Interessierte Käufer wenden sich bitte an den Bürgermeister Trollfurts oder direkt an eine Niederlassung der Kaufmannsfamilie Vestapan.

Sie rissen ein paar Büschel Gras aus, stopften sie sich in die Münder und näherten sich kauend der Tür. Ben spuckte einen kleinen blauen Wurm aus, der versehentlich mit hineingelangt war. Dann legten sie die Ohren an das warme Holz. Ben hielt die Luft an und kaute nur noch langsam und leise, doch er konnte nichts hören. Nur ein paar Vögel zwitscherten, Wind ging nicht. Er hielt sich das andere Ohr zu, doch es half nichts, nicht das geringste Geräusch drang aus der Mine heraus.

Yanko ging in die Knie und lauschte am Schlüsselloch, dann roch er daran, schließlich schüttelte er den Kopf.

»Wir holen uns den Schlüssel von Byasso.«

Byasso war der Sohn des Bürgermeisters und ein eher ängstlicher Junge. Sagte man ihm das jedoch ins Gesicht, ließ er sich zu allen möglichen Abenteuern reizen, nur damit man »das

Maul hielt«. Seitdem Yanko das herausgefunden hatte, verbrachte er ziemlich viel Zeit mit Byasso.

Wenn Ben und Byasso in Yankos Beisein aufeinandertrafen, beschimpften sie einander meist als *Gassenkind* und *Hosenscheißer,* Byasso nannte Bens Mutter eine *tote Schnapsflasche* und Ben Byassos Vater eine *leere Irgendwas-Flasche,* und dann schubsten sie sich herum, bis Yanko eingriff. War Yanko nicht in der Nähe, ignorierten sie sich, schließlich wurde Ben ja häufig ignoriert. Dagegen hatte er nichts, das war besser, als verkloppt zu werden, weil irgendwer der Meinung war, es sei mal wieder nötig, es diesem Ben zu zeigen.

Während sie ins Tal hinabstiegen, dachte Ben über neue Beschimpfungen nach, die er Byasso an den Kopf werfen konnte, und als sie schließlich in Trollfurt ankamen, quoll sein eigener vor neuen Schimpfwörtern und Beleidigungen förmlich über.

Zuerst wollte Yanko jedoch den Fisch und die Angelruten nach Hause bringen, bevor sie dann mit dem Schlüssel wieder den Berg hinauf wollten. Ben wartete an der Dherrnbrücke auf seine Rückkehr.

Während er auf der steinernen Brückenmauer in der Sonne saß und sich die Erde zwischen den Zehen rauspulte, kam ein schrecklich vornehm gekleideter Junge die Straße hinunter, sein Hemd wies mehr Rüschen auf als alle Sonntagshemden, die Ben je gesehen hatte, sogar zusammengenommen. Er trug auch noch blank gewienerte Schuhe mit einer verschnörkelten silbernen Schnalle. Er war Ben vollkommen fremd, und die meisten in seinem Alter kannte er wenigstens vom Sehen, auch wenn die Kinder aus den besseren Familien kaum mehr als Schimpfworte mit ihm wechselten. Der fremde Junge war ein bisschen größer als Ben, kräftig, und sein Gesicht mit der schmalen Nase und dem vorspringenden Kinn trug einen ungemein blasierten Ausdruck zur Schau. Das helle, dünne Haar war frisch gekämmt, und auf Oberlippe und Kinn zeigte sich ein erster, spärlicher Bartflaum, den er anscheinend mit Kohle gefärbt hatte, um ihn zu betonen. Zielstrebig schritt er auf die Brücke zu und ließ den Blick über die kleinen, heruntergekommenen Häuser im linksseitigen Trollfurt schweifen.

»Was für ein erbärmlicher Anblick«, sagte er mit näselnder Stimme und musterte dann Ben ebenso abschätzig. »Wirklich ganz und gar erbärmlich.«

Ben starrte ihn voller Abneigung an. Und weil er nicht sicher war, ob der Junge vielleicht sogar ihn meinte, fragte er mit kalter Stimme: »Sprichst du etwa mit mir?«

»Mit dir? Sehe ich aus, als würde ich mit jemandem wie dir reden?« Irritiert maß der blasierte Junge Ben von oben bis unten.

Ben sprang auf die Füße. Er hatte sich so viele neue Beschimpfungen für Byasso überlegt, sie kreisten in seinem Kopf, warteten ungeduldig darauf, ausgesprochen zu werden, da kam ihm dieser aufgeblasene Wicht gerade recht. Was hatte der überhaupt auf der Brücke zu suchen? Er sah wirklich nicht aus, als gehörte er auf die linke Dherrnseite. Wenn er nur hergekommen war, um Ärger zu machen – den konnte er haben. Natürlich waren die kleinen, heruntergekommenen Häuser schäbig, doch ein Fremder von der rechten Seite hatte kein Recht, das zu sagen.

»Nein«, sagte Ben also, und begann ganz langsam: »Du siehst eher aus wie jemand, der überhaupt nicht reden kann. Eine von diesen kleinen niedlichen Kinderpüppchen, mit denen die vornehmen kleinen Mädchen aber nicht mehr spielen wollen, wenn sie merken, dass es auch echte Menschen gibt.«

Erstaunt öffnete der fremde Junge den Mund und starrte ihn an.

»Mach die Klappe wieder zu, es stinkt«, fuhr Ben fort, weil der andere nichts sagte. »Was hast du heute gefrühstückt? Einen Schweinestall? Oder läuft es bei dir alles andersrum, und du schiebst dir das Essen in den Hintern und verdaust mit dem Kopf?«

»Wo ich herkomme, werden die Bälger von Knechten für so etwas ausgepeitscht.« Der Junge war blass geworden, sein Kinn zitterte.

»Und wo soll das sein? Im Darm eines Drachen, der Durchfall hat?«

»Halt's Maul, du Missgeburt einer Trollin, oder ich verpass dir eine!«

»Du mir? Noch so 'n Spruch, Nasenbruch!«

»Missgeburt!«

»Warzenkopf!«

»Missgeburt!«

»Nisten in dem Hohlraum zwischen deinen Ohren eigentlich Vögel oder eher Fledermäuse?«

»Missgeburt! Missgeburt! Missgeburt einer Trollin!«

»Sag mal, musst du dich immer wiederholen? Oder kennst du auch noch andere Wörter?«, grinste Ben überlegen. Das lief ja bestens. Die Wortgefechte mit Byasso gewann er nie so leicht.

»Ich schlag dich zu Brei!«

»Na also, geht doch«, sagte Ben, und der Fremde schlug tatsächlich zu.

Ben wich aus und packte den anderen am Kragen. Der trat

ihm gegen das Schienbein. Ben stieß ihn zurück und sprang hinterher. Er traf ihn mit der Schulter an der Brust und warf ihn zu Boden, taumelte selbst und kam auf ihm zu liegen. Ineinander verkeilt rollten sie auf der Brücke hin und her. Der Warzenkopf versuchte tatsächlich, ihn zwischen die Beine zu treten, aber Ben konnte den Tritt abblocken.

»Schneckenschleim«, presste er hervor, stieß den anderen gegen die Mauer und wälzte sich weg. Er sprang als Erster auf die Beine und spuckte ein bisschen Blut. Nicht wild, er hatte sich wohl auf die Lippe gebissen. »Was ist? Wo ist meine Abreibung? Ich dachte, du wolltest mir eine verpassen.«

Der andere Junge rappelte sich mühsam auf und hielt sich den Hinterkopf. In seinen Augen glitzerten Tränen. »Dafür wirst du büßen!«

»Sind das Abschiedstränen? Kriechst du wieder in deinen Drachendarm zurück?«

»Missgeburt!« Schniefend rannte der Junge davon.

»Oder rennst du heim zu deiner Mami?« Was für ein hochnäsiger Jammerlappen. Fing nach ein paar Beleidigungen eine harmlose Rauferei an, versuchte dann aber feige, ihm das Knie zwischen die Beine zu rammen. Und heulte rum, wenn er trotzdem verlor. Wenn jeder so flennen würde, der eine kleine Rauferei verliert, dann gäbe es ständig Hochwasser in Trollfurt. Ben bückte sich und hob einen hellen Messingknopf auf, der vom Hemd des anderen abgerissen sein musste. Zufrieden steckte er ihn ein.

Als Yanko kam, war er enttäuscht, dass er die Rauferei verpasst hatte. Ben beschrieb den Jungen, aber auch Yanko kannte ihn nicht. Also wandten sie sich wieder wichtigeren Dingen zu und suchten Byasso.

Sie fanden ihn außerhalb der Stadtmauer, direkt bei den

Schleierfällen, wo er Steine über den Fluss flitzen ließ. Er war gut darin, trotz der Wellen. Byasso hatte die Ärmel des weißen Hemds akkurat hochgekrempelt, sein kurzes dunkles Haar war wie stets sauber gescheitelt. Seine Eltern waren der Meinung, dass er als Sohn des Bürgermeisters jederzeit einen guten Eindruck machen musste, denn er repräsentierte die Familie sogar beim Steineflitzen. Dennoch hatte Byasso die Schuhe ausgezogen und stand barfuß am Ufer.

Als sie ihn ansprachen, nickte er ihnen zu und vergaß ganz, Ben zu beschimpfen. Der war darüber nicht traurig, er hatte seine kleine Auseinandersetzung heute ja schon gehabt.

»Ich hab gehört, du traust dich nicht in die alte Mine«, sagte Yanko.

»Wer behauptet das?«, fragte Byasso empört.

»Ich weiß es nicht mehr, es waren ein paar Jungs. Ich hab es hier und da aufgeschnappt und wollte wissen, ob das stimmt.«

»Natürlich stimmt es nicht!« Byassos Kopf war knallrot geworden.

»Dann beweis es.«

»Und wie? Die Mine ist verschlossen, falls du das noch nicht mitbekommen hast.«

»Das weiß ich«, sagte Yanko. »Aber ich weiß auch, dass dein Vater den Schlüssel hat, und du könntest uns Zugang verschaffen.«

»Mein Vater hatte den Schlüssel mal. Jetzt hat ihn der neue Besitzer der Mine.«

»Der neue Besitzer?« Ben und Yanko starrten Byasso an.

»Sag mal, wo seid ihr gewesen? Bei den Trollen? Der Neue ist heute Morgen mit viel Tamtam und fünf voll beladenen Kutschen angekommen.« Byasso zuckte mit den Schultern.

»Mein Vater wusste natürlich schon länger Bescheid, aber er durfte nichts sagen.«

Die Mine hatte einen neuen Besitzer. Hieß das, sie war noch gar nicht erschöpft? Oder hatte der Vorbesitzer den Mann ausgetrickst und ihm ein wertloses Stück Land angedreht? Ben und Yanko löcherten Byasso und fluchten darüber, dass sie die Ankunft des Mannes verpasst hatten. Wenn sich einmal etwas in Trollfurt ereignete, dann waren sie angeln.

»Ich weiß auch nicht mehr als ihr. Mein Vater sagt mir ja nichts. Aber der Mann hat einen Sohn in unserem Alter. Fragt doch am besten ihn nach dem Schlüssel. Wenn ihr noch mal in die Mine wollt, bevor sie wieder in Betrieb genommen wird, solltet ihr euch aber beeilen. Wollen wir rübergehen, und ich stell euch vor?«

»Hm«, brummte Ben. Er hatte das dumme Gefühl, den Jungen gerade eben kennengelernt zu haben, und verspürte nicht das geringste Bedürfnis, ihn gleich wieder zu treffen. »Geht mal lieber allein. Ich glaube nicht, dass er mich sehen will.«

Yanko stutzte kurz, dann nickte er. »Ich befürchte, da hast du recht.«

Byasso sah die beiden verständnislos an.

»Wir sehen uns dann später«, sagte Yanko und zog mit Byasso ab.

Ben blieb am Fluss zurück, um selbst ein paar flache Steine über das Wasser flitzen zu lassen.

VON GÖTTERN UND DRACHEN

Als Ben am nächsten Morgen erwachte, schien ihm die Sonne direkt ins Gesicht. Brummend kletterte er von seinem Strohsack, schlüpfte in die geflickte Hose und setzte sich an den kleinen Holztisch in der Wohnküche. Über die Jahre hatte er alle Wände mit schwarzer, blauer und grüner Kohle bemalt, überall rannten, kämpften und posierten große und kleine Drachen. Die Wand am Tisch wurde ganz von einem großen, schwarzen Drachen eingenommen, den er aus der Erinnerung gezeichnet hatte; jede einzelne Schuppe hatte er sorgfältig schraffiert, und die großen Augen hatte er sicher hundert Mal weggewischt und neu gemacht. Jetzt sah es fast so gut aus wie das Drachenbild über dem Eingang des Hellwahtempels, fand Ben.

Bevor er sich ans Frühstück machte, begutachtete er misstrauisch seine Warze. Sie schien sich nicht verändert zu haben. Zur Sicherheit rieb er sie noch mal mit Speichel ein. Dann aß er die Fischreste von gestern, die Yanko ihm abends noch gebracht hatte, und trank einen großen Krug Wasser. Den letzten Kanten Brot, den er vorgestern stibitzt hatte, hob er sich für Mittag auf. Um ein Abendessen würde er sich noch kümmern müssen.

Geschirr und Besteck ließ er stehen, nur das Messer steckte er ein, als er kurz darauf das Haus verließ. Mit seiner Mutter hatte er zwei Straßen weiter gewohnt, aber nachdem sie gestorben war, hatte er seine Habe gepackt und in dieses verlassene Haus gebracht. Hier wohnten keine bösen Erinnerungen.

Vor der Tür machte er rasch das Zeichen der ewigen Sonne und lief dann die Straße hinunter.

Es war Sonntag, und die älteren Jungen und Mädchen der besseren Familien wurden im Tempel unterrichtet, die Kinder der Knechte, Mägde und Diener kamen nur selten. Als Kind galt in Trollfurt jeder, der noch nicht siebzehn Jahre zählte und noch keine Flasche heiligen Schnees vom Gipfel des zerklüfteten Torregg geholt hatte, ihn in der Sonne geschmolzen und rituell mit dem Bürgermeister und Priester getrunken hatte. Ben wurde im Herbst sechzehn, nächstes Jahr also würde er endlich zum Erwachsenen werden. Den Torregg hatte er schon mehrmals erklommen, obwohl es Kindern eigentlich untersagt war.

Fein rausgeputzt in Feiertagskleidung und sauber gekämmt saßen die Kinder Trollfurts auf den harten Bänken in der vorderen Halle und ließen die Worte des Priesters Habemaas über sich ergehen. Ben war schon vor dem Tod seiner Mutter nur unregelmäßig zum Sonntagsunterricht gegangen, und dann in den letzten zwei Jahren überhaupt nicht mehr. Er hatte weder das nötige Schulgeld noch die Lust dazu.

Viel lieber legte er sich neben dem Tempel ins Gras, ließ sich die Sonne auf den Bauch scheinen und lauschte auf die Worte, die aus den hohen Fenstern nach draußen drangen. Langweilte ihn das Gerede des Priesters, dachte er an etwas anderes oder zog ein paar Würmer aus der Erde, um sie später als Köder zu verwenden. Doch die meisten Sagen gefielen ihm, und er hörte gern zu. Von hier draußen, wo ihm niemand sagte, er solle gerade sitzen und sich nicht am Hintern kratzen und dergleichen, und wo er auch keine Fragen beantworten musste. Das hasste er, ihn interessierten oft andere Dinge an einer Geschichte als den Priester, und er wusste nie, worauf dieser mit seinen Fragen hinauswollte. Außerdem war es schön zu wissen, dass alle Kinder im Tempel neidisch zu ihm hinaussahen. Auch wenn sie ihn sonst verlachten und auf ihn herabsahen, in diesem Moment wären sie alle gern an seiner Stelle.

Ben lag im Gras und hatte die Arme hinter dem Kopf verschränkt. Im Tempel wurde eben noch das Opfergeld eingesammelt, und der Priester stellte allen die drei neuen Geschwister in der Stadt vor: die beiden Söhne und die Tochter des neuen Minenbesitzers Yirkhenbarg. Die Namen der Kinder vergaß Ben sofort wieder, er merkte sich nur, dass es demnach nicht nur einen von dieser hochnäsigen Brut gab.

»Heute erzähle ich euch, wie der dunkle Samoth die Drachen verdarb«, sagte der Priester kurz darauf mit seiner tiefen, weichen Stimme, »und wie ein mutiger Mann den Fluch wieder von ihnen nahm.«

Diese Sage mochte Ben besonders, und egal, wie gut er sie schon kannte, er konnte sie immer wieder hören. Von Geschichten über Drachen bekam er einfach nie genug.

Der Priester begann:

In den Tagen, als Hellwah, der Sonnengott und höchste aller Götter, die Menschen und Drachen und alle Tiere der Erde geschaffen hatte, da lebten die Götter noch mitten unter ihren Kreaturen. Und sie sprachen offen und freundlich mit allen Menschen. Manche der Götter wohnten sogar dem einen oder anderen Menschen bei, denn die ersten Menschen waren schön und stark und langlebig.

Hatte Hellwah auch alle Kreaturen geschaffen, die auf der Erde wandelten, so waren die Vögel das Werk seiner Göttergattin Aphra, der Mondgöttin. Sie hatte die Vögel ihrem Gemahl an ihrem Hochzeitstag zum Geschenk gemacht, denn es waren Wesen, die nicht einfach auf Erden wandelten, sondern sich in die Lüfte erhoben, in Richtung Sonne, um Hellwah näher zu sein und um ihn mit ihrem Flug zu erfreuen. Und weil sie für ihn gemacht waren, sangen die Vögel ihre frohen Lieder am Tag, solange sein Gestirn am Himmel schwebte, während in der Nacht nur jene Vögel ihre Stimme erhoben, die klagten.

Im Flug der Vögel konnte man die Launen und den Willen Hellwahs lesen, doch die wenigsten Menschen lernten diese Kunst, denn Hellwah und die anderen Götter lebten ja mitten unter ihnen. Wer seinen Willen erforschen wollte, konnte den höchsten der Götter einfach fragen, es brauchte keinen Vogelflug, um Antworten zu erhalten. Es waren gute Tage in jener Zeit.

Doch da kroch Samoth, der Gott der Orte, die nie von Sonne oder Mond beschienen wurden, der Herr der Würmer und aller Kreaturen, die in der Erde und in den Tiefen der Meere leben, aus seinem unterirdischen Reich herauf. Er hatte Freude an der Zwietracht, und so nahm er die Gestalt eines schönen Mannes an, ging zu dem Menschenkönig Daliath und umschmeichelte ihn, lobte seine Größe und seinen Verstand und die Kraft der Menschen, bis der König ihn seinen besten Freund nannte.

Da offenbarte Samoth dem König, Hellwah würde der Königin nachsteigen und ihr in Daliaths Gestalt beiwohnen. Der König kochte vor Wut und ließ seine Frau in den tiefsten Kerker sperren, obwohl sie flehte und ihre Unschuld beteuerte. Sie wäre nur immer ihm treu gewesen, wie hätte sie die List eines Gottes denn durchschauen sollen? Doch der König ließ sich nicht erweichen, sein Zorn und Stolz waren zu groß.

Doch wagte er es nicht, Hellwah zur Rede zu stellen, der Gott war zu mächtig, und Samoth sagte, er würde König Daliath einfach zermalmen.

Daliath verstieß auch seine drei Söhne und seine drei Töchter, denn er wusste nicht, welches der Kinder von ihm war, und er ertrug es nicht, sie anzusehen, um in ihren Gesichtern nach Merkmalen zu suchen, die ihre wahre Herkunft verrieten.

»Soll ich dir helfen, Rache an Hellwah zu nehmen?«, fragte Samoth ihn.

Und König Daliath sagte: »Ja.« Denn Rache war alles, an das er noch denken konnte. Der Palast war ohne seine Kinder so schrecklich leer und still, und die Diener wagten nicht zu reden, nur manchmal hörte man die Schreie der Königin aus der Tiefe des Kerkers.

Samoth sagte also zum König: »Gehe zur Mondgöttin und stiehl von ihr das Geheimnis der Flügel, die sie den Vögeln gemacht hat. Damit können wir deine verdiente Rache in die Tat umsetzen.«

Samoth hatte schon zahlreiche Vögel gefangen und ihnen die Flügel ausgerissen, um hinter ihr Geheimnis zu kommen, doch er hatte selbst keine Flügel erschaffen können.

Weil Aphra, die Mondgöttin, König Daliath vertraute, verriet sie ihm, wie sie aus den Blättern des Lebensbaums Federn gemacht hatte, indem sie die stärksten Winde aus allen vier Himmelsrichtungen eingeatmet und mit einem magischen Wort auf die Blätter gehaucht hatte. Diese Federn band sie dann zu Flügeln zusammen. Doch das magische Wort wollte Aphra König Daliath nicht verraten, denn sie sagte, es sei nicht für die Ohren eines Menschen bestimmt.

Damit gab sich Daliath nicht zufrieden, und so versteckte

er sich im Haus der Göttin und wartete, bis sie einen weiteren Vogel erschuf. Und sie besprach die Blattfedern mit dem Wort, und der König hörte es, und es brannte sich ihm ein.

Und von König Daliath erfuhr Samoth das Wort.

Und der Gott der Tiefe erschuf nun Flügel von seiner Hand. Jedoch fertigte er sie nicht aus Federn, gewonnen aus den Blättern des Lebensbaums, sondern er spannte sie über große schwarze Knochen aus den Netzen der giftigsten Spinnen aus den tiefsten Höhlen, und er hauchte über sie die eingeatmeten Wirbelwinde des Herbstes, wilde Stürme, die keiner Richtung folgten.

Er erschuf neun Flügelpaare und nähte sie neun großen Drachen an die Schultern.

»Wozu soll das gut sein?«, fragte König Daliath.

Und Samoth offenbarte ihm, dass die Drachen nun fliegen konnten und fortan die Vögel im Himmel fressen würden, welche die besonderen Tiere Hellwahs waren, das Hochzeitsgeschenk seiner geliebten Gemahlin. Denn Hellwah sollte seine Tiere verlieren, so wie der König seine Kinder verloren hatte.

Der König griff sich eine beinerne Nadel und nähte voller Eifer mit, und er wollte sich nicht erinnern, dass er es doch selbst gewesen war, der seine Kinder fortgeschickt hatte.

Damals lebten die Drachen als treue Gefährten der Menschen unter ihnen, und sie waren von freundlichem Wesen und klug. Doch mit Samoths Flügeln kam auch Samoths Bosheit über sie, und so wurden sie zu Geschöpfen der Finsternis. Sie jagten Hellwahs Vögel, so wie Samoth es vorausgesagt hatte, doch sie fraßen zudem weiterhin die Tiere des Landes, sie fraßen alle flügellosen Drachen, und von jenem Tag an fraßen sie auch Menschen.

Hellwahs Zorn über Daliaths Verrat war so groß, dass er die Berge Feuer speien ließ, und Asche und Glut regnete auf die Stadt des Königs herab. Und Doliath verbrannte mit seinem Palast, und der Zugang zu den Kerkern wurde verschüttet, so dass die Königin in der finsteren Tiefe eingesperrt wurde.

Aphras Trauer war ebenso groß wie Hellwahs Zorn, und ihre Tränen flossen so zahlreich ins Meer, dass es salzig wurde und drohte, das ganze Land zu überschwemmen. Sie und Hellwah und die anderen Götter zogen sich auf den höchsten Berg der Welt zurück, auf den steilen Gipfel, den kein Mensch erklimmen konnte.

Und Samoth zog sich unter die Erde zurück, denn er hatte erreicht, was er wollte. Und er nahm die Königin aus dem Kerker mit sich, und sie gebar ihm acht unmenschliche Kinder der Finsternis, die sie im Hass auf alle Menschen erzog.

Die Menschen lebten in Angst vor Überschwemmungen, Feuerregen und den menschenfressenden Drachen, nur der verstoßene Chillos, der älteste der Königssöhne, wollte sich nicht mit dem Schicksal abfinden. Er schmiedete im Feuer, welches Hellwah vom Berg herabgesandt hatte, ein Schwert aus hartem Stahl, und er kühlte es in den Tränen Aphras.

»Ich werde die schlimme Tat meines Vaters ungeschehen machen«, sagte Chillos und zog los, um sich den Drachen zu stellen. Sie wüteten, zerstörten Häuser und verzehrten Jungfrauen und Kinder, ein jeder Drache für sich. Einen nach dem anderen zwang Chillos in einen Zweikampf, und einen jeden besiegte er mit seinem mächtigen Schwert. Er tötete sie nicht, sondern schlug einem jeden von ihnen die Flügel ab, und so wich Samoths Bosheit wieder aus ihnen.

Als Chillos alle neun Drachen von Samoths Geißel befreit hatte, ritt er auf dem größten von ihnen zum Berg der Götter und rief hinauf: »Ich habe die Untaten meines Vaters gesühnt, und so bitte ich euch, Hellwah und Aphra und ihr anderen Götter, lasst es kein Feuer mehr regnen, nehmt die Fluten von unserem Land und lasst uns wieder gemeinsam leben.«

Aphra hörte auf zu weinen, denn es gab keine geflügelten Drachen mehr, die ihre Geschöpfe, die Vögel, fraßen. Und Hellwah befahl den Bergen, kein Feuer mehr zu speien. Doch die Götter blieben auf ihrem Berg, sie wollten nun nicht mehr unter den Menschen leben. Aber sie versprachen dem Helden Chillos, dass sie die Gebete der Menschen von nun an wieder erhören und auch dargebotene Opfer annehmen wollten.

»Doch auf den Drachen lastet fortan der Fluch von Daliaths Flügel«, sagte Hellwah. »Ein jeder Drache soll geflügelt und als Geschöpf der Finsternis geboren werden. Findet sich jedoch ein Held unter den Menschen, der dem Drachen seine Flügel abschlägt, so soll der Drache dadurch aus der Finsternis befreit werden und wieder ein treuer Gefährte des Menschen sein. Was euch vor Daliaths Verrat in den Schoß gefallen ist, das müsst ihr euch nun mit Heldenmut und einem starken Arm erkämpfen.«

Das waren die Worte Hellwahs, und Chillos brachte sie zu den Menschen und gründete den Orden der Drachenritter.

Damit endete die Sage von Chillos' erster Heldentat, und der Priester fügte an: »Seit diesen frühen Tagen schützt der Orden die Menschen und befreit die Drachen von ihrem Fluch.«

»Wie wird man ein Drachenritter?«, rief ein Junge, noch bevor der Priester selbst eine Frage an die Kinder stellen konnte.

Überrascht hob Ben den Kopf und schielte zum Fenster hinein. Warum war er nie auf den Gedanken gekommen, den

Priester zu fragen? Seit seine Mutter seinen Wunsch verlacht hatte, hatte er ihn in sich vergraben gehabt, und nun sprach ein anderer ihn aus. Sein Herz schlug schneller, während er der Antwort lauschte.

Der Priester lächelte milde und verschränkte seine Finger über dem runden Bäuchlein, das sich in den letzten Jahren immer deutlicher unter der bodenlangen, tiefblauen Schultoga abzeichnete. Dabei achtete er penibel darauf, nicht Hellwahs rote, zwölfstrahlige Sonne auf seiner Brust zu verdecken. »Nun, das ist nicht ganz leicht. Ihr wisst um die Bedeutung des Ordens. Er ist der weltliche Arm Hellwahs, und neben seinen ursprünglichen Aufgaben steht er den Herrschenden mit Rat und Tat zur Seite. Er schützt die einfachen Bürger und entscheidet gemeinsam mit Hellwahs Priesterschaft, welchem Adligen und welchem Kaufherrn der Titel eines Drachenreiters verliehen wird, wer mit einem befreiten Drachen geehrt wird. In fast allen großen Städten unterhalten sie ein Kloster oder wenigstens einen kleinen Ordenssitz, auch Trollfurt hatte bis zur Schließung der Mine einen eigenen Drachenritter. Nun, es ist also offensichtlich, dass der Orden seine Mitglieder sehr sorgfältig auswählen muss. Nur die tapfersten und stärksten jungen Männer werden im Orden aufgenommen, um dort drei Jahre zu dienen und zu lernen. Dann müssen sie drei schwere Prüfungen bestehen, was nicht vielen gelingt, bevor sie drei Jahre als Drachenknappe mit einem Ritter reisen. Bürgt dieser schließlich für den Mut und die Tatkraft seines Knappen, so wird er vom Großmeister des Ordens mit Hellwahs Segen zum Ritter geschlagen.«

»Müssen Drachenritter von Adel sein?«, hakte ein anderer Junge nach.

»Nein. Es gab schon einige Drachenritter aus angesehenen

bürgerlichen Familien. Mir ist zwar nicht bekannt, dass jemals der Sohn eines Knechts zu einem Drachenritter geschlagen wurde, aber ausdrücklich verboten ist selbst dies nach den Regeln des Ordens nicht.«

Jetzt erhob sich ein Getöse im Tempel, denn jeder der Jungen brüstete sich mit seinen Heldentaten, seinem Geschick bei der Jagd und allerlei bestandenen Mutproben und versicherte, er wolle Drachenritter werden, und er würde die Prüfungen schon bestehen. Tischnachbarn gaben sich Kopfnüsse oder nahmen einander in den Schwitzkasten, um zu beweisen, wer der Stärkere war, und jeder hielt einem anderen vor, dass dieser sich dieses oder jenes nicht trauen würde.

»Und ob ich mich traue, von der unteren Klippe der Schleierfälle zu springen! Und zwar auf der Stelle!«, schrie Byasso.

»Setz dich wieder hin!«, rief Priester Habemaas.

»Aber …«

»Byasso! Du wirst jetzt nicht von einer Klippe springen! Und zieh dein Hemd wieder an. Das hier ist ein Tempel, kein Bordell!«

Ben grinste. Und mit einem Mal durchströmte ihn die Hoffnung, dass sein Wunsch, Drachen zu befreien, vielleicht doch in Erfüllung gehen konnte. Oft hatte er mit einer schartigen, gebrochenen Klinge, die Yanko ihm vom Alteisen aus der Schmiede seines Vaters stibitzt hatte, im Wald kämpfen geübt, hatte mächtigen Bäumen aus der Drehung schwungvoll die Äste abgeschlagen wie einem Drachen die verfluchten Flügel. Aber nicht oft genug – ab heute würde er viel regelmäßiger üben. Natürlich war ihm klar, dass seine Chancen nicht allzu groß waren, aber er konnte es schaffen. Er musste es einfach versuchen. Den Sommer über würde er noch üben, dann wollte er sein Glück versuchen. Dem weiter anschwellenden

Lärm im Tempel nach war er nicht der Einzige, der solche Pläne gefasst hatte. Priester Habemaas konnte seine Schüler nur mühsam beruhigen.

»Mein Vater hat einen Drachen«, sagte plötzlich der Junge, den Ben am Tag zuvor verdroschen hatte, ganz nebensächlich, und schon war die Ruhe im Tempel wieder dahin. Alle schrien durcheinander und wollten wissen, wie groß der Drache sei, was für einer es wäre und welcher Ritter ihn vom Fluch der Flügel befreit habe. Die meisten Kinder fragten, ob man ihn anschauen könne.

»Natürlich«, antwortete der Junge, und an Unterricht war nicht mehr zu denken.

Also seufzte der Priester schwer und sagte: »Wenn deinem Vater das wirklich recht ist, Sidhy, dann führ uns doch bitte hin.«

Ben war längst aufgesprungen und näher ans Fenster getreten. Seine Hände zitterten, und sein Herz raste vor Aufregung. Ein Drache! Ein echter Drache war nach Trollfurt gekommen! Er schloss die Augen und lehnte sich neben dem Fenster an die weiße Steinwand. Aufgewühlt wartete er, bis die gut fünf Dutzend plappernder Kinder aus dem Tempel geströmt waren, angeführt von einem Sidhy mit stolz geschwellter Brust und einem würdevoll ausschreitenden Priester, der den Anschein erwecken wollte, als wäre der ganze Ausflug seine Idee und von ihm geplant und angeordnet. Ben löste sich von der Wand und schloss sich dem Zug unauffällig an. Er würde einen Drachen sehen!

Sie liefen die breite Hauptstraße entlang, vorbei an der Schmiede von Yankos Eltern und ein wenig später auch am strahlenden Haus Dagwarts, in dem der Bürgermeister residierte. Aus der einen oder anderen Küche drang der würzige

Duft eines Mittagessens auf die Straße, und hinter manchem Fenster zeigte sich das neugierige Gesicht eines Bediensteten.

Trollfurt war keine arme Stadt, doch noch vor gut zehn Jahren hätte sie als reich gegolten. Sie lag abseits, am wenig besiedelten nördlichen Rande des Großtirdischen Reichs, fern der Burgen und Klöster des Ordens, doch das Blausilber, das damals noch abgebaut worden war, hatte ihr Bedeutung verliehen. Das leuchtende Metall trug die Magie der alten Bergherzen in sich und war eines der seltensten und das härteste der Welt, aus ihm wurden in Schmieden mit Faystos Feuer die Schwerter und Rüstungen der Drachenritter gehämmert. Nur eine solche Klinge konnte die Schuppen eines Drachen durchdringen. Häufig wurde ihm ein wenig Schattenstahl beigemischt, der das Licht des Blausilbers schluckte, denn es war von Nachteil, in einem Kampf bei Nacht selbst ein weithin strahlendes Ziel zu bieten.

Ben hatte noch ganz schwache Erinnerungen an Arbeiter, die nach Sonnenuntergang den Berg herabgestiegen kamen, den Staub der Felsen und des Blausilbers auf den müden Schultern und im Gesicht. Wie schimmernde Gespenster waren sie ihm erschienen, gesprenkelt leuchtende Gestalten in der Nacht. Und dann war die Mine von heute auf morgen geschlossen worden und Trollfurt ebenso schnell in der Bedeutungslosigkeit versunken. Ohne Blausilber interessierte sich niemand für die Stadt. Die einflussreichsten Familien waren fortgegangen, zurück blieb niemand, der einen Drachen besaß, nicht einmal einen hundegroßen Wach- und Jagddrachen. Und da man Geld und Einfluss und das Wohlwollen des Ordens benötigte, um einen Drachen zu erhalten, blieb Trollfurt über Jahre ohne Drachen. Denn wie sollte man sich hier dieses

Wohlwollen verdienen, in einer Stadt, die so abseits lag, dass sie von den Drachenrittern gemieden wurde?

Und jetzt war völlig unvermutet und ohne große Ankündigung doch ein Drache in die Stadt gekommen.

Yanko lief ein gutes Stück vor Ben zwischen Byasso und dem schlaksigen Taque und fuchtelte mit den Armen, während er von offenbar wilden Dingen erzählte. Niemand beachtete Ben.

Schließlich erreichten sie das befestigte Anwesen, das dem einstigen Minenbesitzer gehört hatte und nun auch vom neuen bewohnt wurde. Das stählerne Tor stand offen, doch zwei große muskulöse Diener mit steinernen Gesichtern musterten die Kinder misstrauisch. Sie postierten sich mitten im Tordurchgang und ließen nur Sidhy und den Priester ein. Der Junge eilte zum Haupthaus hinüber, um seinem Vater von dem zahlreichen Besuch zu berichten.

Ben ging ein paar Schritte näher an das Tor heran, um einen Blick auf das Gelände zu werfen. Das massive Haupthaus mit dem prunkvoll verzierten Balkon lag zwanzig oder dreißig Schritt vom Tor entfernt, rechts kauerten die Gesindehäuser und links die Stallungen. Die Farbe an den Wänden war noch immer verblasst und teilweise abgeblättert, doch sahen die Gebäude nicht mehr verlassen aus. Zahlreiche Fenster standen offen, Stimmen drangen heraus, vor den Stallungen wurden eben Pferde an eine große offene Kutsche gespannt, eine Magd hängte Wäsche auf die Leinen, die nur zum kleinen Teil hinter den Gesindehäusern hervorlugten. Der kleine Brunnen inmitten des Hofs war wieder mit Wasser gefüllt, die Sonne spiegelte sich auf der Oberfläche. Nächste Woche würde Yirkhenbarg sicher mit den Renovierungsarbeiten beginnen.

Pferde wieherten, Hunde bellten, und dann erklang ein tiefes, zufriedenes Fauchen aus den Stallungen. Ein Fauchen, das Bens Haut kribbeln ließ. Die Härchen auf seinen Armen stellten sich auf. Ehrfürchtig verstummten alle Gespräche um Ben herum, jeder drängte sich näher ans Tor, um den Drachen als Erster sehen zu können.

»Zurück, Kinder!« Die beiden Diener hatten bei dem Fauchen nicht ein bisschen gezuckt, natürlich, sie waren es ja auch gewohnt, in der Nähe eines Drachen zu sein.

In diesem Moment kamen Habemaas, Sidhy und ein großer bärtiger Mann aus dem Haupthaus. Als der Mann die dicht zusammengedrängten Kinder sah, lachte er laut auf.

»Ein paar Freunde? Das nennst du ein paar Freunde?« Seine tiefe Stimme drang deutlich bis zu ihnen herüber. Aber er winkte gut gelaunt, und so gaben die Diener das Tor frei.

Yirkhenbarg war vielleicht vierzig Jahre alt, sein Haar fiel noch dicht und ohne graue Strähnen auf seine Schultern, und er bewegte sich geschmeidig wie ein zehn Jahre jüngerer Mann. Er hatte dieselbe schmale Nase wie sein Sohn. Der dickliche Priester Habemaas mit dem spärlicher werdenden Haar und den kleinen, eng stehenden Augen wirkte neben ihm nicht mehr wie einer der wichtigsten Männer der Stadt, er strahlte nicht halb so viel Macht aus, so sehr er sich auch um eine gebieterische Haltung bemühte. Dass Yirkhenbarg dieser Eindruck in einem schlichten grünen Hemd und mit einem Lächeln gelang, beeindruckte Ben umso mehr.

»Ich wollte euch nur kurz begrüßen, ich muss gleich wieder zurück an die Arbeit. Aber Sidhy«, hier legte er dem Jungen die Hand auf die Schulter, »wird euch meinen Drachen Feuerschuppe zeigen, und ihr dürft ihn gern auch streicheln. Nur seid bitte so gut und stürzt nicht alle gleichzeitig auf Feuerschuppe zu, das könnte ihn nervös machen.« Er winkte noch einmal in die Runde, lächelte und schritt zurück ins Haupthaus.

»Ihr habt gehört, was Vater gesagt hat. Jetzt kommt mit.« Sidhy schritt zu der besonders breiten Stalltür ganz am hinteren Ende der Stallungen. Das Holz der Tür war verwittert, doch die Scharniere schienen frisch geölt; sie machten kein Geräusch, als Sidhy die Tür aufschob.

Keiner sagte ein Wort, alle drängten sich stumm und aufgeregt nach vorn und reckten die Hälse, um den ersten Blick auf den Drachen werfen zu können. Als wären der zweite und dritte und alle weiteren Blicke nicht so viel wert, als wäre der Drache ein paar Augenblicke später nur halb so betrachtenswert oder könnte gar platzen wie eine Seifenblase.

Aus dem Inneren drang ein regelmäßiges Schnauben, ein schwerer, fast erdiger und zugleich süßlicher Geruch lag in der Luft. Er war streng, aber nicht unangenehm, im Gegenteil. Ben sog ihn genussvoll ein.

Längst nicht alle hatten Platz im Stall, wer nicht gleich hineingekommen war, drängte weiter vor der Tür und wartete, dass die Ersten genug gesehen hatten. Draußen hörten sie begeistertes, ehrfürchtiges Gemurmel und Sidhys selbstbewusste Stimme: »Komm her, Feuerschuppe, komm her zu mir.« Und: »So ist es gut, alter Junge, ja, so ist es gut.«

Ben stellte sich auf die Zehenspitzen, aber er konnte nicht über alle Köpfe hinwegsehen. Zudem war es im Stall dunkler als in der grellen Sonne. Von ihr geblendet, erahnte er drinnen nur Schemen.

»He! Lasst uns auch mal«, murrte der hoch aufgeschossene Yhmas, der ganz vorn an der Tür stand und wahrscheinlich alles sehen konnte, und andere fielen in sein Murren ein.

»Gleich!«, tönte es aus dem Inneren, und dann, irgendwann, ging es tatsächlich weiter.

Sidhy hatte die Zwischentür zu den Pferdeställen geöffnet, und die ersten Mädchen und Jungen traten mit glänzenden Augen weiter vorne wieder aus den Stallungen.

Sie wagten es noch immer nicht, laut zu reden, und stellten sich hinter Ben gleich wieder an, aber ganz ruhig und ohne zu drängeln. Ben hüpfte auf und ab, seine Geduld war aufgebraucht.

»Ich möchte den ganzen Tag nichts anderes tun als Feuerschuppe ansehen und ihn streicheln«, sagte ein kleines Mädchen mit Stupsnase und großen grünen Augen, das wie eine Schwester vom Müller-Taque aussah, nur hübscher.

Endlich konnte auch Ben einen Fuß in den Stall setzen, und sobald seine Augen aus der Sonne waren, konnte er alles deutlich erkennen. Doch ihn interessierte ohnehin nur der Drache, auch wenn er nur einen Teil von ihm sehen konnte, zu viele standen um ihn herum.

Feuerschuppe trug seinen Namen zu Recht, seine Schuppen waren überwiegend aus dunklem, kräftigem Rot, teilweise jedoch auch orange oder gelb gemustert. Durch ein kleines Fenster drang Licht herein, und wo es auf den Drachen fiel, schien seine Haut zu tanzen, als bestünde sie aus zahllosen fröhlichen Flammen. Feuerschuppe war deutlich massiger als ein Pferd und mit Schwanz sicher sieben oder acht Schritt lang, ziemlich groß für einen Reitdrachen und sicherlich so imposant wie der schwarze des Drachenritters.

Bens Mund wurde vor Ehrfurcht ganz trocken, dafür begannen seine Hände zu schwitzen. Er wischte sie an der Hose ab, und ihn erfasste wieder die grenzenlose Begeisterung und das atemlose Staunen, das ihn damals auf der Hauptstraße gepackt hatte, und er wusste, er musste einfach alles dafür tun, Drachenritter zu werden.

»Nächste Woche werden wir ihm als Erstes eine Tür in die Wand hauen, damit er immer raus in den hinteren Garten kann, wenn er möchte«, sagte Sidhy gerade.

»Aber läuft er denn dann nicht weg?«, fragte Shayleen, Yankos Cousine.

»Weglaufen?« Sidhy lachte. »Nein, nein. Feuerschuppe ist ein Freund, kein Gefangener. Sollte er wirklich einmal weglaufen, hat er seine Gründe dafür und kommt danach auch wieder.«

Der Drache lümmelte bequem und zugleich majestätisch auf einer Steinliege, hatte den breiten Kopf mit der langen, eleganten Schnauze auf einem großen Strohkissen abgelegt und ließ sich streicheln. Die Augen hatte er halb geschlossen, fast, als döste er. Manch einer näherte sich ihm nur sehr vorsichtig, aber jeder berührte ihn letztlich doch, und alle rieben seine Schulterknubbel, denn das brachte schließlich Glück.

Ben zitterte nun am ganzen Körper vor Aufregung, die verschwitzten, drängenden Körper um sich nahm er nicht mehr wahr. Erst vor zwei Nächten hatte er die Schulterknubbel der Statue gerieben, und da hatte er zwar davon geträumt, sich aber nicht vorstellen können, schon so bald einem echten Drachen zu begegnen. Einem wunderschönen noch dazu, der der ganzen Stadt Glück bringen würde. Alles in Ben drängte danach, ihn zu berühren, seine Hände schienen wie magisch von den Schulterknubbeln angezogen zu werden, er spürte ein richtiges Kribbeln der Vorfreude in den Handflächen. Er schnaubte durch die Nase aus und wisperte unhörbar: »Hallo Feuerschuppe.«

Der Drache öffnete ein Auge, musterte Ben und ließ ein langes Schnauben vernehmen.

Ben machte einen weiteren Schritt auf ihn zu, streckte die Hand aus und sah dem Drachen direkt ins Auge. Ein dunkelrotes, freundliches Auge, das strahlenförmig in einen schmalen, hellblauen Rand auslief.

»Halt!«, schrie Sidhy in diesem Moment. »Der nicht! Der fasst unseren Drachen nicht an!«

Bevor Ben überhaupt verstand, dass er gemeint war, packten ihn drei Jungs und hielten ihn fest.

»Ich kann mich nicht erinnern, dich eingeladen zu haben.« Hasserfüllt sah Sidhy ihn an, seine Stimme zitterte vor Wut. »Du, du bist hier nicht willkommen!«

Der Griff der Jungen wurde fester, und Cirpas, der älteste von ihnen, erklärte: »Das ist der Rumtreiber Ben, der macht immer wieder Ärger. Ist aber eigentlich harmlos.«

Cirpas war ein großer, bulliger Kerl, der in jeder Rauferei mitmischte und auch gern eine begann. Das Auffälligste an ihm war seine dicke, schiefe Nase mit dem krummen Hubbel an der Wurzel. Der Pechvogel hatte sie sich schon mehrmals gebrochen, er war daheim die Treppe runtergefallen, gegen einen Schrank gelaufen und auch gegen den Türstock. Einmal war er sogar in einen Rechen am Boden getreten, dessen Stiel daraufhin wie ein Katapult hochgeschnellt war, direkt auf die Nase. Das Seltsame daran war, dass an diesen Abenden immer sein Vater betrunken gewesen war, Cirpas niemals, aber trotzdem verletzte sich ständig der Junge. Noch seltsamer fand Ben, dass jeder in Trollfurt diese Geschichten glaubte oder zumindest so tat. Als hätte die offene Wahrheit etwas geändert.

»Ich kenne ihn. Eine Missgeburt ist er, die Missgeburt einer Trollin, einer hässlichen dummen Trollin, jawohl«, keifte Sidhy und deutete mit dem Finger auf Ben.

Ein paar Umstehende grinsten und nickten. »Ja, zeig's ihm, Drachenreiter.«

»Jetzt ist dir immer noch nichts Neues eingefallen, du hirnlose, schwabbelnde Eiterkreatur!«, konterte Ben, ohne nachzudenken. Warum war der Kerl überhaupt so nachtragend? Das war doch nur eine harmlose Rauferei gewesen, außerdem hatte er schließlich selbst angefangen.

»Raus! Schafft ihn raus!«, giftete Sidhy.

Feuerschuppe hob den Kopf und schnaubte missmutig, der plötzliche Tumult vertrieb alle Behaglichkeit. Niemand streichelte ihn im Moment.

Die drei Jungs gehorchten tatsächlich und zerrten Ben in Richtung Pferdestall. Er ließ es geschehen, denn er wusste, wenn er sich jetzt wehrte, würde es Prügel setzen, und zu Hilfe käme ihm auch keiner. Den anderen aber wohl schon, obwohl sie in der Überzahl waren. Das hatte er schon zur Genüge erlebt.

Gerade einmal einen einzigen Tag war Sidhy nun in der Stadt, doch weil sein Vater einen Reitdrachen besaß, konnte er schon Befehle erteilen. Vielleicht klappte das auch nur, weil sich Sidhy Ben als Opfer ausgesucht hatte, möglicherweise hörten sie ja auch nur auf Sidhy, weil dieser Befehl – »Schmeißt Ben raus!« – auch von ihren Eltern oder eigentlich jedem in Trollfurt hätte kommen können. Andere Jungs mussten sich ihre Position erkämpfen, aber wer kämpfte schon gegen einen Jungen, dessen Freund ein Drache war? So oder so, Sidhy war nun wohl endgültig in Trollfurt angekommen.

Ben blickte so lange zu Feuerschuppe, wie es ging, reckte den Hals nach den flammend roten Schuppen und den freundlichen feuergleichen Augen, die ihm nachsahen. Dann wurde er an wiehernden Pferden vorbeigeschleift, raus in die Sonne.

»He, Ben, was machst du denn hier?«, rief Yanko, der darauf wartete, wieder hinein zu dürfen, und ihn plötzlich entdeckte.

»Ich …«, sagte Ben, aber Cirpas stieß ihn einfach in Richtung Straße: »Weiter!«

»He! Cirpas! Jungs!« Yanko kam angelaufen und hielt sich neben ihnen. »Was soll denn das? Lasst doch Ben einfach auch den Drachen anschauen und die Knubbel reiben. Er kann doch echt ein bisschen Glück gebrauchen.«

»Sidhy will das nicht.«

»Sidhy?« Yanko klang erstaunt. »Ich seh ihn gar nicht. Wenn Sidhy ihn hier nicht haben will, soll er ihn doch selbst rausschmeißen. Oder seine Bediensteten anweisen, das zu tun. Oder seid ihr jetzt seine neuen Diener?«

»Ach, halt die Klappe, Yanko! Ich tu hier nur einem Freund einen Gefallen.«

»So, so, einem Freund«, sagte Yanko und hob die Augenbrauen, dann waren sie auch schon am Tor angelangt. Es stand noch immer offen, doch jetzt war kein Bediensteter mehr zu sehen. Sie stießen Ben auf die Straße, er stolperte und fiel auf Knie und Hände. Die Hände schürfte er sich auf dem grob gehauenen Stein auf.

»Verzieh dich!«, sagte Cirpas noch, dann stolzierte er wieder zurück zum Stall.

Yanko sah Ben an und half ihm wieder auf die Füße. »Was war denn das?«

»Der feige Warzenkopf Sidhy trägt mir nach, dass ich ihn gestern ein bisschen verdroschen habe. Und Cirpas hat wohl Angst vor dem Drachen oder vor Sidhys Papa und gehorcht brav.«

»Ich glaube eher nicht, dass er Angst hat. Der will sich nur einschleimen, um jeden Tag die Knubbel reiben zu dürfen. Oder irgendwann auf dem Drachen zu reiten. Ich meine, hast du den gesehen? Unglaublich!« Yanko begann von der Größe und Schönheit und Stärke und Anmut und Majestät des Drachen zu schwärmen, von den flammenden Schuppen, den glücksbringenden Knubbeln, den mächtigen Klauen, den Nüstern, den Augen, dem lodernden Rückenkamm aus schillerndem Horn, aber das war das Letzte, was Ben jetzt hören wollte. Er hatte Feuerschuppe schließlich selbst gesehen, und jetzt durfte er nicht mehr. Er war der Einzige, der ihn nicht hatte berühren dürfen, und er wollte jetzt nicht mehr an den Drachen denken, er fühlte sich innerlich ganz leer. Jahrelang hatte er darauf gehofft, wieder einen Drachen zu sehen, zu berühren, zu reiten. Und nun, da der Drache endlich gekommen war, wurde er fortgeschickt. Hätte er sich nur nicht mit diesem verfluchten Sidhy geprügelt! Dabei hätte das jeder andere an seiner Stelle auch, schließlich hatte Sidhy angefangen. Aber was half das jetzt, wieder einmal war er der Trottel in Trollfurt. Wie er das hasste. Also unterbrach er Yanko, bevor dieser sogar noch ein Loblied auf das Ohrenschmalz des Drachen anstimmen würde, und fragte, was sie jetzt machen würden.

»Ich muss wieder rein«, sagte Yanko. »Ich hab noch eine Wette mit Byasso laufen. Außerdem muss ich mir noch ein bisschen Glück herbeirubbeln, nicht dass am Ende alle anderen mehr haben als ich. Glück kann man immer brauchen, weißt du doch.« Mit einem Schulterzucken und einem entschuldigenden Grinsen drehte er sich wieder um. »Wir sehen uns morgen.«

Ben nickte knapp und sah ihm nach, wie er zum Stall zurücklief und sich zwischen die anderen drängte. Alle sahen zu Feuerschuppe hinein, niemand beachtete Ben. Sonst gab es immer ein großes Hallo und ein paar Gaffer, wenn er seine Abreibung bekam, aber heute interessierte man sich nicht einmal mehr für seinen Rausschmiss.

Nur ein strahlend blondes Mädchen in einem feinen grünen Kleid mit goldener Schnürung, das teuer aussah, stand abseits des Getümmels und blickte zu ihm herüber. Auf die Entfernung war er nicht sicher, ob sie lächelte, doch sie musterte ihn neugierig. Er war sofort sicher, dass sie schön war, er hatte ihr schmales, ebenmäßiges Gesicht mit der geraden Nase und den tiefen dunklen Augen vorhin schon gesehen, als er von dem dummen Drachen abgelenkt gewesen war. Und da hatte sie gelächelt, ganz leicht nur und ein wenig spöttisch.

Ben klopfte sich den Staub von der Hose und blickte dabei unverwandt zurück. Sein Herz schlug plötzlich wieder schneller. Wie sie in der Sonne stand, den Kopf leicht schief, und zu ihm herübersah, als wäre er wichtiger als der Drache … Sie wandte den Kopf nicht schüchtern ab und erinnerte ihn an die Königstöchter in den alten Sagen, für die sich ein Held in die schlimmsten Abenteuer stürzte, um sie zu erobern. Ben konnte sich nicht an sie erinnern, dabei hätte er eine solche Schönheit in Trollfurt doch gar nicht übersehen können.

Bis zum Tor ging er ihr entgegen, drei Schritte, und lächelte. Sie sah ihn weiter an. Es gab nicht viele blonde Mädchen in Trollfurt, wie konnte er sie da nicht kennen? Und dann fiel es ihm ein: Sie musste Sidhys Schwester sein. Deshalb sah sie zu ihm herüber; den Drachen kannte sie zur Genüge. Für sie war Ben das Kuriosum, der Trottel, der ihren Bruder zur Begrüßung in der neuen Heimat mal eben schnell verdroschen hatte. Derjenige der fünf Dutzend Besucher, der als Einziger rausgeschmissen wurde und sich dabei nicht einmal wehrte, weil er es gewohnt war, rausgeschmissen zu werden. Der verachtenswerte Prügelknabe in der vergessenen Stadt am Ende der Welt.

Was für ein Mist. Natürlich lächelte sie nicht und winkte auch nicht. Sie passte einfach nur auf, dass Ben nicht wieder zurück auf ihren Grund stolperte. Sein Herz pochte immer noch schnell, und das Blut schoss ihm ins Gesicht.

Fluchend vergrub Ben die Hände in den Hosentaschen und stapfte davon, nur irgendwohin, rauf in die einsamen Berge. Heute wollte er niemanden mehr sehen.

EIN NEUES HEIM

In den nächsten Tagen sah man ganz deutlich, welcher Junge in Trollfurt die Schulterknubbel des Drachen nicht berührt hatte. Überall entdeckte Ben strahlende Gesichter, Mädchen lächelten Sidhy hinterher, Jungen klopften ihm ständig auf die Schulter und machten seiner schönen Schwester Nica den Hof. Alle sprachen davon, wie viel Reichtum Trollfurt zu erwarten hatte, jetzt, da das Glück in die Stadt zurückgekehrt sei und in der Mine wieder Blausilber gefördert werden würde. Dann würde sicher auch der Orden der Drachenritter wiederkehren.

Yanko erzählte eines Mittags, dass seine Eltern aufgehört hatten zu streiten, und dass er einen Gulden gefunden hatte, einfach so, die blinkende Münze hatte mitten auf der Straße gelegen.

»Ein Gulden, Ben, ein ganzer Gulden!«

»Ein halber wäre ja auch zu blöd gewesen«, brummte Ben missmutig. So viel Geld hatte er noch nie besessen.

Yanko lachte, klopfte ihm auf die Schulter und lief nach Hause.

Ben hatte kein Geld gefunden, nicht einmal einen alten Knopf, gar nichts. Er hatte auch noch kein Wort mit Nica gewechselt, er wusste nicht einmal, was er sagen sollte, sollte er sie je ohne einen ihrer Verehrer oder ohne Freundin antreffen. Verehrer und Freundinnen hatte sie selbstverständlich zuhauf, sie konnte schließlich seit Jahren Feuerschuppes Schulterknubbel reiben, wann immer sie wollte.

Er hatte dafür Ratten im Haus, die ihm in drei aufeinander folgenden Nächten das Frühstück wegfraßen; Vorräte besaß er nicht, und so verbrachte er die Vormittage hungrig, bis er einen Fisch fangen oder eine Frucht stibitzen konnte.

Manchmal schubste ihn irgendein Junge herum, wenn Sidhy in der Nähe war, um diesen zu beeindrucken.

Von einem der Nachbarhäuser löste sich ein Dachziegel und stürzte neben ihm zu Boden. Dass er nicht getroffen wurde, konnte man eigentlich nicht Glück nennen; es war einfach eine Warnung der Götter. Und als ihm am nächsten Tag beim Üben mit der alten Klinge ein Ast ins Gesicht schnellte und ihm fast das Auge ausstach, wusste er, jetzt wurde es ernst. Die breite Schramme auf seiner Wange blutete, er ging augenblicklich nach Hause, ohne weitere Äste im gespielten Drachenkampf abzuhacken.

Seine Warze juckte wie wild, bis plötzlich neben ihr eine zweite zu wachsen begann. Ein kleines, hässliches, weißes Ding. Panisch drehte er die Hand im hellen Sonnenlicht hin und her, ob irgendwo noch eine dritte Warze wäre. Noch konnte er keine entdecken. Aber an zwei Punkten schien ihm seine Haut bleicher als sonst. Waren das erste Anzeichen? Würden dort Warzen wachsen? Er strich die Stellen mit Speichel und kühler Erde ein und murmelte Hellwahs Namen.

Wenn alle anderen in Trollfurt nun Glück hatten, musste ja alles Pech bei ihm hängen bleiben. Das durfte nicht sein, das konnte er nicht einfach so zulassen! Er musste irgendwie zu Feuerschuppe gelangen, um seine Schulterknubbel zu reiben. Anders würde er nicht mehr lange überleben.

»Jetzt übertreibst du aber«, sagte er sich, aber sicher war er nicht. Wenn wirklich alles Pech Trollfurts auf ihn fiel, dann würde er sterben müssen. Das sollte er sich gar nicht schönreden. So viel Pech konnte niemand überleben. Seine einzige Hoffnung waren Feuerschuppes Schulterknubbel, und wenn er sie gerieben hatte und das Glück ihm wieder hold war, fand sich vielleicht ja auch eine Drachenschuppe, mit der er seine beiden Warzen wegzaubern konnte. Oder wie viele auch immer es dann sein würden. In ihm saß die Angst, dass er auf dem Friedhof doch gesehen worden war und sich die Warzen nun über seiner Hand ausbreiten würden, vielleicht über den ganzen Arm oder gar seinen ganzen Körper. Alles würde jucken, er würde sich nur noch schwerfällig bewegen können, und dann ginge er als Ben der Warzenjunge in die Geschichte Trollfurts ein. Eine Lachnummer und zugleich der Schwarze Mann, mit dem man kleine Kinder noch lange nach seinem viel zu frühen Tod erschrecken konnte.

Ben beschloss, erst wieder einen Fuß vor die Tür zu setzen, wenn er einen Plan hatte, wie er ungesehen in Feuerschuppes Stall gelangen konnte. Na gut, um sich Essen zu beschaffen, musste er hinaus, aber das würde er nachts machen. Er wollte einfach keiner dieser glücklich grinsenden Gestalten begegnen.

Er legte sich auf sein Bett und starrte an die Decke. Hier hatte er seine Ruhe, aber ein Plan wollte ihm nicht einfallen. Er dachte an das hohe Tor aus Stahlgittern um das Anwesen, den verschlossenen Stall, die muskulösen Bediensteten, den freundlichen Yirkhenbarg, dessen Freundlichkeit jedoch sicher nicht gegenüber nächtlichen Eindringlingen galt. Er verfluchte den hochnäsigen, widerlichen Feigling Sidhy und verdrosch ihn in Gedanken immer wieder. Das half ihm natürlich nicht im Geringsten weiter.

Die meiste Zeit dachte er jedoch an die schöne Nica, aber auch das führte ihn nirgendwohin. Ja, wäre sie seine Geliebte, dann könnte sie ihm den Schlüssel für das Tor hinter einem losen Mauerstein verstecken, und Ben könnte so auf das Anwesen gelangen, zu Feuerschuppe und dann zu ihr, und er würde mit ihr fortgehen, am besten mit ihr auf Feuerschuppe davonreiten …

»Denk an deinen Plan!«, ermahnte er sich und schlug mit der Faust gegen die Wand. Was sollten diese romantischen Träumereien? Er hatte ernsthafte Probleme, um die er sich kümmern musste, und eine wuchernde Warze. Wenn er mit Nica in den Sonnenuntergang reiten wollte, dann musste er sie schon entführen, freiwillig käme sie nicht mit. Und auch den Drachen müsste er entführen. Wenn ein armer Schlucker wie er ein Mädchen wie sie gewinnen wollte, dann brauchte er Glück. Und genau hier war er wieder am Anfang angekommen.

Sein Magen knurrte, aber er würde jetzt nicht rausgehen. Erst später, wenn es dunkel war.

Er drehte sich um und starrte auf das große Drachenbild, das er an die Wand gekritzelt hatte. Der Schulterknubbel war schon nicht mehr zu erkennen, die ganze Kohlefarbe fortgerieben, so sehr hatte er versucht, ein wenig Glück durch die Zeichnung herbeizurufen. Natürlich vergebens.

»Ich werde das Glück zu mir zwingen«, presste er zwischen den Zähnen hervor.

In diesem Moment klopfte es plötzlich an die Tür. Drei schwere Schläge von einer großen Hand. Das war sicher nicht Yanko. Aber wer sollte ihn sonst besuchen?

Manchmal, wenn seine Mutter früher, viel früher, einen guten Tag gehabt hatte und er einen schlechten, hatte sie ihn auf den Schoß genommen und gesagt, er solle nicht traurig sein, irgendwann, wenn er es am wenigsten erwartete, würde das Glück an seine Tür klopfen. Damals hatte er immer gekichert, denn er fand die Vorstellung lustig, das Glück würde wie ein echter Vagabund von Haus zu Haus wandern, er würde die Tür öffnen, und es sagte: »Hallo, mein Junge, ich bin das Glück. Was kann ich für dich tun?« Also hatte er immer öffnen wollen, wenn es geklopft hatte, aber nur ganz selten hatten Vagabunden vor der Tür gestanden, und nie das Glück.

Wieder klopfte es.

»Ben! Junge! Bist du da?«, fragte eine tiefe Männerstimme.

Ben hatte keine Lust, jemanden zu sehen. Er schwieg.

»Wenn du da bist, mach auf.« Wieder klopfte es. »Wir kommen jetzt rein!«

»Was?«, rief Ben. »Wartet.« Er sprang vom Bett und stolperte, rappelte sich wieder hoch und schlurfte zur Tür. Wenn das nicht wichtig war, dann …

»Hallo Ben.« Vor der Tür standen drei Büttel, das Wort führte der Oberbüttel Gunnadrakh, ein riesiger, bärtiger, bärenhafter Mann mit ungebändigtem dunklem Haar, der eigentlich nur dann ungemütlich wurde, wenn man ihm widersprach.

»Herr Oberbüttel«, sagte Ben und fragte sich, ob ihn jemand beim Apfelklauen gesehen und angeschwärzt hatte. Aber würden die Büttel deshalb zu dritt kommen? »Kann ich Sie hereinbitten?«

»Nein, danke«, brummte Gunnadrakh. »Eigentlich sind wir gekommen, um dich herauszubitten.«

Die beiden anderen Büttel feixten und nickten.

»Warum das? Können wir nicht hier auf der Schwelle reden?«

»Es geht nicht um ein nettes Plauderstündchen, Ben. Wie du sicher weißt, hat Herr Yirkhenbarg die Blausilbermine oben am Berg gekauft. Und zur Mine gehören auch alle Arbeiterhäuser am linksseitigen Ufer. Als neuer Besitzer hat er uns gebeten, alle widerrechtlich besetzten Häuser zu räumen. Also auch dieses hier.«

»Was?« Ben gaffte die Büttel an. »Aber ... aber ... ich wohne hier!«

»Du hast hier gewohnt, solange der Besitzer das toleriert hat.«

»Und jetzt? Was soll ich denn jetzt machen?«

»Hast du's nicht verstanden? Du sollst gehen. Mach Platz für die anständigen Arbeiter, die demnächst kommen werden. Und sei froh, dass Herr Yirkhenbarg so großzügig ist, nicht die Miete für die letzten Wochen zu verlangen. Da hat ihm das Haus nämlich schon gehört.«

Ben konnte es nicht glauben; das musste doch ein schlechter Scherz sein. Hier waren weit und breit keine anständigen Arbeiter zu sehen, nur verlassene Häuser. Er hatte Yirkhenbarg nichts getan, der Mann war doch freundlich gewesen und ...

Sidhy!, dachte Ben. *Das war sicher Sidhys Idee!* Der hässliche Echsenkopf hatte seinen Vater aufgehetzt. Dieser verfluchte Kerl!

»Junge, komm, jetzt mach keinen Ärger. Beweg dich hier raus und verschwinde.« Der bullige Büttel mit den kurzen schwarzen Haaren grinste ihn fies an und winkte ihn mit der Rechten nachlässig heraus. Ben war von ihm schon mal beim Zitronenklauen erwischt worden, aber er hatte seinen Namen wieder vergessen.

»Ich muss mein Zeug holen«, brachte er hervor. Die meinten es tatsächlich ernst.

»In Ordnung.« Oberbüttel Gunnadrakh nickte gnädig.

»Trödel aber nicht herum«, sagte der Bullige nicht ganz so

gnädig. »Wir warten hier. Und wir haben noch anderes zu tun.«

Ben drehte sich um und warf die Tür hinter sich ins Schloss. Er hörte noch, wie der dritte Büttel sagte: »Lass ihm doch ein paar Minuten. Der Junge verliert gerade sein Zuhause.«

»Genau genommen ist es nicht sein Zuhause, deshalb sind wir ja hier. Außerdem ist die Hälfte seiner Sachen doch sowieso geklaut. Je weniger er mitnimmt, desto besser.«

Einen Wagen besaß Ben nicht, und er wusste, sie würden ihn nur mitnehmen lassen, was er tragen konnte. Also band er sich rasch aus seinem Gürtel und einem Strick eine Art Pferdegeschirr und knotete es an die große Truhe. In sie stopfte er seine wenige Kleidung, Nähzeug, Besteck, Teller, das Brett, seine zwei Töpfe und die schwere Eisenpfanne, die er im Nachbarhaus gefunden hatte. Dazu drei tote Ratten an einer Schnur, die alte, aber scharfe Axt von seinem Vater, die rostige Übungsklinge, zwei verrußte Laternen, vier Fläschchen Öl und eine Handvoll fast kugelrunder Steine, die er im Fluss gesammelt hatte. Als Letztes presste er seine Bettdecke und das Kopfkissen hinein, oben drauf schnallte er seine Angel, die zu lang war, um in die Truhe zu passen, und die zusammengerollte Matratze.

»Junge!«, brüllte der bullige Büttel vor dem Haus. »Mach schon!«

»Ja!« Ben zerrte die Truhe langsam am Griff zur Tür. Die Matratze löste sich und rollte vom Deckel herunter. Verdammt! Mühsam rollte er sie wieder zusammen, machte einen dreifachen Knoten in die Verschnürung und …

»Junge! Nun beeil dich!«

»Ich komm ja schon!« Ben atmete tief durch und warf einen letzten Blick auf die Drachen, vor allem den großen, den er mühevoll an die Wand gemalt und immer wieder verbessert hatte. Viel mehr als das Bild blieb hier von ihm nicht zurück, und das würden die neuen Bewohner bestimmt gleich am ersten Tag abwaschen. Wenn nicht, würde Sidhy es ihnen schon befehlen. Er kämpfte mit den Tränen, aber er würde nicht heulen wie ein Kleinkind. Nicht vor den Bütteln, nicht vor irgendwem aus Trollfurt! Aber er würde Sidhy zum Heulen bringen. Sidhy würde so sehr heulen, dass es in Trollfurt eine Überschwemmung von seinen Tränen geben würde. Und wenn Sidhy darin ertrinken würde, wäre Ben nicht im Geringsten traurig.

Er zurrte die Matratze fest und zog die Truhe mühsam nach draußen. Dort nahm ihm Oberbüttel Gunnadrakh den Schlüssel ab und verschloss die Tür.

»Hier hast du nun nichts mehr verloren«, sagte er noch, dann schlenderten die Büttel davon.

Seine Mutter hatte – wie so oft – nur Unsinn erzählt. Wieder einmal hatte sich gezeigt, dass nicht das Glück vor der Tür stand, wenn es klopfte. Jedenfalls nicht vor seiner.

Ben drehte sich noch einmal um, spuckte gegen die Haustür und wünschte dem nächsten Bewohner alles Schlechte, Warzen, Flöhe und giftige Kakerlaken, groß wie Kaninchen. Dann schnallte er sich sein improvisiertes Geschirr um die Brust und stapfte los. Der Schweiß rann ihm schon bei den ersten Schritten übers Gesicht, die Truhe war ungeheuer schwer, schon leer wog sie mehr als ein Dutzend Pfund.

Noch wusste er nicht, wohin, doch die Sonne stand schon tief. Er sollte einen sicheren Unterschlupf für die Nacht finden, bevor es dunkel wurde, morgen konnte er dann weitersehen. Ein Stück den Berg hinauf gab es eine verborgene kleine Höhle. Dort hätte er seine Ruhe und wäre näher am

Fonksee, wo es die besten Fische gab und das Angeln am ungefährlichsten war.

Als er sich an gerade einmal zwei Häusern entlanggekämpft hatte, wollte die Truhe schon nicht mehr weiter. Sie hatte sich in einer Vertiefung aus festgetretener Erde verkantet. Ben drehte sich um und hob die Truhe über das Hindernis hinaus. Es würde ewig dauern, bis er auch nur das Ende der Straße erreicht hätte, ganz zu schweigen vom Stadttor. Und wie er es ohne Glück auch noch den Berg hinauf schaffen sollte, wusste er nicht. Doch aufgeben würde er nicht, er musste erst einmal aus der Stadt rauskommen.

Als sich die Truhe zum dritten Mal in die Erde gegraben hatte und festsaß, konnte er immer noch sein altes Haus sehen, wenn er sich umwandte. Er kam einfach nicht voran. Auf welche Dinge konnte er am leichtesten verzichten? Was konnte er am Straßenrand zurücklassen, ohne dass es jemand stahl, bevor er zurückkam, um es zu holen?

Plötzlich kam Yanko um die Ecke gebogen. Er pfiff vor sich hin und zog einen großen leeren Leiterwagen hinter sich her.

»He, Ben, ich habe gehört, du kannst ein paar Räder unter deiner Truhe gebrauchen?«

Ben strahlte seinen Freund an und ließ sich erschöpft und erleichtert zu Boden sinken. »Mann, Yanko! Wer hat das gesagt?« Hemd, Hose und Haare waren so nass, als wäre er einmal quer durch den Dherrn getaucht.

»So direkt niemand. Aber Sidhy hat in der Schule geprahlt, er würde dich noch heute aus deinem Haus werfen lassen. Ich dachte erst, der schwätzt nur mal wieder groß herum, doch als ich heimgekommen bin, war der Büttel Kazhis gerade bei uns, um ein neues Schwert in Auftrag zu geben. Und er erzählte meinem Vater hämisch, wie sie dich eben rausgeschmissen hätten, was sie schon längst hätten tun sollen, denn das Haus habe dir schließlich nie gehört. Er hat gelacht und sagte, dass du dein Diebesgut kaum schleppen konntest, und allein daran könne man erkennen, dass du ein raffgieriger kleiner Schmarotzer bist. Mein Vater hat gesagt, da könne ich sehen, wohin ein Leben als Taugenichts führen würde und warum du kein passender Umgang für einen wohlerzogenen Jungen bist.« Yanko grinste. »Meine Mutter beschwert sich ja immer, ich sei nicht höflich genug. Ich bin also leider nicht wohlerzogen, und da dachte ich, der Taugenichts könnte vielleicht ein wenig Hilfe gebrauchen.«

»Und wie! Doch zuerst brauche ich eine Pause und einen Schluck Wasser.«

Gemeinsam und mit dem Wagen war es dann ein Leichtes, die Sachen auf den Berg zu schaffen. Die Höhle lag etwa fünfzig oder hundert Schritt abseits des Wegs zur Mine hinauf, und sie war gut verborgen hinter einem Felsen und dichtem Gesträuch. Dort hinauf schafften sie die Dinge ohne Wagen und wünschten Sidhy abwechselnd alle Krankheiten an den Hals, die ihnen einfielen, und noch ein paar, die sie eigens für ihn erfanden.

»Danke«, sagte Ben schließlich, als auch die schwere Truhe endlich oben stand. Die Höhle war nicht besonders groß, aber ein Stück geräumiger als sein Haus. Über die rissigen Wände krabbelten allerlei Insekten und schwarze Gebirgsasseln, der lehmige Boden war von kantigen Gesteinsbrocken übersät. Es roch muffig, und ganz hinten entdeckten sie einen handbreiten Spalt, der hoffentlich nicht bis in Samoths Reich hinabreichte. Im Licht der Laterne konnten sie sein Ende nicht erkennen.

Yanko zuckte nur mit den Schultern. »Ja, schon gut, hättest du für mich doch auch getan.«

Ben nickte.

Yanko nahm das Lederband mit dem verbogenen, durchlochten Groschen vom Hals und reichte es Ben. »Da. Der Groschen hat mir immer Glück gebracht.«

»Aber …?« Ben starrte ihn an.

»Kein aber. Du hast ein bisschen Glück echt nötig. Das ist nur ein Groschen, der ist nicht halb so mächtig wie die Schulterknubbel eines Drachen, an denen ich jetzt schon mehrmals gerieben habe. Aber er bringt doch Glück, und du kannst es brauchen.«

Ben hängte sich den Groschen um den Hals und fühlte sich mit einem Mal sicher. Noch einmal sagte er: »Danke.« Fast war es, als fühle er das Glück zu sich zurückfließen, aber das war wohl nur Einbildung und das ferne Rauschen der Schleierfälle.

»Ich muss dann mal.« Yanko nickte ihm zu und stieg zum Leiterwagen hinunter. Während er den leeren Wagen den holprigen Weg ins Tal zog und dabei eine Melodie pfiff, die er sich aus verschiedenen bekannten Liedern selbst zusammenbastelte, sah Ben ihm lange nach und hielt den Glücksgroschen fest mit der rechten Faust umschlossen.

FEUERSCHUPPE

Rasch hatte sich Ben eingerichtet, so gut es ohne Möbel eben ging. Die Matratze lag dort, wo ihm der Boden einigermaßen gerade vorgekommen war, daneben stand die Truhe, aus der er nichts herausgeräumt hatte außer dem Kopfkissen, der Decke, einer Laterne und der Scheide mit dem langen, scharfen Dolch, mit dem er immer die Fische ausnahm.

Seit Sonnenuntergang saß Ben auf dem Felsen vor der Höhle und starrte ins dunkle Tal. Es war beinahe Neumond, doch eine schmale Sichel und die Sterne erleuchteten den wolkenfreien Himmel. Er wartete darauf, dass in Trollfurt die letzten Lichter verloschen. Yankos Groschen würde ihm genug Glück bringen, um sich bis zu Feuerschuppe zu schleichen. Dann würde er die halbe Nacht lang die Schulterknubbel des Drachen reiben und sich dabei überlegen, wie er Sidhy eins auswischen konnte. Rache war wirklich etwas Wunderbares. Dennoch freute er sich tatsächlich noch mehr darauf, den Drachen wiederzusehen.

Irgendwo weiter oben am Berg löste sich ein Stein und rollte hinab, und ein einsamer Felsenwolf heulte den Mond an. Ben holte den Dolch aus der Scheide. Angst hatte er keine, aber deshalb musste er ja nicht alle Vorsicht außer Acht lassen. Angestrengt lauschte er in die Nacht, doch das nächste Wolfsheulen erklang ein Stück weiter entfernt. Gut so. Er sah wieder nach unten.

Nur noch eine Handvoll Lichter brannten in der Stadt, es wurde Zeit. Alles konnte er von hier oben natürlich auch nicht überblicken, nicht die Rückseiten der Häuser, nicht jene im Schatten der Stadtmauer, aber bis er unten war, würde die Stadt schlafen.

Ben steckte den Dolch kurz weg, sprang vom Felsen und zerrte einen frisch abgerissenen Ast mit vielen Verzweigungen und noch beinahe grünem Laub vor den Höhleneingang. So würden während seiner Abwesenheit keine großen Tiere hineingelangen.

Danach nahm er den Dolch wieder in die Hand und stieg bedächtig zum Bergweg hinunter. Diesem folgte er bis ins Tal, dann schlich er querfeldein zu den Schleierfällen hinüber. Zum Stadttor würde man ihn jetzt nicht einlassen, nicht, nachdem er aus seinem Haus geworfen worden war. Nicht, wenn er keine plausible Geschichte vorzuweisen hatte. Doch wozu sollte er sich eine Geschichte zusammenschwindeln, wenn es einen viel einfacheren Weg in die Stadt gab? Grinsend ließ er sich unterhalb der Schleierfälle in den Dherrn gleiten.

»Oh, verdammt«, zischte er. Der Weg war einfacher, aber auch deutlich kühler.

Langsam ließ er sich von der Strömung mittreiben, nah am Ufer, wo er jederzeit mit den Füßen den Grund erreichen konnte. In Friedenszeiten patrouillierten nur wenige Nachtwächter auf der Stadtmauer, denn Trollfurt lag abseits der großen Handelsrouten, eigentlich abseits von allem. Fremde verirrten sich nur selten hierher. Die Tore wurden bewacht, doch über dem Fluss war schon lange kein fester Wächter mehr postiert.

Die Stadtmauer war drei Mann hoch, und in der Nacht, von unten aus dem Fluss betrachtet, wirkte sie noch viel massiger, ein schwarzer, unüberwindlicher Block. Doch in der Mauer befand sich ein Durchgang für den Fluss, der jetzt im Frühsommer bis etwa einen Schritt Raum zwischen dem Stein und dem Wasserspiegel ließ; zu Zeiten von Hochwasser schwappte die Flut gegen das Gemäuer, auch wenn das meiste Wasser dann in den beiden Überlaufgräben um die Stadt herumgeleitet wurde. Der einzige Haken an dem Durchlass war, dass er mit einem groben Gitter aus massiven Eisenstangen versehen war.

Ben wurde von der Strömung gegen das Gitter gedrückt. Kleine Wellen plätscherten um ihn herum, das Wasser drang ihm in Nase und Ohren, den Mund hielt er fest geschlossen. Langsam zog er sich am Gitter entlang zur Flussmitte. Dort holte er tief Luft und tauchte hinab, zog sich im Dunkeln bis an den steinigen Grund und tastete dabei immer nach dem Gitter. Yanko hatte ihm erzählt, hier wäre eine Lücke, sein Vater hätte sich beim Ausbessern des Gitters vor ein paar Jahren verrechnet und wäre dann zu faul gewesen, es zu korrigieren. Welcher Feind würde schon davon wissen und so in die Stadt gelangen? Von außerhalb des Wassers wäre ja nichts zu erkennen. Doch auch für Ben, der davon wusste, war kein Durchkommen. Er tauchte wieder auf und holte möglichst leise Luft.

Hatte Yanko ihn angelogen? Nein, sicher nicht. Wahrscheinlich war Ben nur nicht in der Flussmitte. Er taxierte die Ufer und zog sich dann am Gitter ein Stück weit nach links. Er füllte seine Lungen mit Luft und stieß wieder in die Tiefe hinab. Das Wasser schob ihn gegen das Eisen, er tastete nach dem Grund. Endlich war er unten, aber auch hier ließ das Gitter nur eine Handbreit Raum. Ben tastete nach rechts und links und noch weiter nach links, und da spürte er es – der Boden sackte noch einmal ab, das Gitter aber machte eine Art Bogen nach oben. Er drückte sich ganz zum Grund hinab, und der Fluss spülte ihn unter dem Gitter hindurch. Da verhedderte sich sein weites Hemd am Ende einer Stange. Panisch griff Ben hinter sich, doch er bekam den Haken nicht zu fassen. Er wollte nicht ertrinken! In diesem Moment huschte eine handgroße Wasserfee mit Regenbogenflossen vor seinem Gesicht vorbei, und mit letzter Hoffnung dachte er: *Ich will hier weg!*

Denn wenn man eine Wasserfee sah, durfte man sich etwas wünschen, fischte man sie dagegen aus dem Dherrn, brachte dies sieben Jahre Pech. Deshalb angelte Ben auch lieber am Fonksee, wo es keine Wasserfeen gab.

Kaum hatte er seinen Wunsch zu Ende gedacht, konnte er sich wieder losreißen. Dabei schürfte er sich die Schulter und den Rücken auf, aber nicht tief; es blutete kaum.

Schnell, aber vorsichtig tauchte er in der Stadt an die Oberfläche. Tief atmete er durch und küsste mit zitternden Lippen Yankos Groschen. Zum ersten Mal seit Tagen hatte er wieder Glück gehabt.

Ein Stück weit schwamm er mit der Strömung, es war besser, nicht direkt an der Mauer aus dem Wasser zu steigen, falls irgendein Nachwächter doch einem Anfall von Pflichtbewusstsein erlegen war und das Würfelspiel verlassen hatte.

Ben wollte eben in der Nähe der Brücke ans Ufer klettern, da fiel ihm ein, dass das Anwesen des Minenbesitzers mit der Rückseite an einen Seitenarm des Dherrn grenzte. Von dort wäre es wahrscheinlich leichter, auf das Grundstück zu gelangen; sollte ein Bediensteter Wache schieben, dann sicher vorne am Tor.

Die Seitenarme des Dherrn waren eigentlich künstliche, schnurgerade verlaufende Kanäle, die Dagwarts Urenkel Medes angelegt hatte, um den vornehmen Häusern den Weg zum Brunnen und Fluss zu ersparen. Nur eine Spielerei und nicht von so großer Bedeutung für die vornehmen Leute, die ja ohnehin nicht selbst zum Brunnen liefen, sondern ihre Mägde und Knechte schickten. Ben vermutete, dass Medes einfach von Wasser besessen gewesen war, denn auch die Wasseruhr hatte er errichten lassen, ebenso wie die Aquarien im Tempel der anderen Götter und die riesige Mühle hinter der Stadt, die von drei miteinander verbundenen Wasserrädern betrieben wurde und das Korn schneller zu mahlen vermochte, als jeder Müller es nachfüllen konnte.

Ben schwamm also weiter, unter der Brücke hindurch, über die eben zwei Betrunkene nach Hause torkelten – oder zumindest in die Richtung, in der sie ihr Zuhause vermuteten.

»Ich wusste gar nicht, dass wir so viele Brücken in Trollfurt haben«, lallte der eine.

»Das fällt dir bei Tag nur nicht auf, weil die alle gleich aussehen«, erwiderte der andere.

Eigentlich war es nur eine große Brücke, dachte Ben, dazu drei schmale Stege aus Holz und die kleinen Stege über die Kanäle. Grinsend bog er nach rechts in den ersten Kanal, der hinter den Häusern der Hauptstraße entlanglief. Es war still hier, das Wasser ruhig, es floss langsam und ohne große Wellenbewegungen dahin. Manchmal erklang ein Platschen, wenn eine Flussechse oder eine Wasserratte auf- oder untertauchte. Aus einem geöffneten Fenster drang lautes Schnarchen und leises Motzen, das Ben jedoch bald hinter sich ließ.

Schließlich hörte er ein tiefes Schnauben, dessen Ursprung in der Nacht vor ihm lag. Es war leise, und doch spürte er es im ganzen Körper, wie ein leichtes Vibrieren.

Feuerschuppe.

Er erreichte die rückseitige Mauer um Yirkhenbargs Anwesen. Ein vielleicht zwei Fuß schmales Rinnsal zweigte vom

Kanal ab und strömte durch ein massives Gitter in der Mauer; hier kam er sicher nicht hindurch. Eine Hintertür, wie in vielen anderen Anwesen, fand sich auch nicht. Ben stieg auf den schmalen, von Gras und Unkraut überwucherten Uferstreifen zwischen Kanal und Mauer. Der sanfte Nachtwind ließ ihn frösteln. Leise schlüpfte er aus dem Hemd, wrang es aus und stopfte es in den Hosenbund, die Tropfen auf seiner Haut wischte er fort, so gut es ging. Die Hose behielt er an, er presste nur schnell so viel Wasser wie möglich heraus.

Der vergitterte Durchlass in der Mauer wurde von einem Rundbogen verziert. Der Bogen war nicht besonders breit und in der Mitte nicht einmal hüfthoch, doch vielleicht reichte es aus. Ben setzte die linken Zehenspitzen darauf und drückte sich mit dem rechten Fuß vom Boden ab. Sofort reckte er die Arme nach oben, und tatsächlich konnte er mit den ausgestreckten Händen an die Mauerkante greifen.

Ben war ein guter Kletterer, oft genug war er in den Bergen gewesen und auf zahlreiche Felsen gekraxelt. Jetzt zahlte es sich aus. Er zog sich mit den Armen hoch, schwang ein Bein auf die Mauerkante und wälzte sich ganz hinauf. Auf der anderen Seite ließ er sich direkt über dem Rinnsal hinab, das gemütlich in Richtung Brunnen im Hof dahinplätscherte, und tatsächlich ertasteten seine Füße auch hier einen Zierbogen. Er nutzte ihn als Trittfläche und ließ sich ins Gras hinabsinken.

Er wusste, dass Yirkhenbarg weder Hunde noch Wachdrachen besaß, trotzdem lauschte er, ob nicht irgendwo ein Wächter zu hören war. Das war nicht der Fall, doch irgendwo vor ihm erklangen wieder tiefes Schnauben und unruhiges Scharren. Lief der Drache in seinem Stall auf und ab? Es erschien Ben seltsam, dass er Feuerschuppe durch die Wände so deutlich vernehmen konnte.

Moment! Was hatte Sidhy damals gesagt? Sie würden als Erstes eine breite Tür auf der Rückseite der Stallungen anbringen, damit Feuerschuppe rein und raus konnte, wie es ihm gefiel. Und das hier, wo Ben gerade stand, war die Rückseite des Anwesens, die an die Rückseite der Stallungen grenzte!

Eine massige Gestalt kroch auf ihn zu, große Nüstern schnupperten geräuschvoll, als nähmen sie Witterung auf. Weshalb war er sich eigentlich immer so sicher gewesen, dass sich Feuerschuppe über ein erneutes Aufeinandertreffen ebenso freuen würde wie er?

Wenn sich Ben nachts einschleichen würde, nicht in Begleitung von Sidhy oder Yirkhenbarg oder Nica, wäre er dem Drachen dann eigentlich willkommen? Oder erkannte Feuerschuppe in ihm nicht eher doch den Eindringling, der schon einmal rausgeschmissen worden war? Hatten Drachen ein derart gutes Gedächtnis?

»Hallo Feuerschuppe?«, flüsterte Ben zaghaft und schluckte. Der Drache war groß genug, um seinen Kopf mit einem Haps zu verschlingen, ohne sich überhaupt die Mühe machen zu müssen, einmal zu kauen. *Ganz schlau, hier einfach mal so über die Mauer zu steigen,* dachte Ben.

Feuerschuppe blies ihm warmen Atem ins Gesicht und schnüffelte, schob seinen Kopf mit dem leicht geöffneten Maul näher. Die handlangen spitzen Eckzähne konnte Ben sogar in der Dunkelheit erkennen, weil sie so nah waren und noch immer näher kamen.

»Ich bin dein Freund, Feuerschuppe, ja, dein Freund. Ehrlich«, stopselte er herum, und der Drache stieß ihn mit seinen feuchten Nüstern gegen die nackte Brust, ganz sanft und spielerisch.

Ben atmete tief durch und kraulte Feuerschuppe vorsichtig an der Schnauze. Der Drache blieb ganz ruhig stehen und ließ es sich gefallen.

»Du bist wunderschön«, flüsterte Ben. Die Schuppen zwischen den Nüstern waren warm und glatt, kein bisschen glitschig oder so rau wie die des Standbilds oder die des schwarzen Drachen.

Feuerschuppe brummte leise vor sich hin. Viel tiefer als ein Katzenschnurren, doch es klang ähnlich zufrieden. Langsam wanderte Ben seitlich am Kopf vorbei zur Flanke des Drachen, dabei fuhr er mit seiner Hand weiter über die Drachenschuppen, bis er einen Schulterknubbel erreichte, der beinahe so groß war wie ein menschlicher Kopf.

Feuerschuppe sah ihn über die Schulter hinweg mit großen, verdrehten Augen an, dann ließ er sich auf dem Boden nieder, und Ben setzte sich neben ihn. Er schmiegte sich an den Drachen und rubbelte mit der erhobenen Rechten weiter über den Schulterknubbel, der aus vernarbtem Gewebe bestand, nicht aus Schuppen. Bens Handfläche begann zu kribbeln wie Muskeln, wenn sie eingeschlafen waren und dann wieder erwachten.

»Was ist das eigentlich für eine grausame Götteridee, dass jeder Drache eine solche Verwundung über sich ergehen lassen muss, bevor er frei von Samoths Bosheit sein kann?«, murmelte Ben und wunderte sich, woher dieser Gedanke kam. Hoffentlich strafte ihn Hellwah nicht dafür.

Doch kein Flammenpfeil stieß vom Himmel herab, und Feuerschuppe brummte einfach weiter vor sich hin.

Also rieb Ben mit kribbelnden Händen auch weiter sanft über den Knubbel, er spürte richtig das Blut darunter pulsieren. Es war, als würde ihr Pulsschlag sich angleichen, als würde etwas durch ihre Haut hin und her fließen. Konnte es wirklich das Glück sein, das durch den Knubbel zu ihm herüberfloss?

Ben erhob sich und lehnte sich über den Drachen, damit er beide Schulterknubbel zugleich berühren konnte. Sie pulsierten, so viel Leben regte sich unter ihren Narben. Ben war jetzt ganz sicher, dass Drachen Glück brachten, er konnte es regelrecht fühlen. Und Feuerschuppe brummte immer weiter, tief und wohlig und glücklich.

Ben erzählte Feuerschuppe, was für ein käferhirniges Ekel Sidhy war, und fragte, ob er sich Feuerschuppe gegenüber auch so mies verhielt.

Der Drache brummte weiter, aber kurz dachte Ben, er hätte den Kopf geschüttelt.

»Dann ist es ja gut«, sagte Ben, obwohl er da schon sicher war, dass er sich die Bewegung nur eingebildet hatte. »Dann ist es ja gut.«

Das Rubbeln war inzwischen fast zu einem Streicheln geworden, die Narben erschienen ihm nun nicht mehr so hart und rau. Er erzählte ihm, wie schön Nica war, aber leider auch unerreichbar für ihn, und wie viel Pech er in letzter Zeit gehabt hatte und wie froh er war, dass dies nun vorbei sei, dank Yanko und auch dank Feuerschuppe. Der Drache verstand ihn natürlich nicht, aber er brummte weiter vor sich hin, und das klang fast zustimmend.

»Du hast nicht zufällig irgendwo eine Schuppe verloren?« Ben lächelte vor sich hin. »Damit würde ich meine Warzen loswerden können. Sonst vertraue ich einfach auf mein kommendes Glück.«

Feuerschuppe ließ ein Schnauben erklingen, das fast wie ein Niesen klang, und brummte weiter. Plötzlich hob er seine vordere Klaue an die Schnauze und knurrte, es knirschte, er drehte den Kopf zurück und spuckte wie beiläufig etwas zu Bens Füßen ins Gras. Dann brummte er weiter, als wäre nichts geschehen.

Ben starrte den Drachen ungläubig an und vergaß, die Knubbel zu reiben.

Feuerschuppe knurrte, und Ben streichelte sofort weiter. Mit den Zehen tastete er über den Boden, bis er etwas spürte. Er umkrallte es und hob es hoch. Es war tatsächlich eine Schuppe.

»Warum hast du das …? Verstehst du denn, was ich sage?«

Der Drache brummte noch beiläufiger vor sich hin, drehte sich aber nicht um.

In diesem Moment hörte Ben eine Tür schlagen. Erschrocken wandte er sich um und sah eine Laterne hinter den Stallungen auf und ab gehen.

»Feuerschuppe? Hallo?«, klang eine unterdrückte Stimme durch die Nacht. Sie gehörte einem Mann. Ben musste auf der Stelle verschwinden – wenn er erwischt wurde, wäre es um ihn geschehen! Wahrscheinlich würde er grün und blau geschlagen werden, mindestens, aber niemand würde sich groß beschweren, wenn er erschlagen würde. Das konnte einem Eindringling schon mal geschehen, das war schließlich kein Mord.

Hastig griff er sich die Drachenschuppe aus seinen Zehen und schob sie in die Hosentasche.

Feuerschuppe erhob sich und stupste Ben wieder mit der Schnauze an.

»Ich komme wieder«, wisperte Ben und hatte das Gefühl, der Drache würde lächeln. Dann kletterte er blitzschnell auf die Mauer und rollte sich über sie hinweg.

»Da bist du ja«, sagte der Mann, als sich Ben auf der anderen Mauerseite ins Gras sinken ließ und die Luft anhielt. Das war gerade noch einmal gut gegangen. Das Glück kehrte zu ihm zurück.

»Was ist das?« Die Stimme des Mannes klang plötzlich ernst, in ihr schwang Ärger mit. Auch wenn Ben nicht wusste, was der Kerl meinte, spannte er instinktiv die Muskeln an – bereit zu fliehen oder zu kämpfen, je nachdem.

»Das ist doch … Hast du einen Eindringling erwischt? Guter Junge, braver Junge. Und nur das eingerissene, blutbesudelte Hemd übrig gelassen? So ist es brav, ja. Hat er geschmeckt, ja? Du wilde Bestie, du.« Der Mann schien jetzt zu lächeln und Feuerschuppe zu kraulen, denn der Drache brummte wieder vor sich hin.

Ben schluckte und war froh, nicht erwischt worden zu sein. Zur Sicherheit tastete er nach seinem Hemd, doch es hing nicht mehr in seinem Hosenbund. Ben fluchte lautlos vor sich hin.

Wie sollte Feuerschuppe Menschen auffressen, er hatte doch keine Flügel mehr und war nicht böse. Ihn hatte der Drache auch in Ruhe gelassen – Feuerschuppe war kein gefährliches Monster.

Der Mann hinter der Mauer lachte kurz auf und gab Feuerschuppe einen hörbaren Klaps. »Na, ich bring das Hemd mal wieder rüber auf die Leine, aber waschen und nähen tu ich es nicht. Und du machst dich auf eine gehörige Standpauke gefasst, wenn das Hemd morgen entdeckt wird. Du weißt doch, du sollst keine Wäsche von der Leine reißen. Ich weiß sowieso nicht, was daran so viel Spaß macht, frisch gewaschene Kleidung im Zweikampf zu besiegen.«

Feuerschuppe schnaubte protestierend, und Ben atmete tief durch. Dieser Kerl hatte einen seltsamen Sinn für Humor. Er wollte erst gar nicht herausfinden, wie viel Humor der Mann wirklich besaß, wenn er bemerken sollte, dass auf der Leine kein Hemd fehlte, dass dort vielleicht überhaupt keine Wäsche hing. Ben wollte nicht mehr in der Nähe sein, falls der nun doch auf die richtige Idee kam. Langsam und geräuschlos glitt er ins kalte Wasser und schwamm auf demselben Weg zurück, den er gekommen war. Zurück in sein neues Zuhause.

Sidhy würde eben an einem anderen Tag seine Abreibung bekommen.

VERBOTENE TIEFEN

In den nächsten drei Tagen richtete sich Ben in seiner Höhle ein. Er zimmerte sich ein ordentliches Gatter für den Eingang, damit er nicht ständig den Ast hin und her schleifen musste, und er zeichnete mit Kohle wieder einen großen Drachen an die Wand. Aus dem dicken Ende eines umgestürzten Baumstamms hackte er sich einen kleinen Tisch heraus sowie zwei einfache Klötze, die ihm und Yanko als Hocker dienen konnten. Außer Yanko wusste niemand, wo Ben jetzt wohnte. Jeden Nachmittag ging er in den Wald und übte das Abhacken von Drachenflügeln an Bäumen. Er würde Drachenritter werden!

Mit der Drachenschuppe hatte er sich seine beiden Warzen aus der Haut gekratzt, mit aller Sorgfalt hatte er sie weggeschabt. Dann hatte er die Schuppe zu einem Pulver zerstampft und auf die offene Wunde gestreut, alles verbunden. Der Daumen hatte furchtbar geeitert, doch die Warzen waren nicht zurückgekehrt.

Yanko hatte also recht behalten, Drachenschuppen waren ungeheuer mächtig. Und zudem hatte Ben mit seinem nächtlichen Besuch bei Feuerschuppe ja das Glück wieder herbeigezwungen. In sein Haus in der Stadt durfte er dennoch nicht zurückkehren.

Es schien, als würden demnächst tatsächlich Arbeiter nach Trollfurt kommen: Yirkhenbarg ließ einige der Häuser am linken Dherrnufer herrichten, die Dächer neu decken und eingeschmissene Fester neu verglasen. Es waren vornehmlich die größeren Gebäude, die nahe der Brücke standen. Yirkhenbarg trieb die Handwerker zur Eile an, seine Arbeiter würden wohl bald eintreffen. Dabei bezahlte Yirkhenbarg pünktlich jeden Abend und großzügig, so dass sein Ansehen schnell wuchs.

Als Ben jedoch mit Byasso auf der großen Dherrnbrücke saß, ohne Yanko und ohne einander zu beschimpfen, die Beine baumeln ließ, den Handwerkern bei ihrer Arbeit zusah und dabei auch ein paar wehmütige Blick zu seinem alten Haus sandte, sagte Byasso plötzlich: »Ich weiß nicht, was dieser Yirkhenbarg hier überhaupt verloren hat. Vater fragt sich das auch.«

»Ich dachte, dein Vater wusste als Erster vom Kauf der Blausilbermine und auch von Yirkhenbarg?«, entgegnete Ben.

»Das schon. Aber er wusste ja nicht, dass dieser Kerl hier so auftreten würde, so hochnäsig, so anmaßend. Dass er sich nicht einfach einfügen würde, sondern mit einem Drachen einmarschieren, als wäre er der Größte. Wie ein König! Als wäre er hier der Bürgermeister und nicht nur einer von vielen Geschäftsleuten am Ort.«

Daher also weht der Wind, dachte Ben. Byassos Vater, der Bürgermeister, sah seine Macht bedroht. Laut sagte er: »Immer wenn ich deinen Vater mit Yirkhenbarg sehe, lächelt er und klopft ihm auf die Schulter.«

»Ja, was soll er denn sonst machen? Yirkhenbarg genießt hohes Ansehen, seine Arbeiter werden bald kommen, dann ändert sich hier einiges, wenn wir nicht aufpassen. Einiges!« Byasso sah Ben wissend an.

»Und um das zu verhindern, lacht dein Vater täglich über Yirkhenbargs Scherze und klopft ihm auf die Schulter?«

»Ja, das macht man so«, sagte Byasso. »Das ist Politik, davon verstehst du nichts.«

Und Byasso war nicht der Einzige, der langsam seine Einstellung zu den Neuankömmlingen änderte. Noch gab Sidhy unter den Jungen den Ton an, und noch suchten viele Mädchen Nicas Freundschaft, viele Jungen ihre Nähe. Ihr kleiner Bruder Lenyoni mit der ständig schmollenden Unterlippe dominierte auch noch die jüngeren Kinder. Doch die drei hielten nicht mehr alle in ihrem Bann wie noch während der ersten Tage, als sie neu im Ort gewesen waren und den Drachen in die Stadt gebracht hatten.

Seit Bens Rauswurf war Yanko aus Freundschaft zu ihm nicht mehr gut auf Sidhy zu sprechen und nannte ihn einen feigen und verwöhnten Möchtegern-Tyrannen. Yanko verabscheute jeden, der sich so aufspielte. Ben mochte das, auch wenn er vermutete, dass Yanko es auch deshalb tat, weil er immer selbst gern die Kommandos an die Jungen in seinem Alter gab.

Der Müller-Taque hatte als einer der Ersten eine Abfuhr von Nica erhalten und war inzwischen der Meinung, Schönheit allein sei nicht alles, und die ganze Familie Yirkhenbarg sei sowieso hochnäsig und überheblich und hielte sich für etwas Besseres, nur weil sie einen Drachen verliehen bekommen hatte.

»Dabei sind Pferde doch eigentlich die besseren Reittiere, wenn man genau hinsieht und sich nicht von Größe blenden lässt. Wie man sich auch nicht von der Schönheit blenden lassen soll«, sagte er, und andere, die ebenfalls von Nica abgewiesen worden waren, stimmten ihm lautstark zu.

Unter diesen Jungen entbrannte eine wahre Pferdebegeisterung, und sie organisierten beinahe jeden Tag ein Wettreiten um die Stadtmauer, bei dem sie große Schilder aufstellten, auf denen stand:

HEUTE
Das große Trollfurt-Rennen.
Nur edle Tiere zugelassen.
Drachen und Stinktiere verboten.

Ben sah sich ein paar Rennen an, doch er konnte die Pferdebegeisterung nicht teilen, er wollte nur Sidhy eins auswischen. Und weil eine Abreibung viel befriedigender war, lauerte er mit Yanko und Byasso dem Sohn des Minenbesitzers auf. Da dieser jedoch von Cirpas, Lugh und Aaser begleitet wurde, waren es Ben, Yanko und Byasso, welche die Abreibung abbekamen. Und zwar eine ordentliche, so dass Bens Glieder noch am nächsten Tag schmerzten.

Als er erwachte, konnte er den rechten Oberschenkel nur unter Schmerzen bewegen. Er war froh, dass er nicht von irgendwelchen Eltern herausgequält wurde, um in die Schule oder irgendeine Lehre zu gehen. Er würde einfach liegen bleiben und später irgendwann ein paar Fische fangen, das war nicht so anstrengend wie Äpfel klauen.

Er starrte über das Gatter hinaus in den blauen Himmel und dachte an Nica. In seinen Träumen war es egal, wie viele andere Verehrer sie hatte und dass er bei ihr sowieso keine Chancen hatte, weil sie zur angesehensten Familie Trollfurts gehörte.

Er hauchte ihren Namen und starrte einfach ins Nichts.

Nach einer Weile stand Ben mühsam ächzend auf und wusch sich, wo es nötig war. Dann humpelte er in die Sonne und setzte sich auf den Felsen. Die Fische konnten noch eine Stunde warten.

Während er faul in der Sonne lümmelte und seinen juckenden, noch immer warzenfreien Daumen kratzte, sah er vier

Kutschen aus dem Süden auf die Stadt zufahren. Staub wirbelte auf, die Straße am Ufer des Dherrn war trocken, denn es hatte lange nicht mehr geregnet. Über diese Straße kamen die meisten Fremden in die Stadt, aber gleich vier Kutschen auf einmal war ungewöhnlich. Ben wäre am liebsten einfach hinuntergelaufen, aber sein Bein schmerzte, und er war völlig ausgepumpt. So blieb er sitzen und beobachtete alles, was passierte.

Die Kutschen erreichten das Stadttor und wurden rasch eingelassen. Sie rumpelten durch die Straßen, verschwanden immer wieder hinter Häusern, wurden von Neugierigen angegafft und zuckelten schließlich über die große Dherrnbrücke ans linksseitige Flussufer.

Natürlich, die Arbeiter!

Ben war froh, sich nicht hinuntergequält zu haben. Arbeiter waren eben Arbeiter, da gab es nicht viel zu sehen. Sie würden ihre spärliche Habe in die Häuser schaffen, und das wäre das Aufregendste, was passieren würde. Außerdem würden sie hier natürlich wohnen bleiben, er würde ihnen also noch oft genug über den Weg laufen.

Seufzend erhob er sich und griff nach seiner Angel. Bis er endlich am See oben wäre und etwas gefangen hätte, würde sein Magen lauter knurren als alle Felswölfe des Wolkengebirges zusammen. Langsam schlurfte Ben den steinigen, aber glücklicherweise auch schattigen Pfad zum Fonksee hinauf.

Nachdem er die ersten beiden Fische verzehrt hatte, fühlte er sich schon viel besser, längst nicht mehr so jämmerlich wie am Morgen. Das Bein hatte sich mit jedem Schritt wieder an Bewegung gewöhnt, der Schmerz war dumpf und erträglich. Jetzt war Ben auch bereit, sich die Neuankömmlinge in Trollfurt anzusehen. Doch zuerst wollte er sich noch ein paar

Fische für die nächsten zwei, drei Tage fangen, die er in Salz einlegen konnte.

Plötzlich hörte er ferne Stimmen, irgendwer kam den Berg herauf. Die Stimmen klangen tief, sicher nicht Yanko und Byasso oder ein anderer Junge. Doch Erwachsene kamen unter der Woche selten hier hoch. Ben konnte nicht verstehen, was sie sagten, dafür waren sie zu weit weg. Ein Stück noch kamen sie näher, dann entfernten sie sich wieder. Nicht hinab, sondern am Hang entlang.

Die gehen zur Mine, fuhr es Ben durch den Kopf. Kaum in der Stadt, gleich zum Arbeitsplatz – solch eifrige Arbeiter mussten Herrn Yirkhenbarg glücklich machen. Vielleicht nahmen sie Ben sogar mit hinein, wenn er große Begeisterung für ihre Arbeit zeigte? Es war einen Versuch wert. Oder er schlich ihnen einfach nach und hoffte, sie würden die Tür hinter sich nicht wieder verschließen.

Seine Neugier war größer als die Angst vor einem Höhlenalp.

Ben holte die Angel ein und versteckte sie und den Eimer schnell im nahen Gebüsch. Dann machte er sich auf den Weg zur Mine. Er lief, so schnell seine schweren Beine ihn trugen, und irgendwann vernahm er wieder die Stimmen. Sie klangen nun dumpfer, und als er um die Bergkante bog, hinter der die Mine lag, sah er eben noch einen fremden Mann in der Tür verschwinden.

»Halt!«, rief Ben, ohne nachzudenken.

Der Kopf des Mannes tauchte wieder auf, er sah sich um und entdeckte Ben. »Was willst du, Junge?«

»Ich will mit«, keuchte Ben und humpelte die letzten Meter heran.

Der Mann trat nun wieder ganz in die Sonne. Er war groß,

kräftig und glatt rasiert und trug kein Hemd, etwas, das für einen Erwachsenen unschicklich und auf den Straßen der Stadt eigentlich undenkbar war. Sein langes dunkles Haar hing ihm über die bloßen Schultern, und auf dem linken Oberarm hatte er einen gewundenen grünen Drachen tätowiert. Der Drache war detailgenau in die Haut gestanzt, die Augen wirkten beinahe lebendig, selbst die Narben auf den Schulterknubbeln waren zu erkennen. Ben hatte eine solch kunstvolle Arbeit noch nie gesehen. Direkt hinter dem Mann kam ausgerechnet Yirkhenbarg selbst aus der Mine gestapft. Dieser besaß so viel Anstand, dass er sein Hemd nicht ausgezogen hatte.

Er blinzelte gegen das Licht und lächelte Ben dann an. »Du willst also mit? Wohin denn?«

»In die Mine, Herr Yirkhenbarg.« Ben versuchte möglichst freundlich und treuherzig dreinzublicken. Inzwischen war er nicht mehr so sicher, ob wirklich Sidhy allein für seinen Rauswurf aus dem Haus verantwortlich war. Klar prahlte der Mistbeutel damit, aber entschied nicht letztlich doch das Familienoberhaupt, was getan wurde? Auch wenn Sidhy es angeregt hatte, die Anweisung zum Rauswurf musste letztlich doch der gute Herr Yirkhenbarg gegeben haben. Ben spürte plötzlich den Groll in sich wachsen, aber er ließ sich nichts anmerken.

»Was willst du denn da?«

»Na ja, mein Vater hat dort vor Jahren gearbeitet, aber ich war damals viel zu klein, um ihn da zu besuchen. Und dann wurde die Mine ja geschlossen, und ich habe noch nie einen Fuß hineingesetzt. Dabei will ich unbedingt wissen, wie so eine Blausilbermine aussieht, ich möchte die Loren mit der schimmernden Staubschicht selbst sehen, von denen ich schon so viel gehört habe. Ihr silbrig-blaues Leuchten in der Dunkelheit … Die Arbeit in der Mine muss einfach toll sein.«

»Vor allem ist sie anstrengend«, brummte der Arbeiter mit vorgeschobenem Unterkiefer.

Yirkhenbarg sah ihn von der Seite an und lächelte spöttisch, sagte jedoch nichts.

»Anstrengend macht mir nichts aus, Hauptsache, die Arbeit ist spannend.«

»Wie heißt du, Junge?«, fragte Yirkhenbarg. »Gesehen habe ich dich schon einmal.«

»Ben, Herr Yirkhenbarg.« Er bemühte sich, weiterhin zu lächeln. Der werte Herr Yirkhenbarg hatte ihn also schon einmal gesehen. Wie großzügig. War das bevor oder nachdem er Ben aus seinem Haus hatte schmeißen lassen?

»So, so, du bist also der Ben.« Yirkhenbarg nickte vor sich hin.

Kannte er die Namen der Leute, die er vor die Tür gesetzt hatte, oder hatte Sidhy etwa zu Hause von ihm erzählt? Vielleicht hätte sich Ben doch einen falschen Namen ausdenken sollen. Aber das wäre sicher bald rausgekommen, und er musste ja nicht den mächtigsten Mann der Stadt grundlos anlügen.

»Sie wissen, wer ich bin?«

»Ich habe von dir gehört. Du hast bis vor kurzem in einem meiner Häuser gewohnt.« Inzwischen hatte das Lächeln seine Augen verlassen, nur auf den Lippen zeigten sich noch letzte Reste.

Ben nickte. Er sagte nicht, dass es genau genommen bis vor kurzem sein Haus gewesen war, nicht Yirkhenbargs, auch wenn es immer mehr in ihm brodelte. Doch er zwang sich, an die Mine zu denken und daran, dass Yirkhenbarg ja auch Nicas Vater war. Bestimmt war es nicht das Klügste, gleich mit ihrem nächsten Verwandten einen Streit zu beginnen.

»Wo wohnst du denn jetzt? Immer noch linksseitig des Dherrn?«, wollte Yirkhenbarg wissen.

»Ich dachte, dort gehören alle Häuser Ihnen?«

»Fast alle. Die Häuser einer kleinen Gasse hat mein Vorbesitzer anscheinend verkauft. Aber dort wohnst du demnach nicht?«

»Nein.« Ben schüttelte den Kopf. Er hatte wirklich keine Lust, über seine Höhle zu sprechen. Was sollte er da sagen? *Ich lebe momentan in einer geräumigen Höhle. Nichts Besonderes, aber mit schönem Gatter und tollem Aussichtsfelsen vor dem Eingang. Und die Wände bemale ich eigenhändig. Übrigens, ich liebe Ihre Tochter, vielleicht kann ich sie ja mal auf einen frischen Fisch und einen geklauten Apfel zu mir einladen? Ich hoffe, Sie haben nichts dagegen? Es ist wirklich eine anständige Höhle.* Ein solches Gespräch wollte er bestimmt nicht führen.

Also brachte er sein ursprüngliches Anliegen wieder zur Sprache: »Aber ich würde wirklich gern mit in die Mine kommen.«

»Das verstehe ich gut, wirklich gut, in deinem Alter war ich auch immer sehr neugierig.« Yirkhenbarg nickte und sah für einen Moment aus, als wollte er Ben über den Kopf streicheln wie einem kleinen Jungen. Zum Glück tat er es nicht. »Aber leider können wir dich nicht mitnehmen. Wir müssen weit hinein, um uns alles einmal anzusehen. Das ist schon für erfahrene Leute nicht ungefährlich, seit Jahren wurden keine Stützpfeiler erneuert, wir wissen nicht, ob es irgendwo Einstürze oder einen Felsrutsch gegeben hat. Nichts ist gesichert, da ist es zu riskant, jemanden mitzunehmen, der keine Erfahrung mit Minen hat. Das geht auf keinen Fall. Ich würde es mir nicht verzeihen, sollte dir etwas zustoßen. Zumal du wirklich ein wenig angeschlagen aussiehst, Ben.«

»Ich bin wirklich vorsichtig«, versprach Ben so aufrichtig er konnte, aber Yirkhenbarg sagte nun scharf: »Ich habe nein gesagt!«

Nichts lächelte mehr an ihm, er wirkte mehr denn je wie ein Mann, der das Befehlen gewohnt war und keinen Widerspruch kannte. Ohne es zu wollen, senkte Ben den Kopf und murmelte etwas, das er selbst nicht verstand.

Yirkhenbarg drehte sich um und stieg gemeinsam mit seinem Arbeiter wieder in die Mine. Scheppernd schloss sich die massive Tür hinter ihnen, und Ben hörte, wie ein Schlüssel im Schloss gedreht wurde.

Kurz, ganz kurz hatte Ben noch einen Blick hineinwerfen können, zumindest ein Stückchen, so weit das Sonnenlicht reichte. Und er war sicher, dass auf dem alten, verstaubten Holztisch gleich hinter dem Eingang kein Werkzeug für die beiden Männer bereit lag, sondern Laternen, mehrere Ölfläschchen, Seile und zwei breite Schwerter mit reich verziertem Griff, die in schlichten schwarzen Scheiden steckten.

Ben legte das Ohr an die Tür, doch die beiden sprachen nicht laut genug, als wüssten sie, dass er lauschte. Mehr als undeutliches Gemurmel konnte er nicht verstehen. Nur kurz hielten sich die beiden nah bei der Tür auf, wahrscheinlich, um sich die Lampen und Schwerter an den Gürtel zu hängen. Dann stiefelten sie davon. Langsam wurden ihre dumpfen Schritte immer leiser.

Was wollten sie mit den Waffen in einer Mine? Hauste dort etwa wirklich ein Höhlenalb, oder gab es andere Untiere, die sie erst besiegen mussten, bevor die Arbeit wieder aufgenommen werden konnte? Der Arbeiter hatte sich zumindest viel geschmeidiger bewegt, als Ben erwartet hätte, es war nicht der gebeugte Gang gewesen, den er von den Knechten der Stadt kannte. Er verharrte noch ein paar Minuten vor dem Eingang und rüttelte an der verschlossenen Tür, doch sie wollte nicht aufgehen. Also humpelte er wieder zum Fonksee, holte seine Angel und Fische und stieg hinab nach Trollfurt, um Yanko von all dem zu berichten.

UNGEBETENER BESUCH

Er traf Yanko zufällig auf dem Marktplatz, und auch dieser humpelte noch von der gestrigen Prügelei. Es war später Nachmittag, und viele Jungen und Mädchen hielten sich hier auf, von Sidhy, Cirpas, Lugh und Aaser war zum Glück aber nichts zu sehen.

Ein paar Jungen hatten alte Leinenhemden zu einem Ball zusammengebunden, traten ihn quer über den Platz. Andere fochten mit Stöcken oder schnippten kleine runde Steine möglichst nah an den Sockel von Dagwarts Standbild. Die jüngeren Mädchen sprangen abwechselnd über ein Seil, das von zwei anderen im großen Bogen geschwungen wurde. Die älteren saßen aufrecht auf den Bänken vor der Wasseruhr und redeten, manche nähten oder stopften dabei irgendwas. Mitten unter ihnen befand sich auch Nica. Ben sah zu ihr hinüber und wandte sich dann ab, bevor sie seinen Blick bemerken konnte.

»He, Yanko! Wie geht's?«, rief er und schlenderte mit den Händen in den Hosentaschen zu seinem Freund hinüber.

»Ben, alter Junge, alles klar?«, rief dieser zurück, und dann lehnten sie sich an die Rückseite des Standbilds, wo niemand mit runden Steinen spielte.

Ben stand so, dass er über Yankos Schulter hinweg zu Nica schauen konnte. Er erzählte, was er eben an der Mine erlebt hatte.

»Schwerter?«, fragte Yanko darauf. »Ich sage dir, wir brauchen den Schlüssel! Wir müssen unbedingt einen Blick in die

Mine werfen. Schwerter! Damit suchen die sicher kein Blausilber. Da steckt etwas anderes in der Mine!« Yanko gehörte zu den Jungen, die die Aussicht auf Untiere spannend fanden. Er war überzeugt, dass in der Mine keine wirklich gefährlichen Untiere hausen konnten, denn solche hätten schon längst die Holztür eingerissen und wären in Trollfurt eingefallen. Alle Untiere, die nicht in der Lage waren, eine noch so massive Holztür einzureißen, konnten nicht als gefährlich bezeichnet werden.

Das klang überzeugend, doch Ben blieb misstrauisch. Was, wenn irgendein Untier eben einfach lieber im Dunkeln blieb, als Türen einzureißen?

»Ach was«, erwiderte Yanko. »Du nimmst deinen Dolch mit, und ich leihe uns ein paar richtige Waffen aus Vaters Werkstatt aus, ein Schwert und eine Kriegsaxt müssten sich da auftreiben lassen.«

»Und der Schlüssel?«

»Ja, ich habe doch gesagt, dass wir den brauchen. Mir wird schon was einfallen. Sonst knacken wir das Schloss eben.«

Ben nickte, auch wenn er nicht die geringste Ahnung vom Schlösserknacken hatte, und sah an Yanko vorbei zu Nica hinüber. Sie zuckte eben mit den Schultern, lächelte zurückhaltend und sprach mit einem Jungen, der daraufhin mit hängendem Kopf abzog. Die anderen Mädchen kicherten.

»Ha!«, stieß Ben triumphierend aus.

»Was?«, fragte Yanko.

»Nichts, nichts«, versicherte Ben hastig.

»Ja, ja.« Yanko grinste. »Lass mich raten. Dieses *Nichts-Nichts* hat strahlend blonde Haare und sitzt auf einer Bank bei der Wasseruhr.«

»Ach was!«

»Wenn du es sagst, dann muss ich mich wohl irren …«

Ben starrte Yanko an. Sollte der doch sagen, was er wollte. Stattdessen fragte er: »Ich hab gesehen, wie die Arbeiter angekommen sind.«

»Ich auch.«

»Und? Vom Berg oben war nicht viel zu erkennen. Wie kamen die dir vor?«

»Wie Arbeiter. Warum?« Yanko mühte sich sichtlich, nicht zu lachen.

»Weil der eine oben an der Mine …« Ben wich Yankos Blick aus, und seine Augen zuckten automatisch zu Nica hinüber, er konnte nichts dagegen tun. In diesem Moment wandte Nica schnell den Kopf ab. Hatte sie etwa gerade zu ihm herübergesehen? Er fixierte ihre Augen, aber sie wollte einfach nicht mehr hersehen.

»Dir ist echt nicht zu helfen«, brummte Yanko und humpelte davon.

»He! Warte!«

»Warum denn? Damit du mich weiterhin als Deckung benutzen kannst, um zu deinem blonden *Nichts-Nichts* hinüberzugaffen?«

»Jetzt komm schon.« Ben legte Yanko den Arm um die Schulter. »Sei doch nicht gleich eingeschnappt.«

»Gleich eingeschnappt?« Yanko riss sich los. »Du tust so, als wäre ich blind und vollkommen verblödet! Ich geh jetzt Byasso suchen, der traut sich wenigstens mit in die Mine und glotzt nicht immer weg. Du liebestoller Höhlenmensch!«

»Leck mich, dämlicher Moorschädel! Fall vom Berg und brich dir den Hals!« Ben trat nach Yankos Hintern, war aber zu langsam und traf nur Luft. Er hielt sich den Oberschenkel, der durch den Tritt wieder schmerzte, und starrte Yanko hinterher.

Dann äugte er kurz zu den Mädchen hinüber und schlenderte ganz langsam über den Marktplatz und weiter in die Bäckergasse, die zum Dherrnufer führte. Er hatte die wilde Hoffnung, dass Nica ihn gesehen hatte und ihm folgen würde. Doch vielleicht konnte sie nicht sofort weg von ihren Freundinnen, wenn sie sich nicht verraten wollte. Wenn sie etwas für Ben empfand, würde sie später nachkommen. Vielleicht. Er ging bis zum Dherrn, setzte sich ans Ufer und wartete.

Er wartete und wartete, starrte aufs Wasser, warf kleine Steinchen nach Wasserratten. Keine Nica erschien.

Er wartete und wartete, bis sich die Sonne schließlich dem Horizont näherte. Der Fluss verschwand im Schatten der Häuser und hörte auf zu glitzern. Ben wartete vergeblich; es dämmerte und wurde schließlich ganz dunkel. Die Sonne war verschwunden, und auch das Glück hatte ihn verlassen. Er blieb einfach sitzen, dachte an Nica oder an nichts, bis in Trollfurt Ruhe einkehrte, nur noch das sanfte Plätschern des Dherrn zu hören war und hier und da der Ruf eines Tiers. Egal, wie er es drehte und wendete, Nica würde nicht mehr kommen.

Er stand auf und machte sich auf den Weg, um Feuerschuppe zu besuchen.

Als sich Ben bald darauf über die Mauer zum Yirkhenbarg-Anwesen wälzte, lungerte der Drache wieder im hinteren Garten herum. Ben ließ sich mühsam ins Gras hinabgleiten und hielt sich erst einmal den pochenden Oberschenkel, bevor er sich dem Drachen zuwandte.

»Hallo Feuerschuppe, wie geht's?«, flüsterte Ben und kraulte den Drachen auf den glatten Schuppen zwischen den Nüstern. Im spärlichen Licht sah es beinahe so aus, als würde er grinsen.

»Ausgezeichnet. Und dir?«, brummte Feuerschuppe mit tiefer, knarzender Stimme.

Ben erstarrte, die Härchen auf seinen Armen hatten sich aufgerichtet, als hätte ihn eine kühle Herbstbrise erfasst, und seine Kopfhaut kribbelte. Hatte der Drache gerade eben wirklich gesprochen? Er kniff die Augen zusammen und riss sie sofort wieder auf. »Du … du kannst reden?«

»Natürlich kann ich reden. Warum nicht?«

»Weil … weil …«, stotterte Ben. Er wusste nicht, was er sagen sollte. In manchen Geschichten sprachen Drachen, aber das waren Geschichten. Konnten Drachen also tatsächlich und wirklich sprechen? »Warum hast du dann letztes Mal nichts gesagt?«

»Herr Yirkhenbarg will nicht, dass ich mit anderen Leuten rede.« Feuerschuppe wiegte den Kopf hin und her.

»Und warum sprichst du jetzt mit mir?«

»Man muss ja nicht immer nur das machen, was andere wollen.« Der Drache zeigte wieder sein eigenwilliges Grinsen. »Aber ich wäre dir sehr verbunden, wenn du mir trotzdem wieder die vernarbten Flügelreste auf meinem Rücken massieren könntest. So, wie du es letztes Mal gemacht hast, ja?«

»In Ordnung«, sagte Ben überrumpelt, und Feuerschuppe drehte ihm die Flanke zu, damit er die Schulterknubbel gut erreichen konnte. Und dann überfiel es ihn siedend heiß: Wenn Feuerschuppe reden konnten, dann hatte er alles genau verstanden, als Ben ihm neulich sein Herz ausgeschüttet hatte. Ausgerechnet der Drache von Nicas Familie wusste Bescheid! Hoffentlich hatte er Nica oder Sidhy nicht alles erzählt.

»Also, was ich dir das letzte Mal gesagt habe, das …?«, versuchte Ben zu fragen.

»Bleibt unter uns. Ich schweige.«

Ben atmete erleichtert aus und umschloss die Schulterknubbel mit seinen Händen. Sie schienen ihm größer als das letzte Mal, ein ganzes Stück größer sogar. Auch war das Gewebe nicht mehr so vernarbt, sondern weich, fast wie frische Haut, die über eine Schürfwunde wuchs. Beinahe sofort spürte Ben wieder dieses sanfte Pulsieren, dieses Gefühl, als würde das Glück vom Drachen zu ihm hinüberfließen. Oder als würde alles, was in letzter Zeit schiefgelaufen war, seinen Körper verlassen.

»Ah, das ist gut, ja, genau da. Weitermachen.« Feuerschuppe ließ sich auf den Boden sinken und brummte zufrieden vor sich hin.

Schweigend massierte Ben einfach weiter. Dieses Pulsieren war wie eine magische Verbindung zwischen ihm und dem Drachen, er spürte richtig, wie etwas mit ihm geschah, mit ihnen beiden. Die Traurigkeit und Einsamkeit, die er vorhin am Fluss noch empfunden hatte, bröckelte von ihm ab, er fühlte sich glücklich. Mit aller Willenskraft versuchte er das Pulsieren noch zu verstärken, und sein ganzer Körper begann zu kribbeln. Alles schien ihm gut und richtig, nur die Schulterknubbel irgendwie nicht. Waren sie größer geworden? Er hatte sie kopfgroß in Erinnerung, aber jetzt waren sie schon eher länglich und deutlich größer als sein Kopf, etwa so lang wie sein Arm. So konnte man sich viel leichter vorstellen, dass dies einmal Ansätze von Flügeln gewesen waren. Und oben wirkten sie frisch und weich, lebendig, nicht wie die knotigen Überreste abgeschlagener Schwingen.

»Du, sag mal, sind deine Schulterknubbel gewachsen? Sie

kommen mir größer vor«, fragte er also Feuerschuppe, der es ja wissen musste.

»Größer? Nein, das kann nicht sein, das bildest du dir bestimmt ein.« Der Atem des Drachen verlangsamte sich, doch er brummte weiter.

»Aber ich hätte schwören können …«

»Wie sollen sie denn größer werden? Die sind nicht geschwollen, das waren sie noch nie.«

»Geschwollen?« Ben tastete noch einmal über die Schulterknubbel. Es war zu dunkel, er konnte nichts sehen, aber sie fühlten sich gesund und lebendig an, nicht krank und geschwollen. »Nein, geschwollen sind sie nicht. Sie …«

»Na also.«

Wenn Feuerschuppe unbedingt recht haben wollte, seinetwegen. Es war schließlich sein Körper, Ben ging das nichts an. Er rieb schweigend über die Knubbel und holte sich so sein Glück. Deswegen war er ja hier.

»Erzählst du mir was über Drachen?«, fragte Ben dann doch wieder. Er war viel zu neugierig, um den Mund zu halten, und die alten Mythen verrieten einfach viel zu wenig. »Wo kommt ihr her? Wie lebt ihr so? Habt ihr auch Helden und Könige und …?«

Feuerschuppe ließ ein amüsiertes Schnauben hören. »Bist ganz schön neugierig, was? Ich mach dir einen Vorschlag: Lass mich das hier noch eine Weile genießen, nachher erzähle ich dir mehr, ja? Aber erwarte nicht zu viel, unsere Helden sind anders als eure, und Könige haben wir nicht. Nein, so was haben wir nicht.« Mit einem Seufzen verstummte der Drache. Fast klang er schwermütig, wie abwesend und in wehmütige Erinnerungen versunken.

»Meinetwegen.« Ben war wenig begeistert, aber schwieg

erst einmal, zumindest für ein paar Minuten. Dann fiel ihm noch etwas ein. Nachdem der Drache sowieso schon so viel wusste, konnte er auch ganz direkt werden. »Du, Feuerschuppe, hinter welchem Fenster ist eigentlich Nicas Zimmer?«

»Zweiter Stock, das Balkonzimmer zum Garten hin.«

»Danke. Und das von Sidhy?«

»Erster Stock, zweites Fenster von links. Aber auf der Vorderseite, das kannst du von hier nicht sehen. Auf dem Fensterbrett ist eine Auflage aus Stahl für eine Armbrust montiert.«

»Aha«, brummte Ben und starrte zum Haupthaus hinüber, zum Balkon im zweiten Stock. Dort also schlief sie.

»Und, Feuerschuppe …?«

»Nachher!«, grollte der Drache. »Nachher, habe ich gesagt.«

Gut, dann eben keine Fragen mehr. Während Ben mit den Gedanken bei Nica war und die Schulterknubbel massierte, begann Feuerschuppe wieder zufrieden zu brummen.

Blumen, er musste ihr Blumen auf den Balkon legen, dachte Ben plötzlich. Es war albern und unsinnig, doch Mädchen liebten Blumen, und so sprang er auf und sagte: »Tut mir leid, ich mach gleich weiter.«

Er pflückte alle, die er finden konnte. Hauptsache viele, nachts wirkten alle Blumen grau. Feuerschuppe blieb an der Mauer liegen.

Der Balkon war Teil eines richtigen Vorbaus, an dem sich knorrige Weinpflanzen nach oben rankten. Ben klemmte sich die Blumen in den Hosenbund und griff nach einer möglichst hochgelegenen Verzweigung, sein Fuß fand zwischen der Pflanze und dem hölzernen Pfeiler Halt. Langsam mühte er sich nach oben, der Oberschenkel schmerzte wieder. Auf Höhe des ersten Stocks rutschte ihm der Blumenstrauß aus dem Hosenbund. Ben drehte sich blitzschnell um und grabschte nach dem fallenden Strauß. Als er die Blumen fast erreicht hatte, stach ihm ein böser Schmerz in den Oberschenkel, und er verlor den Halt.

Inmitten der Blumen klatschte er zu Boden. Aus dem Haus drangen verärgerte Rufe, jemand drohte damit, rauszukommen. Verflucht, er musste verschwinden. Sofort! Mit pochenden Schmerzen im Oberschenkel spurtete er zur rückseitigen Mauer, vorbei an dem schweigenden Feuerschuppe. Er wälzte sich über die Mauer hinweg, glitt ohne zu verschnaufen ins Wasser und schwamm den Kanal entlang, folgte dem Dherrn gegen die Strömung und zog sich durch die Lücke im Gitter hinaus aus der Stadt.

Es war schon tiefe Nacht, als er die letzten Meter zu seiner Höhle zurücklegte. Nachdem er unterwegs lange an Nica gedacht hatte, dachte er nun seit einer Weile über Feuerschuppes gewachsene Schulterknubbel nach. Bestand ein Zusammenhang zwischen ihnen und der Tatsache, dass der Drache trotz Verbots gesprochen hatte? Entwickelten sich aus den Knubbeln etwa langsam wieder Flügel?

Ben war zu müde, um einen klaren Gedanken zu fassen, mit jedem schweren Schritt tauchte eine Frage in seinen Kopf auf, aber keine einzige Antwort. Er war schon zufrieden damit, dass er nicht strauchelte, Antworten würde er morgen finden. Die Fragen jedoch wollten nicht weichen. Er konnte sich nicht vorstellen, weshalb die Flügel wieder wachsen sollten, denn von einer solchen Geschichte hatte er noch nie gehört. Doch wenn es so war – kehrte dann mit den Flügeln auch Samoths Bosheit zurück?

Wenn die Flügelansätze noch weiter wuchsen, über welche Befehle und Regeln würde sich der Drache dann hinwegsetzen?

Feuerschuppe wirkte so freundlich, aber wenn Samoths Bosheit wieder mit aller Macht über ihn kam, was würde er dann anstellen? Drachen mit Flügeln waren von ihrer Natur her Menschenfresser. Würde Feuerschuppe mit Flügeln in Trollfurt wüten und wahllos töten? Warum wuchsen diese Flügel wieder?

Bens Fragen wurden mit einem Schlag hinfortgewischt, als er um seinen Aussichtsfelsen bog.

Das Gatter lag zerbrochen vor dem Eingang.

Ben verharrte augenblicklich, schüttelte die Müdigkeit ab, so gut es ging, und lauschte, doch kein Geräusch drang aus der Höhle. Prüfend sog er die Luft ein, es roch auch nicht streng nach Raubtier, es roch wie immer. Vielleicht hatte ein schlecht gelaunter Bär das Gatter zerstört und war dann weitergetappt. Noch einmal lauschte Ben angestrengt, dann beschloss er nachzusehen, ob irgendein Tier seine Höhle besetzt hatte, schließlich hatte er keinen anderen Schlafplatz. Und wenn er sich auch von Yirkhenbarg aus seinem Haus hatte schmeißen lassen, von einem Tier ließ er sich nicht vertreiben!

Entschlossen zog er seinen scharfen Dolch aus der Scheide. Vorsichtig legte er die letzten Schritte zurück und tauchte ins Dunkel. Noch immer war nichts zu hören. Er ging in die Hocke, ließ sich auf ein Knie nieder und spannte die Muskeln an, so dass er jederzeit aufspringen konnte. Leise tastete er nach Öllampe und Zunder, die er gleich am Eingang hinter ein paar Gesteinsbrocken versteckt hatte. Als er sie gefunden hatte, legte er den Dolch kurz aus der Hand, um Licht zu machen. Er legte ihn direkt neben sein Knie, so dass er ihn auch im Dunkeln mit einem Griff finden würde, sollte es nötig sein.

Die Laterne flammte auf, und Ben erkannte mit einem Blick, dass die Höhle verlassen war: Auch die hintersten Ecken, die vom Lichtschein gerade noch erfasst wurden, bargen nichts Gefährlicheres als flackernde Schatten. Doch irgendetwas war hier gewesen. Oder irgendjemand.

Die Truhe war umgestoßen, der Inhalt überall auf dem Boden verteilt. Seine Angelrute lag in zwei Teile gebrochen neben dem Tisch, die Fetzen des Kissens überall verteilt. Matratze und Decke waren feucht, sie rochen streng, und Ben war überzeugt: Hier hatte jemand seine Notdurft verrichtet. Er wusste nur nicht, ob Tier oder Mensch. Oder hatte sich gar ein Troll erleichtert? Doch Trolle hatte man hier seit Jahrzehnten nicht mehr gesehen.

Würden Tiere eine solche Verwüstung anrichten und wieder verschwinden? Der einzige Mensch, der wusste, dass Ben hier hauste, war Yanko. Und Yanko kam nicht in Frage, auch nicht nach ihrem kleinen Streit auf dem Marktplatz. Oft genug hatten sie sich schon schlimmer in der Wolle gehabt.

Im hinteren Teil der Höhle entdeckte Ben die Fische, die er am Mittag gefangen hatte. Sie lagen im Dreck, wirkten, als wären sie mehrmals darin gewendet worden wie in Panade, und rochen ebenso streng wie seine Matraze. Das sah nun gar nicht nach einem Tier aus, dachte Ben. Und einer allein konnte es auch nicht gewesen sein, so groß war keine Blase der Welt.

Ben war erschöpft und tief frustriert, er fühlte sich ausgelaugt und allein. Vertrieben aus Trollfurt, hatte er nun nicht einmal in einer ungemütlichen kleinen Höhle seine Ruhe. Wenn er ein Mädchen wäre, würde er jetzt flennen, so aber riss er sich zusammen und trat nur gegen seine Decke. Warum erwischte es immer ihn? Warum jetzt, wo ihm doch das Glück gerubbelter Schulterknubbel beschieden sein sollte. Was für ein Schweinematsch!

Er stellte die beiden Hälften des Gatters wieder auf und drehte die Matratze um. Die Unterseite war voller Erde, sonst jedoch trocken. Er legte sich hin und deckte sich mit seiner Jacke zu. Morgen würde er den dreimal verfluchten Eindringling suchen und Rache nehmen, dachte er noch, dann war er eingeschlafen.

DER DRACHENRITTER UND DIE JUNGFRAU

Ben schlief unruhig und schreckte immer wieder hoch. Falls es doch ein wildes Tier gewesen war, musste er bereit sein, wenn es zurückkehrte. Und draußen gab es viele unheimliche Geräusche. Doch kein wildes Tier drang in seine Höhle ein.

Am nächsten Morgen schaffte er Decke und Matratze in die Sonne, damit sie trocknen konnten. Im Süden zeigten sich ein paar Wolken am Himmel, doch sie waren zu klein und zu weiß, um Regen zu verkünden.

Ben besserte das Gatter notdürftig aus. Es sah wirklich aus, als hätte es jemand mit Absicht entzweigebrochen. Tiere und Yanko schieden auch bei Tag betrachtet aus. Konnten wirklich Trolle aus den Bergen zurückgekehrt sein? Wie sollte er sich da wehren? Oder war es doch jemand aus der Stadt gewesen?

Ihm wurde ganz schwindelig von so vielen Fragen. Er würde nach Trollfurt gehen und Yanko alles erzählen. Yanko wusste immer, was zu tun war, er hatte oft genug Antworten, wenn Ben irgendetwas nicht verstand.

Ben packte die Fische ein und stieg ins Tal. Im Dherrn wusch er sie, rieb den Dreck sorgfältig ab und auch den Geruch. Selbst essen wollte er sie sicher nicht, auch wenn sein Magen lauter knurrte als des Königs Wachhunde. Doch so sahen sie wieder einigermaßen frisch aus, zumindest frisch genug, dass der Wirt von der *Fetten Wildsau* sie ihm abnahm. Von dem Geld kaufte er sich einen Kanten Brot und ein ordentliches Stück Käse, das er auf der Wiese vor dem Schulgebäude verzehrte.

Durch die geschlossenen Fenster konnte er nicht hineinblicken, doch er sah, wie Priester Habemaas irgendwann mit ernster Miene das Gebäude verließ, und grüßte ihn mit vollem Mund. Hellwahs Diener schien ihn jedoch nicht bemerkt zu haben, er eilte einfach weiter. Ben blieb in der Sonne sitzen. Er hatte Zeit, denn Yanko schwitzte wie alle Jungen noch in der Schule.

Oder wie *fast* alle Jungen, denn plötzlich rannte der kleine Nydhas auf den Tempelplatz, ein schmächtiger Stumpen, neun oder zehn Jahre alt, und immer ganz vorne mit dabei, wenn es darum ging, den Leinenball zu treten.

Ein Junge, der niemals ruhig sitzen konnte, und der jetzt an Ben vorbeijagte und brüllte: »Drachenritter! Ein Drachenritter ist da!«

Ben brauchte einen Moment, um den Satz wirklich zu begreifen, dann sprang er auf. »Was? Wo?«

Aber Nydhas war schon an der Schule vorbei, rannte über die buckligen grauen Pflastersteine und schrie wieder: »Ein Drachenritter ist da!«

Türen öffneten sich auf beiden Seiten der leicht abschüssigen Straße. Ben wartete nicht weiter ab, dass sich die Schulpforten öffneten, sondern eilte in die Richtung, aus der Nydhas gekommen war – dort musste der Drachenritter doch irgendwo sein.

Ein Drachenritter!

Endlich doch ein Drachenritter! Wenn das Ganze kein Scherz war. Wenn es stimmte, wollte er jedenfalls der Erste sein.

Als er den Marktplatz erreichte, standen schon jede Menge

Knechte und Mägde herum, auch Yankos Vater entdeckte Ben in der rasch wachsenden Menge, andere Handwerker und ihre Frauen ebenso und auch den kahlköpfigen Gastwirt aus der *Fetten Wildsau.* Viele Augen glänzten, Münder standen offen, und selbst das verhärmte Antlitz eines greisen Knechts strahlte wie ein beschenkter Junge. Auf all diesen Gesichtern stand die Hoffnung, die mit einem Drachenritter das Ende der Abgeschiedenheit Trollfurts verband. Erst der neue Minenbesitzer, und so kurz darauf ein Ritter des Ordens! Es würde wieder bergauf gehen mit Trollfurt, nervöse, ausgelassene Vorfreude auf bessere Zeiten lag greifbar in der Luft.

Um eine würdevollere und angemessen zurückhaltende Freude bemüht, stand der gut genährte Bürgermeister Odhulan vor der Menge und hatte eine Haltung eingenommen, mit der er nach Byassos Worten immer repräsentierte. Er hatte sich mit strahlendem Gesicht und stolz gereckter Brust zwischen Dagwarts Standbild und einem verstaubten Planwagen postiert, auf dessen Kutschbock eine junge Frau mit tiefschwarzen, gelockten Haaren saß. Ihre Lippen waren dunkelrot geschminkt, die Augenlider himmelblau, und an den Ohren baumelten große runde Silberringe, die beinahe bis zu den Schultern hinabreichten. Sie lächelte. Ihre weiße Bluse war eng geschnitten, und zwischen den deutlich erkennbaren Brüsten hing ein glänzender hellblauer Stein.

Direkt am Planwagen stand ein riesiger Mann, der den Bürgermeister neben sich um beinahe eine Haupteslänge überragte. Der Mann trug die rote Tunika der Drachenritter, auf deren Brust ein eingewobener sonnengelber Drachenkopf prangte. Sein Gesicht war kantig und von einer großen Hakennase beherrscht, die dunkelbraunen Haare kurz geschoren. Die Arme des Ritters wurden von Ärmeln aus dünnem weißen Stoff bedeckt, sie waren so dick wie Bens Oberschenkel, deutlich zeichneten sich die Muskeln unter dem engen Stoff ab. Über den linken Handrücken verlief eine lange rote Narbe. Der Mann hätte seinen Wagen wahrscheinlich selbst ziehen können, so beeindruckend stark sah er aus, doch es waren zwei dunkle Pferde an die Deichsel gespannt.

Eigentlich hatte sich Ben einen Drachen erhofft, aber auch auf den zweiten Blick blieben es nur Pferde. Doch das änderte nichts daran, dass ein leibhaftiger Drachenritter gekommen war. Bens Hände schwitzten, und sein Mund wurde ganz trocken.

»Herzlich willkommen in Trollfurt, Herr Narfried«, intonierte der Bürgermeister feierlich, und der Ritter dankte ihm. Kurz darauf hieß der Bürgermeister ihn erneut herzlich willkommen, als noch weitere Trollfurter herbeigeströmt waren, hoffnungsvoll, neugierig und mit verschmierten Händen, so dass man an dem Teig zwischen den Fingern oder dem Ruß erkennen konnte, von welcher Arbeit sie fortgerissen worden waren. Und schließlich begrüßte er ihn noch ein weiteres Mal aus tiefstem Herzen. Ben war nicht sicher, ob das jetzt die dritte Begrüßung war, oder ob er sogar welche verpasst hatte. Der Drachenritter lächelte noch immer, aber das Lächeln schien nicht mehr ganz so breit wie zu Beginn.

Hinter sich hörte Ben Kinder tuscheln, die dem Unterricht entkommen waren, aber er drehte sich nicht um, um Yanko zu suchen. Er war froh, dass er einen Platz so nahe am Wagen gefunden hatte und alles sehen konnte.

»Was führt einen hohen Ritter wie Euch in unsere schöne Stadt?«, fragte der Bürgermeister endlich. Es sollte wie eine höfliche Begrüßungsfloskel klingen, doch er war sichtlich nervös. Auch die Menschen um Ben her hielten gespannt die Luft an.

»Unser Ordensmeister war einfach neugierig, wie es um das Trollfurt des berühmten Dagwart bestellt ist. Er wollte allen Bürgern der Stadt seine Grüße senden.« Hier lächelte Ritter Narfried in die Menge, die wohlwollend murmelte, zumindest die ersten Reihen, die seine Worte verstanden hatten.

Eine Frau neben Ben schluchzte, und ein Knecht nickte mit zusammengepressten Lippen. Der Orden hatte sie also nicht vergessen, nicht die Stadt, die ihm lange wertvolles Blausilber aus den Eingeweiden der Berge gekratzt hatte, und auch nicht ihre Bewohner. Hoffnung war in den Gesichtern zu lesen.

Der Blick des Ritters wanderte freundlich über die Neugierigen hinweg, kurz sah er Ben direkt an, dann wandte er sich wieder dem Bürgermeister zu und sprach laut und deutlich weiter. »Zu lange war keiner aus unserem Orden mehr hier, viel zu lange. Es ist an der Zeit, unsere freundschaftlichen Beziehungen zu erneuern und zu vertiefen, so viel sei auf die Schnelle gesagt. Alle Einzelheiten würde ich allerdings gern mit Euch unter vier Augen besprechen.«

Der Angesprochene deutete eine Verbeugung an und sagte, es sei ihm eine große Ehre.

»Zuvor würde ich nur gern meine Pferde tränken und mir zwei Zimmer für die Nacht nehmen. Eins für mich, eins für meine Begleiterin, die tapfere Jungfrau Ivallya.«

»Zimmer nehmen? Das kann ich nicht zulassen. Selbstverständlich seid Ihr mein Gast«, sagte der Bürgermeister gewichtig und breitete die Arme aus. »Auch Wasser und Futter haben wir genug für Eure Pferde. Bitte folgt mir in Dagwarts Haus.«

Der Ritter dankte, nahm sein Gespann am Zügel und führte es hinter dem Bürgermeister her. Dabei plauschten die beiden Männer darüber, wie die Reise gewesen war und welche banalen Neuheiten es im Süden gab, über alles eben, was man in zwei, drei Sätzen zusammenfassen konnte, denn der Weg war kurz und die Höflichkeit zwischen ihnen groß.

Die meisten Trollfurter drängten den beiden nach und lauschten begierig auf jedes Wort, das der Fremde zu berichten wusste. Dabei schielten nicht wenige zur Jungfrau Ivallya, die schweigend und mit übergeschlagenen Beinen auf dem Kutschbock saß.

Auch Ben drehte sich immer wieder um. Doch sein Blick streifte Ivallya nur kurz, er versuchte, an ihr vorbeizuschauen, denn er wollte wissen, was ein Drachenritter so alles mit sich führte. Leider war der Wagen gut verhangen, und auch durch das beständige Ruckeln auf dem Pflaster öffnete sich kein Spalt im Stoff.

Am Haus des Bürgermeisters angekommen, wandte sich Odhulan an die Menge, winkte und rief: »Dank euch allen für die Begleitung, doch Ritter Narfried und die reizende Ivallya sind sicher müde von der Reise. Lassen wir sie ein wenig ruhen, heute Abend sind sie dann gewiss bereit für einen geselligen Abend unter neuen Freunden. Nicht wahr, Herr Narfried?«

Der Ritter nickte und lächelte noch immer. »Natürlich, darauf freuen wir uns.«

Dann rollte der Planwagen durch das Hoftor, und die Diener verschlossen es vor den neugierigen Trollfurtern. Ben stand ganz vorn, die Hände auf zwei Eisenstangen des Torgitters gelegt, und blickte dem Ritter nach.

»Komm mit«, zischte plötzlich eine Stimme in sein Ohr, und er erkannte Yanko. In seinem Blick waren keine Überreste ihres gestrigen Streits mehr zu sehen, die Augen strahlten schelmisch wie immer, wenn Yanko etwas ausheckte. Gemeinsam wühlten sie sich durch die dicht gedrängte, hoffnungsvolle Menge, die noch immer an Tor und Zaun verharrte und beobachtete, wie Ivallya vom Kutschbock stieg und wie die Pferde zur Tränke vor dem Stall geführt wurden.

»Wohin?«, fragte Ben, doch Yanko zog ihn einfach am Ärmel weiter und hinüber zu Byasso, der zwei Häuser weiter vor der Metzgerei auf sie wartete.

»Was gibt's denn?«, wollte Ben wissen.

»Willst du wissen, was der Ritter mit meinem Vater zu besprechen hat?«, antwortete Byasso mit einer Gegenfrage.

»Natürlich.«

»Dann komm mit.«

Sie rannten den schmalen Weg zwischen der Metzgerei und der anschließenden Bäckerei entlang, der mit wucherndem, hüfthohem Unkraut zugewachsen war und zu keinem der beiden Grundstücke gehörte. Vor drei oder vier Generationen hatte sich darüber eine Familienfehde entwickelt, vier Menschen waren dabei getötet worden. Der damalige Bürgermeister hatte als Richter beide Nachbarn für verrückt und den schrittbreiten Streifen Land zwischen ihren Grundstücken zu Allgemeinbesitz erklärt. Da dieser Streifen aber als Sackgasse am Kanal endete, wurde er von der Allgemeinheit eigentlich nicht benutzt.

Nach wenigen Augenblicken erreichten sie den Kanal, der weiter unten auch an Yirkhenbargs Anwesen vorbeifloss. Byasso führte sie triumphierend auf dem schmalen Uferstreifen entlang, als wäre der Weg ein großes Geheimnis. Wahrscheinlich war er das große Geheimnis von jedem Jungen in der Stadt, dachte Ben, und auch Yanko lächelte, als wäre er ihm vertraut.

Der Bürgermeister lebte traditionell in Dagwarts Haus, dem

Gebäude, das der Stadtgründer selbst errichtet und bewohnt hatte. Die Mauer am Kanal war also schon alt und durch die Nähe zum Wasser feucht, der Verputz bröckelte, und Ben wollte seine Finger und Zehen schon in die Fugen krallen, da deutete Byasso auf die kleine Hintertür aus geschwärztem Holz. Augenzwinkernd kramte er den Schlüssel für das rostige Schloss aus seiner Hosentasche.

Kein Klettern also, dachte Ben, doch Byasso führte sie hinter den Stallungen entlang zur Rückseite des schmutzig weißen Haupthauses und deutete dort auf eine Kellerluke.

»Da runter. Mein Vater lässt mich schon alleine nie in sein Amtszimmer. Nur hohe Gäste bewirtet er immer dort.«

»Und deshalb steigen wir in den Keller, statt an der Tür zu lauschen?«

»Wartet's ab.« Byasso grinste. »Ich habe nicht vor, mich beim Lauschen am Schlüsselloch von meiner Mutter erwischen zu lassen!«

Sie klammerten sich an den Rand der Luke, ließen die Beine in die Tiefe baumeln und sich schließlich fallen, einer nach dem anderen. Sie landeten in einem Vorratskeller. Ben griff sich im Vorbeigehen zwei Äpfel und eine Zitrone aus den Regalen, stopfte sie in die Hosentaschen und folgte den anderen beiden an zwei Weinfässern und einer Treppe nach oben vorbei in eine kleine, holzverkleidete Kammer, die außer Staub nichts zu enthalten schien.

»Was ihr jetzt zu sehen bekommt, das müsst ihr für euch behalten.« Byasso musterte sie ernst.

»Schwört es«, verlangte er. »Schwört bei Hellwahs Sonnenlicht. Wenn ihr nicht schweigt, sollen euch die Augen aus dem Gesicht faulen und von fetten grauen Würmern verputzt werden.«

»Wir schwören.« Ben zögerte keinen Augenblick, auch wenn dies ein mächtiger Schwur war. Weit unten im Süden sollte es eine ganze Stadt geben, die auf diese Weise einem Grafen und Drachenreiter Treue geschworen und ihn dennoch im Stich gelassen hatte. Jetzt lebten nur noch Blinde in der Stadt, ein paar sehende Kinder, die erst nach dem Schwur geboren worden waren, sowie ein stummer Bettler, der nicht hatte schwören können und nun, als der einzige Erwachsene mit Augenlicht so etwas wie der heimliche Herrscher war.

»Gut. Denn davon weiß nicht einmal mein Vater.« Byasso langte hinter die Holzverkleidung, und ein leises Klacken ertönte, dann schwang ein schmaler Teil der Verkleidung an Scharnieren nach vorn. Dahinter verbarg sich ein schmaler, unbeleuchteter Gang.

»Mann«, entfuhr es Yanko, »das ist unglaublich!«

Byasso lächelte und ließ Ben und Yanko zwei Schritte vorausgehen. Die Wände bestanden aus rauen alten Ziegelsteinen, und eine dicke Staubschicht lag über allem. Die schwere feuchte Luft roch nach Moder.

»Ist nicht besonders aufgeräumt«, grinste Byasso, nahm eine Laterne von einem Wandhaken gleich hinter der Tür und entzündete sie. Als er die Geheimtür hinter sich zuzog, blieb ihnen nur das spärliche Licht der kleinen Flamme, Fenster gab es hier unten keine.

»Vorne rechts. Aber seid leise.« Er hatte die Stimme gesenkt und hielt sich den Zeigefinger an die Lippen.

Am Ende des Gangs befand sich auf jeder Seite eine Tür. Ben, der vorausging, drückte die rechte auf und betrat einen länglichen Raum, in dem sich ein Strohsack zum Rumlümmeln befand. Neben ihm standen eine Handvoll Weinflaschen, die Hälfte davon leer. Doch das Auffälligste war eine Art Metallkasten an der gegenüberliegenden Wand. Das Türchen des Kastens stand offen, und heraus hing ein Schlauch, vielleicht zwei Finger dick, dessen eines Ende durch die Rückseite des Kastens direkt in die Wand führte und dessen anderes Ende einen handtellergroßen, trichterförmigen Abschluss hatte.

»Seid jetzt bloß leise«, flüsterte Byasso und schlich zu dem Schlauch hinüber.

Ben und Yanko folgten ihm auf Zehenspitzen.

Byasso hielt den Trichter mit einer Hand zu. »Der Schlauch endet in Vaters Empfangsraum, und durch ihn kann man hören, was dort gesprochen wird. Ich habe keine Ahnung, ob schon Dagwart den hier eingebaut hat und welcher Bürgermeister damit zuerst belauscht wurde, aber jetzt ist es meiner. Wenn mir langweilig ist, belausche ich meinen Vater. Ich weiß nur nicht, wie gut unsere Worte oben zu verstehen sind, das konnte ich allein nie ausprobieren.«

Ben und Yanko nickten bewundernd, das machte gar kein Geräusch. Lächelnd nahm Byasso die Hand vom Trichter.

Nun drang aus ihm die Stimme des Bürgermeisters. Nicht besonders laut, aber gut verständlich. Die drei Jungen setzten sich im Kreis um die Laterne auf den Boden, den Trichter hielten sie in ihre Mitte und reckten ihm die Ohren entgegen. Anfangs wagte Ben nicht einmal richtig zu atmen, er hatte Angst, dass Bürgermeister Odhulan sonst auch ihn hören konnte.

»Ich hoffe, es mundet?«, fragte der Bürgermeister gerade, und seine Gäste versicherten, der kalte Braten und die Früchte seien ganz ausgezeichnet. Dann lobten sie abwechselnd Trollfurt, seine heroische Vergangenheit und die vielversprechende Zukunft, jetzt, da die Mine dank der engagierten Vermittlungsarbeit des Bürgermeisters wieder einen neuen Besitzer hatte. Blausilber war ein edles Metall; wo es gefördert wurde, versprach es Wohlstand, nicht nur für den Besitzer einer Mine. Bürgermeister Odhulan versicherte seine Bewunderung für den Orden und die aufopferungsvollen Taten seiner tapferen Ritter.

»Nun ja, danke«, erwiderte Narfried. »Doch zu viel der Ehre, die Tapferste in diesem Raum hier, das ist die Jungfrau Ivallya.«

»Wirklich?« Der Bürgermeister klang neugierig, aber auch ein wenig reserviert. Vielleicht ärgerte es ihn, dass der Ritter gerade eine Jungfrau tapferer genannt hatte als ihn. Aber auch Ben war überrascht.

»Ja«, beharrte der Ritter und erzählte, dass jeder Ritter nur in Begleitung einer Jungfrau auf Drachenjagd ginge, denn Jungfrauen seien die bevorzugte Speise der geflügelten Wesen. »Während ich also, gerüstet mit Schwert und Schild, im Verborgenen auf den geflügelten Drachen lauere, lässt sie sich an einen Pfahl binden und wartet wehrlos auf das Untier. Wir sind dabei fern jeder Ortschaft, damit kein anderer zufällig zu Schaden kommen kann, wenn wir den Drachen anlocken. Wir sind ganz allein, so dass die Nase des Drachen nicht durch die Gerüche anderer Menschen verwirrt wird; ich selbst bin mit Kolbenkraut eingerieben, das verdeckt meinen Geruch. Denn ein Drache riecht Jungfrauen auf Meilen hin, besonders gefesselte.

Befindet sich nun ein Drache in mehreren Meilen Umkreis, so dauert es selten lange, bis er angerauscht kommt. Im Sturzflug von oben, die grässlichen Flügel angelegt, das Maul mit den spitzen Zähnen aufgerissen. Er prallt auf den Boden, gleich neben dem Pfahl der Jungfrau, die Züge vor Gier verzerrt. Alles, an das er noch denken kann, ist, sich auf sie zu stürzen, sie zu zerfleischen und roh zu verschlingen! Und in eben jenem Moment stürze ich aus der Deckung und schlage dem verfluchten Drachen einen Flügel ab.«

Hier unterbrach sich der Ritter selbst und nahm einen lauten Schluck von seinem Wein.

Die drei Jungen starrten gebannt auf den Trichter, lautlos beschwor ihn Ben, endlich weiterzureden. Endlich hörten sie, wie ein schwerer Becher schwungvoll abgesetzt wurde.

»Nun, ich schmeiße mich also zwischen ihn und die Jungfrau, attackiere auch den zweiten Flügel, doch der Drache schlägt nur halbherzig nach mir, sein eigentliches Ziel ist und bleibt die Jungfrau, die wehrlos am Pfahl hängt. Sie ist es, die die ganze Zeit in Gefahr schwebt! Bis es mir gelingt, auch den zweiten Flügel abzuhacken und damit den Fluch Samoths endgültig von dem armen Geschöpf zu nehmen, das in diesem Moment jedoch noch eine wilde Bestie ist. Hundegroß, pferdegroß oder noch viel, viel größer.

Und deshalb kann man sagen, dass meine Arbeit jede Menge Kraft und Geschick erfordert, eine hohe Fertigkeit im Umgang mit dem Schwert und sicherlich auch eine gehörige Portion Mut, aber die meiste Tapferkeit wird von den Jungfrauen verlangt, die sich ganz in die Hände von Ritter und Drache begeben. Versagt der Ritter, ist er einmal auch nur einen Augenblick zu spät oder verliert gar den Kampf, ist es um sie geschehen, dann hat der Drache sie mit seinen Klauen aufgeschlitzt. Und sie hat keinerlei Möglichkeit, sich selbst zu wehren oder davonzulaufen. Ich weiß nicht, ob ich das könnte, ob ich diesen Mut aufbringen würde.«

»Meinen Respekt, meinen aufrichtigen Respekt, Jungfrau

Ivallya«, sagte der Bürgermeister, und er klang wirklich beeindruckt.

Ben dagegen war vor allem von der Schilderung des Kampfes gefangen. Egal, wie sehr Narfried Ivallyas Tapferkeit herausstellte, Ben wollte Drachenritter werden, nicht Jungfrau! Schließlich war er ja kein Mädchen; Mädchen konnten vielleicht von einer Karriere als Jungfrau träumen.

Natürlich war ihre Hingabe und Tapferkeit bewundernswert, aber Ben wollte nicht wehrlos sein, er wollte nicht zur Tatenlosigkeit gezwungen sein, er wollte kämpfen. Seine Taten sollten dazu beitragen, dass aus mordgierigen Bestien so sanfte und herrliche Wesen wie Feuerschuppe wurden. Er würde gefesselte Jungfrauen wie Ivallya beschützen und Drachen retten. Es drängte ihn, diese wundervollen Geschöpfe von ihrem Fluch zu befreien. Es war ihm nun endgültig nicht mehr genug, Äpfel zu klauen und Fische zu fangen, er musste einfach ein Drachenritter werden! Jetzt und nicht irgendwann, er hatte das ohnehin schon viel zu lange vor sich hergeschoben.

Und als er die angespannten Gesichter von Yanko und Byasso sah, erkannte er, dass er mit diesem Wunsch nicht allein war.

»Wird ein Ritter auch von einer Jungfrau begleitet, wenn er nicht auf der Jagd ist?«, fragte da der Bürgermeister ganz beiläufig.

»Manchmal«, antwortete der Ritter ausweichend. »Man weiß ja nie, was unterwegs geschehen mag. Aber lasst uns darüber morgen reden, Ivallya und ich sind ja noch eine Weile hier, und wir sind doch redlich erschöpft von der Reise. Nichtsdestotrotz sind wir auch neugierig. Wollt Ihr nicht ein wenig das Reden übernehmen und uns etwas über Trollfurt erzählen? Wie ist es derzeit um den Tempel des allerhöchsten Hellwah bestellt, und wie gehen die Arbeiten an der Mine voran? Der Besitzer soll ein Drachenreiter sein, habe ich gehört …«

»In der Tat, das ist er. Darf ich Euch jedoch zuerst noch ein wenig Wein nachschenken?«

»Gern«, sagte der Ritter.

Ben schüttelte den Kopf. Warum mussten Würdenträger manchmal so gestelzt um alles herumreden? Er verstand das einfach nicht. Wie sollte ein kampferprobter Ritter denn davon erschöpft sein, auf einem Kutschbock gesessen zu haben und durch die Gegend gezuckelt zu sein. Er war nicht einmal selbst gelaufen.

»Ist das jetzt auch wieder Politik?«, flüsterte er fast lautlos, und Byasso nickte.

Bevor er noch mehr sagen konnte, erklang draußen ein tiefes Grollen, wie ein fernes Gewitter. Auch wenn die alten Mauern alles dämpften, erkannte Ben doch sofort das tiefe, kehlige Fauchen, das sich zu einem wütenden Brüllen steigerte. Feuerschuppe!

»Was ist das?«, rief der Ritter. Dem Getrappel und Geschepper aus dem Schlauch nach war er aufgesprungen. Vielleicht auch die Jungfrau Ivallya, die jedoch auch jetzt nichts sagte.

»Der Drache des Minenbesitzers«, erwiderte Bürgermeister Odhulan ruhig.

»Seid Ihr sicher?«

»Ganz sicher.«

»Schreit er üblicherweise so, oder hat er einen schlechten Tag?«

»Es muss wohl ein schlechter Tag sein. Was dachtet Ihr, was es ist?«

»Nichts, nichts«, murmelte Narfried.

Da stimmt irgendetwas nicht, dachte Ben.

»Ich muss weg«, flüsterte er und schlich aus dem Raum. Er hörte nicht, ob einer der beiden etwas hinter ihm herwisperte, auf jeden Fall folgten sie ihm nicht.

Wieder erklang das wilde Fauchen Feuerschuppes.

Ein Kribbeln lief Bens Rückgrat entlang, die Härchen auf seinem ganzen Körper stellten sich auf. Er tastete sich durch den dunklen Gang und fand die Verriegelung der Geheimtür, die innen nicht verborgen war. Er schlüpfte in den Vorratskeller hinaus, drückte die Geheimtür hinter sich zu und eilte zur Klappe, hangelte sich hinaus und spurtete zur Rückseite des Grundstücks.

Feuerschuppe brüllte.

Wieder lief ein feines Kribbeln über Bens Körper, so wie schon früher, wenn er Feuerschuppe gehört oder in seiner Nähe gewesen war.

Hastig kletterte er über die Mauer und rannte am Kanalufer entlang, während das Fauchen des Drachen immer wieder erklang, irgendwann nur noch ein Knurren. Was war da nur los?

Schwer atmend erreichte er die Rückseite von Yirkhenbargs Anwesen. Sofort warf er sich neben der kleinen Wasserrinne auf den Bauch und reckte den Kopf in den vergitterten Durchlass, um sich einen Überblick zu verschaffen, was auf dem Grund vor sich ging.

Auf der Rasenfläche hinter den Stallungen umkreisten sich Yirkhenbarg und Feuerschuppe, der Boden war aufgewühlt, die Klauen des Drachen hatten tiefe Furchen in der Erde hinterlassen. Um sie herum standen mehrere Diener mit Knüppeln, einer trug ein grobmaschiges Netz bei sich, sie alle lauerten schweigend und kampfbereit. Yirkhenbargs Hemd war mit Blut verschmiert, und er führte ein breites, besudeltes Schwert, auf dessen Klinge ein bläulicher Schimmer lag und zugleich ein Schatten. Eine Waffe aus Blausilber und Schattenstahl!

Feuerschuppe fauchte und knurrte, er blutete an der rechten Flanke. Der Drache fletschte die Zähne, seine Augen flackerten voll Wut, er wirkte ganz anders als in den beiden Nächten, als Ben ihn besucht hatte. Zornig, wild und sehr viel gefährlicher.

»So nicht, alter Knabe, so nicht. Du entkommst mir nicht«, keuchte Yirkhenbarg und hielt das Schwert erhoben, bereit, sofort zuzuschlagen. Er atmete schwer, doch trotz allem wirkten seine geschmeidigen Bewegungen gelassen, als hätte er schon oft gekämpft, und er behielt den Drachen stets im Blick.

Was sollte das? Warum kämpften sie?

Ungläubig beobachtete Ben die Szenerie. Da bemerkte er, dass der linke Schulterknubbel des Drachen weiter gewachsen war. Er war nun länger als der Arm eines Mannes und ragte zuckend aus seinem Rücken. Der Ansatz eines Flügels war deutlich zu erkennen.

Rechts, da, wo das Blut dunkel über die roten Schuppen floss, hatte der Knubbel die Größe eines kleinen Kinderschädels und war eine offene Wunde. Ben ließ seinen Blick über den Boden schweifen und entdeckte auf dem befleckten Gras tatsächlich etwas, das aussah, als wäre es der fehlende Flügelansatz.

Feuerschuppe knurrte wie ein in die Ecke gedrängter Bluthund, aber er sagte nichts, kein einziges Wort. Angespannt behielten die Diener ihn im Auge, sie wirkten viel nervöser als ihr Herr.

»Was soll das? Warum lässt Samoth dir wieder Flügel wachsen?«, fauchte Yirkhenbarg und setzte immer wieder einen Ausfallschritt, täuschte mit dem Schwert Hiebe an. Feuerschuppe wich zurück, attackierte seinen Reiter jedoch nicht. Sein peitschender Schwanz traf beiläufig, wie ungewollt, einen Diener, und schmetterte ihn zu Boden. Knirschend vor Schmerz rappelte sich der Mann wieder auf und torkelte zurück auf seinen Platz. Er hielt sich die Rippen, und der Arm mit dem Knüppel hing kraftlos an der Seite herab.

Im ersten Moment war Ben instinktiv auf Seiten des Drachen, weil er ihn kannte und mochte – und weil sie ihn in die Ecke drängten, so wie er selbst oft genug von einer Rotte Jungen eingekreist worden war. Er erwischte sich dabei, wie er Feuerschuppe einen kurzen Augenblick lang anfeuerte, bis er erkannte, wie unsinnig das war. Und er wollte Drachenritter werden? Das musste ihm noch mehr in Fleisch und Blut übergehen. Yirkhenbarg kämpfte hier nicht gegen seinen Drachen, sondern für ihn, für seine Freiheit. Das musste Ben sich bewusst machen, denn er war nur die Prügeleien zwischen Jungen oder den Kampf gegen ein wildes Tier gewohnt, und da waren die Seiten immer eindeutig verteilt. Wer gewann, gewann. Der Kampf vor seinen Augen war anders, entweder gewannen beide, oder beide verloren. Also umklammerte Ben seinen Glücksgroschen und wünschte Yirkhenbarg den rettenden Schlag und Feuerschuppe möglichst wenig Schmerzen.

Und sein Wunsch ging in Erfüllung: Plötzlich glitt Feuerschuppe im verschmierten Gras aus und rutschte zur Seite. Sofort setzte Yirkhenbarg nach. Blitzschnell schlug er zu und trennte den zweiten Flügelansatz ab. Zuckend fiel er ins Gras und blieb reglos liegen. Der Drache brüllte auf, dann ließ er sich erschöpft zu Boden sinken. Aus seinem Brüllen wurde ein leises Schnauben. Er schloss das Maul, die Lefzen verdeckten nun wieder die scharfen Zähne.

Yirkhenbarg ließ sich vor dem Drachen auf die Knie sinken. Er rieb ihm fest über die Schnauze und sagte: »Junge, Junge, was war denn das? Bist du jetzt wieder klar im Kopf?« Und dann murmelte er etwas, das Ben auf die Entfernung nicht verstehen konnte.

Feuerschuppe antwortete nicht. Das Blut auf seinem Rücken versiegte und verkrustete schnell.

»Auf geht's, alter Junge, gehen wir rein. Los«, befahl Yirkhenbarg und stapfte mit Feuerschuppe in den Stall. Der Drache brummte friedlich vor sich hin.

Ben blieb noch eine Weile am Kanal sitzen. Der Zorn des Drachen hatte ihm Angst gemacht, Feuerschuppes beiläufiger Schwanzhieb hatte seine Kraft deutlich aufgezeigt. Und sein wütendes Knurren hatte erahnen lassen, zu welchem Zorn ein Drache mit ausgewachsenen Flügeln in der Lage war.

Auf was würde sich Ben da als Drachenritter einlassen? War er wirklich tapfer und stark genug? Grübelnd starrte er ins ruhige Wasser.

TAUGENICHTS UND HUNDERITTER

Am Abend ging Ben in die völlig überfüllte, stickige *Wildsau.* Ritter Narfried stand am Tresen und gab lautstark Erlebnisse von seinen Drachenjagden zum Besten. Zahlreiche Trollfurter drängten sich um ihn, um wenigstens einen Teil seiner Worte zu verstehen, und verlangten nach jeder Episode eine weitere.

Ben hatte sich ans andere Ende des Tresens durchgekämpft und lauschte ebenfalls, eingeklemmt zwischen verschwitzten Erwachsenen. Er hatte beschlossen, sich Mut anzutrinken, um Narfried zu fragen, wie man Drachenritter wurde. Nicht nur das, er würde ihn sogar fragen, ob er ihn gleich mitnahm, sofort, auf der Stelle!

Schon seit Jahren träumte er davon! Und was hatte er schon zu verlieren? Was ließ Ben in Trollfurt zurück, außer Yanko, und vielleicht Byasso, der ihn langsam zu akzeptieren schien? Eine dunkle Wohnhöhle, in der irgendwer seine Notdurft verrichtet hatte, und ein wunderschönes Mädchen, dessen Liebe er nicht gewinnen konnte, weil er zu arm und unbedeutend war. Als Drachenritter mochte es ihm vielleicht gelingen, aber im Moment blieb ihm nur der Kummer, nicht einmal Hoffnung.

Narfried erzählte eben, wie er einmal von drei armen Männern mit vor Panik verzerrten Gesichtern zu Hilfe gerufen worden war, wie ein ganzes Dorf zitternd von einem bösartigen Drachen erzählte, der ihre Felder und ihr Leben bedrohte. Er und seine damalige Jungfrau Dirdea bauten also die erprobte Falle mit der angeketteten Jungfrau auf und warteten auf eine furchterregende Bestie. Narfried hatte seine lange, schwere Klinge gezogen, und dann stürmte ein kleiner grüner Drache heran, nicht halb so groß wie ein gewöhnlicher Jagdhund.

»Wenn ich das gewusst hätte, hätte ich mein Kurzschwert gezogen«, lachte der Ritter am Tresen und verschüttete einen Schluck Wein. »So aber hatte ich eine viel zu große Klinge, viel zu schwerfällig für das kleine wendige Vieh. Mit viel zu viel Schwung hackte ich an dem Winzling vorbei, konnte mich ihm aber dann dennoch rechtzeitig in den Weg werfen, so dass er sich in meinem Stiefel festbiss und nicht in der Jungfrau. Als er nun knurrend an meiner Wade festhing, da war es ein Leichtes, die zappelnden Flügel zu erwischen, dennoch drangen seine Zähne mir durch das starke Leder tief in die Haut. An jenem Tag lernte ich, nicht immer mit einem furchteinflößenden Riesendrachen zu rechnen, egal, was die Leute dir erzählen, und wurde zum einzigen Drachenritter, der Narben von einer Kreatur trägt, die ihm gerade einmal bis zum Knie reichte. Nicht gerade die Blessuren, mit denen man die holde Damenwelt beeindruckt.«

Das ganze Wirtshaus lachte, und Narfried nahm einen tiefen Schluck von seinem Wein. »Der kleine grüne Wadenbeißer aber ist nun ein vorzüglicher Wachdrache bei einem wohlhabenden Tuchhändler in Venzara.«

Bens Plan, sich Mut anzutrinken, hatte einen Haken, nämlich den, dass er überhaupt kein Geld für Wein besaß. Also nippte er hier und da an einem fremden Becher, wenn der Besitzer gerade nicht hersah, oder nahm einen langen Zug, wenn der Besitzer draußen war, um sich zu erleichtern. Überwiegend leichten Wein erwischte er, weißen oder mit Wasser verdünnten, und auch wenn er ihn im Kopf spürte, so richtig mutig fühlte er sich noch nicht. Dann kam plötzlich die Gelegenheit, der Bedienung einen großen gefüllten Krug vom Tablett zu stibitzen, und er griff zu. Er erwischte schweren Rotwein und nahm glücklich einen tiefen Schluck.

Auch Narfried trank fleißig, ein Trollfurter nach dem anderen bestand darauf, ihm einen auszugeben. Der Ritter trank und erzählte, dabei wurden seine Geschichten immer alberner und zotiger. Schließlich berichtete er, wie er Jungfrau Dirdea an einen Würfelspieler verloren hatte.

»Also, natürlich nicht im Spiel. Nein, nein, das wäre ja völlig unmoralisch. Weder bin ich als Ritter der Besitzer meiner Jungfrau, noch käme das irgendwie in Frage. Auch weiß ich sehr gut, wie man würfelt. Ich habe den Spieler nach Strich und Faden ausgenommen. Das letzte Hemd habe ich ihm genommen, ich habe ihn in einer vollen Wirtsstube nackt bis auf die Haut gemacht, und das sogar beinahe wörtlich; nur die Hosen habe ich ihm gelassen, ich bin ja kein Unmensch. Aber wie heißt es so schön: Glück im Spiel, Pech in der Liebe, oder andersherum. Noch in derselben Nacht ist Dirdea mit dem Spieler durchgebrannt, und ich bin sicher, er hat noch vor Morgengrauen auch seine Hose verloren. Ganz freiwillig.« Alle lachten, und Narfried setzte mit glänzenden Augen nach: »Ich habe nie wieder von den beiden gehört, ich weiß nur, es muss wahre Liebe gewesen sein. Wäre sie hinter seinem Geld hergewesen, hätte sie ja bei mir bleiben müssen!«

Auch Ben grölte jetzt mit, was aber vor allem am Wein lag, der ihm langsam zu Kopf stieg. Er leerte den Becher mit einem Zug und stieß sich vom Tresen ab. Jetzt galt es, Narfried machte eben eine erzählerische Pause.

Stotter nicht rum und sag deutlich, wie wichtig es ist, dass du Dra-

chenritter wirst und dass du alles dafür tun willst, dachte Ben und zwängte sich zwischen schwitzenden, trinkenden Männern hindurch. Ganz sicher war sein Gang nicht mehr. Durch eine plötzliche Lücke in der Menge sah er, dass ein paar Männer an einem Tisch um Jungfrau Ivallya herumstanden und posierten, einer schwenkte lachend einen Würfelbecher. Die Lücke wurde wieder geschlossen, Ben wurde weitergeschoben und stand schneller als erwartet vor dem Ritter.

»Herr Ritter?«, sagte Ben. Aller Mut drehte sich zusammen mit den Gedanken in seinem Kopf.

»Ja?« Narfried sah ihn mit zusammengekniffenen Augen an.

»Ich …«

Wo waren seine guten Vorsätze, wo war der weingeborene Mut?

»Ich … ich würde wirklich alles tun, um Drachen zu rittern.«

»Was?«

»Nein, tut mir leid«, stammelte Ben und atmete tief durch. *Denk an Feuerschuppe,* sagte er sich, *denk an Nica, die du nur gewinnen kannst, wenn du etwas aus dir machst.* Ritter Narfried war seine Gelegenheit, etwas aus sich zu machen, hier wegzukommen, raus aus Trollfurt, wo die meisten Menschen ihn hassten, wo er in eine Höhle verjagt worden war und nicht einmal dort in Ruhe gelassen wurde. *Jetzt versau es nicht! Reiß dich zusammen!*

»Ich will Drachenritter werden. Ich bin bereit, alles dafür zu tun. Ich bin fleißig, ich habe schon gegen Wölfe gekämpft und will alles lernen, was nötig ist. Ich bin bereit, mich jeder Prüfung zu unterziehen. Ich bitte Euch, nehmt mich mit zu Eurem Orden.«

»Dich? Dich soll er mitnehmen?« Ein triefnasiger Knecht

Yirkhenbargs am Tresen kicherte betrunken los. »Dich Taugenichts?«

»Ich bin kein Taugenichts!«, sagte Ben trotzig, sah aber weiter Ritter Narfried an und wurde rot.

»Wie heißt du denn?«

»Ben.«

»Schön, Ben. Und es ist auch schön, dass du schon gegen Wölfe gekämpft hast, aber lass dir sagen: Geflügelte Drachen sind keine kleinen, netten Wölfe.«

Der Knecht brüllte vor Lachen und schlug mit der flachen Hand auf den Tresen.

»Das weiß ich doch«, zischte Ben viel bissiger als gewollt, dieser Knecht ging ihm auf die Nerven. »Ich wollte doch nur ...«

»Und ich weiß, dass du nicht der Richtige für den Orden bist«, unterbrach ihn der Ritter und zeigte mit dem Weinkrug auf ihn. »Ein betrunkener Junge, der Abenteuer spielen will! Was denkst du, wie viele von deiner Sorte ich in jedem Dorf und jeder Stadt treffe? Immer, wenn sie einen Drachenritter sehen, wollen sie einer sein. In der Woche darauf kommt dann ein Barde, und sie wollen Barde werden, dann kommen fahrende Gaukler, und sie wollen Gaukler werden. Immer dasselbe, ziellose Träumer, die von der großen weiten Welt schwärmen, weil sie noch nie dort gewesen sind! Irgendwelche verwöhnten Rotzlöffel, die aus irgendeinem Grund gerade wütend auf ihre Eltern sind.«

»Ich hab gar keine Eltern!« Ben starrte den Ritter erbost an. Der kannte ihn doch überhaupt nicht! Der hätte besser Prediger als Ritter werden sollen!

»Vor wem willst du dann überhaupt weglaufen?«, fragte der Ritter mit einem Lächeln von oben herab, und Yirkhenbargs

Knecht lachte wieder, und auch andere, die inzwischen belustigt zusahen, wie der fremde Ritter den nutzlosen Ben abkanzelte. Ihr Lachen hallte laut in seinen Ohren, grub sich in seinen Kopf.

»Ich lauf vor niemandem weg! Vor niemandem! Ich will Drachenritter werden, und Ihr könnt mir das nicht verbieten!«, schrie Ben. Der Wein in seinem Blut hatte alle Höflichkeit und Vorsicht weggeschwemmt.

»Kann ich nicht? Bist du sicher? Und wie willst du es ohne mich schaffen? Jagst mit einem Holzschwert Hühner und bildest dir ein, die Federn wären Schuppen?« Der Ritter musterte ihn belustigt, und der Knecht schlug mit seinen angewinkelten Armen und imitierte ein Huhn: »Gak! Gak, gak, gak!«

»Nein! Ich schaff das!«, stieß Ben hervor. »Ich schaff das allein. Dafür brauch ich keine Hilfe von einem angeberischen, würfelnden Hunderitter!«

Mit einem Schlag verstummten die Leute um sie her. In den anderen Ecken der *Wildsau* wurde noch getrunken und gelacht, aber hier war es damit vorbei. Niemand beleidigte einen Drachenritter und Gast des Bürgermeisters, zumindest niemand wie Ben.

Ihm war das aber in diesem Moment egal. Der trübsuppige Ritter hatte doch angefangen!

»Wie hast du mich eben genannt?« Die Stimme von Ritter Narfried war eiskalt.

»Hunderitter!«, wiederholte Ben und wurde von einer plötzlichen Euphorie gepackt. Im Beleidigen war er gut, das hatte er oft genug an Byasso geübt. Diesem Ritter würde er es zeigen. »Das habt Ihr doch selbst gesagt. Ihr habt einem Tuchhändler einen kleinen grünen Wachhund gefangen und Euch dabei beißen lassen. Ha! Tut's noch weh? Soll ich mal pusten?«

Kurz sah es so aus, als würde der Drachenritter ihn auf der Stelle verprügeln, dann zwang sich der Mann zu einem Lächeln. »Kleiner Junge. Jag doch einfach weiter große, böse Wölfe. Du wirst niemals ein Drachenritter, das verspreche ich dir. Niemals! Dafür werde ich sorgen. Und jetzt verzieh dich. Aus meinen Augen!«

Yirkhenbargs triefnasiger Knecht sprang auf und packte Ben am Arm, andere Gäste griffen nach ihm, krallten sich in sein Hemd und seine Haut und zerrten Ben weg von Narfried. Sie stießen ihn in die Rippen, klatschten ihn gegen den Hinterkopf und schoben ihn Richtung Ausgang.

»He! Wir haben doch gerade erst angefangen!«, protestierte Ben.

»Angefangen? Ich sagte, ich bin fertig mit dir!«, rief Narfried und wandte sich demonstrativ ab und seinem Bierkrug zu.

Johlend bugsierten große betrunkene Hände Ben weiter in Richtung Ausgang.

»Das wird Euch noch leid tun«, knurrte er. »Das wird Euch noch furchtbar leid tun!« Dabei wusste er selbst nicht, ob er den Ritter meinte oder die Trollfurter, die ihn mit sichtlichem Vergnügen aus der *Wildsau* warfen. Es war ihm auch egal, alles war ihm egal, und er wollte nur, dass es einfach irgendwem leid tat, dass nur irgendwer außer ihm noch Ärger bekam. Er wollte irgendwem Rache dafür androhen, dass er es eben selbst versaut hatte.

»Verschwinde!« Sie warfen ihn in die dunkle Nacht und gaben ihm noch einen Tritt mit. Er stolperte und stürzte auf die Straße. Die Tür schloss sich hinter ihm und dämpfte das Lachen der Gäste.

Verzweifelt kämpfte sich Ben auf die Beine und taumelte in Richtung Stadttor. Er war müde und erschöpft, aller angetrunkene Mut war dumpfer Traurigkeit gewichen. Er zitterte. Wie hatte er nur einen Drachenritter so beschimpfen können?

Dann murmelte er wieder Flüche auf den Ritter vor sich hin. Warum hatte dieser ihn so schnell beleidigt und behandelt, als wäre er irgendein Sumpftaucher? Er kannte Ben doch gar nicht. Was war an seinem Wunsch, Drachenritter zu werden, denn so verwerflich? Er konnte doch nichts für die Wünsche anderer Jungen in anderen Städten. Jeder sollte die Chance bekommen, etwas aus sich zu machen, und nicht einfach weggeschoben werden. Wie sollte er sonst Nicas Herz gewinnen?

Ben versuchte einen Stein in den Straßengraben zu treten, aber er traf ihn nicht. Verdammt, er war wirklich zu nichts nutze! Und Ritter Narfried hatte das eben sofort erkannt und ihm deshalb gleich alle Hoffnung nehmen wollen. Was bildete er sich auch ein?

Ben, der Drachenritter. Ha! Ben, der Größenwahnsinnige, Ben, der Anmaßende – das passte schon besser.

Oder hatte der Drachenritter das alles gar nicht so gemeint? War das vielleicht eine erste Prüfung gewesen? Sollte Ben beweisen, dass er hartnäckig war?

Das war's! Er sollte zeigen, dass er sich nicht sofort entmutigen ließ! Und genau das würde er tun – morgen würde er es einfach noch einmal versuchen. Ohne vorher zu trinken. Er würde Fragen stellen und nicht fordern. Und Narfried würde ihm auf die Schulter klopfen und ihn mitnehmen. Und wenn er erst Drachenritter war, würde es Yirkhenbargs triefnasigem Knecht und allen, die ihn heute hinausgeworfen hatten, leid tun.

»Leid wird es euch tun! Jawohl!«, lallte Ben und torkelte aus der Stadt.

Der Torwächter schüttelte den Kopf und verschloss die kleine Tür wieder hinter ihm.

Denen würde er es zeigen! Aber morgen! Mühsam stapfte Ben die Steigung zu seiner Höhle hinauf. Heute wollte er nur noch schlafen.

Doch sein Schlaf war unruhig, immer wieder schreckte er hoch. Sein Kopf drehte sich noch immer vom Wein, dabei war es ihm in der *Wildsau* gar nicht so viel vorgekommen. Nur der Rotwein war schwer gewesen. Er war nicht sicher, ob er sich nicht übergeben müsste, immer wieder hörte er irgendwelche Geräusche und träumte schlecht.

»Frische Luft ist gut«, murmelte er irgendwann und krabbelte aus der Höhle. Die kühle Nachtluft ließ ihn kurz schwindeln, dann fühlte er sich besser und döste an den Aussichtsfelsen gekuschelt wieder ein. »Rittiger Würfeldrache«, murmelte er noch, ohne zu wissen, was das bedeuten sollte.

Irgendwann schreckte ihn wieder ein Geräusch auf. Er war viel zu müde, um sich zu erheben, aber er blinzelte. Noch immer war es tiefe Nacht. In der Stille hörte er die Tritte schwerer Stiefel und schweres Atmen.

Irgendwer kam schweigend den Bergweg herauf. Mehrere Personen. Ben hörte leise Metall gegen Stein scheppern, und lautlos robbte er ein Stück hangabwärts und lugte um den Felsen herum.

Vier Schemen stiegen im schwachen Mondlicht den Berg hinauf. Zwischen ihnen trugen sie etwas großes Rundes wie eine Kugel. Nein, eher etwas Flaches, Scheibenförmiges, das silbrig schimmerte, am Rand sogar bläulich. Noch dazu schien dieser Rand jedoch gezackt zu sein. Es sah aus wie das Blatt einer Kreissäge, nur eben viel, viel größer, sein Durchmesser überragte einen durchschnittlichen Mann deutlich.

Ben starrte den Gestalten nach. Wer stieg nachts auf den Berg? Und wohin? Wollten die vier mit ihrer Säge Quader aus dem Eis des verschneiten Gipfels schneiden? Oder war dieses Ding doch ein Rad aus weißem Holz, ein seltsames Floß, um im Fonksee zu fischen? Oder wollten sie zur Mine? Yanko hatte gesagt, er wolle die Tür zur Mine knacken. Aber das auf dem Weg war nicht Yanko, Yanko hätte ihn mitgenommen. Und es gab einfachere Wege, eine Tür zu knacken, als mit einer solchen Scheibe. Unauffälligere. Vielleicht wollten die vier auch nur ein Ritual zu Ehren der Mondgöttin Aphra durchführen, hoch in den Bergen, und die Scheibe war ein stilisierter Vollmond, eine Gabe an die Göttin. Das schien viel vernünftiger als eine riesige Kreissäge in den Bergen. Ein Einweihungsritual für die Mine vielleicht. Inzwischen war er gar nicht mehr sicher, ob dieses Ding nicht doch eine Kugel gewesen war.

Ben zuckte mit den Schultern. Ihm konnte das egal sein, alle Trollfurter konnten ihm egal sein.

Da sah er plötzlich eine weitere Gestalt, die den vieren folgte. Sie hielt Abstand und bewegte sich vorsichtig, hielt sich im Schatten. Das war niemand, der zu ihnen gehörte und nur ein Stück zurückgeblieben war, das war ein Verfolger.

Jetzt wurde die Sache doch interessant.

Ben rappelte sich auf, um den Verfolger zu verfolgen. Aber seine Beine wollten nicht gehorchen, sie wackelten und knickten weg, hielten hier am Hang keine Balance. Ben musste nach zwei Schritten stehen bleiben und mit rudernden Armen mühsam das Gleichgewicht halten. Nein, es hatte keinen Sinn.

»Macht doch alle, was ihr wollt«, nuschelte er und drehte um. Wenn er schon stand, konnte er auch gleich ganz zurückgehen in die Höhle. Er torkelte zu seiner Matratze und beschloss dann doch, dass frische Luft ganz wichtig war. Also zerrte er die Matratze vor die Höhle und sank darauf nieder. Noch eine Weile dämmerte er vor sich hin, doch schließlich schlief er endgültig und tief ein.

MÖRDER!

»Tot! Er ist tot!«

Diese Worte rissen Ben aus dem Schlaf. Irgendwer brüllte da vorne herum. Ben brummte und griff sich an den schweren Schädel. Dann erst erfasste er die Bedeutung der Worte.

Tot? Wer war tot?

»Lass ihn nicht fallen!«, hatte Ben noch verstanden, und auch: »Ich habe doch immer gesagt, dass er nichts taugt!«

Jetzt entfernten sich die Stimmen immer weiter.

Ben wälzte sich auf den Bauch und robbte an die Kante seines Aussichtsfelsens heran. Vorsichtig blickte er um die Ecke. Eine größere Gruppe Leute stieg ins Tal hinab, sie schimpften, gestikulierten wild und trugen einen Körper mit sich. Er konnte nicht erkennen, wer es war.

Bens Kopf war von gestern noch schwer, er brauchte erst einen Schluck Wasser, oder besser eine ganze Karaffe, dann würde er runter nach Trollfurt gehen und nachsehen, wer gestorben war. Der Tote lief ja nicht weg.

Trotzdem trank er hastig, seine Neugier wollte befriedigt werden. Er warf sich sein Hemd über und griff nach dem Dolch. Doch die Scheide war leer. Auch das noch! Fluchend suchte er die Höhle ab, dann die Fläche direkt vor dem Eingang, aber er konnte den Dolch nicht finden. Wo, zur Buckelkuh, war sein Dolch?

Langsam stapfte er zum Bergpfad, den Blick zu Boden gerichtet. Eigentlich dachte er, er hätte ihn gestern Nacht noch gehabt, doch er musste ihn wohl im Suff auf dem Weg verloren haben. Das war wirklich nicht sein Tag gewesen. Verdammt! Wie sollte er ohne Dolch Fische ausnehmen? Er musste ihn finden, einen neuen konnte er sich nicht leisten. Der Dolch war das Wertvollste, was er besaß.

Schritt für Schritt folgte er dem Weg ins Tal und blickte dabei aufmerksam zu Boden. Doch nirgendwo blitzte es metallisch auf. Als er schon fast im Tal angelangt war und immer verzweifelter wurde wegen des Verlusts, stürmte Yanko auf ihn zu. Er packte ihn und riss ihn mit in den Wald am Wegrand.

»Lauf!«, zischte er. »Lauf um dein Leben!«

Ohne Fragen zu stellen, rannte Ben los, folgte Yanko, der sich einen Weg durch das Unterholz schlug. Yankos Gesicht war ängstlich verzerrt, das war kein Spiel und wohl nicht einmal eine Übertreibung.

Lauf um dein Leben!

Und irgendwer war tot …

Was war hier los? Sie hetzten quer am Berghang entlang, fort von Trollfurt.

»Was ist denn los?«, keuchte Ben, ohne anzuhalten. Seine Füße hämmerten auf den Boden.

»Der Ritter ist tot!«

»Was?«

»Ja. Und sie sagen, du hast ihn gestern bedroht. Sie sagen, du warst es, und …«

»Aber das ist doch Unsinn!« Abrupt blieb Ben stehen. »Wie soll ich denn diesen riesigen Mann …?«

»Weiter.« Yanko zerrte an Bens Hemd, er hatte wirklich Angst.

»Ja, aber …« Ben rannte wieder los.

»Kein Aber! Weiter, immer weiter! Dein Dolch steckte in seinem Herzen.«

»Mein Dolch? Den muss ich gestern verloren haben …«, erwiderte Ben, während er fast über eine knorrige, aus dem Boden ragende Schlangenbaumwurzel stolperte.

»Und du meinst, irgendwer glaubt dir das?« Yanko lachte bitter.

»Der Richter muss mir glauben …«

»Richter? Du glaubst, es gibt einen Richter?« Schwer atmend stieß Yanko Wort für Wort hervor, was er in der Stadt gesehen hatte: »Verflucht, nein! Sie sind gerade auf dem Weg zu deiner Höhle. Zwanzig oder dreißig Mann. Sie wollen dich am nächsten Baum aufknüpfen! Vielleicht auch vierteilen oder einfach erschlagen! Das wollen sie entscheiden, wenn sie dich haben. Es gibt keinen Richter!«

Kleine Äste rutschten Ben durch die Finger und schlugen ihm ins Gesicht, doch er rannte immer weiter. Er ignorierte die schmerzhaften Striemen auf seiner Wange und die aufgeschürfte Haut an den Handflächen, er rannte und rannte.

Vor sich sah er vertraute Gesichter aus Trollfurt, von Zorn verzerrt und mit geifernden Mündern, die brüllend seinen Tod verlangten.

Er stellte sich vor, wie sie ihn packten, sah, wie ihm ein dicker grauer Strick um den Hals geworfen wurde, während er geschlagen, bespuckt und beschimpft wurde.

Plötzlich war er in ihren Augen nicht mehr nur ein Taugenichts, sondern ein Mörder.

»Aber woher kennen sie meine Höhle?«, keuchte er, weil er nicht fragen wollte, warum sie ihn alle für schuldig hielten, ohne ihn befragt zu haben, und ob denn niemand für ihn gesprochen hatte. Auf diese Fragen wollte er keine Antworten hören, die Fragen allein waren schon schlimm genug.

»Sidhy!« Yanko bog leicht nach rechts und rannte durch eine

Kuhle im Wald. »Sidhy führt sie an. Er hat gesagt, er weiß, wo du wohnst.«

»Was? Woher?«

»Ich weiß nicht.«

»Verdammt!«

»Er muss dir irgendwann gefolgt sein. Von mir hat er es jedenfalls nicht erfahren.«

Das hatte Ben auch nicht vermutet. Zwischen all seiner Angst fühlte er Dankbarkeit für Yanko. Yanko war hier, er hatte ihn gewarnt, obwohl Bens Messer in der Brust des Ritters steckte. Yanko zweifelte nicht an ihm, gegen alle anderen hatte er zu ihm gehalten. Auf der ganzen Welt gab es keinen besseren Freund. Und in einem Kaff wie Trollfurt schon gar nicht.

Woher sie seine Höhle kannten, war letztlich auch egal. Was kümmerte ihn Sidhy jetzt noch? Die ganze Stadt wollte ihn töten! Töten für etwas, das er nicht getan hatte. Er rannte und rannte. Nur immer weiter, nur immer weg. Doch wohin? Wo fanden sie ihn nicht?

»Lass uns in die Berge! Da kenn' ich viele Verstecke.«

»Nein. Das erwarten sie doch. Jeder in Trollfurt weiß, dass du dich in den Bergen auskennst. Da werden sie dich zuerst suchen.«

»Aber nicht finden.«

»Doch!« Yankos Ausruf klang fast wie ein wütender Huster. »Sie werden nicht aufgeben. Das ist kein Spiel! Er ist ein Ordensritter, kein Landstreicher. Sie müssen den Täter finden.«

»Ich bin nicht der Täter!«

»Mir musst du das nicht sagen! Ich glaube dir, aber niemand sonst. Du bist der Einzige, den sie suchen. Einen anderen Täter werden sie also nicht finden.« Yanko presste sich die Hand auf die Seite, als habe er Seitenstechen. Er atmete so heftig, dass Ben ihn nur schwer verstand. »Und solange sie keinen anderen finden, bist du für sie der Mörder.«

Ben rannte und rannte. Was sollte er jetzt tun? Er hatte niemanden getötet. Das mussten sie doch wissen, egal, was er in der *Fetten Wildsau* gebrabbelt hatte. Da hatte er zu viel Wein getrunken gehabt. Aber sie kannten ihn doch, sie wussten, dass er mal einen Apfel oder eine Birne oder Zitrone klaute, aber er war doch kein Mörder!

»Wohin rennen wir dann?« Bens Lungen stachen, hier im Unterholz und panisch auf der Flucht war es schwierig, einen Laufrhythmus beizubehalten.

»Zum Sippa.«

»Zum Sippa? Warum?«

»Ich habe ihn mal überquert, als ich meinen Vater nach Graukuppe begleitet habe. Er fließt parallel zum Dherrn nach Süden, bis sie sich schließlich vereinen. Habe ich damals auf einer Karte nachgesehen.«

»Ganz toll. Und was soll ich da?«

»Leben!«

Das klang gut, aber er brachte kein Wort hervor. Noch immer sah er die kreischenden Gesichter vor sich, die seinen Tod forderten. Sie ließen sich nicht mit einem Kopfschütteln fortwischen.

»Du musst weit weg, hörst du?« Yanko starrte ihn mit verzerrtem Gesicht an und hielt sich noch immer die Seite. »Je weiter weg, umso sicherer.«

Ben nickte. Inzwischen liefen die Jungen langsamer, das hohe Tempo war nicht länger durchzuhalten, Bens Lunge drohte zu bersten, seine Beine zitterten, und bis zum Fluss waren es noch ein paar Meilen.

Yanko erklärte Ben, dass am dicht bewachsenen Sippa-Ufer keine Straße entlangführte, nicht einmal ein schmaler Pfad, dass man ihn dort also vermutlich nicht suchen würde. Die aufgebrachte Menge aus Trollfurt vermutete ihn ja ohnehin im Gebirge, doch am Dherrn würden sie sicher auch einen Boten entlangschicken, um zu erfahren, ob Ben in den nächsten Ortschaften aufgetaucht war. Und weil ihn da dann niemand gesehen hatte, würden sie weiter das Gebirge durchkämmen, bis Ben längst dreihundert Meilen im Süden war, vielleicht sogar fünfhundert.

Als sie schließlich das Ufer erreichten, ein gutes Stück nördlich der Brücke nach Graukuppe, blieben sie keuchend stehen und sahen sich an.

»Ich muss zurück«, sagte Yanko und blickte Ben traurig an. »Es tut mir leid.«

»Nein, dir muss es nicht leid tun. Den anderen sollte es leid tun.« Ben umarmte seinen Freund. »Danke.«

Sie hielten sich fest, und Ben wurde erst jetzt bewusst, dass dies wahrscheinlich ein Abschied für immer war. Wie sollte er denn je erfahren, ob der wirkliche Mörder gefasst war und er heimkehren konnte?

Yanko schien ähnliche Gedanken zu haben. Nur langsam löste er sich von Ben, stieß ihm mit der Faust freundschaftlich gegen die Brust und versprach, er würde den wahren Mörder suchen. Der musste ja noch in der Stadt sein.

»Danke«, sagte Ben und schniefte.

»Jetzt heul nicht rum wie ein Mädchen«, brummte Yanko und schniefte ebenfalls.

»Ach, halt die Klappe!« Ben umarmte ihn noch einmal. »Du hast mir das Leben gerettet. Danke.«

»Ja, schon gut. Jetzt lass dich aber auch nicht mehr erwischen und werde Drachenritter oder so.« Yanko grinste, zog seinen Dolch und drückte ihn Ben in die Hand. »Und nimm den. So ganz ohne Dolch ist das Überleben in der Wildnis nicht gut zu machen.«

»Aber das ist doch deiner!«

»Vergiss es, du brauchst ihn dringender. Ich jammer meinem Vater einfach die Ohren voll, bis er mir einen neuen macht. Wozu ist er denn Schmied?«

Jetzt grinste auch Ben, und dann trennten sie sich. Yanko lief heim, und Ben sah ihm nach, bis er zwischen den Bäumen verschwunden war. Gestern hatte er noch davon geträumt, Trollfurt zu verlassen, aber nicht so. Er hatte sich gefragt, was er denn schon zurücklassen würde, und jetzt wusste er es. Den besten Freund der Welt. Und auch wenn das das Einzige war, es war verdammt viel. Er wischte sich eine Träne von der Wange, die er nicht zurückhalten konnte.

»Mädchen«, knurrte er und stieg in die Uferböschung hinab, wo er nach Süden wandern konnte, ohne gesehen zu werden. Nicht entdeckt zu werden, war im Augenblick das Wichtigste. Sobald er auf dem Fluss etwas fand, das sich als Floß verwenden ließ, würde er aufsteigen und sich einfach treiben lassen. Er atmete tief durch und lief wieder los.

ZWEITER TEIL

Auf der Flucht

AIPHYRON

Warme Regentropfen fielen vom Himmel. Sie perlten auf die Blätter und blieben dort hängen. Ben, der unter ihnen entlangeilte, wurde nicht getroffen, aber er konnte die Feuchtigkeit in der Luft spüren. Seit Stunden kämpfte er sich durch das Unterholz und gönnte sich keine Pause. Wenn die hohen Gräser und Sträucher spärlicher wurden, verfiel er in einen Laufschritt, so schnell die müden Füße ihn trugen. Immerhin hatte er inzwischen aufgehört, sich nach jedem Geräusch umzudrehen. Im Gebüsch raschelten nur Tiere, die er selbst aufscheuchte und in die Flucht schlug. Dennoch verschwand die Angst nicht, dass irgendwann doch die schweren Schritte wütender Trollfurter hinter ihm auftauchen würden, nicht nur das schlurfende Tippeln eines gestreiften Wurzelstrolchs.

Weiter, nur immer weiter.

Vielleicht würden sie auch gar keinen Lärm machen, sondern umkreisten ihn lautlos und brachen plötzlich aus den Büschen. Schatten lauerten dort genug. Misstrauisch hetzte sein Blick von einem zum anderen, während er weiter floh.

Es gab erfahrene Jäger in Trollfurt. Sie könnten ihn mit einem Pfeil niederschießen, bevor er sie hörte oder sah. Jeden Gedanken an sie versuchte er zu unterdrücken. Immer wieder sagte er sich, dass Yanko sicherlich recht gehabt hatte. Hier suchte ihn niemand. Genau genommen war hier auch niemand. Er hatte seit Beginn seiner Flucht noch nicht einen Menschen gesehen, weder an Land noch auf dem Fluss. Wer aus dem Süden kam oder in den Süden wollte, reiste am oder auf dem Dherrn, dort lagen Trollfurt und die anderen Städte. Am Sippa lag nichts.

Kaum hatte er das gedacht, tauchte am anderen Ufer plötzlich ein Anlegesteg auf. Auf ihm saßen ein Junge und ein Mädchen und angelten. Am Ufer waren Bäume gefällt worden und alle Blumen und Gräser gestutzt. Auf dieser Fläche erkannte Ben vier Kanus, hinter ihnen kauerten eine Handvoll Blockhäuser aus dunklen Balken zwischen den Bäumen.

Ben verlangsamte seinen Schritt und zog sich noch ein Stück zurück, um nicht gesehen zu werden. Er versuchte leise zu atmen und vergaß es beinahe ganz, bis seine Brust zerspringen wollte und ihm ein gepresstes Keuchen entwich. Doch der Junge und das Mädchen achteten nicht auf ihn. So ein Boot würde ihm vieles erleichtern, seine Beine waren schwer, und auf dem Fluss käme er sicher schneller voran. Kurz überlegte er, ein Boot zu klauen, aber dann verwarf er den Gedanken. Er konnte es nicht riskieren, erwischt zu werden. Und er wollte nicht bis zur Dunkelheit warten und Verfolgern die Möglichkeit geben, ihn einzuholen. Irgendwo dort draußen suchten sie nach ihm. Er musste in Bewegung bleiben, nur immer weiter voran. Außerdem fühlte er sich unter den Bäumen wohl, geschützt und verborgen. Zwischen den schlanken Stekkelesbäumen mit der rissigen Rinde, den großblättrigen Pilzahornen und anderen Laubbäumen wucherten zahlreiche Büsche und hohe Gräser, so dass er nicht gesehen werden konnte.

Als er einen schäumenden, übermannshohen Wasserfall erreichte, war er endgültig froh, gerade nicht in einem Boot zu sitzen, sondern ganz bequem ein paar Schritte vom Ufer entfernt entlangzumarschieren. Weiter, immer weiter.

Nach Einbruch der Dunkelheit schleppte er sich noch eine Stunde voran, dann konnte er nicht mehr. Er suchte sich einen dichten Busch und trat fest dagegen, um alles Getier zu vertreiben, vor allem die ekligen mattblauen Flussnattern, die es hier gab. Dann legte er sich schlafen, ohne etwas gegessen zu haben.

Bei Sonnenaufgang war er bereits wieder auf den Beinen, pflückte sich ein paar taubenetzte Beeren und trank gierig aus dem Fluss. Das löschte den Durst, aber gegen den Hunger halfen die Beeren kaum. Später würde er sich eine Essenspause gönnen, vielleicht fand er ja irgendwo Pilze oder nahrhafte Lianen. Doch noch war er nicht weit genug gekommen, um sich sicher zu fühlen.

Der Himmel war wieder bewölkt, doch im Moment regnete es nicht. Er hatte kaum ein Auge zugemacht und fühlte sich wie gerädert, aber er wagte nicht, länger zu rasten. Wer wusste denn, ob sie nicht doch noch hier nach ihm suchen würden? Ob sie, die zornig geifernden Gestalten, nicht Yanko so lange verprügelten, bis er ihnen alles verriet?

Die Bäume standen nicht nur am Flussufer, sie erstreckten sich weit in die Ebene zwischen Sippa und Dherrn hinein. Ben entfernte sich ein Stück vom Ufer, doch ein Ende der Bäume war nicht in Sicht. Es war ein dichter Wald, der seine Flucht deckte, und Ben fühlte sich immer sicherer. Noch jubelte er nicht, aber er glaubte nun wirklich, er könne es schaffen.

Er kehrte an den Sippa zurück, dort hatte er immer Wasser, und folgte seinem Lauf nach Süden. Seine Gedanken kreisten nun nicht mehr ausschließlich um den Mord an dem Drachenritter und die rachedurstigen Verfolger, sondern auch immer wieder um Nica. Hielt sie ihn auch für den Täter?

Wahrscheinlich. In seinen Tagträumen kehrte er nach Trollfurt zurück und überzeugte sie von seiner Unschuld.

Es begann wieder zu regnen.

Auch wenn die Angst vor Verfolgern ihn nicht mehr beherrschte, verfiel er doch immer wieder in einen Trab, um möglichst schnell mehr Abstand zwischen Trollfurt und sich zu bringen, man wusste ja nie. Er passierte einen weiteren Wasserfall, der nicht hoch war, aber den Anfang von sich überschlagenden Stromschnellen bildete, die nun neben ihm nach Süden rauschten. Und auf ihnen tanzte ein dicker schwarzer Stamm, der ihn aus dunklen Astlöchern wie Augen anzustarren schien.

»Ha, du bist nicht schneller als ich«, murmelte Ben ihm zu und lief los. Er wusste selbst nicht, weshalb er das tat, vielleicht wollte er einfach nur gegen etwas anrennen, das nicht unsichtbar war wie seine Verfolger. Äste und Unterholz drückte er mit ausgestreckten Armen zur Seite, während er sich zwischen den Baumstämmen hindurchschlängelte. Durch das Laub sah er den Stamm langsam an sich vorbeiziehen. Das durfte nicht sein, er hatte das Wettrennen begonnen, jetzt würde er es auch gewinnen. Ben beschleunigte, rannte, so schnell er konnte, und holte auf, kam Schritt für Schritt dem Stamm näher, der zwischen schäumenden Wellen und runden Felsen hin und her geworfen wurde. Ben hörte nichts außer dem Rauschen des Sippa und dem Schlagen der Äste, die hinter ihm zurückfederten, seine hämmernden Schritte und das wilde Atmen. Voran, voran.

Da stolperte er plötzlich aus dichtem Unterholz auf eine Lichtung.

Und los, dachte er und wollte die freie Fläche für einen Zwischenspurt nutzen, *jetzt lass ich dich weit zurück, du pummliger*

Stamm. Er stürmte los und erkannte zu spät, dass die Fläche gar nicht so frei war, wie er angenommen hatte.

Im Zentrum der Lichtung stand ein sauber entrindeter Holzpfahl von vielleicht drei Schritt Höhe, und vor dem Pfahl kauerte ein großer geflügelter Drache mit blauen Schuppen.

»Heilige …«, setzte Ben einen Fluch an und bremste sofort seinen Lauf. Doch das Gras war feucht, und so schlitterte er erst einmal weiter, stolperte und rutschte ungebremst auf den Drachen zu.

Dabei nahm er mehrere Dinge wahr. Unweit des Pfahls lag ein blutüberströmter Drachenritter mit vollkommen verrenkten Gliedern auf dem Boden. Der Drache war ebenfalls voller Blut, und er war eigentlich nicht geflügelt, oder zumindest nicht vollständig. Er besaß nur noch seinen linken Flügel, der andere lag neben dem Ritter im Gras. Mit einer großen gelben Zunge leckte der Drache über seinen blutenden Schulterknubbel, als Ben auf ihn zuschlitterte. Von der Jungfrau, die an den Pfahl gefesselt gewesen sein musste, fehlte jede Spur. Wahrscheinlich hatte der Drache sie schon längst gefressen! Er war ein gutes Stück größer als Feuerschuppe.

Der Drache blickte genau in Bens Richtung, und große, blau lodernde Augen voller Zorn fixierten Ben. Er stürzte endgültig und rutschte auf dem Bauch weiter. Direkt vor der Klaue des Drachen kam er zum Liegen. Er würde also doch als Jungfrau enden …

»Bitte! Tu mir nichts!«, brachte Ben noch heraus und hielt sich die Arme schützend vor den Kopf. Das tat er instinktiv, nicht, weil es etwas nutzen würde; der Drache könnte ihm leicht Kopf und Arme zusammen mit einem Bissen vom Rumpf reißen.

»Na gut«, brummte der Drache mit schleppender Stimme,

so als wäre er gar nicht richtig wach. »Das hatte ich eigentlich auch nicht vor.«

Langsam nahm Ben die Arme vor seinem Gesicht weg und rappelte sich mühsam auf. Misstrauisch musterte er dabei den Drachen. Priester Habemaas hatte stets gesagt, dass ein Drache erst befreit war, wenn ihm beide Flügel abgeschlagen worden waren. Diese angebliche Friedfertigkeit war sicher eine List.

»Warum sollte ich dir auch etwas tun?«, fuhr der Drache fort. Doch freundlich war sein Gesicht dabei nicht. »Du hast mich ja nicht mal getroffen.«

»Getroffen?« Ben stand wie angewurzelt da und starrte den Drachen an. Das Herz schlug ihm bis zum Hals. Was nutzte es, einem wilden Mob zu entkommen, wenn man dann einem Drachen in die Klauen rannte?

»Na ja, mit deiner Rutschpartie. Wenn du mir ins Auge schlitterst, dann tut das verdammt weh, dann hätte ich dir eine gelangt. Aber so? Das war doch keine Absicht von dir, oder?«

»Nein«, versicherte Ben rasch. Der Drache hätte ihm eine gelangt? Was sollte jetzt das schon wieder? Waren Drachen mit einem Flügel vielleicht nicht ganz klar im Kopf? Darüber schwiegen sich die alten Mythen aus.

»Du gehörst auch nicht zu diesem Ritterzeugs, das sehe ich. Also, warum sollte ich dir was tun?«

»Weil …« Ben biss sich auf die Zunge. Er hatte sagen wollen: *weil Drachen Menschen fressen.* Aber vielleicht war es besser, den Drachen nicht daran zu erinnern? Hätte er es vergessen, wäre das großartig! Ben verspürte nicht das geringste Bedürfnis, gefressen zu werden. »Ich weiß auch nicht, ist mir einfach so rausgerutscht.«

»Ja, schon gut. Aber wenn du schon mal da bist, kannst du

mir einen Gefallen tun.« Inzwischen sprach der Drache nicht mehr ganz so schleppend, er schien nun wach zu sein.

»Jaaaaa«, sagte Ben vorsichtig und gedehnt und warf immer wieder verstohlene Blicke auf die mächtigen Klauen des Drachen.

»Da, wo dieser Schwachkopf mir den Flügel abgehackt hat, da steckt ein Knochensplitter in der Wunde. Ich krieg das widerspenstige Ding mit der Zunge einfach nicht weggeleckt. Mit der Klaue komme ich nicht hin, meine Gelenke sind heute irgendwie so steif, muss am Regen liegen. Könntest du vielleicht?«

Ben war nicht sicher, ob das eine List war, aber eigentlich hatte der Drache solche Tricksereien nicht nötig. Wenn er Ben fressen wollte, könnte er das leicht tun. Ben war zu schwach, um sich zu wehren, und zu langsam, um wegzulaufen. Also nickte er und trat an die Flanke des Drachen.

Die Schuppen waren von einem tiefen, wunderschönen Blau, fast wie der Himmel am Abend eines klaren Sommertags, und dabei zugleich so reich an Konturen wie Granit oder ein vielfältig gemaserter Baum. Die Drachenhaut schimmerte wie die Rinde einer alten, großen Himmelsbuche, sie war wunderschön. Doch die rechte Flanke war übersät mit dunklen Blutflecken.

Ben trat an den Flügelansatz heran und entdeckte tatsächlich einen Knochensplitter, der sich tief ins Fleisch gebohrt hatte.

»Vorsicht«, sagte er zu dem Drachen. »Das kann jetzt wehtun.«

Beruhigend legte er ihm die Hand auf die Schuppen und zog Yankos Dolch. Er spürte überhaupt keine Furcht mehr, er hatte einfach nur das Gefühl, dass es richtig war, dem Drachen zu helfen. Diesem Gefühl folgte er, und es verriet ihm auch, was er tun musste. Mit ruhiger Hand und der Dolchspitze löste er den Knochensplitter, der sich irgendwie im Flügelgelenk verhakt hatte, und zog ihn mit der Linken aus der offenen Wunde. Als er dabei den Schulterknubbel berührte, spürte er wieder das Glück pulsieren, spürte, wie es zu ihm floss, und lächelte. Jetzt würde der Drache ihn sicher nicht mehr verspeisen. Der Splitter war beinahe so lang wie seine ganze Hand. Er zeigte ihn dem Drachen.

»Danke, Junge.« Neugierig musterte ihn der Drache. Sein Blick hatte sich verändert, Ben sah nun weniger Zorn darin lodern.

»Darf ich den Splitter behalten?«

»Warum?«

»Na ja, ich mach mir vielleicht eine Kette daraus. Wenn Schulterknubbel Glück bringen, dann so ein Splitter sicher auch.«

»Wer bringt Glück?«, fragte der Drache verwirrt.

»Ähm. Nicht so wichtig.« Ben war nicht sicher, wie er mit dem Drachen reden sollte und was er alles sagen durfte. Wenn der hier mit seinem einen Flügel noch wild und fluchbeladen war, wäre er sicher nicht erfreut darüber, ein Loblied auf die Schulterknubbel und abgehackte Flügel zu hören.

»Na gut«, brummte der Drache. »Wie heißt du eigentlich?«

»Ben.«

»Dann danke, Ben. Mein Name ist Aiphyron.«

»Sehr erfreut«, erwiderte Ben, weil er nicht wusste, wie viel Wert Drachen auf Höflichkeit legen. In den alten Sagen wurde darüber nichts berichtet, doch sprachen die Ritter immer sehr zuvorkommend mit ihnen. Er steckte den Knochensplitter weg, und dabei fiel sein Blick wieder auf den einsamen Pfahl. Am Boden vor ihm lagen die ausgefaserten Überreste von einem zerfetzten Seil. Er dachte an die Jungfrau, die hier angebunden gewesen sein musste, und plötzlich hatte er wieder Angst. Dieser Drache war immerhin riesig, sicher zwölf oder gar fünfzehn Schritt lang, und hatte lodernde Augen, so groß wie Bens Hände. Ben musterte die spitzen Zähne eingehend, um zwischen ihnen vielleicht Reste der Jungfrau oder ihrer Kleidung zu entdecken, aber die hinteren im Rachen konnte er nicht erkennen.

»Sag mal, hattest du schon öfter mit Drachen zu tun?«, fragte Aiphyron.

»Nein. Das heißt: ja. Also einmal, oder so«, stotterte Ben und trat ein paar Schritte zurück. Er versuchte, es nicht wie eine Flucht aussehen zu lassen. Dabei stolperte er jedoch über den am Boden liegenden Ritter. Er fiel auf den Hosenboden und war also wieder da angekommen, wo er vor kurzem gewesen war: Er lag auf dem nassen Boden vor einem nur zur Hälfte befreiten Drachen.

Aiphyron knurrte, und seine Klaue schoss schnell und zornig nach vorn. Sie schnappte zu und umkrallte den toten Ritter. Aiphyron schüttelte den Toten, spuckte ihn an und hielt ihn sich direkt vors Maul. »Du verdreckter Erdkriecher! Bodenlutscher! Warum hast du mir meinen Flügel genommen? Warum? Ich hoffe, deine Seele brennt ewig im Nichts!« Knirschend drückte er ihn zusammen und schleuderte ihn über die Schulter davon. Weit entfernt krachte der Ritter in die Wipfel und polterte scheppernd von Ast zu Ast und schließlich zu Boden.

Zitternd gaffte Ben den wütenden Drachen an. Da war Samoths Fluch deutlich zu sehen gewesen, er steckte noch immer in ihm!

Aiphyron wandte sich wieder Ben zu, schnaubte einmal und brummte: »Widerliches Pack! Man hat nur Ärger mit ihnen. Selbst tot gehen sie einem noch im Weg um.« Er streckte Ben die Klaue entgegen und sagte freundlich: »Komm hoch.«

Ben hielt sich oberhalb der kleinsten Kralle fest und wurde vom Drachen wieder auf die Beine gezogen. Vielleicht sollte er erzählen, dass er wegen Mordes an einem Drachenritter gesucht wurde? Wenn Aiphyron diese nicht leiden konnte, dann konnte er damit womöglich Eindruck schinden – zumindest so lange, bis er zugeben musste, dass er eigentlich unschuldig war.

Nein, besser, er sagte überhaupt nichts.

»Du hattest also einmal mit einem Drachen zu tun?«

Und weil Ben überhaupt nicht wusste, was er erzählen sollte, was er überhaupt sagen durfte, ohne Aiphyron zu verärgern – er wollte ganz sicher nicht zerquetscht und dreißig Schritt durch die Luft geschleudert werden –, stellte er lieber sofort eine Gegenfrage: »Was ist denn an den Rittern so schlimm?«

»Was an denen schlimm ist? Sag mal, weißt du, was die tun?« Aiphyron schnaubte kleine Rauchwolken aus den Nüstern, die Augen schienen plötzlich zu brennen. »Die sind vollkommen irre. Das ist jetzt der dritte, den ich getroffen habe, und jeder von ihnen hatte irgendwo in der Wildnis eine Jungfrau an einen Pfahl gebunden. Jedes Mal bin ich natürlich sofort runtergerauscht, im Sturzflug, damit ich nicht zu spät komme. Was diese Ritter auch vorhaben mögen, es kann nichts Gutes sein, sonst müssten sie sie ja nicht fesseln. Und siehe da, kaum will ich die Jungfrau vom Pfahl losbinden, ihre Fesseln mit meiner Klaue durchtrennen, stürmt so ein Ritter aus dem Gebüsch und greift mich an. Ohne Vorwarnung, immer von hinten. Das habe ich gegen die Kerle. Es sind Feiglinge. Entweder gegen Frauen oder von hinten, das sollte doch für jeden Ritter eine Schande sein!«

Ben starrte den Drachen an. Er wusste nicht, was er sagen sollte.

»Was ist? Warum glotzt du so? Findest du das etwa gut? Fesselst du üblicherweise auch irgendwelche Jungfrauen irgendwo im Wald?«

»Nein, nein«, versicherte Ben schnell. »Du willst die Jungfrauen also retten?«

»Was denn sonst? Es ist schrecklich, gefangen zu sein. Das Schrecklichste überhaupt!«

Ben nickte und starrte den Drachen weiter an. Konnte das stimmen?

»Also, die Ritter sagen, also, das habe ich nur gehört, weil, ich kenne ja keinen, also, die sagen, Drachen würden Jungfrauen fressen.«

»Was? Wir sollen sie fressen? Es sind doch die Ritter, die die Jungfrauen an den Pfahl binden, nicht wir!«

Ben nickte langsam. Das klang völlig falsch, es passte nicht zu all den Sagen, die er von Priester Habemaas vor dem Tempel gehört hatte. Es passte auch nicht zu dem, was der Drachenritter erzählt hatte, nicht zu dem, was alle Leute in Trollfurt sagten. Aber irgendetwas in ihm wollte Aiphyron glauben.

»Hör mir mal zu, Ben. Die Jungfrau hier war genauso seltsam wie die anderen beiden. Kaum war sie losgeschnitten, ist sie davongestürmt und hat gebrüllt, ich hätte ihn getötet. Ich bin sicher, sie holt irgendwo Hilfe, und dann kommen sie in einer großen Gruppe, um mir den Garaus zu machen. Mit einem Flügel allein kann ich nicht davonfliegen. Und ich habe keine Lust zu kämpfen, ich will diese ganzen Leute nicht töten, und ich will dich nicht mit reinziehen, aber ich würde gern noch eine Weile mit dir plaudern. Was hältst du davon, wenn du mir auf der Flucht ein wenig Gesellschaft leistest?«

Ben nickte, ohne nachzudenken. Das klang gut. Er wurde ja auch verfolgt, aber mit einem Drachen an seiner Seite fühlte er sich sicherer. Stärker. Das Problem war nur: Es war ein Leichtes, Aiphyrons Fährte zu folgen, wenn sie gemeinsam durchs Unterholz tapsten. Fliegen funktionierte mit nur einem Flügel auch nicht, also gab es nur eine Möglichkeit, von hier zu verschwinden, ohne Spuren zu hinterlassen. »Kannst du schwimmen?«

»Schwimmen? Natürlich kann ich schwimmen.«

Also beschlossen sie, dass sie fürs Erste im Fluss reisen wollten. Wenn die Jungfrau mit Verbündeten zurückkehrte und weder den Drachen noch irgendwelche Spuren vorfand, würden sie wohl davon ausgehen, dass der Drache seinen Flügel doch nicht verloren hatte und davongeflogen war.

»Das ist großartig! Toller Plan!«, sagte Aiphyron und klopfte Ben auf die Schulter, so dass dieser übers nasse Gras bis zum Rand der Lichtung schlitterte. Dann hob er seinen abgetrennten Flügel auf und schleuderte ihn über die Bäume hinweg in den Sippa. Den durften ihre Verfolger nicht finden.

»Jetzt gilt's«, grinste Aiphyron das gleiche merkwürdige Drachengrinsen, das Ben auch schon bei Feuerschuppe gesehen hatte, und seine Augen leuchteten. Der Drache durfte nicht einfach zum Fluss waten, wenn sie die Jungfrau in die Irre führen wollten. Also nahm er die gesamte Lichtung als Anlauffläche, rannte los und sprang dann vor den ersten Bäumen hoch. Trotz seine Größe und Masse war es ein anmutiger Anblick, die Bewegungen geschmeidig wie die eines Felsenwolfs. Ben sah ihm bewundernd zu.

Aiphyron legte sich schräg in den Wind, die rechte Flanke nach oben, und dann schlug er überhaupt nicht mehr elegant, sondern ganz hektisch mit dem linken Flügel. Mühsam streifte er mit der Flügelspitze an den Wipfeln entlang und ruderte verzweifelt mit dem Schwanz, um das Gleichgewicht zu halten. Dabei drehte sich sein Körper, er bekam Schlagseite wie ein heftig getroffenes Segelschiff und stürzte über die Bäume hinweg, brach durch die Äste am Ufer und klatschte schließlich in den Sippa. Das Wasser spritzte bis zu den Wipfeln.

Aiphyron ließ sich mit der Strömung treiben, und Ben folgte ihm am Ufer. Wegen der verdammten Stromschnellen musste er rennen.

»Spring doch einfach bei mir auf«, sagte Aiphyron und paddelte Richtung Ufer.

Ben ließ sich das nicht zweimal sagen. Er kletterte auf den Rücken des Drachen, und gemeinsam folgten sie dem Flusslauf.

VIER HOLZFÄLLER UND KEIN FEUERVOGEL

Ben saß bequem auf Aiphyrons Hals, einen halben Schritt vor Flügel und Schulterknubbel. Seine Hose hatte er hochgekrempelt, die nackten Unterschenkel hingen ins Wasser, während der Drache den Sippa hinunterpaddelte. Die Wolken hatten sich im Laufe des Tages verzogen, und die Sonne brannte wieder auf sie herab. Ein wenig Kühlung an den Füßen tat gut. Ab und zu griff Ben hinter sich und berührte, scheinbar zufällig, den Knubbel. Die Wunde hatte sich inzwischen geschlossen. Auf der Flucht konnten sie Glück gebrauchen. Und etwas in ihm drängte ihn einfach, den Knubbel zu berühren.

Noch immer konnte er nicht fassen, nun tatsächlich auf einem Drachen zu sitzen. Alles war in den letzten Tagen durcheinandergegangen, er schien alles verloren zu haben, und nun war er hier. Anders als erträumt, anders als in den Mythen erzählt, doch er ritt tatsächlich auf einem Drachen.

Aiphyron hatte seit seinem Sprung ins Wasser nicht viel gesagt, er brütete vor sich hin. Fast lethargisch wirkte er, gar nicht wild und fluchbeladen. Trotz des Schweigens und des noch vorhandenen Flügels fühlte sich Ben immer stärker mit ihm verbunden. Zwar war er noch immer kein Ordensritter, aber doch immerhin eine Art Drachenreiter, sagte er sich. Und wenn der Drache die Wahrheit sagte, dann wollte er eigentlich auch kein Ordensritter mehr werden. Er dachte an die Wandmalereien und Friese mit berühmten Ordensrittern im Hellwahtempel, die er sich immer wieder angesehen hatte. Männer wie der bärtige Torreghast, der vor über tausend Jahren die heilige Ordensburg Drakeneck errichtet und den mächtigen Sturmwanderer befreit hatte, ein Drache, der erst vierhundert Jahre später in den frühen Trollkriegen gefallen war, dabei jedoch die gesamte tirdische Königsfamilie gerettet hatte. Stundenlang hatte Ben diese Männer betrachtet, die Legende waren, die den Orden zu seinem Einfluss geführt und deren Taten seinen Wunsch, Ritter zu werden, genährt hatten. Im ganzen Großtirdischen Reich gab es keine mächtigere Organisation, nur der König und der oberste Hellwahpriester standen dem Rang nach über dem Großmeister des Ordens.

Noch bis vorhin hatte Ben einer von ihnen werden wollen, doch jetzt wusste er es nicht mehr. Er wusste nicht, ob er einem Drachen noch immer die Flügel abschlagen wollte. Ihm war die Überzeugung abhanden gekommen, dass dies richtig war. Er saß hier auf einem Drachen, der ihn nach allem Wissen hätte angreifen müssen. Konnte es wirklich sein, dass die weisen Männer des Ordens irrten, was die Drachen und ihre Flügel anbelangte?

Das konnte Ben nicht glauben. Irgendwer hätte das über die Jahrhunderte doch bemerken müssen. Oder war Aiphyron vielleicht eine Ausnahme, ein ungewöhnlicher Drache, der sich anders verhielt als seine Artgenossen? Mit einem Kopfschütteln schleuderte Ben diese Gedanken fort. Er würde den Drachen einfach beobachten, dann würde sich schon alles zeigen.

Einmal hatte Ben versucht, Aiphyron anzusprechen, aber keine Antwort erhalten. Jetzt wagte er es nicht mehr. Er behielt den dunklen Waldsaum am Flussufer rechts und links im Auge, entdeckte jedoch keine Verfolger. Doch das bedeutete nichts, er hatte den Weg ursprünglich ja auch selbst gewählt, weil man im dichten Laub nicht zu erkennen war. Sie hatten ihre Suche gewiss noch nicht aufgegeben, nicht, wenn es um Mord an einem Ritter ging. Sobald der Orden davon erfuhr, würde die Jagd erst richtig losgehen, und bis dahin musste er weit im Süden sein. Ben knurrte einen Fluch und griff wieder nach dem Schulterknubbel. Seine einzige Hoffnung war, dass Yanko den Mörder fand und sie dann die Jagd auf ihn abbliesen.

Immer wieder flossen kleinere Bäche in den Sippa, der zwar mit jeder Meile breiter und tiefer wurde, von einem Zusammenfluss mit dem Dherrn war jedoch weit und breit nichts zu sehen. Manchmal tauchte ein Fisch an der Wasseroberfläche auf und schnappte nach Insekten, kleine Gruppen Roter Langhalsenten schwammen hin und wieder in Ufernähe herum und schnatterten, wenn Ben und Aiphyron herankamen. Manchmal flog eine Ente über sie hinweg, auch zahlreiche andere Vögel bevölkerten den nahen Wald und den Himmel über ihnen.

»Verfluchter Ritter«, knurrte Aiphyron mit einem Mal in die plätschernden Wellen hinein. »Deinetwegen werde ich nie wieder fliegen können.«

»Aiphyron?«, fragte Ben vorsichtig.

»Du bist nie geflogen!« Das klang fast wie ein Vorwurf, und Ben wusste nicht, ob damit er oder der tote Ritter gemeint war. »Du weißt nicht, was es heißt, in eine Wolke zu tauchen und wieder hinaus. Die klare Kälte über den Wolken oder der scharfe Wind im Sturzflug, der Rausch, wenn man dem Erdboden entgegenfällt. Das Flattern der Flügel im Wind, der Kampf mit den Stürmen, von ihnen umhergeschleudert zu werden, ein Spielball, aber zugleich auch ein Spieler. Du kannst es dir nicht vorstellen, Ben. Das kannst du nicht. Das ist vollkommenes Glück, glaub mir.«

Ben wusste nicht, was er sagen sollte. Plötzlich dachte er an Nica, an ihr Lächeln, und bezweifelte sehr, dass von Winden gebeutelt zu werden ein größeres Glück wäre, als bei Nica zu sein, sie zu küssen und zu berühren. Doch das sagte er nicht.

»Nie wieder werde ich fliegen, nie wieder! Mein Flügel treibt irgendwo vor mir diesen dämlichen Fluss hinab, und ich bin für immer an den Erdboden gekettet. Nur weil sich so ein hirnloser Ritter einbildet, ich würde Jungfrauen fressen! Verfluchter Höhlenschädel!« Blitzschnell wälzte sich Aiphyron um die eigene Achse und schnappte mit seiner Klaue nach einer fliegenden Roten Langhalsente. Ben wurde in den Fluss geschleudert und tauchte unter. Wasser drang ihm in Nase und Mund, den er viel zu spät schloss.

»Sag mal, spinnst du?!«, prustete er, als er sich wieder hochgekämpft hatte. Wütend spuckte und schnaubte er Wasser und ruderte mit den Armen, um nicht erneut unterzugehen.

Doch Aiphyron beachtete ihn nicht. Er hatte die Rote Langhalsente gepackt und hielt sie sich vors Gesicht. »Du bist doch ein Feuervogel, oder? Sag es! Bist du ein Feuervogel?«

Die Ente schnatterte panisch, warf den Kopf hin und her und versuchte, Aiphyron mit ihrem platten gelben Schnabel zu pieksen. Ihre Schwingen waren zwischen zwei Krallen eingeklemmt und hingen hilflos herum.

»Sag es! Feuervogel oder nicht? Ja oder nein? Sag es!« Aiphyron schnaubte sie an. Die Ente schnatterte und pickte weiterhin auf den Drachen ein. »Willst du nun gestehen oder nicht?«

Die Rote Langhalsente schlug schnatternd um sich und gestand nicht, also hielt der Drache seine Klaue schließlich in die Höhe und ließ das Tier frei. Panisch und schlingernd flog es davon.

Vorsichtig schwamm Ben mit drei Zügen zu Aiphyron hinüber und legte die Hände auf seinen Rücken. Der Verlust seines Flügels schien dem Drachen wirklich zu schaffen zu machen. »Alles in Ordnung?«

»Ja«, sagte Aiphyron abwesend. »Komm, schwing dich wieder rauf. Es war nur eine harmlose Ente. Keine Gefahr für uns.«

So ganz klar im Kopf schien der Drache nicht zu sein, dennoch nahm Ben wieder vor dem Schulterknubbel Platz. Sein Verstand wusste trotz aller Grübelei noch immer nicht, was nun stimmte: Habemaas' alte Sagen über Samoths Fluch oder Aiphyrons Beteuerungen, er wolle die gefesselten Jungfrauen nur aus den Händen der verrückten Drachenritter retten. Sein Bauch sagte ihm, er könne dem Drachen vertrauen. Und weil auf seinen Bauch meist mehr Verlass war als auf seinen Verstand, sagte er: »Ich kenne einen Drachen, dem sind die Flügel wieder nachgewachsen …«

Aiphyrons Kopf schnellte augenblicklich herum, fast hätte die Schnauze Ben getroffen und wieder ins Wasser gefegt. »Was sagst du da?« In den großen blauen Augen flackerte Hoffnung.

Also erzählte Ben von Feuerschuppe und von Samoths Fluch, damit Aiphyron verstand, weshalb die Ritter den Drachen die Flügel abschlugen.

»Die sind doch völlig krank im Kopf! Sie sind doch bloß neidisch, weil sie selbst nicht fliegen können«, schimpfte Aiphyron, aber dabei ließ er es bewenden. Die Ritter interessierten ihn im Moment nicht sonderlich. Dafür wollte er genau wissen, wie schnell und warum Feuerschuppes Flügel nachgewachsen waren.

»Ich weiß nicht, warum. Ich hab ihn ja nur zweimal gesehen.« Ben zuckte mit den Schultern.

»Du hast ihn zweimal gesehen, und seine Flügel wachsen nach.« Aiphyron sah ihn scharf an. »Und du hast nie zuvor gehört, dass so etwas geschehen ist, auch der Unterdrücker des Drachen wirkte überrascht, sagst du? Sag mal, kommt dir da nichts eigenartig vor? Keine Idee, was da passiert sein könnte?«

»Natürlich ist das eigenartig. Aber ich hab keine Ahnung, warum das geschehen ist.« Ben schüttelte den Kopf. Er wusste nicht, worauf Aiphyron hinauswollte.

»Dreh dich mal um«, verlangte dieser. »Bleib ruhig sitzen und streich mir über den Flügelstumpen. Den Schulterknubbel, wie du ihn nennst.«

Ben tat es und fühlte wieder das Kribbeln, das gemeinsame Pulsieren in seiner Hand und dem frisch verschorften Flügelansatz.

»Spürst du das?«, fragte der Drache ganz aufgeregt. »Spürst du das auch?«

»Ja. Das ist das Glück.«

»Das *Glück?* Welches Glück?«

Ben erzählte nun doch, dass es Glück brachte, wenn man den Flügelansatz eines Drachen rieb. Inzwischen befürchtete er nicht mehr, dass Aiphyron ihn wegen einer unbedachten Äußerung einfach fressen würde. Nachdem Aiphyron sogar die verdächtigte Ente wieder freigelassen hatte, glaubte er überhaupt nicht, dass dieser ihn überhaupt fressen würde, egal, aus welchem Grund.

»Das glaube ich nicht«, sagte Aiphyron. »Wenn es Glück

wäre, das zu dir fließen würde, dann hätte ich doch das Gefühl, etwas zu verlieren. Nicht das Gefühl, von dir etwas zu bekommen.«

»Hm«, brummte Ben. Jeder wusste, dass Schulterknubbel Glück brachten. Wobei … wenn er genau darüber nachdachte, hatte er deutlich mehr Glück gehabt, bevor er seinen ersten Schulterknubbel berührt hatte. Da war er noch nicht des Mordes verdächtig und auf der Flucht gewesen. Rasch ließ er Aiphyrons Schulterknubbel los.

»He!«, maulte der Drache.

»Wenn es mir kein Glück bringt, vielleicht saugst dann eben du mir mein Glück ab! Und mir bleibt nur noch Pech im Leben. So ist das nämlich, seit ich Feuerschuppe berührt habe! Nur Pech!«

»Jetzt red doch keinen Unsinn, du hast mich getroffen.« Aiphyron lächelte. »Und du hast gesagt, es kam dir richtig vor. Oder?«

»Ja«, gab Ben zu.

»Dann streich mir doch einfach weiter über den Ansatz, und wir warten ab, was bis morgen passiert.«

»Na gut.« Ben blickte in Aiphyrons Augen und sah dort immer mehr Hoffnung. Der seltsame Drache bildete sich doch hoffentlich nicht ein, dass sein Flügel nachwachsen würde, nur weil Ben den Schulterknubbel berührte? Das war völliger Blödsinn. Aber Aiphyron hatte eben ja auch eine Rote Langhalsente gefangen und sie ernsthaft gefragt, ob sie ein Feuervogel sei. Sich etwas einzubilden, gehörte für den Drachen wohl dazu. Egal, es schadete wohl nicht, und so rieb Ben weiter.

Langsam trockneten Bens Haare und Hemd in der Sonne. Die Hose dagegen war zu nah am Wasser und bekam immer wieder neue Wellen ab. Als der Fluss ein wenig breiter und träger wurde, tauchte vor ihnen ein weiterer Anlegesteg auf, ebenfalls wieder am linken Ufer. Neben dem Steg waren zahlreiche dicke Baumstämme auf einer Freifläche aufgeschichtet. Fast ausnahmslos besaßen sie eine braune Rinde, doch ein einzelner Stamm, der etwas abseits lag, schimmerte golden im Sonnenlicht.

»Eine Goldesche«, hauchte Ben ehrfurchtsvoll.

»Eine was?«

»Eine Goldesche.« Ben erklärte dem Drachen, dass dies der wertvollste Baum des Kontinents und wie die Toteneiche ein Zauberwurzler war, ein Baum, der Magie aus der Erde ziehen konnte, so wie andere Bäume Wasser. Die schuppige Rinde war fester als gehärteter Stahl aus Curdien und deshalb äußerst beliebt bei zahlreichen Herrschern, die gern mit einer Rüstung aus Goldeschenrinde in die Schlacht zogen oder sich zumindest mit ihr bei Hofe zeigten. Derartige Rüstungen schützten und schmückten zugleich, und weil sie zudem so rar wie der Baum selbst waren, zeigten sie auch, wie bedeutend und mächtig ihr Träger war. Goldeschen waren nicht nur selten und dank ihrer kaum zu durchtrennenden Rinde sehr schwer zu fällen, in ihren Wipfeln nisteten auch gefährliche Koboldfalken, welche die Holzfäller mit scharfen Krallen und wilder Magie angriffen. Nicht selten kam einer der Holzfäller dabei zu Tode.

»Natürlich verteidigen sie ihren Baum«, schnaubte Aiphyron. »Du würdest dein Haus doch auch verteidigen.«

»Na ja.« Ben dachte daran, dass er sein Haus nicht verteidigt hatte, er hatte es sich von den Bütteln einfach nehmen lassen. »Aber die können doch woanders nisten. Für einen Holzfäller jedoch ist es der wertvollste Baum der Welt, er macht ihn reich. Für ihn ändert sich dadurch alles.«

»Und in der Region Vence sind Drachenflügel eine Delikatesse. Trotzdem habe ich meine den Köchen dort nicht überlassen.« Aiphyron hob den Flügel demonstrativ aus dem Wasser.

»Runter damit!«, zischte Ben und beendete damit die Diskussion.

Sie hatten sich dem Anlegesteg genähert, und er sah vier muskulöse Männer auf einem Stamm sitzen und Brotzeit machen. »Die dürfen den nicht sehen. Sie müssen dich für einen Flügellosen halten. Und lass mich reden.«

Aiphyron brummte etwas Unverständliches und verlagerte sein Gewicht so, dass der Flügel ganz im Wasser verschwand, der Schulterknubbel auf der anderen Seite jedoch aus den Wellen hinausragte.

Jetzt hatten auch die Männer sie erspäht und erhoben sich. Der größte von ihnen, ein riesiger Kerl mit nacktem Oberkörper und zotteligen schwarzen Haaren, winkte ihnen zu: »He! Junge!«

»He! Mann!«

Die vier am Ufer lachten. Auch die anderen erhoben sich, und zusammen liefen sie auf den Steg. »Wo kommst du her, Junge?«

»Aus den Bergen. Direkt von den Quellen des Sippa.«

»Ist ein weiter Weg. Komm doch mal an Land, mach Rast und erzähl uns, was in der Welt so geschieht. Viel zu selten bekommen wir hier jemanden zu Gesicht.«

»Von der Welt habe ich keine Ahnung«, rief Ben ihnen zu, der auf keinen Fall an Land gehen wollte. »Ich bin mit meinem Wasserdrachen auf einer Wallfahrt in Hellwahs und Sippas Namen, ich darf weder verharren noch den Fluss verlassen.«

»Wenn das so ist …« Die Männer hoben abwehrend die Hände. Niemand wollte einem Wallfahrer in die Quere kommen, der einem Fluss von seiner Quelle ab folgte. So etwas beschwor den unerbittlichen Zorn Hellwahs herauf. Lautlos entschuldigte sich Ben bei dem Gott für seine Lüge und versprach ihm ein kleines Opfer im steinernen Sonnenrad, denn auch eine solche Lüge beschwor den Zorn Hellwahs herauf, wenn auch keinen unerbittlichen. Langsam glitten Ben und Aiphyron am Lager der Holzfäller vorbei.

»Passt ein wenig auf«, rief der größte der Männer ihnen noch nach. »Auf dem Fluss seid ihr von oben gut zu erkennen, und heute früh erst habe ich einen geflügelten Drachen am Himmel gesehen.«

»Danke!«, rief Ben.

»Und passt auf unsere Stämme auf. Nach unserer Pause schicken wir sie auf die Reise. Trödelt also bloß nicht, sonst holen die Tothölzer euch ein und rollern euch nass.« Der Mann lachte laut auf, und seine Kameraden fielen mit ein, klopften sich auf die Schenkel und ihm auf die Schultern.

Ben verstand den Humor der Holzfäller nicht, aber er wollte ihre raue Herzlichkeit nicht unbeantwortet lassen.

»Die Goldesche auch?«, lachte er also zurück. »Dann lassen wir uns gern einholen.«

»Was hast du gesagt?«, schrie der Zottelige nun plötzlich. Er verstand wohl Bens Humor nicht. »Hier gibt es keine Goldesche, klar? Und niemand lässt eine Goldesche einfach so den Fluss runtertreiben, niemand!«

»Schon gut, schon gut. Das war doch nur Spaß«, winkte Ben ab.

»Spaß? Niemand macht einen Spaß über eine Goldesche! Jetzt reicht's!«, brüllte der Holzfäller und sprang in den Fluss.

Mit kräftigen Zügen und hochrotem Kopf schwamm er auf sie zu. Er sah aus, als wollte er Ben sämtliche Knochen brechen. Vielleicht dachte er, man könne Wallfahrer verprügeln, ohne Hellwahs unerbittlichen Zorn hervorzurufen, solange man den Wallfahrer dabei nicht vom Weg abbrachte. »Niemand spricht über eine Goldesche, die ihm nicht gehört! Niemand!«

»Was regst du dich so auf?«, schrie Ben zurück. Er konnte es einfach nicht leiden, wenn irgendwer ihm vorzuschreiben versuchte, was er tun und lassen sollte. »Du hast gesagt, dass das keine Goldesche ist. Nichts anderes werden wir den Leuten überall den Fluss hinab erzählen. Nämlich, dass wir keine Goldesche gesehen haben. Da es keine Goldesche ist, können wir ja über den Baum reden, der eben nur so aussieht wie eine Goldesche. Wir sagen allen, dass wir Ahnungslosen uns geirrt haben.«

Aiphyron ließ ein leises, amüsiertes Glucksen hören, doch die drei anderen Holzfäller brüllten nun ebenfalls auf und sprangen in den Fluss.

»Hauen wir ab. Und lass sie nicht deinen Flügel sehen«, zischte Ben.

Aiphyron grinste und nahm den Kopf halb unter Wasser. Ben hörte es schlürfen, dann hob Aiphyron den Kopf wieder und schnaubte eine heftige Wasserfontäne aus seinen Nüstern in das Gesicht des ersten Holzfällers. Der Strahl war so heftig, dass selbst dieser riesige Mann unters Wasser gedrückt und zurückgespült wurde. Dann riss Aiphyron sein Maul auf und brüllte, dass es in Bens Ohren hallte und er am ganzen Körper zitterte. Wellen breiteten sich ringförmig von Aiphyron weg aus, und Vögel stiegen kreischend in den Bäumen am Ufer auf und stoben davon.

Die Holzfäller verharrten mitten im Sturmlauf, ihre Gesichter waren bleich, die Münder standen offen, alle Kraft schien aus ihnen gewichen. Spuckend und fluchend tauchte der Fortgespülte auf, und alle vier zogen sich stumm zurück. Keiner rief mehr etwas, ihnen war wohl erst jetzt richtig bewusst geworden, was es bedeutete, einen Drachen anzugreifen. Solange Aiphyrons Körper unter Wasser war, hatten sie nur einen Jungen und einen freundlich grinsenden Reptilienkopf wahrgenommen. Jetzt hatten sie auch seine Zähne gesehen und seine Kraft gespürt. Mit hängenden Schultern schlichen sie ans Ufer und blickten dabei immer wieder zu Ben und Aiphyron zurück.

»Dem hast du's gezeigt.« Begeistert klatschte Ben dem Drachen auf den Hals. Er war selbst noch ganz benommen von dem Gebrüll.

»Nein, nein, du hast es ihnen gezeigt. Der Baum, der keine Goldesche ist. Das hat sie wirklich wütend gemacht, ein großartiger Spaß. Aber was ist eine Wallfahrt?«

Ben stutzte kurz, aber dann dachte er, Drachen und Menschen waren eben doch sehr unterschiedlich. Und er erklärte Aiphyron, dass man bei Wallfahrten bestimmte heilige Orte aufsuchte, um dort den Segen eines Gottes zu erbitten, um Erkenntnis zu erlangen oder Heilung von einer schlimmen Krankheit. Eine Wallfahrt von der Quelle eines Flusses bis zu seinem Ende verhalf zu einem langen und glücklichen Leben, von der Geburt bis zum Tod eben. Frisch Vermählte taten dies manchmal gemeinsam, häufig an einem kleinen Bach entlang, der auf einem Berg in der Nähe entsprang und sich im Tal schon bald in den Dherrn ergoss, eine solche Wallfahrt schaffte man in ein oder zwei Tagen. Auch Soldaten, die sich auf einen Krieg vorbereiteten, traten Wallfahrten an, oder jemand, der vor einer langen Reise in ein fernes Land stand. Ihn aus dem Fluss zu holen, hieß, ihn vorzeitig aus dem Leben zu reißen, und das war zutiefst schändlich.

Aiphyron nickte und ließ sich im Anschluss daran sogleich erklären, warum gerade frisch Vermählte so etwas taten und was der Segen eines Gottes war und andere Dinge, die für Ben ganz klar und selbstverständlich waren.

»Meinst du, sie schicken uns ihre Baumstämme hinterher?«, fragte Ben irgendwann, als sich die Sonne dem Horizont näherte.

»Ist mir egal. Wir haben schon genug Verfolger, da schrecken mich ein paar tote Baumstämme wirklich nicht. Die beißen nicht.«

Damit hatte er recht. Und dabei wusste Aiphyron noch nicht einmal, dass ganz Trollfurt hinter Ben her war. Davon würde er ihm aber erst morgen erzählen. Vor dem erwähnten Drachen hatten sie keine Angst, das war nach Aiphyrons Worten er selbst gewesen, kurz bevor er die Jungfrau erspäht hatte. Sie suchten sich eine dicht bewachsene Uferstelle und stiegen an Land. Hier konnten sie, geschützt von Laub und Dunkelheit, beruhigt die Nacht verbringen.

»Kein Feuer«, knurrte Aiphyron.

Ben nickte. Er hatte nicht vorgehabt, ihren Verfolgern einen so hell leuchtenden Hinweis auf ihr Versteck zu geben. Den Fisch, den Aiphyron ihm gefangen hatte, schlang er roh hinunter, und zum ersten Mal seit Beginn seiner Flucht war er satt. Es war ein großer Fisch gewesen, den der Drache ohne Mühe mit seiner Klaue aus dem Wasser geschaufelt hatte.

»Wollen wir abwechselnd wachen?«, fragte Ben.

»Das müssen wir nicht. Ein Drache erwacht immer bei Gefahr.« Aiphyron rollte sich zusammen. »Schlaf gut.«

»Ja, du auch«, murmelte Ben und versuchte, einen bequemen Platz zwischen all den aus dem Boden ragenden Wurzeln und dem herumliegenden Geäst zu finden. Egal, wie erschöpft er war, er konnte nicht einschlafen. Dreimal machte er das Zeichen der Mondgöttin mit dem Finger auf seiner Brust, doch selbst das half nichts. Aiphyrons Atem ging längst regelmäßig, da purzelten die Gedanken in seinem Kopf noch immer durcheinander. Er dachte an Nica, die anzusprechen er zu feige gewesen war, und die er nun lange nicht sehen würde, vielleicht nie wieder. Auch Yanko nicht, der ihm das Leben gerettet hatte. Der würde nie glauben, was Ben erlebt hatte. Wenn Yanko und Nica ihn jetzt nur sehen könnten, wie er neben einem großen Drachen mit einem Flügel lag …

Ein Knarzen drang aus Aiphyrons Nüstern, und Ben hoffte, dass er nicht anfangen würde zu schnarchen. Sollte dieser Brocken schnarchen, dann würde er kein Auge zutun, dessen war er sicher. Doch Aiphyron atmete ruhig weiter.

Es war seltsam, wie wenig Angst er vor dem Drachen hatte, wie wohl und geborgen er sich in seiner Nähe fühlte. Jahrelang hatte er geglaubt, das Böse stecke in den verfluchten Flügeln, und jetzt fühlte er sich bei Aiphyron geschützt, und das, obwohl der Drache nach allem Wissen und Glauben zur Hälfte noch böse sein sollte.

Ben dachte an die Holzfäller und die Goldesche, an alles, was er heute gesehen hatte. Auch an die Langhalsente. Wie sollte er da schlafen? Er wälzte sich auf die andere Seite und schob einen trockenen Ast fort, der ihm in den Oberschenkel stach. Er dachte auch an die Trollfurter und daran, dass sie dem Orden Bescheid geben würden. Drachenritter würden hinter ihm her sein, wenn Yanko nicht zuvor den richtigen Mörder fand. Yanko war schlau und hatte es versprochen, er würde es schaffen, und Ben war erstaunlich zuversichtlich. Gestern Nacht hatte er viel mehr Angst gehabt. Jetzt spürte er langsam die Müdigkeit kommen, er ließ sich vom gleichmäßigen, beruhigenden Atem Aiphyrons einschläfern. Dabei dachte er an Nica, um sie mit in seine Träume zu nehmen und nicht die zornigen Ordensritter.

DIE HAND DES VATERS

Gebeugte Gestalten kamen in der Dämmerung den Berg heruntergestapft. Yanko saß mit Byasso auf der Stadtmauer und sah ihnen entgegen. Dabei spielte er mit seinem neuen Dolch und schnitzte an einem knorrigen, gegabelten Ast herum. Keine einzige Verzierung schmückte den Dolch, doch die Klinge war breit und scharf.

»Was heißt, du hast deinen Dolch verloren?«, hatte sein Vater gefaucht, als Yanko ihn nach Bens Flucht um einen neuen gebeten hatte.

»Ich weiß nicht, er ist eben weg. Überall hab ich ihn gesucht, aber …«

Misstrauisch hatte sein Vater ihn angestarrt, als überlege er, ob auch dieser Dolch in einem Toten stecken könnte.

Dann hatte er ihn als Schlamper beschimpft und war letztlich zu dem Schluss gekommen, Ben hätte den Dolch sicher geklaut. »Wir haben's dir immer gesagt, der Junge taugt nichts.«

»Aber …«

»Kein Aber! Willst du einen neuen Dolch oder nicht?«

Schweigend hatte Yanko genickt und die Klinge aus der Hand seines Vaters bekommen. Hier zu protestieren hätte Ben nichts genützt, und es war besser, niemand redete in der Stadt über einen verschwundenen Dolch.

Als Yanko nun seinen Vater unter den gebeugten Gestalten erkannte, sprang er auf den Boden und lief ihm entgegen. Byasso folgte ihm.

»Junge, was machst du denn hier?« Ein Lächeln zeigte sich auf dem erschöpften Gesicht von Yankos Vater.

»Wir haben auf euch gewartet. Wir wollten wissen, wie es aussieht.«

»Schlecht.« Er und seine Begleiter, ein gutes Dutzend aufrechter Männer aus Trollfurt, blieben bei den Jungen stehen. »Der kleine Bastard ist verschwunden, ohne eine Spur zu hinterlassen. Ich sage dir, er hat den Mord genau geplant.«

»Aber wenn er ihn so genau geplant hat, weshalb lässt er dann seinen Dolch im Herzen des Ritters stecken?«

Die Männer murrten, überließen es aber Yankos Vater, seinen Sohn in die Schranken zu weisen. »Junge, ich hab es dir schon hundertmal gesagt: Er ist überrascht worden! Oder er hat es plötzlich mit der Angst zu tun bekommen und ist davongerannt. Ein anständiger Mann versteht eben nicht alles, was ein fauler Taugenichts tut.«

»Und wenn der Mörder erst Ben erschlagen und ihn irgendwo verscharrt hat?«, erwiderte Yanko, auch wenn er natürlich wusste, dass Ben noch lebte. Aber irgendwie musste er den Verdacht ja von seinem Freund ablenken. »Wenn er dann Bens Messer genommen und damit den Ritter ermordet hat? Dann läuft der Mörder noch immer irgendwo frei herum, vielleicht sogar in Trollfurt. Und kann sich vollkommen sicher fühlen, weil ihr …«

Mit einem lauten Klatschen traf ihn die flache Hand seines Vaters im Gesicht. Der Schmied war ein starker Mann, und so taumelte Yanko zurück und wäre fast gefallen.

»Es reicht!«

»Aber Ben war's nicht.« Yanko wischte sich mit der Hand über Nase und Mund. Er schmeckte Blut auf den Lippen.

Wieder traf ihn die Hand seines Vaters, sogar noch fester

diesmal. Yankos Kopf wurde zur Seite geschleudert. »Was habe ich gesagt? Was?!«

»Dass es reicht«, knirschte Yanko. Er wusste, wenn er seinem Vater noch einmal vor anderen Vätern widersprach, würde er ihn richtig verprügeln. Als Familienoberhaupt musste er das, um sein Gesicht zu wahren.

»Es geht doch«, brummte der Schmied und strich ihm übers Haar. »Der kleine Taugenichts ist der Mörder, glaub uns das. Wir haben ein paar Jahre mehr Lebenserfahrung als du auf dem Buckel. Und jetzt ab nach Hause, deine Mutter wartet sicher schon mit dem Essen.«

Die Männer verabschiedeten sich am Stadttor voneinander und verabredeten sich für das Morgengrauen, um ihre Suche fortzusetzen. Ein paar Trollfurter waren in den Bergen geblieben, doch die meisten Familienväter kehrten abends heim.

Während Yanko mit seinem Vater nach Hause ging, legte der ihm die Hand auf die Schulter. »Ich weiß, dass du den Burschen gemocht hast, auch wenn wir dir den Umgang mit ihm verboten hatten. Das ist vergangen und vergeben. Aber sieh doch deinen Fehler ein, Junge, beharr nicht auf seiner Unschuld, wo die Beweise klar auf der Hand liegen. Jeder in Trollfurt weiß, dass er nichts taugt und ein Dieb ist, und jetzt eben auch ein Mörder. Du bist doch nicht so anmaßend zu behaupten, dass sich alle irren und nur du das Leben und die Welt durchschaust?«

»Nein, Vater.« Yankos Wange brannte noch immer, auch aus der Nase floss nun Blut. Innerlich erneuerte er jedoch das Versprechen, das er Ben gegeben hatte: Er würde den wahren Mörder suchen und finden. Er hoffte nur, dass Ben wohlauf war, denn er hatte gestern noch einmal auf der Karte nachgesehen und festgestellt, dass er sich geirrt hatte. Er hatte den

Sippa verwechselt. Dieser floss nicht mit dem Dherrn zusammen, sondern schlängelte sich über viele Meilen durch wilde Wälder und stürzte dann als gigantischer Wasserfall über eine Klippe, die als *Todesklippe* bezeichnet wurde, bevor er schließlich Hunderte Meilen von hier ins Meer floss. Wo hatte er seinen Freund da bloß hingeschickt?

BENS GABE

Ben und Aiphyron verließen am nächsten Morgen ihr Versteck in aller Frühe. Irgendwann in der Nacht waren die Baumstämme an ihnen vorbeigeschaukelt, aber die Goldesche war nicht dabei gewesen. So gut das Versteck auch war, sie wollten nicht untätig herumsitzen und darauf warten, dass ihre Verfolger sie irgendwann einholten.

Ben wusste nicht, weshalb er sich in der Nähe des Drachen so wohl fühlte, und eigentlich war das auch egal. Manchmal fühlte er noch Ehrfurcht vor seiner Größe und Eleganz, meist jedoch nur eine Art Vertrautheit, die noch gar nicht da sein dürfte, nicht nach der kurzen Zeit, nicht zwischen Mensch und Drache, und wo er doch zudem kaum etwas über Drachen wusste. Aber sie war da, und er sah keinen Grund, sie in Frage zu stellen.

»Auf geht's«, rief Ben auf Aiphyrons Rücken, während der Sippa noch immer im Schatten der Bäume lag. Die Sonne war noch nicht über den Wipfeln aufgetaucht. »Wenn das so weitergeht, werde ich noch ein richtiger Drachenreiter.«

»Ein Drachenreiter?« Aiphyron knurrte. »Ich glaube, du verkennst da etwas. Als Reiter würdest du bestimmen, wo es langgeht. Ich würde sagen, ich werde hier zum Menschenträger.«

»Ha! Was soll denn das sein? Das klingt, als wäre ich ein Rucksack!«

»Schlimmer! In einem Rucksack kann man etwas transportieren, der ist zu etwas nütze. Du bist einfach nur ein Stück

Last.« Aiphyrons Lachen klang wie ein tiefer, stotternder Husten.

Ben beugte sich grinsend zur Seite, langte mit der hohlen Hand in den Fluss und spritzte einen Schwall Wasser nach vorn, direkt in Aiphyrons Auge. Er lachte, und der Drache prustete und tauchte mit dem Kopf ab. Dann kam er wieder hoch, wandte sich um und spuckte Ben einen Schwall Wasser entgegen.

Hart wurde Ben auf der Brust getroffen und nach hinten geschleudert. Er schlitterte auf dem Rücken über die Flussoberfläche wie einer der Steine, die Byasso immer hatte springen lassen. Nachdem er gut zwei Dutzend Schritt dahingefegt war, ging er schließlich auch unter wie ein Stein. Benommen sackte er Richtung Grund, Wasser drang ihm in die Nase. Ben schüttelte den Kopf, wälzte sich auf den Bauch und kämpfte sich wieder hinauf an die Luft. Das Erste, was er hörte, war Aiphyrons Lachen, es war ganz nah. Der Drache war umgekehrt.

»Gut, ich ergebe mich.« Mit erhobenen Armen fiel Ben in das Lachen ein und schnäuzte sich das Wasser aus dem Kopf. Mit zwei Schwimmzügen war er neben Aiphyron und kletterte wieder hinauf. Dabei hielt er sich am Schulterknubbel fest. Der Schorf war inzwischen abgeblättert, darunter zeigte sich helle, bläuliche Haut und eine Schicht aus kleinen weichen Schuppen. Gewachsen war der Knubbel jedoch nicht, er hatte die Größe eines Männerkopfs, genauso wie am Tag zuvor. Doch er sah auf seltsame Art gesund aus, nicht vernarbt. Als Ben darüberstrich, fühlte es sich ganz glatt an.

»Und ich dachte immer, Drachen speien Feuer, nicht Wasser«, murmelte er.

»Pah, Feuer! Ich hasse Feuer!«

»Was? Warum?«

»Wieso warum? Muss es immer einen Grund geben?«, schnauzte Aiphyron. »Ich hasse es einfach, habe es schon immer gehasst. Feuer verbrennt Dinge und Bäume und Wesen und ... Ich hasse es einfach.«

»Meinetwegen«, wiegelte Ben ab. »Ich mag Feuer. Es hält mich im Winter warm.«

»Bis du verbrennst!«

Ben seufzte und zuckte mit den Schultern. »Gut. Bis ich verbrenne. Dann werde ich es auch hassen, das verspreche ich dir.«

Schnaubend schwamm Aiphyron möglichst nah an das rechte Ufer, dort trafen die Sonnenstrahlen zuerst auf die Wasseroberfläche, die linke Sippa-Seite würde noch fast den ganzen Vormittag im Schatten liegen. Ben legte das nasse Hemd ab und wrang es aus. Dann legte er es vor sich auf den Drachenhals und wartete zitternd auf die Sonne, damit sie ihn, seine Haare und das Hemd trocknete.

Doch kurz nachdem er aufgehört hatte zu zittern, gerieten sie wieder einmal in Stromschnellen, und er wurde erneut durchnässt. Da es auf Mittag zuging, ging das Trocknen nun wenigstens schneller.

Plötzlich knirschte Aiphyron mit den Zähnen, bäumte sich auf, tauchte ab und schnappte mit der Klaue nach irgendetwas. Ben verlor das Gleichgewicht und landete zum zweiten Mal an diesem Tag im Wasser. So langsam wusste er, wie er reagieren musste; er kam wieder an die Oberfläche, ohne dass ihm viel Wasser in Nase und Mund gedrungen war.

»Ha!«, schrie Aiphyron seine Klaue an, die er geballt hatte und sich direkt vor die Schnauze hielt. Etwas zappelte darin. »Gib es zu, du bist ein Feuerfisch!«

Ben rieb sich das Wasser aus den Augen und starrte den

Drachen an. Das konnte doch nicht wahr sein! Der hatte wirklich einen Knall!

»Bist du einer oder nicht?«, knurrte Aiphyron, und seine Augen glühten. »Feuerfisch oder nicht, das ist hier die Frage. Sag was!«

Der zappelnde Fisch in seiner Klaue war schmal und vielleicht so lang wie Bens Bein. Neben seinem Maul hingen gelben Fäden oder Tentakel hinab wie die Enden eines langen Schnauzbarts. Der Fisch war orange und rot geschuppt und schnappte hilflos mit dem Maul. Natürlich sagte er nichts.

»Gestehe!«, bellte Aiphyron, schüttelte den Fisch, dass dessen Bartfäden wild hin und her klatschten, und schnaubte ihm ins Gesicht. Als der Fisch noch immer nicht gestehen wollte, warf Aiphyron ihn wieder ins Wasser. »Na, dann schwimm doch weg.«

Das tat der Fisch dann auch sofort. Diesmal stellte Ben keine Fragen wie bei dem vermeintlichen Feuervogel, er kletterte einfach schweigend an seinen Platz zurück und wartete, dass Aiphyron als Erster sprach.

»Schien ein netter Kerl zu sein, der Fisch. Nicht sehr gesprächig, aber doch nett«, sagte der Drache nach einer Weile nur, und damit war das Thema erledigt.

Sie schwammen weiter, und Ben streichelte pflichtbewusst den Schulterknubbel. Irgendwann würde er jedoch nachhaken, was es mit dieser Suche nach vermeintlichen Feuertieren auf sich hatte. Nach was suchte Aiphyron und warum? Bislang hatte er nicht viel von sich und anderen Drachen erzählt. Vielleicht wurde er ja gesprächiger, wenn Ben etwas von sich erzählte, und so gestand er endlich, dass auch er verfolgt wurde. Aber Aiphyron schien über weitere Verfolger nicht sonderlich besorgt. Er drehte sich zwar immer wieder um, doch

Ben war überzeugt, er wollte nur auf seinen Schulterknubbel schielen. Ben hatte auch noch nie davon gehört, dass Drachen irgendwen fürchteten.

»Es juckt«, sagte Aiphyron einmal zufrieden und meinte damit wohl seine Wunde, aber von sich und anderen Drachen erzählte er nichts.

Es war nicht so, dass Ben sehen konnte, wie der Flügelansatz wuchs. Solange dieser unter Wasser war, nahm er ihn sowieso nur verschwommen wahr. Doch irgendwann fühlte sich der Knubbel anders an. Zuerst dachte Ben, es läge daran, dass seine Hände schon ganz taub waren. So taub und kribbelig, dass er ab und zu nachschaute, ob er sich nicht schon alle Haut heruntergerieben hatte und nun mit den blanken Knochen über die frisch geschlossene Wunde strich. Die Haut war gerötet und vom Wasser verschrumpelt, jedoch vorhanden und unverletzt. Doch als der Knubbel einmal zwischen den Wellen auftauchte, weil sich Aiphyron leicht auf die Seite legte, wirkte der Ansatz tatsächlich größer, so als sei er gewachsen.

Das konnte doch nicht sein!

Ben blickte seine aufgeweichten, tauben Hände an, sie kamen ihm plötzlich fremd vor. Dann wieder den Knubbel. Doch, er war eindeutig größer als ein Männerkopf, und länglich.

»Sieh mal, ich glaube, der … also, dein Flügelansatz ist gewachsen«, sagte er zögerlich.

Aiphyron riss den Kopf herum und starrte den Überrest seines Flügels an. Vorsichtig leckte er mit der Zunge darüber, langsam und tastend. Ein Grinsen schlich sich auf sein Maul. »Ja, das sieht ganz so aus.«

Und dann packte er Ben plötzlich mit einer Klaue und hielt ihn fest. Ben war zu überrascht, um zu reagieren. Seine Arme wurden an den Körper gepresst, so dass er sich nicht rühren konnte. Der Drache wälzte sich ganz auf den Rücken, und bevor Ben auch nur ein Wort herausbrachte, warf er ihn in die Luft und brüllte dabei lautstark.

»He!«, brachte Ben schließlich hervor, als er mehrere Schritte über dem Fluss durch den warmen Wind flog. Ganz flau wurde ihm im Magen, dann zog ihn sein Gewicht wieder nach unten. Bevor er jedoch auf dem Sippa aufklatschte, pflückte ihn Aiphyron ganz sanft aus dem Sturz und schleuderte ihn wieder hinauf. Bens Magen drehte sich immer weiter, aber es war ein wundervolles Gefühl, durch die Luft zu fliegen, keinen Boden unter den Füßen zu spüren, nichts, was einen hielt, und dabei zu wissen, dass man aufgefangen wurde. Ben jubelte: »Höher!«

»Ich wusste es, ich wusste es!«, lachte Aiphyron und warf Ben noch zweimal in die Luft. Dann setzte er ihn auf seiner Brust ab, während er auf dem Rücken weiterschwamm.

Ben atmete schwer und konnte trotzdem nicht aufhören zu grinsen. Er spürte das Blut durch seine Adern pumpen und fühlte sich lebendig. War es wirklich so einfach? Einmal in die Luft geworfen, und man war glücklich?

»Noch mal!«

Aber Aiphyron schüttelte den Kopf. Aufmerksam sah der Drache ihn an. »Später. Jetzt hör mir mal zu. Du hast mir ja einen eurer Mythen erzählt, die ihr über Generationen vererbt. Wir Drachen kennen solche Mythen nicht, wir haben keine Generationen, und wir werden alt, viel älter als ihr. Dennoch haben wir natürlich Anekdoten und Geschichten, die ein Drache dem anderen berichtet, und es sind viele Geschichten aus allen Gegenden der Welt, denn nur wenige von uns sind für eine längere Zeit sesshaft, und mit Flügeln kommt man weit herum. Manche von den Geschichten handeln auch von Menschen, wenn auch meist nur am Rande, und eine davon möchte ich dir jetzt erzählen.

Vor vielen Jahren, als die gigantischen Vorväter der Trolle noch nicht zu Feuersteinen zerfallen waren und die großen Gebirge beherrschten, machten sie Jagd auf Drachen. Sie konnten mit Felsen und Eis verschmelzen, so dass selbst unsere scharfen Augen sie nicht zu entdecken vermochten, und so lauerten sie nahe der Gipfel auf uns. Stets banden sie drei riesige Felsbrocken mit langen Schnüren zu einer Bola aneinander und warfen diese nach uns, mehrere hundert Schritt weit konnten sie diese werfen, und so holten sie immer wieder einen Drachen vom Himmel, zerbrachen seine Flügel und fraßen ihn roh. Und zum ersten Mal empfanden Drachen Angst.

Die Vorväter der Trolle höhnten, kein Drache würde fortan mehr eines ihrer Gebirge im Flug überqueren. Natürlich hätten wir die Gebirge ohne Not umgehen können, doch niemand sagt einem Drachen, was er zu tun und was er zu lassen hat. Und so stürmte der erste Drache los, um sich seine Freiheit zu beweisen, doch er wurde vom Himmel geholt und aufgefressen. So erging es auch dem zweiten und dem dritten, dem vierten und dem fünften. Und schließlich wagte es keiner mehr. Jahre zogen ins Land, und kein Drache überquerte fortan ein Gebirge, und alle Drachen wurden darüber von großer Schwermut ergriffen. Es war, als hätten die Vorväter der Trolle ihnen die Flügel gestutzt.

Da wurde ein Drache geboren, der hieß Firbentorh und flog schneller als alle anderen und tobte mit den Wirbelstürmen um die Wette. Und er erkannte, dass die Drachen erst wieder glücklich und frei sein würden, wenn einer von ihnen ein Gebirge überquerte.

›Ich werde es tun‹, sagte er also und machte sich auf. Nicht in der Nacht, sondern am helllichten Tag, damit ihn jeder sah, und er rief auch noch nach den Vorvätern der Trolle.

›Ein Drache!‹, grölten diese vor Freude, denn sie hatten schon lange keinen mehr gesehen. ›Was willst du?‹

›Ich will über euer Gebirge fliegen.‹

›Ha!‹, riefen diese. ›Du brauchst nicht zu betteln, wir lassen dich nicht!‹

›Ein Drache bettelt nicht!‹, erwiderte Firbentorh. ›Ich wollte mich nur überzeugen, dass ihr auch nicht schlaft und meinem Flug über das Gebirge zusehen könnt.‹

Ein Aufschrei antwortete ihm, und wilde Trommeln riefen alle Vorväter der Trolle zur Aufmerksamkeit. Firbentorh lachte auf, und als die Sonne am höchsten stand, begann er seinen Flug. Er tauchte zwischen die Berge, ließ sich von den Winden über eisbedeckte Gipfel tragen, stürzte waghalsig in Schluchten und raste im Zickzack voran. Riesige Bolas und Felsen sausten an ihm vorbei, die Vorväter der Trolle warfen gar mit brennenden Bäumen nach ihm, und einer schleuderte sogar seine Trommel und streifte damit seinen Flügel. Doch Firbentorh unterdrückte den Schmerz und raste weiter. Die Vorväter der Trolle heulten vor Wut und Enttäuschung und warfen immer wilder nach ihm. Ganze Hagelstürme aus Gestein und primitivem Werkzeug prasselten auf Firbentorh nieder, doch er schlängelte sich zwischen ihnen hindurch. Hin und wieder musste er schließlich doch einen Treffer einstecken, und er wurde müde.

Am Ende des Gebirges wartete nun der König der Vorväter der Trolle auf ihn, und er schleuderte seine Bola mit scharfkantigen Kristallen nach ihm. Firbentorh warf sich zur Seite und konnte mit knapper Not verhindern, dass sich die wirbelnden Taue um seinen Körper wickelten und er in die Tiefe gezogen wurde. Doch einer der riesigen Kristalle zerschmetterte ihm den linken Flügel, so dass dieser nur noch hilflos in der Luft hing. Firbentorh stürzte, doch sein Schwung war so groß, dass er auch noch über die letzte Bergkette hinweggetragen wurde. Mit den Beinen berührte er den Felsgrat und stieß sich noch einmal kräftig ab. Torkelnd stürzte er in die Tiefe, doch mit seinem verbliebenen Flügel konnte er sich bis in die Ebene hinter dem Gebirge retten. Dort fanden ihn die anderen Drachen, er lag im Sterben.

Da tauchte plötzlich ein kleiner Mensch auf, ein Mann mit dichtem Bart und fröhlichen Augen, der sagte, er habe von einem verletzten Drachen geträumt, der seiner Hilfe bedürfe.

Die Drachen verlachten ihn, doch ließen sie ihn durch. Und der Mann ging zu Firbentorh und sagte ihm, er solle gesund werden. Tagelang saß er an seiner Seite und flüsterte auf ihn ein, und Firbentorhs zerschmetterter Flügel heilte tatsächlich.

Firbentorh erhob sich daraufhin wieder in die Lüfte und flog über die Gebirgskette zurück. Und als die Vorväter der Trolle ihn erkannten, verloren sie vor Wut und Enttäuschung alles Geschick in den Händen; was auch immer sie nach ihm warfen, sie verfehlten ihn weit. Und fortan sollte keiner von ihnen mehr einen einzigen Drachen mit einer Bola vom Himmel holen. Die Drachen waren wieder frei, überall zu fliegen, und ihre Schwermut war verschwunden.

Firbentorh und der Mensch wurden Freunde, und auch wenn der Name des Mannes inzwischen vergessen ist, so war er doch der erste Drachenflüsterer, von dem wir wissen.« Aiphyron beendete die eigentümliche Erzählung mit einem Nicken. »Viele kamen nicht nach ihm, doch ich glaube, du bist einer von ihnen. Du bist ein Drachenflüsterer.«

»Was?«, fragte Ben überrascht und verständnislos. In Gedanken war er noch ganz bei Firbentorh und den Vorvätern der Trolle.

»Ein Drachenflüsterer. Wie Firbentorhs Freund. Ein Mensch mit der außergewöhnlichen Begabung, einen Drachen kraft seiner Stimme heilen zu können.«

»Kraft der Stimme? Aber ich habe doch gar nichts gesagt, nicht ein Wort habe ich deinem Schulterknubbel zugeflüstert«, wandte Ben ein.

»Dann bist du eben ein Drachenflüsterer, der nicht flüstert, was soll's.«

»Ja, aber dann bin ich doch gar kein …«

»Papperlapapp! Du kannst das scheinbar Unheilbare heilen, das genügt! Nimm doch nicht alles so wörtlich.«

»Bin ich dann vielleicht nicht eher ein Drachenheiler?«, versuchte es Ben.

»Ach was, davon hat doch noch nie jemand was gehört. Drachenheiler! Das klingt doch dämlich. Nach einem menschlichen Beruf, den man einfach so erlernen kann. Das interessiert doch niemanden! Drachenflüsterer, die kennt man aus den alten Geschichten, da weiß jeder Drache, was gemeint ist.«

»Ja, aber wenn ich nichts flüstere, dann bin ich doch gar keiner«, gab Ben noch einmal zu bedenken, weil das alles zu schnell auf ihn einprasselte. *Ich kann das scheinbar Unheilbare heilen?*

»Jetzt stell dich doch nicht so an! Flüster halt irgendwas herum, während du heilst. Das muss auch keiner verstehen! Hauptsache, sie hören dein Gemurmel. Und Hauptsache, du heilst!«

»Ähm, ja, schon gut.« Alles drehte sich in Bens Kopf. Konnte er wirklich Drachen heilen? Und was sollte eigentlich gerade dieses ganze Gerede von anderen Drachen? Wem genau sollte er vorspielen, er sei ein Drachenflüsterer?

»Und jetzt mach weiter«, forderte Aiphyron, bevor Ben diese Fragen aussprechen konnte. Langsam drehte sich der Drache wieder auf den Bauch.

Ben rutschte mit der Bewegung mit und setzte sich wieder vor den Flügelansatz.

»Soll ich dabei was flüstern?«, fragte er vorsichtshalber.

»Unsinn! Ich weiß ja Bescheid, mir musst du nichts vorspielen.«

Also sagte Ben nichts und strich mit den Händen weiter über die Drachenhaut. Jetzt dachte er bewusst daran, dass der Flügel heilen sollte, er stellte sich vor, wie dieser wuchs, und hatte das Gefühl, das Kribbeln würde zunehmen.

Kein Yanko und kein Byasso hatte ihm erzählt, dass er das Glück herüberfließen gespürt hatte, als er Feuerschuppes Knubbel gerieben hatte. Damals hatte sich Ben nichts dabei gedacht und war davon ausgegangen, dass sie dasselbe gespürt hatten wie er. Und wenn nicht? Konnte es tatsächlich sein, dass er heilen konnte und für Feuerschuppes Veränderung verantwortlich war? Dass dieses Kribbeln, dieses gemeinsame Pulsieren dem Drachen Heilung brachte und nicht ihm das Glück?

Von der Gabe, Drachen zu heilen, hatte er noch nie gehört. Im abgelegenen Trollfurt lebte niemand, der über eine außergewöhnliche Gabe verfügte, doch hatten sie auch dort genug Geschichten gehört über Menschen, in denen Magie erwacht war, so wie die Magie in Toteneichen, Wasserfeen oder auch dem Blausilber steckte. Die Welt war von ihr durchdrungen, und manchmal formte sie sich eben zu einer bestimmten Gabe aus. Im Kleinen steckte sie in jedem, doch manchmal befähigte sie jemanden, wirklich Außergewöhnliches zu tun. Nur selten konnte man die Magie sehen wie das Schimmern von Blausilber.

Zahlreiche Männer und Frauen hatten versucht, die Magie mit Hilfe einer Zauberwurzel aus der Erde zu ziehen und für sich zu nutzen. Seit Jahrhunderten mühten sich diese Alchimisten, eine Wurzel der Weisen herzustellen, mit deren Hilfe auch ein Mensch die Magie aufnehmen konnte. Doch bislang vergeblich, soweit Ben wusste. Er hatte nur von Menschen gehört, die ihre Gabe von Geburt an besaßen. Von einer zierlichen Frau, die stark genug war, ein Pferd zu tragen, von einem Mann, dem das Wasser unter den Füßen zu Eis gefror, einem Mädchen, das mit Käfern reden konnte und zahlreichen anderen. Nie hatte er sich gefragt, woher diese ihre Gabe hatten, es war nicht wichtig. Wichtig war nur, was sie damit vollbrachten.

Doch jetzt, wo er selbst über eine Gabe verfügte, wollte er wissen, woher und warum, und ob es etwas mit seinem verschollenen Vater zu tun hatte. Auch wenn jede Geschichte über einen Gabenträger betonte, dass sich die Magie einfach jemanden aussuchte. Die ursprüngliche, ungebundene Magie war unberechenbar, und so folgte sie auch keinen Regeln, wenn sie jemanden mit einer Gabe beschenkte. Für Menschen, die sich gern an Gesetzmäßigkeiten klammerten, war dies unbefriedigend, und auch Ben brauchte lange, bis er seine Fragen unterdrücken konnte. Die Priester nannten die Gaben auch Hellwahs Geschenk, doch Ben wusste nicht, weshalb der Sonnengott gerade ihm ein solches Geschenk machen sollte.

Er wandte sich damit nicht an Aiphyron, sondern grübelte schweigend; seit Jahren war er es gewohnt, Fragen für sich zu behalten. Letztlich tat er das Woher und Warum doch mit einem Schulterzucken ab und hoffte, dass er sich richtig entschied, Aiphyrons Flügel wieder wachsen zu lassen, dass Samoths Fluch wirklich eine Legende war und der Drache auch mit zwei gesunden Flügeln sein Freund blieb und nicht zum Menschenfresser wurde.

Am späten Nachmittag, als der Fluss im schwindenden Sonnenlicht träge dahinfloss, sahen sie die Baumstämme wieder vor sich, wie sie kreuz und quer auf den Wellen tanzten. Rasch holten sie auf, viel zu rasch, bis sie bemerkten, dass es daran lag, dass sich die Stämme nicht von der Stelle bewegten. Sie wurden irgendwie festgehalten. Aiphyron paddelte sofort gegen die Strömung an, so dass auch er und Ben auf der Stelle blieben und sie erst einmal beobachten konnten, was siebzig oder mehr Schritt vor ihnen geschah.

»Sie haben ein Netz gespannt, um die Stämme hier abzufangen und aus dem Fluss zu holen.« Ben deutete auf ein schweres Seil, das links und rechts am Ufer befestigt war und an dessen Unterseite ein grobmaschiges Netz zu erahnen war. Mehr war auf diese Entfernung nicht zu erkennen. Rechts zwischen den Bäumen lugte die Ecke einer Hütte hervor, eine Gestalt saß in der Nähe des Seils am Ufer und starrte auf die Stämme.

»Wollen wir an Land und zu Fuß daran vorbei?«, fragte der Drache, aber Ben schüttelte den Kopf und deutete zu der Gestalt.

»Wahrscheinlich hat er uns schon gesehen. Und er sollte nicht unbedingt deinen Flügel auch noch erkennnen.«

»Was kümmert das einen einzelnen Holzfäller? Der ist doch froh, wenn er nicht gefressen wird. Und bis der wieder unter Menschen kommt …«

In diesem Moment traten drei weitere Personen zu der sitzenden Gestalt. Zwei trugen Kettenhemden, die in der Sonne glitzerten, und darüber rote Umhänge mit einem bunten Wappen. Einer von ihnen deutete in den Wald, kurz darauf trat noch jemand herbei, ein fetter Kerl mit nacktem Oberkörper, der einen Kopf größer war als die anderen. Aufgeregt sprachen sie aufeinander ein. Dabei achtete keiner auf den Fluss, sie hatten Ben und Aiphyron noch nicht entdeckt.

»So allein ist der Holzfäller gar nicht«, zischte Ben. Ihm gefielen die Gerüsteten mit den Wappen gar nicht. Gehörten sie zum Drachenorden? Suchten sie nach ihm? Das Wappen konnte er auf die Entfernung nicht erkennen. So schnell konnten sie seinetwegen nicht hierhergelangt sein, doch es war bestimmt besser, nicht von ihnen gesehen zu werden. Weder er noch Aiphyrons Flügel. »Lass uns vorsichtig ein Stück zurückschwimmen und weiter oben an Land gehen. Im Dunkel der Nacht können wir ungesehen vorbeischleichen.«

»Wenn wir ein paar Schritte weit ins Unterholz gehen, klappt das auch bei Tageslicht«, brummte Aiphyron. »Dunkel der Nacht, Unsinn.«

In diesem Moment zuckelte etwa einen halben Schritt neben ihnen ein dicker Holzstamm vorbei. Er schrammte mit der Unterkante über Aiphyrons Flügel und schlingerte dann weiter in Richtung Netz.

»Drecksholz, dreckiges«, knurrte der Drache leise. »Dämlicher Nachzügler.« Dann drehte er sich um, um gegen den Flusslauf zu schwimmen.

Der Stamm war jedoch kein Nachzügler gewesen, sondern die Vorhut weiterer Stämme.

Dicke Hölzer von bis zu zwei Schritt Durchmesser und teils deutlich länger als Aiphyron schwappten auf sie zu, ein dicker

Koloss mit rötlicher Rinde und beinahe schwarzem Kern hatte sie direkt anvisiert, und Aiphyron konnte sich gerade noch zur Seite werfen. Ben klammerte sich an den Flügelansatz und presste die Beine zusammen, um nicht ins Wasser zu rutschen. Haarscharf trieb der Stamm an ihnen vorbei.

Doch damit waren sie noch lange nicht aus der Gefahrenzone, immer mehr Stämme wurden auf sie zugetrieben. Weiter hinten war vom Sippa beinahe nichts mehr zu erkennen, es sah aus, als würde eine hölzerne Welle auf sie zuwalzen, der Fluss glitzerte nicht mehr im Sonnenlicht, sondern war dunkel geworden vor lauter Brauntönen. Abgeschabte Rindenstückchen tanzten auf den Wellen vor den Stämmen her. Dieser Masse konnten sie nicht ausweichen, die Stämme würden sie bis in das Netz mitreißen.

Ben warf den Kopf herum. Die Leute am Ufer hatten nun die neuen Stämme bemerkt, und damit auch ihn und den Drachen. Hektisch winkten sie ihnen zu, den Fluss zu verlassen, und Ben konnte auf die Entfernung kaum verstehen, was sie schrien, aber es war wohl ungefähr: »Kommt raus, wenn ihr zwischen dem Holz nicht zerquetscht werden wollt!«

Doch sie konnten nicht hinaus, sie durften nicht. Die Männer mit den roten Umhängen würden Aiphyron auf der Stelle entflügeln und überzeugt sein, eine gute Tat vollbracht zu haben. Sie trugen Schwerter am Gürtel, und niemand wusste, ob es Blausilberklingen waren und wie viele von ihnen noch im Wald verborgen waren.

»Tauchen!«, rief Ben Aiphyron zu. »Wir müssen so nah wie möglich ans Netz ran und dann tauchen.«

»Spinnst du?« Doch der Drache schwamm los.

Sie durften nicht länger warten, wenn sie nicht überrollt werden wollten.

»Wir sollen uns unter Wasser im Netz verfangen? Willst du vielleicht ertrinken?«

»Stämme schwimmen oben. Wahrscheinlich geht das Netz gar nicht bis zum Grund.«

»Wahrscheinlich?«, knurrte Aiphyron. »Das ist doch mal ein gutes Wort. Ich liebe todsichere Pläne.« Dabei hielt er auf die Flussmitte zu.

Auch Ben hoffte, dass der Sippa dort am tiefsten war, und vor allem, dass er recht hatte mit seiner Behauptung über das Netz.

»Nein! Nicht!« Die Leute an Land winkten sie mit den Armen zurück, einer mit rotem Umhang wedelte sie heftig herbei, und der große Fette machte gar nichts, er starrte sie einfach nur an. »Kommt raus!«

»Tauch!«, zischte Ben und winkte lächelnd den Menschen am Ufer zu. Dabei deutete er auf sein Ohr und zuckte mit den Schultern, als wolle er sagen, er sei leider taub.

»Ich tauche, wann ich will.« Aiphyron paddelte noch näher an die mächtigen Holzstämme heran, die von der Strömung ins Netz und aneinander gedrückt wurden. Es knirschte und ächzte, und mit einem dumpfen Schlag traf der erste neue Stamm auf die Wartenden und verschob deren Gebilde. Ganz vorne am Netz entdeckte Ben einen dieser rot-orangenen Fische, oder was von ihm übrig war – das Tier musste zwischen zwei Stämmen zermahlen worden sein wie zwischen Mühlrädern. Schuppen klebten auf der Rinde, der Kopf mit den toten Augen klemmte unter einem Stück Holz, das halb vom Stamm abgesplittert war. Ben schüttelte es, er wollte nicht so enden.

»Jetzt«, brummte Aiphyron, und Ben holte Luft. Mit aller Kraft klammerte er sich an den Schulterknubbel und den Ansatz des gesunden Flügels, drückte seine Fersen in Aiphyrons Flanke und ließ sich hinabziehen.

Unter Wasser schlängelte sich der Drache wie eine Seeschlange voran und tauchte tief unter den Baumstämmen hindurch. Das Wasser war klar, und Ben hielt die Augen geöffnet. Kleine Fische huschten vor ihnen davon. Das Netz reichte tatsächlich nicht weit hinab, vielleicht zwei, drei Schritt unter die Oberfläche. An seiner Unterkante lief ebenfalls ein dickes Seil entlang, das am Ufer befestigt war und das Netz so spannte.

In ihm hingen weitere tote Fische, die sich in den Maschen verfangen hatten. Diese rot-orangenen, aber auch ein flacher, halbmondförmiger Bursche, der freundlich gelb-blau gestreift und so groß wie Ben war. Sein missmutiges Maul stand offen und zeigte mehrere Reihen spitzer, ganz und gar nicht freundlicher Zähne.

Das also schwimmt im Sippa herum, dachte Ben, während Aiphyron ihn unter dem Netz durchzog, und er beschloss, seine Beine fortan nicht mehr ganz so achtlos ins Wasser baumeln zu lassen.

Ben hatte das Gefühl, die Blicke der toten Fische würden ihm folgen. Er fragte sich unvermittelt, weshalb er in diesem Sommer ständig unter irgendeinem Hindernis hindurchtauchen musste. Und warum Aiphyron so lange unter Wasser blieb und nicht an die Oberfläche zurückkehrte. Allmählich wurde ihm die Luft knapp, und er schlug dem Drachen auf den Rücken, der verstand und auftauchte. Die Baumstämme und Holzfäller lagen gut dreißig Schritte hinter ihnen. Ben sah, wie sie die Köpfe schüttelten, nur der große Fette lachte. Ben winkte ihnen zu und hustete Wasser. Sie winkten nicht zurück, doch sie zogen auch nicht ihre Schwerter. Also waren sie nicht hinter ihnen her. Erleichtert wischte sich Ben das Wasser aus dem Haar.

»Ich hätte wirklich nicht gedacht, dass das Netz nicht bis zum Grund reicht«, sagte Aiphyron schnaufend.

»Und du bist trotzdem getaucht?«

»Ich dachte, zur Not zerreiß ich es.«

»Ja, es ist immer gut, einen wohldurchdachten Ersatzplan zu haben«, lachte Ben. Dann atmete er tief durch. Es war echt knapp gewesen, sie hatten noch mal Glück gehabt. Er strich über den heilenden Flügelansatz und berührte dann Yankos Glücksgroschen, den er noch immer um den Hals trug. Egal, wer von beiden ihnen hier durchgeholfen hatte, er war ihm zutiefst dankbar.

VERRAT

Seit Yanko auf der Karte die Todesklippe im Sippa entdeckt hatte, träumte er jede Nacht davon, immer in Variationen. Dabei stürzte Ben jedes Mal den Wasserfall hinab und zerschellte viele, viele Schritt tiefer auf einem Felsen. Mal stürzte er schwimmend über die Kante, mal auf einem alten Türblatt, das er als Floß benutzt hatte, und mal sogar auf einem großen goldenen Fisch mit Sattel und Zaumzeug, der Ben getragen hatte, im Sturz jedoch hilflos mit seinen kleinen Flossen schlug und rief: »Ach, hätt ich nur zwei Flügelein.«

Yanko stand stets am Fuß des gigantischen Wasserfalls, hörte den Schrei seines Freundes über das Tosen des Wassers hinweg und sah ihn auf dem kantigen grauen Felsen aufschlagen. Nie konnte er ihn auffangen, nie ihn retten, und immer starrten ihn Bens tote Augen danach an.

Am Morgen erwachte Yanko nun stets mit dem Gefühl, seinen Freund in den Tod geschickt zu haben. Gerade einmal drei Tage lag der Mord an Ritter Narfried nun zurück, doch es waren furchtbar lange Tage und die schlimmsten in Yankos bisherigem Leben gewesen.

In Trollfurt kamen immer mehr Menschen zu dem Schluss, dass Ben eigentlich viel zu klein und schmächtig war, um einen so erfahrenen Kämpen zu töten. Doch nur Yanko beharrte weiterhin darauf, dass dies dafür sprach, dass Ben es eben nicht getan hatte. Andere kamen zu dem Schluss, dass Ben also entweder Anführer einer ganzen Mörderbande sein musste, die sich in den Bergen versteckt hielt, oder dass er seine Seele

Samoth verschrieben und den Ritter mit dunkler Magie überlistet und ermordet hatte. Es ging das Gerücht, der Junge wäre nachts auf dem Friedhof gesehen worden, und er hätte tote Tiere mit sich herumgeschleppt.

»Das tun andere Jungs doch auch«, wandte manch Nüchterner in den Wirtshäusern ein.

»Ja, aber die Lauser spielen doch nur. Sind eben Rabauken. Aber Ben, das ist ein Mörder, da muss man aufpassen«, erwiderten die einen, und andere beharrten darauf, dass sich ihre Kinder nachts nicht auf dem Friedhof herumtrieben, sondern artig im Bett lagen.

So oder so, wer es vermochte, einen Drachenritter zu töten, sei es mit Hilfe von dunkler Zauberei oder mit Hilfe von Mordgesellen, der konnte natürlich jeden einfachen Bürger mit Leichtigkeit ins Jenseits befördern. Plötzlich ging in Trollfurt die Angst vor Ben um, zumal sich viele erinnerten, ihn irgendwann beschimpft oder schief angesehen zu haben, ihm also hinreichend Grund für Rachegelüste geliefert hatten. Bei Ritter Narfried hatte es schließlich auch nicht mehr gebraucht.

Kaum jemand trat mehr unbewaffnet auf die Straße, eine Frau, die sich bei der Nachbarin Mehl für das Abendessen leihen ging, steckte dafür das größte Küchenmesser ein, oft schliff sie es eigens dafür. Die Büttel erhielten Unterstützung von Yirkhenbarg, der die kräftigsten seiner Arbeiter als Hilfsbüttel zur Verfügung stellte; solange in der Mine noch nicht geschürft wurde, sei dies doch selbstverständlich, sagte er, die Männer hätten ohnehin nicht viel zu tun. Und als neue Mitglieder der Stadtgemeinschaft stünden er und seine Leute ja in der Pflicht, ihre Verbundenheit zu Trollfurt unter Beweis zu stellen.

Yirkhenbarg selbst ritt auf seinem Drachen in die Berge, um Ben zu jagen, und seine Beliebtheit bei den eingesessenen Bürgern stieg weiter – schneller, als das für einen frisch Hergezogenen möglich erschien.

Yankos Beliebtheit dagegen sank rapide, da er sich immer noch weigerte, an Bens Schuld zu glauben. Kaum noch jemand außer Byasso wollte mit ihm sprechen, es sei denn, um ihm zu sagen, dass er krank im Kopf sei und sich gefälligst wieder einfügen solle. Doch sein Trotz war schon immer ausgeprägter gewesen als seine Fügsamkeit.

Byasso sprach meist dann mit ihm, wenn sie allein waren und niemand es sehen konnte. Als Sohn des Bürgermeisters trug er auch Verantwortung für den Ruf seines Vaters, und Yanko konnte ihm ja nicht ständig sagen, er sei zu feige, mit ihm zu reden, um so ein Gespräch zu erzwingen. Auch wenn es stimmte.

Hellwahs Tempel war in diesen Tagen oft besucht, und auch der Tempel der anderen Götter. Dieser war ein verschachtelter, verwinkelter Bau aus unterschiedlichsten Steinen, in dem zahlreiche Götter einen Schrein oder Altar hatten, der zu ihnen passte. Ein silberner Halbmond hing hoch im schmalen Alkoven, der Aphra geweiht war, und ein im Boden versenktes Becken mit Flusswasser harrte der Männer und Frauen, die zum Dherrn sprechen wollten.

Selbst Samoth war im hintersten Winkel eine verhangene schwarze Ecke geweiht, doch hier hatte Yanko bislang erst einmal eine Magd knien sehen. Eine verzweifelte, heulende Frau, die ihren Herrn verflucht hatte, weil dieser sie in Schande vor die Tür gesetzt hatte. Mit schriller Stimme hatte sie alles Unheil in Samoths Namen auf ihn herabbeschworen, hatte sich flehend, keifend und schluchzend auf dem kalten Steinboden gewunden, bis sie von mehreren Bürgern aus dem Tempel gezerrt worden war. Halb nackt war sie mit frisch geschnittenen Weidenruten aus der Stadt gejagt worden, Kinder hatten sie bis weit vor die Tore verfolgt, denn wann durften sie schon einmal ungestraft einen Erwachsenen peitschen?

Wer sonst einen anderen verfluchen wollte, tat dies meist leise und im Schutz der Nacht, um nicht gesehen zu werden. Doch jetzt erblickte Yanko jeden Tag jemanden, der mit grimmiger Miene vor Samoths schwerem schwarzem Vorhang kniete und Ben alles Schlechte, Krankheiten, Verletzungen und Unheil an den Hals wünschte. Yanko bat Hellwah, all diese Flüche von seinem Freund abzuwenden.

Am dritten Tag nach dem Mord stand nach der Schule plötzlich Nica vor Yanko, die bislang kaum je mit ihm geredet hatte, und raunte ihm zu: »Komm in einer Stunde zu den Schleierfällen. Bitte.«

Yanko war so überrumpelt, dass er nichts zu erwidern wusste. Er starrte sie einfach nur an.

Ihre großen Augen blickten ihn flehend an.

»Ach, du bist so ein Idiot, Yanko«, rief sie dann laut aus, damit die Umstehenden es hören konnten. Dabei sah sie ihn jedoch noch einmal bittend an. Dann warf sie die Hände in die Luft und lief kopfschüttelnd zu ihren Freundinnen, mit denen sie die Straße hinablief, ohne sich noch einmal umzudrehen.

Yanko sah ihnen nach, wie sie tuschelten und die Köpfe schüttelten. Dann rempelte ihn jemand von hinten gegen die Schulter und motzte: »Geh doch aus dem Weg, moderndes Rattenvieh! Oder willst du hier für deinen sauberen Freund Ben und seine Mörderbande herumspionieren? Vaterstadtsverräter, wie?«

Doch auch jetzt fiel ihm nichts Schlagfertiges ein, und so

wurde er herumgeschubst, ohne vorher in den Genuss gekommen zu sein, jemanden zu beleidigen. Das gehörte seit drei Tagen zum Schulschluss dazu: Wer Tadel oder Züchtigung durch den Schulmeister stumm hatte ertragen müssen, der konnte seinen Ärger an Yanko auslassen, ohne von anderen daran gehindert zu werden, auch nicht von Yankos alten Freunden. Schließlich war in ihren Augen ja auch er der Verräter. Und da meist mehr als ein Junge über den Schultag hinweg getadelt und gezüchtigt wurde, sah sich Yanko jedes Mal einer Überzahl gegenüber. Stumm ertrug er die Prügel, denn das ging immer in ein paar Minuten vorbei, und keiner von ihnen schlug auch nur annähernd so fest zu wie sein Vater. Als Sohn eines Schmieds war man abgehärtet.

Also rappelte er sich auch heute wieder von der Straße auf, nachdem die anderen sich verzogen hatten, spuckte Blut und Rotz aus und fügte ihre Namen in Gedanken auf seine Racheliste hinzu. Keinen würde er vergessen, nicht einen. Gegen einen allein konnte er verlieren, wer ihn im ritterlichen Zweikampf besiegte, dem war er nicht gram. Das gehörte eben dazu. Wer jedoch feige in der Gruppe auf ihn eintrat, der musste dafür bezahlen. Irgendwann.

Die Hände in den Taschen und den Kopf vollgestopft mit Gedanken an fürchterliche, blutige Rachetaten, schlenderte er aus der Stadt und zu den Schleierfällen. Dort setzte er sich ans Ufer, den Rücken an eine alte Zitronenweide gelehnt, und wartete.

Der Wasserfall rief seine Albträume in ihm wach, mehrmals bildete er sich einen Schemen ein, der vor der glitzernden Wand aus Tropfen hinabstürzte, und er dachte: *Ben!* Verdammt, es ließ ihm einfach keine Ruhe, dass er seinen Freund den Sippa entlanggeschickt hatte. »Todesklippe«, murmelte er, und dann: »Entschuldige.« Als würde das helfen, einen solchen Sturz zu überleben.

Yanko sah nicht weiter auf die Schleierfälle, sondern starrte einfach auf die dunkle, feuchte Erde zu seinen Füßen und malte sich lieber aus, wie er zahlreiche Jungen verdrosch, einen nach dem anderen. Wenn er erst Bens Unschuld bewiesen hatte, müssten sie sich alle bei ihm entschuldigen, jeder Einzelne. Auf dem Marktplatz würden sie Schlange stehen, und er würde sie einen nach dem anderen in einem Kampfring erwarten und jedem von ihnen eine blutige Nase verpassen, während die Mädchen draußen applaudierten und ihm zujubelten. Völlig erschöpft würde er …

»Hallo Yanko«, sagte da vorsichtig eine Mädchenstimme vor ihm, und er sah auf. Es war Nica, und sie war allein gekommen.

»Hallo«, antwortete er und stand auf. Sie blickten einander an, und Yanko bemerkte zum ersten Mal, wie unglaublich schön ihre dunklen Augen waren. Fast schwarz waren sie, und doch schienen sie hell zu strahlen. Ben musste sich in diese Augen verliebt haben, auch wenn er es tausendmal bestritten hatte. Schnell und verschämt löste Yanko den Blick und irrte mit ihm über Nicas schmales, ebenmäßiges Gesicht. Dabei kam er zu dem Schluss, dass nicht nur ihre Augen schön waren. Sie war sichtlich aufgewühlt und wirkte ganz und gar nicht mädchenhaft. Das gefiel ihm, und sicher hätte auch Ben das gefallen.

»Bist du wirklich überzeugt, dass Ben unschuldig ist?«, fragte sie ganz direkt. Die Frage brach förmlich aus ihr heraus, als hätte sie schon lange in ihr gebrodelt.

»Ja«, sagte Yanko etwas enttäuscht, weil das doch wirklich bekannt war. Er würde sich doch nicht täglich verprügeln lassen, wenn er nicht überzeugt wäre. Was dachte sie sich denn?

Beinahe gleichgültig erwartete er die übliche Beschimpfung, doch diese blieb aus.

»Bist du sicher?«

»Ganz sicher. Ben würde nie jemanden ermorden.« Und weil Nica ihn daraufhin nur ansah und nicht widersprach, fragte er: »Warum fragst du? Inzwischen weiß doch jeder, was ich denke, auch wenn es keinen interessiert.«

»Ich will wissen, wer den Ritter ermordet hat. Ich muss es einfach wissen.«

Yanko nickte und fragte wieder: »Warum?«

»Ich muss einfach.« Sie blickte zu Boden und biss sich verschämt auf die Lippen. »Ich glaube nicht, dass Ben ein schlechter Mensch ist, und schon gar nicht der Anführer einer Mörderbande oder ein Samothanbeter. Es wäre einfach schön, wenn er sich nicht mehr verstecken müsste und man den wirklichen Mörder fasst.«

Yanko starrte sie an. Ihre Wangen röteten sich leicht, während sie seinen Blick plötzlich mied. Hatte sie sich etwa in Ben verliebt, ohne dass irgendwer es bemerkt hatte? Das war doch unmöglich. Sie konnte doch jeden haben, ganz bestimmt jedenfalls eine bessere Partie, dachte Yanko kurz, aber dann fragte er sich, wer denn in diesem verfluchten Trollfurt eine bessere Partie wäre. Er hatte seine Zeit ja auch lieber mit Ben verbracht als mit den anderen Jungen aus all den respektablen Familien. »Dann lass uns doch gemeinsam den Mörder suchen.«

Sie sah wieder auf und lächelte Yanko schüchtern an. Die Flecken auf ihren Wangen verblassten langsam. »Du würdest mir helfen?«

»Ähm, ja klar. Wobei ich das ja andersherum sehe: Ich bin froh, dass du mir hilfst.«

Jetzt lächelten sie beide, und Yanko fühlte sich nicht mehr

allein. Nica konnte einfach nicht Sidhys Schwester sein, dafür war sie viel zu freundlich. Freundlich, aber nicht brav, immerhin wollte sie mit ihm auf Mörderjagd gehen.

»Wie wollen wir also vorgehen?«, fragte er, um nicht länger über Nica nachdenken zu müssen.

»Als Erstes musst du aufhören, Ben zu verteidigen«, verlangte Nica, ohne ihr Lächeln zu verlieren.

»Was? Niemals!«, spuckte Yanko aus. »Was soll denn der schimmlige Vorschlag? Genau das wollen wir doch! Ben verteidigen!«

»Genau das wollen wir, ja. Aber es ist Ben doch nicht geholfen, wenn keiner mehr mit dir redet. So erfährst du doch von niemandem etwas. Wir müssen listig vorgehen, nicht mit lautem Getöse.«

»Hm«, brummte Yanko und unterdrückte mühsam den nächsten Protest. *Listig vorgehen,* das klang zwar vernünftig, doch es war falsch, seinen Freund zu verleugnen. Das konnte einfach nicht richtig sein.

»Schau mal«, erklärte Nica. »Sobald alle in Trollfurt Ben verdächtigen, fühlt sich der Mörder sicher. Weiß er aber, dass du noch nach ihm suchst, geht er dir aus dem Weg und ist auf der Hut. Auf die Weise können wir nichts herausfinden. Wenn er sich sicher fühlt, macht er vielleicht einen Fehler.«

»Hm«, brummte Yanko noch einmal, aber das klang wirklich vernünftig, und sein Brummen weniger abweisend. Dennoch ärgerte er sich, dass er nicht selbst darauf gekommen war, sondern ein hübsches Mädchen ihm zu einem solchen Gedanken verhelfen musste. Schließlich war er der listigste Junge der Stadt. »Na gut. Dann verteidige ich Ben ab jetzt nicht mehr. Und was machen wir stattdessen? Wir können doch nicht einfach auf einen Fehler des Mörders warten.«

»Wir reden mit der Jungfrau Ivallya. Vielleicht kann sie einen Verdächtigen benennen. Wir wissen schließlich nicht, ob der Ritter nicht schon Feinde in der Stadt hatte, bevor er hergekommen ist. Doch sollte das so sein, weiß sie das möglicherweise.«

Das gefiel Yanko. Sie würden aber erst mit ihr sprechen, wenn er sich gegen Ben gewandt hatte, vorher wollte Nica verständlicherweise nicht mit ihm gesehen werden. Das gäbe nur Tratsch und viel zu viel Ärger mit ihrer Mutter, die genau wusste, was sich für ein junges Mädchen schickte und was nicht.

»Danke«, sagte sie noch einmal und lächelte zum Abschied. Dann lief sie durch die Bäume davon, und Yanko blickte ihr nach, bis ihre wehenden blonden Haare und das letzte Stückchen ihres roten Kleids verschwunden waren. Sein Herz klopfte, und er sagte sich, dass dies daran lag, dass er nun eine Verbündete besaß und einen Plan.

Seinen Freund zu verleugnen, gefiel ihm zwar nicht, aber wenn es der Sache diente, musste es eben sein. Dabei war er nicht besonders traurig, dass der Plan ihm die täglichen Prügel ersparte, ohne dass er sich für feige halten musste. Lächelnd folgte er ihr, um daheim den geläuterten Sohn zu spielen.

ÜBER DIE TODESKLIPPE

Der Wald am Ufer wurde nun immer dichter und düsterer, die Wipfel ragten höher in den Himmel als am Tag zuvor, und in den fröhlichen Gesang der Vögel mischte sich immer öfter ein lautes, hartes Krächzen. Hinzu kamen die Schreie von Tieren, die Ben noch nie vernommen hatte, ein hohes, zitterndes Trällern ebenso wie ein tiefes Brüllen oder ein stotterndes, hallendes Meckern, das in etwa so klang, wie er sich das böse Lachen eines Höhlenalbs immer vorgestellt hatte.

Der Wald wurde langsam unheimlich, und Ben gefiel der Gedanke nicht, am Abend irgendwo an Land zu gehen, um zu übernachten. Langsam beunruhigte ihn das Unbekannte vor ihnen mehr als die Verfolger im Rücken. Wenn sie nachts einfach im Fluss blieben und weiterschwammen, würden sie nicht so viel sehen, aber was machte das schon? Das fragte er auch Aiphyron. Er sagte ihm jedoch nicht, dass ihm der Wald nicht geheuer war, sondern dass er gern schneller vorankäme.

»Im Dunkeln hätten wir das Netz nicht gesehen. Außerdem muss ich auch mal schlafen«, erwiderte der Drache, und damit war es entschieden. Ben blieb nur die Hoffnung, dass der Wald wieder freundlicher werden würde.

Aiphyrons Flügel war inzwischen ein gutes Stück gewachsen. Ben konnte seine Fähigkeit zu heilen nun nicht mehr in Frage stellen, der Beweis war zu eindeutig. Der Flügelstumpen hatte inzwischen die Länge von Bens Arm, und Aiphyron kreiste ihn immer wieder, um sich zu vergewissern, dass der Flügel nicht nur wuchs, sondern sich auch wieder richtig bewegen ließ.

»Du wirst ein großer Mann werden«, sagte der Drache feierlich. »Ach was, du bist ein großer Mann.«

Ben wehrte ab, ihm war sein überraschendes Können trotz allem noch unheimlich. Aber ein großer Mann zu werden, gefiel ihm. Dann könnte er heimkehren und Nicas Liebe gewinnen. Als großer Mann war das leichter als als verstoßener, gejagter Junge.

Er war jedoch nicht sicher, ob auch Menschen ihn einen großen Mann nennen würden, nur weil er Drachen ihre Flügel zurückgeben konnte, oder ob sie ihn nicht eher für einen verfluchten Diener Samoths halten würden. Um Menschen zu beeindrucken, musste er auch Menschen heilen. Deshalb schnitt er sich mit Yankos Messer in den Unterarm, um seine Kräfte auch an einem Menschen auszuprobieren, aber es klappte nicht. Als er die Hand auf die offene Wunde legte, sickerte das Blut durch seine Finger und tropfte in den Fluss.

»Das hätte ich dir vorher sagen können«, brummte Aiphyron. »Dafür hättest du nicht die Hände von meinem Flügel nehmen müssen.«

»Du hast aber auch gesagt, Drachenflüsterer heilen mit ihrer Stimme.« Ben hatte es einfach versuchen müssen. Und dann fragte er etwas, das ihn schon eine Weile beschäftigte: »Die Ordensritter behaupten ja, mit den Flügeln nehme man auch Samoths Fluch von den Drachen. Aber du sagst, das sei Unsinn, und Fliegen das Schönste auf der Welt. Warum aber bleiben dann die Drachen bei den Menschen, die ihnen die Flügel abgehackt haben? Warum gehen sie nicht fort oder rächen sich?«

»Ich weiß es nicht«, antwortete Aiphyron bedächtig. »Vielleicht sind sie gebrochen. Ich glaube nicht, dass ich ohne Flügel noch ich selbst wäre, vielleicht ist man dann kein Drache mehr. Meinen einen Flügel zu verlieren, war schrecklich, und damit meine ich nicht die Schmerzen. Ich habe mich stumpf gefühlt, innen ganz hohl und leer und dunkel. Als würde ich nie wieder glücklich sein, nie wieder irgendetwas tun wollen. Ich habe mir gesagt, ich muss gegen die Leere in mir vorgehen, aber ich wusste nicht, was ich tun sollte, ich wollte, dass es mir jemand sagt, doch es war nur der tote Ritter da. Meine Schulter war nichts weiter als ein schmerzender Klumpen, mein Flügel totes Fleisch. Ich weiß nicht, wie lange ich auf der Lichtung gekauert und meine Wunde geleckt habe. Bis du aufgetaucht bist, das hat mich aus meiner Lethargie gerissen. Deine alberne Schlitterpartie hat mich aus der Leere geholt, auch wenn ich noch nicht lachen konnte. Plötzlich kehrte die Wut auf den Ritter zurück, und als du mir den Splitter aus der Wunde gezogen hast, ist deine Berührung in mich gefahren wie eine Welle aus Leben. Das hat mir Hoffnung gegeben. Genug Hoffnung, um mit dir in den Fluss zu springen und mit der Strömung zu schwimmen. Ich weiß nicht, was ein Drache fühlt, der beide Flügel verloren hat. Vielleicht ist ihm dann alles egal, und ihm fehlt jegliche Kraft für eigene Entscheidungen.«

Ben nickte. Er dachte an Feuerschuppe, der sich über das Schweigegebot hinweggesetzt hatte, als seine Flügel angefangen hatten zu wachsen, und alles ergab einen Sinn. Als Yirkhenbarg gegen ihn gekämpft hatte, hatte er geschwiegen. Da hatte er den einen Flügelansatz schon wieder verloren, und die Bediensteten waren in der Nähe gewesen. Er hatte gefaucht und sich gewehrt, aber er hatte keine Kraft gehabt, selbst anzugreifen. Nur kurz hatte er an der Freiheit geschnuppert, dann war er wieder in den flügellosen Gehorsam gezwungen worden. Ben glaubte nicht, dass Yirkhenbarg es aus Bosheit getan hatte, schließlich war er ja nicht Sidhy. Jeder glaubte, dass Samoths Fluch in den Flügeln steckte. Doch Feuerschuppe war es wahrscheinlich egal, ob er aus Bosheit oder Unwissenheit seine Freiheit verloren hatte. Es war nicht richtig, den Drachen ihre Flügel abzuschlagen, dessen war sich Ben in diesem Moment sicher.

»Ich weiß jetzt, was wir tun, wenn dein Flügel wieder heil ist«, sagte er. »Wir überzeugen den Orden der Drachenritter, dass sie einen Fehler machen, wenn sie euch jagen und verstümmeln.«

»Und wie willst du das anstellen?«

»Wir sagen ihnen die Wahrheit.« Das schien Ben das Einfachste, immerhin könnte Aiphyron mit seiner Anwesenheit bezeugen, dass er kein Menschenfresser war, und so allen die Angst vor Drachen nehmen.

»Und wenn sie nicht an der Wahrheit interessiert sind? Wenn ihnen ihre Macht viel wichtiger ist? Denn wenn Drachen keine Bedrohung mehr sind und nicht mehr befreit werden müssen, ist der Orden überflüssig.«

»So ist das eben. Als in Trollfurt die Mine geschlossen wurde, mussten die Arbeiter auch weiterziehen oder sich einen neuen Beruf suchen. Das kann doch passieren«, erklärte Ben. »Vor allem lebt es sich doch für alle besser ohne Bedrohung. Wenn ihre Aufgaben überflüssig sind, dann müssen sich die Ritter eben eine andere suchen. Die finden schon was.«

»Das ist leider ein wenig zu einfach gedacht für Politik.« Aiphyron sah ihn traurig an.

»Politik? Ist das jetzt auch wieder Politik? Verschimmelter Rattenschwanz noch mal, warum geht es immer um Politik!«, maulte Ben. »Diese elende Politik, die versteh ich einfach nicht.«

»Wer sagt denn, dass es immer um Politik geht?«

»Byasso. Und er hat recht.« Ben fluchte noch einmal. »Na gut, dann machen wir es eben anders. Ohne Politik. Dann reden wir eben nicht mit den Rittern. Wir befreien einfach alle flügellosen Drachen und bringen sie irgendwo in die Wälder oder Berge, und dort lass ich ihre Flügel wieder nachwachsen.«

»Weißt du, wie lange das dauert?«, fragte der Drache, doch er lächelte dabei, als würde ihm der Plan gefallen.

»Keine Ahnung, das hier ist doch mein erster Flügel. Aber wir können ja einfach einmal anfangen, dann sehen wir's schon. Wir haben doch sonst nichts zu tun, oder? Und gesucht werden wir ohnehin.«

Aiphyron nickte. »Wie ich schon gesagt habe: Aus dir wird ein großer Mann.«

Nach einer Weile nahm der Fluss an Fahrt auf, und in der Ferne war ein Rauschen zu hören. Erst kaum vernehmbar, legte es sich dann immer deutlicher über die Rufe der Tiere des Waldes.

»Ich glaube, da vorn kommt ein Wasserfall«, brummte Aiphyron und paddelte in Richtung Ufer. »Das ist viel lauter als alle Stromschnellen bisher.«

»Scheint so.« Sehen konnte Ben jedoch nichts, da sich der Fluss vor ihnen nach links schlängelte.

»Wir sollten außen herumgehen. Ich glaube nicht, dass ich uns da gesund durchschwimmen kann.«

Als sie das Ufer erreichten, schauten sie sich um. Niemand

war zu sehen. Schon den ganzen Tag über war ihnen nicht ein einziger Mensch begegnet; sie hatten nur die Schreie der fremden Tiere gehört. Langsam stiegen sie an Land, und Aiphyron schüttelte sich das Wasser aus dem Flügel, indem er ihn ausbreitete und damit schlug, als wolle er abheben. Der Windstoß brachte Ben fast aus dem Gleichgewicht, er taumelte zwei Schritte zurück und stand wieder im Fluss. Der Drache grinste.

»Aufgeblasene Fledermaus«, warf Ben ihm an den Kopf, was anderes fiel ihm nicht ein. Er war gut im Beleidigen von Menschen, für Drachen hatte er sich über die letzten Jahre hinweg nichts einfallen lassen müssen.

»Schuppenloser Stumpen«, konterte Aiphyron.

»Rieseneidechse!«

»Bodenwinzling!«

»Wolkenkopf!«

Aiphyron knurrte und schlug mit seiner Klaue über Ben ins Laub. »Hab dich, Feuerschlange!«

Ben sprang zur Seite und starrte auf Aiphyrons Klaue. Der Drache hielt eine gut drei Schritt lange, rote Schlange mit breitem Maul umklammert und blaffte sie an. »Gib's zu! Du zündelst doch in der Nacht! Du bist eine Feuerschlange, oder?«

Die Schlange zischte und wand sich in Aiphyrons Klaue, aber sie sagte nichts. Ben stellte sich direkt neben den Drachen und ließ den Blick hektisch über die Bäume schweifen – nicht, dass dort noch weitere Schlangen lauerten. Die eine sah giftig aus.

»Willst es wohl nicht sagen, was? Na, das haben wir gleich.« Aiphyron hielt den Kopf der Schlange in den Fluss. Kein Rauch stieg auf, es zischte nicht, nur die Schlange zuckte wild. Er holte sie wieder aus dem Wasser. »Hm. Bist also wohl doch keine. Warum schaust du dann so aus? Hm? Was hast du davon? Außer Ärger.«

Die Schlange riss ihr Maul auf, aber sie sagte natürlich auch jetzt nichts. Ben ebenso wenig. Er fragte sich nur, ob das irgendwann aufhörte, diese seltsamen Beschuldigungen irgendwelcher roten Tiere. Vielleicht, wenn Aiphyron wieder zwei Flügel hatte.

»Mundfauler Kriecher«, brummte der Drache und warf die Schlange flussaufwärts zwischen die Bäume. »Dann verzieh dich. Und komm uns bloß nicht nach!«

Ben hoffte, dass die Schlange auch wirklich gehorchte. Fürs Erste verschwand sie zumindest im dichten Grün.

»Dann wollen wir mal«, sagte Aiphyron, als wäre nichts gewesen, und sie stapften am Fluss entlang.

Sie sprachen kaum ein Wort, alle Aufmerksamkeit galt dem Weg, den sie sich selbst bahnen mussten. Sie wollten nicht von irgendeinem Tier überrascht werden, vor allem Ben nicht. Nicht, nachdem er die Schlange gesehen hatte. Im Gegensatz zum Wasserfall konnte man sie nicht hören, das war viel gefährlicher.

Das Rauschen des Wasserfalls wurde hingegen immer lauter, bald übertönte es das raschelnde Laub und die Vögel in den Baumkronen, Bens Schritte und schließlich auch Aiphyrons schwere Tapser. Sie erreichten die Biegung des Sippa, die sie vom Wasser aus gesehen hatten, und gleich danach stürzte sich der Fluss über eine riesige Klippe in die Tiefe. Sie standen am Rand eines Plateaus, das abrupt in einer Steilwand endete. Bestimmt hundert Schritt unter ihnen führten Fluss und Wald weiter. Im Licht der Sonne strahlten die unterschiedlichsten Grüntöne, und der Fluss schäumte sternenweiß und floss dann träge glitzernd zwischen dem Grün davon.

»Und jetzt?«, fragte Aiphyron.

»Klettern wir hinunter.«

»Und dann?«

»Dann folgen wir weiter dem Sippa. Was sollen wir sonst tun?«

»Glaubst du, wir werden noch verfolgt?«, hielt ihm der Drache entgegen. »Also hier im Wald und nicht irgendwo anders?«

»Ich weiß nicht. Spielt das eine Rolle?«

»Ich glaube, kein Drachenritter folgt uns diesen Abhang hinab, selbst wenn sie bis hierher kommen sollten. Und nicht mal das glaube ich.« Aiphyron deutete mit einem Nicken in die Ferne. »Da unten ist nichts als Wald. Meinst du, wir finden dort irgendwo einen Drachen, den wir befreien können? Überhaupt irgendeine menschliche Siedlung?«

Ben schüttelte den Kopf. Bis zum Horizont erstreckte sich der Wald, weit und endlos. Von hier oben war nichts zu erkennen als ein grünes Meer aus Wipfeln. Nicht einmal eine Schneise für den Dherrn war auszumachen, der sich ja irgendwann mit dem Sippa vereinen sollte. Wo hatte Yanko ihn da nur hingeschickt?

»Ja, aber was dann? Wir können doch auch nicht einfach hierbleiben. Irgendwann müssen wir sowieso weiter.«

»Das schon.« Aiphyron grinste breit. »Aber was hältst du davon, wenn wir damit warten, bis mein Flügel nachgewachsen ist? Dann trage ich dich in ein paar Stunden aus dem Wald heraus. Was soll ich mich vorher mit dieser ganzen Paddelei abmühen?«

Ben starrte den Drachen an und nickte. Daran hatte er überhaupt noch nicht gedacht. Er kümmerte sich zwar den ganzen Tag um diesen Flügel, aber was das letztlich bedeutete, das hatte er ausgeblendet. Vielleicht, weil er noch nie geflogen war, vielleicht, weil er sich schon so mit der ständigen Flucht auf dem Fluss abgefunden hatte, dass er sie als gegeben hingenommen hatte. Auf jeden Fall hieß das, es war noch ein weiter Weg bis zum großen Mann, denn ein großer Mann hätte das sicher nicht übersehen.

Noch einmal strich er Aiphyron über den Flügelstumpen, dann machten sie sich an den Abstieg.

Ben war viel in den Bergen gewesen, und Aiphyrons Klauen waren kräftig und verschafften ihm leicht Halt, trotz seiner Größe. Sie kamen gut voran, im Fels fanden sich zahlreiche Vorsprünge, Ritzen und auch kleinere Büsche, die ihre Wurzeln fest in kleinen Höhlungen vergraben hatten. Immer wieder schielte Ben zum Wasserfall hinüber. Dessen Glitzern in der Sonne begeisterte ihn und erinnerte ihn an die Schleierfälle daheim. Nur war der hier viel höher und auch wuchtiger, das Wasser bildete eine dichte Wand, keinen schimmernden Schleier aus Rinnsalen und Tropfen.

Als sie etwa auf der Mitte der Steilwand waren, fiel Ben plötzlich etwas ein. Vor Begeisterung hätte er fast an einem schmalen Vorsprung vorbeigetreten. »In den alten Sagen befinden sich Höhlenverstecke unter solchen Wasserfällen! Lass uns nachsehen! Wäre doch gelacht, wenn wir da unten keine Höhle finden.«

»Verflucht!«, schnaubte Aiphyron. Ein Felsen löste sich unter seiner rechten Hinterklaue und stürzte in die Tiefe. »Verfluchter Ritter! Drachen klettern nicht, Drachen fliegen!«

»Ja, aber die Höhle?«, fragte Ben, während Aiphyron seine Klaue auf einen stabilen Felsen setzte.

»Meinetwegen, schauen wir nach der Höhle. Aber denk daran, deine Sagen behaupten auch, man müsse Drachen die

Flügel abhacken, um sie zu befreien, und meine behaupten, du würdest zum Heilen flüstern. Wunder dich also nicht, wenn du hinter dem Wasserfall gar nichts findest, oder vielleicht den Brutplatz eines komischen pferdegroßen Menschenfresserfroschs, der dort mit seiner giftigen, klebrigen Zunge auf kleine Jungs lauert, die sich zu viele alte Sagen angehört haben.«

»Und wo sollen die ganzen Jungs in dieser verlassenen Gegend herkommen?«, lachte Ben. »Wenn du dir schon eine komische Geschichte ausdenkst, dann sollte die glaubwürdiger klingen.«

»Hab ich mir nicht ausgedacht«, brummte Aiphyron missmutig. »Hab ich irgendwo gehört.«

»Dann musst du eben geschickter klauen, großer Geschichtendieb«, knirschte Ben, während er sich über eine Felskante hangelte und seine Füße kurzfristig beide in der Luft schwebten.

»Und was ist mit dir? Du hast die Höhle unter dem Wasserfall doch auch nur aus alten Sagen, oder? Das … Matschiges Ritterhirn noch mal!« Wieder löste sich ein Fels unter Aiphyron und polterte hinab. »Kein Wort mehr! Ich muss mich konzentrieren.«

Ben sah dem Felsen nach, der ein gutes Stück unter ihnen krachend durchs Laub brach, und nickte stumm. Natürlich wollte er nicht, dass der Drache hinabstürzte, denn er zweifelte ernsthaft, ob er das heilen könnte. Schweigend kletterte er weiter und erreichte schließlich sicher den Boden.

»Erster!«, schrie Ben und rannte in Richtung Wasserfall, während Aiphyron noch sieben oder acht Schritt hoch in der Felswand hing.

»Ha!«, hörte Ben ihn schreien, und dann durchbrach etwas

Schweres die tieferen Baumkronen und schlug hart auf den Boden. »Ich krieg dich noch!«

Ohne sich umzudrehen, rannte Ben zum Sippa hinüber, riss sich dabei das Hemd über den Kopf und hechtete ins Wasser. Mit schnellen Kraulzügen schwamm er direkt zur Felswand und an ihr entlang auf den Wasserfall zu, an dieser Stelle war die Strömung nicht so stark. Fast hatte er sein Ziel erreicht, da tat es hinter ihm einen riesigen Platscher, und eine Welle trug ihn schneller voran, spülte ihn fast von allein bis an den Wasserfall. Dort wühlte sich das Wasser in die Tiefe, bildete Strömungen und Strudel, doch Ben fand den richtigen Weg an ihnen vorbei und tauchte tief unten an der Felswand entlang.

Als er wieder auftauchte, befand er sich tatsächlich in einer Höhle. Dort, wo sich der Sippa tief in den Boden gegraben hatte, stand sie unter Wasser, ein paar Schritt tiefer im Inneren erhob sich der Boden über den Wasserspiegel, und ein trockener Gang führte unter das Plateau hinein. Wie weit, konnte Ben nicht sagen, seine Augen gewöhnten sich erst langsam an die Dunkelheit. Am Eingang konnte er die Höhlendecke nur erahnen, und auch weiter hinten schien der Gang höher zu sein als der Hellwahtempel in Trollfurt.

Lachend stapfte Ben an Land, die Hose triefte und hing schwer an seinen Beinen. »Was hab ich dir gesagt? Eine Höhle!«

In diesem Moment schnallte etwas Langes, Glitschiges heran und schlug ihm gegen den nackten Oberkörper. Es blieb an ihm kleben und zerrte ihn nach rechts. Er stolperte, stemmte sich dagegen, und das Ding rutschte von seiner nassen Haut. Ben sprang zurück, griff nach seinem Messer und stierte in den Schatten zwischen zwei Felsen, aus dem das Ding gekommen war.

Was war das gewesen?

Er erkannte ein riesiges runzliges Etwas mit zwei großen gelben Augen. Er sah aber nicht, wo der Felsen aufhörte und dieses Etwas begann. Ohne den Blick abzuwenden, zog er sich weiter zurück. Bestimmt schon ein Dutzend Schritt Entfernung hatte er zwischen sich und die gelb glimmenden Augen gebracht.

Wo aber blieb Aiphyron?

Plötzlich hopste das Etwas aus seinem Versteck. Mit aufgerissenem Maul landete es direkt vor Ben. Das konnte doch nicht wahr sein, es war tatsächlich ein riesiger Frosch! Nur war er viel größer als jedes Pferd, sein Maul war breit genug, dass er Ben quer mit einem Happs verschlingen konnte, ohne dass Ben den Kopf einziehen musste. Unverwandt starrte der Frosch Ben an, und Geifer sabberte aus seinem Maul. Seine grüngraue Haut war mit Warzen und alten Narben übersät.

Ben riss den Dolch aus der Scheide und sprang zur Seite. Nach links, obwohl rechts das Wasser toste. Er dachte nicht nach, er wollte einfach nur weg. Und schnitt sich so selbst den Fluchtweg ab.

»Aiphyron!«, brüllte er, doch der Sippa schluckte alle Geräusche.

Der Frosch schleuderte seine Zunge nach Ben, und jetzt wusste er, was ihn vorhin getroffen hatte. Schmatzend wickelte sie sich um seinen Bauch und blieb haften. Beim ersten Angriff hatte sie schon einige Tropfen von Bens Haut geleckt, andere waren bei seinem Rückzug zu Boden geronnen, und je trockener die Haut war, desto besser klebte die Zunge. Der Frosch zog, Ben stemmte die Füße in den Boden. Scharfe Steinkanten schnitten in die Hornhaut seiner Sohlen. Die Zunge, doppelt so breit wie seine Hand, zerrte mit furchtbarer Kraft, und Ben strauchelte Ruck für Ruck auf das gierig geöffnete Maul zu.

»Aiphyron!« Mit einem verzweifelten Aufschrei stieß er den Dolch in die Zunge. Bis zum Heft drang er hinein, dann lockerte sich der Griff der Zunge, sie schnellte zurück und riss ihm die Klinge aus der Hand. Mit einem letzten Schnalzen versetzte sie Ben in eine Drehbewegung wie die Schnur einen Kinderkreisel, sein Arm wurde dagegen ein Stück mit dem Dolch mitgezogen, bevor sich die Finger lösten, und so verlor er nicht nur die Waffe, sondern auch das Gleichgewicht. Während der Frosch ein durchdringendes schrilles Kreischen ertönen ließ, stürzte Ben auf die verdrehten Knie, die linke Schulter und das Ohr. Das Kreischen wurde lauter, als die Zunge mit der offenen Klinge im Maul des Froschs verschwand. Es hallte von den Wänden wider und betäubte Bens Ohren; aus dem Donnern des Wasserfalls wurde ein gedämpftes Rauschen. Ben drückte sich mit den Armen nach oben, ein Stechen durchfuhr sein rechtes Knie, so dass er wieder einknickte. Nein, das durfte nicht sein!

Hoch, er musste hoch!

Mühsam stemmte er sich auf die Knie, hinter dem Frosch tauchte ein zweiter Schatten auf. *Nein, nicht noch einer,* dachte Ben verzweifelt. Er wollte nicht sterben! Er musste es bis zum Wasser schaffen, hinaustauchen ins Licht, zu Aiphyron.

»Aiphyron!« Noch immer dröhnten ihm die Ohren, seine Stimme erschien ihm schrecklich dünn und hilflos.

Dem Frosch hing die Zunge seitlich aus dem Maul, seine Augen bohrten sich tief in Bens, und trotz des dämmrigen Lichts sah er sie vor Schmerz und Wut brennen. Keuchend drückte er sich von den Knien hoch und lauerte auf den nächsten Angriff der Zunge, doch diesmal sprang der ganze Frosch auf ihn zu. Noch hatte sich Ben nicht ganz aufgerichtet, aus der Hocke konnte er nicht forthechten. Der massige Körper flog auf ihn zu, würde ihn zerquetschen. Instinktiv warf Ben die Arme hoch, doch wie sollten die ihn schützen?

Da fegte der zweite Schatten heran und stieß den Frosch aus seiner Flugbahn.

»Aiphyron!«

Der Drache hatte sich in den Frosch gekrallt und wälzte sich mit ihm über den Boden. Sein Schwanz peitschte hin und her, das Maul stieß immer wieder vor und schnappte zu. Anders als bei all den angeblichen Feuertieren schlug Aiphyron richtig zu, und Ben sah, wie ungeheuer viel Kraft in dem Drachen steckte. Tief gruben sich die Krallen und Zähne ins Fleisch seines Gegners. Tief und blitzschnell. Nur kurz zappelte der gigantische Frosch mit seinen kräftigen Beinen und peitschte vergeblich mit der Zunge, doch bevor er recht wusste, wie ihm geschah, war er besiegt. Schnaubend stieg Aiphyron von dem toten Untier.

Ben hatte sich nicht bewegt, er stand einfach da und zitterte.

»Alles in Ordnung?«, fragte Aiphyron und sah ihn an.

»Ja«, murmelte Ben und ließ alle Luft aus seiner Lunge weichen. Er hatte überhaupt nicht gemerkt, dass er den Atem angehalten hatte. »Aber was war das?«

»Ein Riesenfrosch?«

Und dann schrie Ben plötzlich los. »Ein Riesenfrosch! Genau! Und ich dachte, du machst Witze! Warum lässt du mich hier allein reinlaufen, wenn du weißt, dass das da hier lauert! Das da! Ich könnte tot sein!«

»Ja aber …«

»Was aber?«, schrie Ben weiter, der keine Lust hatte, Aiphyron ausreden zu lassen. »Ein verdreckter Riesenfrosch! Woher hätte ich denn wissen sollen, dass du das ernst meinst? Sag mir das mal! Und sag jetzt nicht: Hab ich mal wo gehört, die Geschichte!«

»Aber genau so war's! Ich hab die Geschichte vor ewigen Zeiten mal gehört. Woher sollte ich denn noch wissen, dass es genau dieser Wasserfall hier war? Das war ein blöder Zufall!«

»Zufall? So einen Zufall gibt's doch gar nicht, das ist doch Unsinn! Das ist bescheuert!« Ben rannte auf den Drachen zu und schlug mit der Faust in seine Seite. »Ich hätte tot sein können!«

»Aber du bist es doch nicht«, versuchte der Drache ihn zu beruhigen und legte seine Klaue ganz sanft auf Bens Schulter.

Ben ging in die Knie und begann zu weinen. »Ich hätte tot sein können …«

Aiphyron schwieg und wartete.

Nach einer Weile stieß Ben die Klaue von sich und stapfte zu dem Frosch hinüber. Er nahm seinen Dolch an sich und trat dem toten Vieh den Fuß in die Seite. »Verfluchter Kinderfresser!«

Noch einmal trat er zu und noch einmal. Dann wischte er sich den Rotz von der Nase und sagte: »Danke.«

Ganz langsam beruhigte er sich wieder, und ihn packte die Freude, überlebt zu haben. Er beschimpfte den Frosch, schüttelte den Kopf über diesen selten dämlichen Zufall mit der übereinstimmenden Höhle und alberte schließlich mit Aiphyron herum: »Was hättest du denn auf meinen Grabstein geschrieben, wenn du einen Augenblick später gekommen wärst? *Hier ruht Ben. Er sollte ein großer Mann werden, doch dann fraß ihn ein Frosch?* Das wäre sicher sehr ehrfurchtgebietend, alle Welt würde herbeipilgern und über diese große Tragödie trauern.«

»Auf den Grabstein schreiben, ja. Davon habe ich gehört, ich weiß nur nicht, weshalb ihr so etwas tut«, sagte Aiphyron mit einem Flügelzucken.

»Das macht man, um sich an die Toten zu erinnern«, erklärte Ben knapp. Ihm fiel es immer schwer, dem Drachen solche Selbstverständlichkeiten nahe zu bringen.

»Dafür nehmt ihr Steine? Interessant«, brummte Aiphyron. »Wir erinnern uns mit unserem Gedächtnis und reden über sie.«

Ben starrte Aiphyron an und wusste einen Moment nicht, was er darauf erwidern sollte.

»Aber meinetwegen schreibe ich auf deinen Grabstein«, stimmte Aiphyron doch noch zu. »Aber was viel wichtiger ist: Lieder würden gesungen werden an allen Höfen und in allen Hinterhöfen.«

»So ist es!«, rief Ben, und dann dichteten sie gemeinsam ein paar holprige Verse:

Einst lebte Ben, ein großer Mann,
Der konnte, was sonst keiner kann,
Er flüstert' Drachen ruckzuck heil,
Doch für den Frosch hätt er ein Beil
wohl besser bei sich sollen tragen,
denn ohne Waff', was soll ich sagen,
Stirbt wehrlos er im Untiermagen.

Lachend schafften sie den Frosch hinaus und ließen ihn den Sippa hinuntertreiben, essen wollten sie ihn nicht. Ben warf ihm noch ein paar Steine hinterher und grunzte zufrieden, wenn er traf. Sie fingen sich ein paar Fische, sammelten Früchte und Beeren und aßen in der tief stehenden Sonne ein Stück flussabwärts, wo das Tosen des herabstürzenden Sippa nicht so laut war. Später wollten sie die Höhle erkunden.

Und dann geschah es schon wieder: Aiphyron beschimpfte den ersten der gefangenen Fische als Feuerfisch, knurrte ihn an, wollte ein Geständnis, und als er wieder keines bekam, ließ er ihn schließlich frei.

»He!«, rief Ben. »Was soll das? Das war unser Abendessen!«

»Ich esse keinen Feuerfisch.«

»Aber … ich dachte, es wäre keiner? Du hast ihn doch freigelassen?«

Der Drache starrte ihn an und brummte: »Schon. Aber man kann trotzdem nie wissen. Vielleicht habe ich mich ja geirrt.« Dann fing er ihnen drei dicke Fische mit silbern schimmernden Schuppen, von denen er zwei sofort selbst verputzte.

Während Ben den dritten Fisch ausnahm, um ihn mit Aiphyron zu teilen, schob er sich immer wieder einen Brocken des glasigen Fleischs in den Mund und beobachtete den Drachen. Was hatte er nur immer mit diesen Feuerwesen? Konnte er ihn darauf ansprechen, ohne dass es wieder losging? Ben war einfach zu neugierig, um es zu lassen.

»Sag mal, Aiphyron«, fragte er also wie beiläufig. »Seit wann bist du hinter diesen Feuerwesen eigentlich her?«

»Seit meiner Geburt.«

»Und deine Eltern? Haben die da nie etwas gesagt?«

»Eltern? Welche Eltern? Drachen haben keine Eltern. Ich habe dir doch gesagt, dass es bei uns keine Generationen gibt.«

Ben hatte während der letzten zwei Jahre zwar auch allein gelebt, und wenn seine Mutter mal wieder besoffen herumgekeift und seinen Vater, an den er sich nicht erinnerte, wüst beschimpft hatte, dann hatte er sich oft genug gewünscht, keine Eltern zu haben, nie welche gehabt zu haben, ein Waise von Geburt an zu sein. Aber das war nur ein Wunsch gewesen, und ein unerfüllbarer dazu. Jeder hatte doch Eltern, jeder Mensch, jeder Troll, jedes Tier, jedes Wesen, nur bei Göttern war er sich nicht sicher. Aber Götter waren schließlich Götter. »Ja, aber dich muss doch eine Mutter geboren haben. Oder nicht?«

»Nein.« Aiphyron starrte ins Wasser.

»Aber woher kommst du dann?«

Der Drache brummte leise vor sich hin, den Kopf hob er nicht. Ben ließ ihn in Ruhe und wartete. Als er schon ungeduldig nachfragen wollte, antwortete Aiphyron doch noch. Seine Stimme klang zugleich rauer und sanfter als sonst. »Ich weiß nicht, woher ich komme. Ich erinnere mich an furchtbare Schmerzen, an lodernde Hitze, an das Gefühl von Nadelstichen bis in mein Innerstes. Das war, bevor ich mich bewegen konnte. Bevor ich etwas sehen konnte. Bevor ich richtig geboren war. Als ich schließlich die Augen öffnete, lag ich auf einer Ebene aus Asche. Verkohlte Überreste von nicht mehr erkennbaren Dingen, vielleicht auch Tieren und Pflanzen, lagen verstreut herum, eine Brise wirbelte die Asche hin und her. Weißer Staub, der die Sicht behinderte wie Nebel und mir Augen, Nüstern und Maul verklebte. Ich bin in irgendeine Richtung losgetappst, und als ich die Flügel ausbreiten konnte, habe ich mich in die Luft erhoben. Das war weit im Westen von hier, noch über dem Meer. Ich weiß nicht, aus was ich geschlüpft bin, ich weiß nur, dass es kurz vor meiner Geburt vom Feuer gefressen wurde, die Flammen haben mich zu früh herausgebrannt. Nur weiß ich nicht, woraus. Ich habe die wirkliche Farbe meiner Schuppen erst gesehen, als ich im Regen geflogen bin und die Tropfen das stumpfe Grau der Asche herausgewaschen hatten. Davor wusste ich nicht, wie blau meine Schuppen sind.«

»So blau wie der Himmel«, sagte Ben, weil Aiphyron wieder schwieg.

»Ja, wie der Himmel. Doch haben sie seine Farbe, weil ich unter freiem Himmel die Augen aufschlug, oder stammt die Farbe von etwas anderem?« Jetzt sah der Drache Ben an. »Weißt du, unsere Schuppenfarbe hat mit unserer Herkunft zu tun. Ich mag Bäume, mag den Wald, vielleicht bin ich im Stamm eines Baums herangewachsen, doch welcher Baum hat schon eine blaue Rinde?«

»Mit bläulicher Rinde gibt es schon ein paar.«

»Das stimmt. Vielleicht ist ihre Färbung auch eine Mischung aus der Rinde, der Asche und dem Himmel. Wer weiß das schon?«

»Aber nicht alle Drachen wachsen in Bäumen?«, vergewisserte sich Ben.

»Nein. Ein jeder wächst da, wo es seine Bestimmung ist. In Bäumen, im Boden, selbst in einem ewig vereisten Teich hoch im Gebirge wuchs schon einer von uns heran. Seine Schuppen sind seltsam milchig-durchsichtig und glitzern hell in der Sonne. Ferner kenne ich einen, der stammt aus der Mauer einer lange verlassenen Ruine. Er ist aus dem unbehauenen Grundstein geschlüpft und nicht viel größer als meine Klaue. Ein kleiner grauer Bursche, auf den man sich verlassen kann.«

»Und was ist mit den Wolken? Können Drachen auch in Wolken wachsen? Das würde doch passen, wenn ihr das Fliegen so liebt.«

»Nein«, lachte Aiphyron. »Nein. Wir wachsen langsam, manche von uns sehr, sehr langsam. Die Wolke hätte sich längst leer geregnet, bevor sich ein einziger Knochen gebildet hätte. Aber wer weiß, vielleicht gibt es irgendwo einen wolkengeborenen Drachen, ich habe nur noch nie davon gehört. Und das Fliegen lieben wir vielleicht gerade deshalb, weil wir nicht in der Höhe geboren werden. Weil wir damit unsere Herkunft und alles hinter uns lassen können. Und weil es einfach unvergleichlich schön ist.«

Ben sah plötzlich eine Welt vor sich, in der überall Drachen wuchsen. Irgendwo verborgen, wo es kein Mensch erwartete. Vielleicht saß er in diesem Moment gerade auf einem herum. Es war wie mit der Magie, die auch überall in der Welt verteilt war und sich schließlich irgendwie eine Form gab. Er dachte an die Holzfäller zurück und fragte Aiphyron, was passieren würde, wenn jemand einen Bäum fällt, in dem ein Drache heranwuchs.

»Dann hört er auf zu wachsen und wird nie lebendig. Doch das ist selten. Wer einen solchen Baum sieht, findet ihn schön und lebendig, er will ihn nicht umhacken. Er wird erst alle anderen Bäume um den herum fällen, bevor er Hand an diesen einen legt. Das ist eine Art Zauber, der uns schützt. Ich weiß nur von einem einzigen Herrscher im fernen Südosten, der wollte einst ein Verlies in einem Tal errichten, das einen wachsenden Drachen beherbergte. Seine Berater, die ihm sonst nie widersprachen, schlugen ihm andere Orte vor, das Tal sei zu schön und friedlich, doch der Herrscher war ihren Vorschlägen gegenüber so unempfänglich wie dem Zauber der Schönheit und beharrte auf seiner Wahl. Eben weil es so friedlich sei, würden die unterirdischen Kerker dort viel furchteinflößender wirken, und mehr Furcht unter den

Bauern hieße mehr Macht und Ehrfurcht für ihn. Also ließ er seine Untergebenen graben. Diese schimpften und fluchten vor sich hin, sie fühlten, dass sie das Falsche taten. Doch Peitsche und Furcht vor dem neuen Verlies ließen sie knirschend gehorchen – bis sie auf riesige Knochen in der Erde stießen. Ein Drache mit gut zwanzig Schritt Körperlänge wuchs dort heran. Noch hatte sich kein Fleisch auf den Knochen gebildet, keine Schuppen. Das schlechte Gefühl der Untergebenen wuchs, sie hielten die Knochen für ein schlimmes Omen und eine letzte Warnung. Mit einem Mal verwandelte sich ihre Furcht in Zorn. Mit Hacken und Schaufeln bewaffnet stürzten sie sich auf den Herrscher, als dieser die Baustelle besichtigte, und erschlugen ihn. Sie schoben die Tat einem furchtbaren Drachendämon in die Schuhe und schütteten die Löcher wieder zu. Für den ungeborenen Drachen war es zu spät, doch das Tal behielt seinen Zauber, und es ist noch heute, Jahrhunderte später, wunderschön und voll lebendig sprießender Pflanzen.«

»Woher weißt du, dass die Geschichte stimmt? Wenn das alles schon so lange her ist, ist es doch bestimmt nur eine alte Sage.«

»Nun, ich habe ja auch schon ein paar Jahre auf dem Buckel.« Aiphyron grinste. »Aber ich weiß nicht, ob all das tatsächlich stimmt, ich habe die zornigen Arbeiter und die Knochen nicht selbst gesehen. Ich kenne nur das Tal, und das ist wirklich außergewöhnlich schön.«

»Ja, und warum wachst ihr Drachen überhaupt einfach so?«

»Das wissen selbst wir nicht. Es gibt Leute, die sagen, dass die Orte, an denen wir wachsen, nicht durch einen Schutzzauber so schön werden, sondern dass sie einfach so schön sind, dass sie eine Seele entwickeln. Und aus dieser Seele entsteht ein Drache. Andere sagen, dass sich die Götter, nachdem ihre Schöpfung beendet war, die Hände wuschen und sie trockenschüttelten. Die Tropfen, die von ihren Händen fielen, steckten noch voller Schöpferkraft, voller Drang, zu etwas heranzuwachsen. Sie versanken in der Erde und in Pflanzen, und irgendwann wuchsen aus ihnen Drachen. Wieder andere sagen, der kindische Gott Bashntog hat die Drachen einfach versteckt, um damit die anderen Götter zu überraschen. Es gibt zahlreiche Mythen, aber niemand weiß es genau.«

»Und du weißt es auch nicht?«

Aiphyron schüttelte den Kopf.

»Und …?« Es gab so viele Fragen, die Ben durch den Kopf wirbelten, er wusste gar nicht, welche er zuerst stellen sollte. Allmählich setzte die Dämmerung ein, es war eine gute Zeit für Geschichten.

»Später«, sagte Aiphyron dennoch. »Lass uns erst mal die Höhle erkunden. Das möchte ich gern erledigen, bevor ich allzu müde bin. Wir wissen ja nicht, wie groß sie ist. Und wenn sie wirklich Brutstätte für den Riesenfrosch war, erwarten uns vielleicht noch andere hungrige Mäuler, von denen ich mich ungern im Schlaf überraschen lasse.«

Ben nickte, der Drache hatte recht. Sie erhoben sich und schlenderten am Sippa-Ufer zurück. Ben suchte den Fluss im Laufen nach gigantischen Kaulquappen ab und hob unterwegs drei dicke, armlange Prügel aus trockenem Holz auf.

»Ich weiß nicht, ob du damit einen Riesenfrosch beeindruckst«, sagte Aiphyron. »Wie willst du überhaupt mit drei Keulen zugleich zuschlagen? Dir ist doch bewusst, dass du nur zwei Arme hast?«

»Damit schlag ich nicht zu, das sind Fackeln.«

»Fackeln? Kommt nicht in Frage! Kein Feuer, wir machen kein Feuer!« Aiphyron war stehen geblieben und schnaubte ihn aus nächster Nähe an.

»Ohne Fackeln sehe ich nichts«, sagte Ben.

»Nichts? So richtig gar nichts? Das kann doch nicht sein.«

»Doch. In so einer Höhle ist es stockfinster!«

»Hm.« Der Drache runzelte die Stirn, was mit all den Schuppen sehr seltsam aussah. »Und sonst? Kannst du nicht hören oder riechen?«

»Was soll ich können?« Ben schüttelte den Kopf. »Wie soll ich denn Stolpersteine riechen oder einen plötzlichen Abgrund hören? Wenn du vor mir reinfällst, ja, aber sonst?«

»Ich dachte … Irgendwer konnte das, ich weiß nur nicht mehr, wer.« Aiphyron musterte ihn missmutig. »Du brauchst bestimmt eine Fackel?«

Ben nickte.

»Na gut. Aber zünd da drin nichts an«, knurrte der Drache und stapfte weiter. »Feuer ist gefährlich, damit spielt man nicht.«

»Was soll ich denn anzünden?«, murmelte Ben leise vor sich hin. »Der hat sie doch nicht mehr alle. Felsen anzünden oder was? Natürlich, die brennen ja auch wie Zunder, großer vorsichtiger Drache, alle heizen den ganzen Winter über mit Felsen.«

Am Wasserfall nahm ihm Aiphyron die Fackeln ab und umschloss sie mit seiner Klaue. So schaffte er sie trocken bis in die Höhle. Auch hier entdeckte Ben keine schwimmenden Riesenkaulquappen.

Drinnen wollte er sich nach trockenem Feuerstein umsehen, doch Aiphyron räusperte sich laut und schob dann den ersten Prügel tief in seinen Rachen. Er drehte ihn ein paarmal und drückte ihn dann Ben in die Hand. Irgendetwas Dunkles, Harziges klebte am oberen Ende.

»Halt mal.«

»Was ist das?«, fragte Ben und wollte daran riechen.

»Halt mal, hab ich gesagt. Und nicht an die Nase, sondern weg vom Körper.«

Ben zog eine Grimasse, gehorchte jedoch.

Aiphyron hustete ganz leicht, und eine kleine Flamme schoss aus seinem Maul. Hell loderte das obere Ende von Bens Fackel auf.

»Heiliger Hühnerfurz!«, fluchte er bewundernd. »Ich dachte, du kannst kein Feuer spucken!«

»Hab ich nie gesagt«, brummte der Drache. »Ich mag es nur nicht.«

Die Fackel leuchtete besser als jede von Menschenhand geschaffene, die Ben je gesehen hatte. Ihr Schein war leicht bläulich und reichte hinauf bis an die Höhlendecke hoch über ihnen. Ben ging umher und leuchtete den weiträumigen Bereich hinter dem Wasserfall gründlich aus, um nur ja nichts und niemanden zu übersehen. Dann stiegen sie tiefer unter das Plateau.

Von der Höhle zweigten nur kurze, kleine Stollen ab, deren Ende Ben immer schnell und mühelos erreichte, wenn er es nicht sogar schon vom Hauptgang her sehen konnte. Dieser blieb stets hoch und breit genug, so dass Aiphyron und er bequem nebeneinander vorankamen.

Drei große Säle durchwanderten sie, der hinterste und größte durchmaß sicher siebzig Schritte und war beinahe halb so hoch. An seiner Decke und auf dem Boden wuchsen hier und da helle Tropfsteine, in den meisten von ihnen erkannte Ben

Gesichter. Eine besonders hässliche Fratze nannte er Sidhy und trat mit dem Fuß dagegen.

Doch weder stießen sie auf weitere Riesenfrösche oder andere Untiere, noch entdeckten sie die Knochen der in der Sage angeblich gefressenen Kinder. Die Höhle gefiel ihnen, und so beschlossen sie hierzubleiben, bis Aiphyron wieder fliegen konnte. Die Tage würden sie draußen verbringen, bei Nacht und Regen versprach die Höhle ihnen Schutz. Sie suchten sich einen schönen Schlafplatz im hinteren Bereich, wo das Tosen des Wasserfalls kaum noch zu hören war, und Ben holte sich Laub und Gras von draußen, um den Felsboden ein wenig zu polstern.

Wieder schlief Aiphyron als Erster ein. Während seine regelmäßigen Atemzüge durch die Dunkelheit drangen, tauchte immer wieder der geifernde Riesenfrosch vor Bens geistigem Auge auf. Er spürte das Klatschen der klebrigen Zunge auf seiner Haut und sah die fiesen gelben Augen. Er zwang seine Gedanken nach Trollfurt, zu Nica, und mit ihr gelang es ihm, den Riesenfrosch zu verdrängen und endlich in einen tiefen, ruhigen Schlaf zu fallen.

UNGEWOLLT

Seit Yanko kleinlaut, aber deutlich und mehrmals zugegeben hatte, dass er sich wohl geirrt habe und Ben doch der Mörder sein musste, hatte man ihn wieder in die Trollfurter Gemeinschaft aufgenommen. Dass er trotz seiner Läuterung nicht an kaltblütigen Mord, sondern Totschlag in hitzigem Zorn zu glauben schien, ließ man ihm durchgehen, schließlich waren abweichende Meinungen das Vorrecht der Jugend, sofern sie nicht zu sehr abwichen. Das Wichtigste war, dass er Bens Schuld nun öffentlich anerkannte.

Auch wenn Yanko jetzt wieder mit den anderen Jungen lachte und sprach und herumzog, seine Rachegedanken hatte er noch nicht aufgegeben. Keinen einzigen Namen hatte er von der Liste gestrichen.

Er gebärdete sich so geläutert und beinahe schon unterwürfig, dass selbst Sidhy ihn zum Schulterknubbelrubbeln einlud. Dass Yanko ihn neulich angegriffen hatte, hatte dieser inzwischen gönnerhaft verziehen; immerhin war er ja als Sieger aus dem Kampf hervorgegangen, und Yanko hatte sich endlich untergeordnet. Sidhy stolzierte durch die Straßen, als wäre er der König der Trollfurter Jungen. Innerlich knirschte Yanko mit den Zähnen, doch nach außen lächelte er und nahm die Einladung an, weil er hoffte, dass auch Nica da sein würde. Seit ihrem Treffen an den Schleierfällen bekam er sie nicht mehr aus dem Kopf, sie war die Einzige, die wusste, was er wirklich dachte, immerhin war es ihre Idee gewesen.

In der Schule lächelte sie ihn an und sprach auch mal zwei,

drei Sätze mit ihm, doch nicht viel mehr, um nicht aufzufallen. Jedes Mal schlug sein Herz schneller. Es half nichts, dass er es ihm verbot, weil doch sein bester Freund Ben Nica liebte und er sie ihm nicht wegnehmen wollte.

Dann fragte er sich: Wieso wegnehmen? Ben hatte Nica doch nie besessen, sie wusste nicht einmal von seiner Zuneigung. Und hatte Ben diese Zuneigung nicht sogar selbst bestritten? Es gab also keinen Grund, darauf Rücksicht zu nehmen, vielleicht irrte sich Yanko ja auch, und Ben empfand tatsächlich nichts für sie. Außerdem würde Ben wahrscheinlich nie zurückkehren. Nica würde sich irgendwann in einen Jungen aus Trollfurt verlieben und sich mit ihm im Geheimen treffen, um sich fern fremder Blicke und elterlicher Überwachung zu küssen und zu berühren. Warum sollte dieser Auserwählte nicht er selbst sein?

Er wäre Ben nicht in die Quere gekommen, wenn dieser weiterhin in oder bei Trollfurt wohnen würde, das tat man unter Freunden nicht, doch wenn er nicht zurückkehrte, war das etwas anderes.

»Und warum kehrt er nicht zurück?«, fragte er sich lautlos und starrte aus dem Fenster auf die weißen Berggipfel, während der Schulmeister einfache Rechenmethoden für die Jüngeren erklärte. »Weil du ihn den Sippa hinunter zur Todesklippe geschickt hast.« Das waren mehr als genug Schuldgefühle wegen Ben, zusätzliche konnte er sich nicht aufladen.

Während dort draußen die Männer nach Ben suchten, nahm sich Yanko vor, endlich mit der wirklichen Mördersuche zu beginnen. Er war wieder ein Teil der Gemeinschaft, so wie Nica es für wichtig erachtet hatte. Zudem nahm er sich vor, sich dabei in die Jungfrau Ivallya zu verlieben. Sie war schön und nur wenige Jahre älter als er, das würde schon gehen.

Dann müsste er nicht mehr den ganzen Schultag lang zu Nica hinüberstarren, und er täte Ben außerdem kein Unrecht. Das war ein guter Plan. Und er stand so lange felsenfest, bis Nica von ihrem Platz zu ihm herüberlinste und lächelte.

Als sich ihre Blicke das nächste Mal fanden, nickte er ihr auffordernd zu, und sie nickte wissend zurück. So zumindest empfand er es. Und tatsächlich hatte sie ihn verstanden, denn nach der Schule kam sie zu ihm und fragte, ob sie ihn nach Hause begleiten dürfe, sie wolle sich die Schmiedearbeiten seines Vaters ansehen, sie brauche nämlich ein Geburtstagsgeschenk für ihren eigenen.

»Sicher«, sagte Yanko möglichst gleichgültig, und sie versprach ihren Freundinnen, nachher noch auf ein Pläuschchen zum Marktplatz zu kommen, doch der Geburtstag ihres Vaters ginge leider vor. Dabei machte sie ein unglückliches Gesicht. »Er wird vierzig, da kann es kein kleines Geschenk sein. Das könnte also dauern, Väter sind ja schwierig zu beschenken.«

Ihre Freundinnen nickten.

»Letztes Jahr habe ich meinem kleinen Bruder einen Sack flacher Steine geschenkt, weil er die so gern springen lässt, aber er hat mich angemotzt, ich hätte überhaupt keine Ahnung. Nur mir sagen, was ich falsch gemacht hatte, wollte er nicht«, beschwerte sich eine.

Yanko sagte ihr nicht, dass es eben darauf ankam, den Stein selbst zu finden, den man springen ließ. Das Springen selbst war doch nur die halbe Sache. Murmelsteine hätte sie ihm dagegen schenken können, die konnte man beim Spiel ja auch gewinnen, da kam es nur darauf an, dass sie schön rund waren. Aber wenn er jetzt nicht den Mund hielt, würden sie ihn den ganzen Nachmittag ausfragen, und er käme nie allein mit Nica weg. Also wartete er, bis jedes der Mädchen ein verunglücktes Geschenk beschrieben hatte und sich Nica endlich verabschieden konnte.

»Tut mir leid«, sagte sie schließlich, als sie als Letzte den Schulhof verließen.

»Das sollte es auch.« Er zwinkerte ihr zu, und nebeneinander gingen sie die Straße hinab. Ganz ohne Eile, und manchmal berührten sich ihre Schultern zufällig. Sie sprachen über alles Mögliche, bis sie die Schmiede betraten. Yankos Vater war heute wieder in den Bergen und suchte nach Ben. Wie fast jeder Handwerker arbeitete er inzwischen jeden zweiten Tag, an den anderen half er bei der Mördersuche.

»Ich denke, wir sollten heute zur Jungfrau Ivallya gehen«, erklärte Nica, als Yanko die Tür hinter ihnen geschlossen hatte. Seine Mutter war irgendwo im Wohnhaus, er war derjenige, der sich nach der Schule um die Schmiede kümmerte. Außer ihnen war niemand in der geräumigen Werkstatt, in der Esse glomm die nie verlöschende Glut von Faystos Feuer, die sein Vater vor vielen Jahren mit dem Segen des Feuergottes aus dem heiligen Vulkan Arknon geholt hatte, um auch Blausilber schmieden zu können. Die Luft über der Esse flimmerte und roch nach den schweren Harzen, die im Tempel der anderen Götter feiertags verbrannt wurden. Das Werkzeug hing aufgeräumt an der Wand, nur der Schmiedehammer stand neben dem Amboss auf dem Boden, und eine lange Zange lag herum.

»Ja, das sollten wir möglichst schnell tun«, stimmte Yanko zu. Hier mit Nica allein zu sein, machte ihn beklommen. Sie hatte sich auf einen Arbeitsschemel gesetzt und sah ihn mit diesen Augen an, die ihn zugleich unendlich glücklich machten und ihm Schuldgefühle verschafften. Alles, was er im Moment wollte, war, sie zu küssen und ihr helles Haar, ihr Gesicht, alles zu berühren. Aber sie war nicht deshalb hergekommen, und er durfte auch nicht, er wollte nicht einmal daran denken. Und wollte doch. Um diesem ganzen Durcheinander in ihm Herr zu werden, sagte er schnell, dass die Jungfrau ja noch immer beim Bürgermeister wohne, was Byasso jeden Tag in der Schule erwähnte, und das sei gar nicht weit von hier.

»Gut. Aber bevor wir gleich losstürzen, lass uns überlegen, was wir über den Mord wissen, was wir die Jungfrau fragen wollen. Nicht dass wir die Hälfte vergessen«, sagte Nica. »Also setz dich erst mal her.«

Yanko nahm auf dem kühlen Amboss Platz. Der war nah genug, dass sie einigermaßen leise miteinander reden konnten, doch zugleich auch fern genug, damit sie einander nicht zufällig berühren konnten. Er müsste sich weit vorbeugen und den Arm ausstrecken, um ihr Knie zu erreichen. Eine solche Entfernung erschien ihm sicher genug.

Lächelnd rückte Nica ihren Schemel näher. »Wir sollten aber nicht so laut reden, damit uns nicht zufällig jemand hört.«

Und sie sammelten ihr Wissen über den Mord ganz nahe beieinander, jedoch ohne sich zu berühren. Yanko krallte seine Hände an den Amboss, damit sie sich ja nicht selbständig machten.

Da er nicht verriet, dass er Ben nach der Tat noch gesehen und ihm sogar zur Flucht verholfen hatte, trugen sie nicht viel mehr zusammen, als jeder in der Stadt wusste. Die Leiche war auf dem Bergpfad gefunden worden, ganz nahe bei Bens Höhle. Ben war betrunken gewesen, er hätte den Dolch leicht überall verlieren und jeder hätte ihn finden können. Der nächtliche Wächter des Bergtors hatte geschworen, dass er niemanden gesehen hatte, der die Stadt verlassen hatte – niemanden außer Ben. Keiner der vier Torwächter hatte irgendwen die Stadt verlassen sehen, nicht einmal den Ritter.

»Der Ritter ist sicher irgendwo über die Mauer gestiegen«, hatten die Torwächter gesagt. Jeder von ihnen hatte bestritten, getrunken oder geschlafen oder gar Damenbesuch empfangen zu haben. Mörder konnten sicher ebenso gut über die Mauer klettern wie Ritter, das half also nicht weiter, der Mörder konnte Narfried leicht gefolgt sein. Oder sie hatten die Stadt gemeinsam verlassen, weil Narfried ihm vertraut hatte.

»Aber was wollte der Ritter überhaupt nachts auf dem Berg? Warum stellt sich niemand diese Frage?«

»Die meisten sagen, Ben habe ihn rausgelockt«, antwortete Nica.

»Und wie?«

»Das sagen sie nicht. Ein Mörder wisse schon, wie man das macht, aber sie wären keine Mörder, da dürfe man sie nicht fragen.«

»Höhlenköpfiges Pack! Da hat ein toter Steinmolch doch mehr Hirn.«

Nica lachte. Vielleicht gab es keine Steinmolche, da, wo sie herkam.

»Ist doch wahr. Aber jetzt wissen wir noch immer nicht, was er da draußen wollte. Einen Mondspaziergang können wir wohl ausschließen. Vielleicht wollte er ja wirklich zu Ben und ohne Zeugen mit ihm reden. Oder der Mörder hat ihn mit irgendeiner erfundenen Geschichte rausgelockt. Oder er wollte unbemerkt zur Mine hoch.«

Nica sah ihn erschrocken an, die Mine gehörte ihrem Vater, eine solche Verbindung war ihr sichtlich unangenehm. »Was sollte er da wollen?«

»Ich weiß es nicht. Ben und ich wollten da aber auch schon rein, als sie noch geschlossen war und ihr noch nicht hier.«

»Ja, aber ihr seid Jungs und er … Meinst du, ein Ritter stromert nachts aus Spaß herum?«

»Warum nicht?« Yanko hatte nicht vor, mit dem Herumstromern aufzuhören, wenn er erwachsen war. Ohne wäre das Leben doch langweiliger. »Vielleicht wollte er auch einfach nur herausfinden, wie ergiebig die Mine noch ist, bevor er seinem Orden irgendwelche Abkommen mit Trollfurt vorschlägt?«

Das leuchtete Nica schon eher ein als das Herumstromern. Sollte dies tatsächlich seine Aufgabe gewesen sein, dann müsste Jungfrau Ivallya auch davon wissen. Sie machten sich also auf den Weg, und Yanko atmete auf, als sie auf die Straße traten und nichts weiter passiert war als eine versehentliche, flüchtige Berührung ihrer Hände, als sie beide zugleich nach der Türklinke gegriffen hatten.

Die Jungfrau Ivallya empfing sie in ihrem Gästezimmer in Dagwarts Haus. Sie wirkte abweisend und war gar nicht so schön, wie Yanko sie in Erinnerung gehabt hatte. Vielleicht hatte auch der Tod des Ritters und ihre Trauer sie verändert. Trotzdem versuchte Yanko, sich in sie zu verlieben, auch wenn er nicht wusste, wie man das machte.

Sie sprachen Ivallya ihr Beileid für den Verlust aus und sagten, wie gern sie den großen Mann näher kennengelernt hätten. Und sie hofften nachdrücklich, dass der Mörder bald gefunden werde.

»Danke«, sagte die Jungfrau mit einem ganz schmalen Lächeln. Ihre Züge wirkten nicht einfach traurig, sondern härter als bei ihrer Ankunft. Vielleicht aß sie auch nur zu wenig und war nun kantiger. »Aber deswegen seid ihr doch nicht hier, oder?«

»Nein«, gab Yanko vorsichtig zu. »Oder vielleicht doch. Wir würden gern bei der Mördersuche helfen.«

»Dann geht zu den Bütteln. Die organisieren die Suche nach diesem Jungen.« Sie klang kaum erfreut, das gab Yanko ein wenig Mut. Wenn sie die Suche nach Ben nicht ernst nahm, dann hatte sie vielleicht selbst einen anderen Verdächtigen.

»Wir wollen den richtigen Mörder finden.«

»Den richtigen Mörder?« Die Jungfrau musterte ihn plötzlich neugierig. »Du bist Yanko. Der Yanko. Du bist der Junge, der nicht an die Schuld dieses anderen glaubt. Ich hatte gehört, du hättest deine Meinung geändert.«

»Nun ja. Meine Meinung ist meine Meinung. Ich muss sie ja nicht immer laut hinausposaunen, manchmal ist es besser, die Leute einfach reden zu lassen.«

Ivallya nickte und wandte sich an Nica. »Und was glaubst du? Du heißt Nica, oder?«

»Ja. Ich weiß nicht, wer es war. Ich würde es aber gern herausfinden. Ben als Mörder kommt mir seltsam vor.«

Ivallya musterte sie beide. »Du bist Yirkhenbargs Tochter? Und du der Sohn des Schmieds? Was sagen eure Eltern denn dazu, dass ihr hier seid?«

»Die wissen nichts davon«, erwiderte Yanko. »Die wären wenig erfreut.«

Wieder nickte Ivallya. Langsam wurde ihr Gesicht freundlicher. Sie wollte wissen, warum Yanko dachte, dass Ben nicht der Täter war, und weshalb sie gerade zu ihr gekommen waren, der Fremden. Yanko erzählte von ihren Überlegungen, und Ivallya fand diese zwar sehr interessant, konnte ihnen aber nicht weiterhelfen. Sie wusste nur, dass Ritter Narfried hergekommen war, um Kontakt mit der Stadt aufzunehmen. In die Hintergründe und Absichten des Ordens wurde sie als Jungfrau nicht eingeweiht. Jungfrauen ließen sich in der Regel zwei, drei, vielleicht auch vier Jahre an Pfähle fesseln, dann heirateten sie meist – sie waren wegen ihrer Tapferkeit und erwiesenen Jungfräulichkeit begehrt – und verließen ihren Ritter. Wer nicht lebenslang dem Orden verpflichtet war, der wurde in nichts eingeweiht, schon gar nicht als Frau.

»Aber hat Narfried nichts erzählt? Er schien sehr redselig zu sein«, hakte Nica nach.

»Tut mir leid. Unterwegs war er immer stiller als in einem Gasthaus, und über seine Aufträge schwieg er stets. Es sei denn, es ging darum, einen Drachen zu fangen und zu befreien, das betraf mich ja auch. Doch meines Wissens waren wir nicht aufgrund von Drachensichtungen hier, sondern einfach, weil Trollfurt in Zukunft wieder an Bedeutung gewinnen wird.«

Yanko nickte. »Und was wollt Ihr jetzt tun?«

»Ich rede mit dem Bürgermeister darüber, wie willkommen eine Zusammenarbeit mit dem Orden ist. Aber da ich nur wenig Wissen und keine Entscheidungsbefugnis habe, sind das mehr oder weniger nette Plaudereien, um uns die Zeit zu vertreiben.«

»Und haltet Ihr Ben für den Mörder?«, fragte Yanko direkt und sah ihr unverwandt in die großen grünen Augen. Es war schwierig, sich in jemanden zu verlieben, den man mit *Ihr* ansprach.

»Es fällt mir schwer zu glauben, dass ein Junge einen erfahrenen Ritter besiegen kann, aber ich kenne diesen Ben ja nicht – ich weiß nicht, wie hinterhältig und stark er ist. Ich muss mich da auf die Aussagen der Leute hier verlassen, auf ihr

Urteil. Das ist auch ein Prinzip des Ordens. Und es heißt, der Junge sei mit Samoth im Bunde, das könnte ihm unmenschliche Stärke verleihen.«

»Aber was glaubt Ihr selbst?«

»Ich weiß es wirklich nicht.« Sie lächelte bitter. »Ich habe immer gedacht, wenn Narfried stirbt, dann im Kampf gegen einen Drachen. Davor hatte ich Angst, natürlich. Mit einem Messerstich habe ich nie gerechnet.«

»Und weshalb seid Ihr noch hier?«, setzte Yanko seine Befragung fort. »Wollt Ihr Eurem Orden nicht vom Tod Narfrieds berichten?«

»Natürlich will ich das.« Jetzt verschwand ihr Lächeln ganz. »Aber alles zu seiner Zeit. Ich würde dem Orden sehr gern gleich den Mörder präsentieren. Oder von seiner Hinrichtung erzählen. Und solange der werte Bürgermeister so sehr seine Gastfreundschaft betont, solange nehme ich sie gern in Anspruch.«

Sie wechselten noch ein paar Sätze, doch das Gespräch stockte schon bald. Ivallya wusste ihnen nicht zu helfen und bedauerte dies aufrichtig. Yanko schaffte es nicht, sich in sie zu verlieben, doch er verspürte kein Bedauern.

Sie verabschiedeten sich, und Yanko wollte noch mit Byasso sprechen, nur ganz kurz. Nica sagte, sie solle besser zu ihren Freundinnen, wenn sie nicht auffallen wolle, aber sie könnten sich ja später noch einmal treffen und das weitere Vorgehen beraten. Yanko nannte ihr ein kleines Haus auf der linken Dherrn-Seite, das nicht bewohnt war. Wie die meisten Häuser dort drüben. Noch waren nicht viele Minenarbeiter angekommen.

Yanko fand Byasso im Garten, wo er Gänse mit einer Schlinge an einem langen Seil einzufangen versuchte. Er erzählte, dass er gerade ein wenig mit der Jungfrau Ivallya geplaudert habe, sie sei ja recht selten in der Stadt unterwegs.

»Sieht gut aus, die Frau, was?« Byasso nickte begeistert vor sich hin.

»Das tut sie. Und darum frage ich mich, wie lange sie noch hierbleibt. Weißt du das?«

Byasso sah sich um und ging dann einen Schritt auf Yanko zu. Ganz leise raunte er: »Die geht erst, wenn Ben geschnappt ist. Vorher lässt sie hier keiner weg.«

»Es lässt sie keiner weg?« Er hatte also richtig gehört, dass die Jungfrau das Wort *Gastfreundschaft* so gehässig betont hatte.

»Natürlich nicht. Wenn der Orden von dem Mord erfährt und wir haben noch keinen Mörder, sind sie sicher wenig erfreut. Das belastet die frischen Beziehungen schrecklich, sagt mein Vater. Sie werden irgendwelche Leute herschicken, die im Notfall auch einen Unschuldigen packen, wenn Ben nicht aufzufinden ist. Der Mord an einem Ritter darf nicht ungesühnt bleiben, das kann der Orden nicht zulassen, das ist wichtig für sein Ansehen. Vielleicht suchen sie sich dann einfach den Täter, der ihnen in den Kram passt, oder wollen meinen Vater oder den obersten Büttel abgesetzt sehen, um eine Ordensmarionette auf diesen Posten zu bringen. So eine einfache Mordgeschichte kann zu furchtbarer Politik werden. Es ist besser, die Jungfrau kehrt nicht zu früh zurück. Aber sag das bloß nicht weiter.«

»Für wen hältst du mich?«

»Für meinen Freund.«

»Na also.«

Yanko ließ sich zeigen, wie man mit der Schlinge Gänse fangen konnte, und sie jagten noch eine Weile das Federvieh über den Hof. Dann verabschiedete er sich und schlenderte die Straße zum Dherrn hinunter und über die Brücke auf die andere Seite. Die ersten Häuser waren neu gestrichen, Fenster ausgewechselt, das linksdherrnige Viertel sah bewohnter aus als noch vor Wochen.

In Bens altem Haus wohnte niemand. Yanko sah sich um und warf dann rasch eine Scheibe ein. Das war für den nächsten Bewohner. »Verfluchter Dieb.«

Er lief zur Mauergasse, dort, wo die kleinen Häuser standen, für die sich kein neuer Arbeiter interessiert hatte. Diese würden für die Letzten bleiben, da war er sicher. Der Eingang des Häuschens, das er Nica genannt hatte, war zugewachsen und zeigte Richtung Stadtmauer. Niemand sah, wer hier ein und aus ging. Yanko huschte hinein. Seit er und Ben die Tür bei einem nächtlichen Streifzug aufgebrochen hatten, war sie nicht abgeschlossen.

Staub lag über den letzten Möbeln und auf dem Boden. Ein Herd, ein wackliger Tisch, zwei alte Stühle und ein morsches Bett, mehr hatten die Besitzer nicht zurückgelassen. Den hölzernen Badezuber hatten Ben und er damals entwendet und waren in ihm abwechselnd den Dherrn entlanggepaddelt, bis er auseinandergebrochen war. Yanko pustete den Staub von Tisch und Stühlen und wischte sie dann mit seinem Hemdsärmel ganz sauber. Nica sollte ihr schönes grünes Kleid nicht zu sehr beschmutzen. Das brächte ihr sicher daheim Ärger ein. Dann lief er auf und ab und sah jede Minute aus dem Fenster.

Es dauerte sicherlich eine Stunde, bis Nica schließlich kam, doch es kam ihm vor wie ein ganzes Jahr. Yanko hatte die Stühle so am Tisch platziert, dass genug Abstand zwischen ihnen war. Sie sah sich um und sagte: »Furchtbar klein als Haus, doch als Versteck sehr gemütlich. Das Bett ist leider schrecklich staubig.«

»Das Bett?«

»Auf der Matratze sitzt es sich viel bequemer als auf den harten Stühlen. Meine Mutter sagt immer, gerade Stuhllehnen sind gut für einen geraden Rücken, aber ich glaube, man kann auch ohne Lehne aufrecht sitzen. Und wenn es nicht damenhaft ist, umso besser.« Sie zerrte die mit Stroh gefüllte Matratze vom Bettgestell, um sie auszuklopfen, aber Yanko fiel ihr in die Arme.

»Lass mich«, sagte er. »Das staubt ziemlich, und das wäre schade um dein schönes Kleid.«

Sie lächelte und überließ ihm die Matratze. »Du findest mein Kleid also schön?«

Yanko wurde rot und schickte sie aus dem Zimmer, damit sie bei dem ganzen Geklopfe nicht vom Staub zugeregnet würde. Wenn sie sich daneben stellte, könne sie es ja auch gleich selbst machen. Nica ging bis zur Zimmertür und sah ihm von dort aus zu. Er hatte das Gefühl, alles, was er hier tat, war falsch, doch er klopfte weiter. Als die Matratze leidlich sauber war, schleppten sie sie aus dem Schlafzimmer in die große Wohnküche hinüber und legten sie dort auf den Boden. Lächelnd nahm Nica Platz, klopfte einladend neben sich auf die Matratze und fragte, was Byasso erzählt hatte. Zögernd setzte sich Yanko ganz ans andere Ende der Matratze und wiederholte ihr Gespräch fast wörtlich.

»Er findet also, dass die Jungfrau Ivallya schön ist. Du auch?«, fragte Nica und erwische Yanko damit auf dem falschen Fuß.

»Ja, schon«, stammelte er. »Aber nicht so schön wie …«

»Wie wer?« Sie sah ihn an, fragend und mit einem Lächeln und glühenden Augen.

Yankos Herz schlug so laut, dass sie es hören musste. Ganz Trollfurt musste es hören. Plötzlich schien sie so nah, obwohl er doch ganz am Rand der Matratze saß. War sie näher gerückt?

Er wollte es nicht sagen, wegen Ben, und weil er Angst hatte, sie würde lachen oder einfach aufstehen und gehen und dabei den Kopf schütteln, und morgen würde ganz Trollfurt lachen und den Kopf schütteln, und sie und er würden nicht weiter zusammen nach dem wahren Mörder suchen, und deshalb würde Ben gefasst und hingerichtet werden, und er wäre nie wieder allein mit ihr und ... Und es half alles nichts, er sagte es einfach.

»Wie du. Keine ist so schön wie du.«

Es war ihm egal, dass er dabei knallrot wurde, er sah ihr nur einfach in die Augen, ängstlich und hoffend, und wartete auf ihr Urteil.

Sie schien ihn jedoch nicht verurteilen zu wollen, zumindest nicht gleich. Lächelnd rückte sie nun wirklich ein Stück näher, nur ein ganz kleines, wie aus Versehen. »Und warum hast du so lange gebraucht, das zu sagen?«

»Weil ... weil du du bist, und ich nur ich.« Yanko stammelte noch immer. »Sohn des Schmieds und Tochter des Minenbesitzers. Das ist doch zum Lachen. Meine Mutter würde darüber lachen.«

»Und meine würde weinen.« Nica lachte. »Wenn sie es wüsste. Aber sie muss ja nicht alles wissen, oder? Und jetzt komm schon her zu mir. Ich beiß dich nicht.«

Yanko rückte zu ihr, und sie hielt ihr Versprechen. Als er ihr Gesicht in die zitternden Hände nahm und vorsichtig küsste, biss sie nicht, sondern erwiderte den Kuss. Ganz sanft, und dann intensiver.

Erst als es draußen zu dämmern begann, lief Nica nach Hause. Allein, denn sie würde ohnehin Ärger bekommen, weil sie das Essen versäumt hatte, aber es war besser, sie wurde dann nicht auch noch mit einem Jungen gesehen. Ganz besonders nicht mit ihm, der vor kurzem noch zu einem gesuchten Mörder gehalten hatte.

Yanko wartete noch eine Weile und summte glücklich vor sich hin. Sie hatten sich für morgen wieder hier verabredet. Die Schuldgefühle gegenüber Ben waren wie weggeschwemmt, er konnte sich einfach nicht schuldig fühlen, dafür war er zu glücklich.

Er konnte nicht einmal an den Mörder denken, denn heute war der schönste Tag seines Lebens gewesen. Und morgen würde wieder der schönste werden.

Sanft zog er die Haustür hinter sich ins aufgebrochene Schloss und klemmte sie dann mit einem Ruck im verzogenen Rahmen fest. Er murmelte eine Verabschiedung, die eigentlich Nica galt, und machte sich auf den Weg.

Trollfurt hatte sich verändert, und das merkte man vor allem am Abend. Aus vielen Fenstern starrten bei jedem Geräusch misstrauische Gesichter, und nur wenige Leute waren nach Sonnenuntergang allein unterwegs. Auch jeder Torwächter wurde seit dem Mord von einem Hilfsbüttel unterstützt, so dass nun immer zwei Männer nachts Wache standen. Mit einer Mörderbande vor der Stadt könne man nicht achtsam genug sein.

Auf dem Heimweg warf Yanko einen Blick zum Bergtor hinüber und erkannte im Schein der Torlaterne zwei Hilfsbüttel. Und als er dann noch am *Trollfass* vorbeilief, wusste er, wo der alte Nachtwächter des Bergtors geblieben war.

Das *Trollfass* war eine Spelunke, die nur von wenigen Frauen besucht wurde, und nicht von verheirateten, der Umgangston dort war rauer. Von den Jungen wurden nur die älteren eingelassen; Yanko hatte mit Ben manchmal durch die Scheiben hineingelugt, um eine der wenigen Frauen tanzen zu sehen. Heute lehnte der alte Torwächter reglos an der Außenwand. Er war völlig betrunken und hatte Stirn und plattgedrückte Nase an den Stein gelegt, wahrscheinlich war er beim Pinkeln eingeschlafen.

Im Vorbeigehen betrachtete Yanko die traurige Gestalt. Für die Stadt war es wohl wirklich besser, wenn jemand anders die Tore bewachte. Wobei genau besehen die Gefahr durch Bens angebliche Bande ja gar nicht bestand, daher war es eigentlich auch egal. Und während er die letzten Schritte nach Hause zurücklegte, wo ihn ein angespannter Vater und eine ängstliche Mutter erwarteten, dachte er für einen kurzen Moment nicht an Nica, sondern hoffte, dass es Ben gut ginge, wo immer er jetzt auch steckte.

DRITTER TEIL

Das Geheimnis der Ketzer

BEFREIT

Wie geplant blieben Ben und Aiphyron am Wasserfall und nahmen die Höhle in Besitz. In den ersten Tagen sandten sie immer wieder Blicke die Steilwand hinauf und waren auch sonst auf der Hut, doch sie wurden weder von Verfolgern noch von weiteren Riesenfröschen belästigt. Die Nächte verbrachten sie in der Höhle, um nicht im Schlaf überrascht zu werden. Manchmal knurrte der Drache plötzlich, rief »stinkendes Feuer« und pustete die Fackel aus, doch schnell beruhigte er sich wieder, entzündete sie erneut und entschuldigte sich mit einem Brummen.

Ben erzählte Aiphyron, wie die Menschen in Trollfurt lebten, und Aiphyron erzählte von Drachen und der weiten Welt, wo es auch Länder ohne Hellwahglauben und ohne den Orden der Drachenritter gab. Er bat Ben darum, die Geheimnisse der Drachen zu bewahren, vor allem das Geheimnis, wie Drachen zur Welt kamen. Er hatte es Ben, dem Drachenflüsterer und Freund, zum Geschenk gemacht, doch andere würden es sicher dem Orden verraten. Der würde sodann nach markanten und ausgesprochen schönen Orten suchen, nach allen Bäumen, die außergewöhnlich aussahen, weil sie von jenem Zauber geschützt wurden. Vielleicht wären ihr Hass, ihre Angst oder ihr unbeugsames Pflichtgefühl einer alten Legende gegenüber groß genug, um den Zauber zu brechen, und sie würden die Knochen der ungeborenen Drachen verdrehen und so seine Geburt verhindern.

»Aber sie wollen die Geburt doch gar nicht verhindern, sie

wollen euch flügellos in ihren Diensten wissen«, wandte Ben ein.

»Dann nutzen sie ihr Wissen über die Herkunft der Drachen eben, um den frisch geschlüpften Drachen aufzulauern. Sie bräuchten dann nicht einmal mehr Jungfrauen, um Drachen anzulocken.«

Ben versprach zu schweigen.

Sie lachten viel, fischten, aßen zusammen, sie teilten alles, und die Freundschaft zwischen Drache und Junge wurde in diesen Tagen so eng, wie Ben es bisher nur mit Yanko erlebt hatte. Die Unterschiede zwischen ihnen waren immens, doch Aiphyron hatte Ben das Leben gerettet, und Ben gab dem Drachen seinen Flügel zurück. Das verband sie.

Dieser Flügel wuchs beständig. Mit Knirschen löste er sich eines Morgens ledrig aus dem Ansatz, knackend konnte Aiphyron ihn aufspannen und mit ihm schlagen. Natürlich hob er nicht ab, doch er bewegte spürbar die Luft. Voller Freude packte er Ben und sprang mit ihm durch den Wasserfall nach draußen. Sie wurden nach unten gedrückt und von der Wucht der Fluten durchgeschüttelt. Als der Drache weit entfernt von der Höhle wieder auftauchte, Ben noch immer in seinen Klauen, brüllte er, und Ben fluchte. Er schnäuzte den halben Sippa aus der Nase, spuckte aus und schüttelte sich Wasser aus den Ohren. Mit noch halb zugekniffenen Augen starrte er auf Aiphyrons neuen Flügel und war stolz. Der Flügel war noch immer viel zu klein, doch jetzt konnte Ben daran glauben, dass Aiphyron wieder ganz geheilt würde.

Eine Woche später erhob sich Aiphyron zum ersten Mal in die Luft. Noch war der zweite Flügel kleiner, und so musste der Drache mit dem Schwanz gegensteuern, um nicht ständig im Kreis zu fliegen.

Ben sah ihm erst vom Flussufer aus zu, dann kletterte er die halbe Steilwand hinauf, um freie Sicht über die Wipfel zu haben. Er beobachtete den Drachen, wie dieser durch die Luft tollte, ungestüm und unbeschwert wie ein verspieltes Jungtier, und zugleich erhabener als ein König oder der größte Eisadler, den Ben je um einen Berggipfel hatte kreisen sehen. Kopfüber stürzte sich der Drache in den Sippa, dort, wo der Wasserfall ein tiefes Becken in den Untergrund gegraben hatte. Prustend stieg er an Land, und Ben kletterte zu ihm hinab.

»Morgen sind die Flügel bestimmt gleich groß!« Der Drache schien vor Begeisterung zu glühen. »Morgen nehme ich dich mit.«

»Was?«

»Du musst deine Erfolge als heilender Drachenflüsterer doch auch genießen dürfen.« Aiphyron klopfte ihm auf die Schulter.

»Aber …«

»Kein aber, du brauchst dich nicht zu bedanken. Ist doch Ehrensache, dass ich für dich den Menschenträger mache«, grinste Aiphyron, und Ben zuckte mit den Schultern.

Er wusste nicht, was er sagen sollte, er wusste nicht einmal, ob er sich mehr darauf freute oder eher Angst hatte. Wenn er daran dachte, wie glücklich und lebendig Aiphyron in der Luft gewesen war, wenn er sah, wie er jetzt vor Freude zitterte, dann fühlte er tief in sich die eigene Vorfreude darauf, einmal zu fliegen. Doch wenn ihm einfiel, dass er selbst keine Flügel besaß und wie oft er im Fluss von Aiphyrons Rücken gefallen war, dann wurde ihm ganz anders.

Was, wenn Aiphyron plötzlich nach einer gescheckten Dämmermöwe griff und sie als Feuervogel beschimpfte? Bis Aiphyron merkte, dass Ben von seinem Rücken gerutscht war, wäre er schon dreimal auf dem Boden aufgeschlagen und hätte sich alle Knochen gebrochen.

Zum ersten Mal, seit sie hier waren, dachte Ben beim Einschlafen nicht an Nica, sondern ans Fliegen. Und als er eingeschlafen war, flog er in seinen Träumen, und nicht einmal fiel er dabei von Aiphyrons Rücken.

Weil es im Traum gutgegangen war, setzte er sich am nächsten Tag ohne Proteste vor Aiphyrons Flügel. Wahrscheinlich hätte er sich sowieso nicht wehren können, der Drache brannte darauf, ihn mitzunehmen.

»He, wo bleibt mein Sattel? Wo sind die Zügel?«, grinste Ben und klopfte Aiphyron mit der flachen Hand auf die Schuppen.

»Zügel? Ich geb dir gleich Zügel, du Möchtegern-Reiter! Wer keine Richtung vorgibt, der braucht keine Zügel«, dröhnte Aiphyron und zeigte Ben dann, wie er sich am besten festhalten konnte. »Setz die Füße zwischen die großen Schuppen an der Flanke. Und dann presst du die Beine fest zusammen. Ruhig mit Kraft, ja, du kannst mir nicht wehtun. Nicht so verkrampft, ganz ruhig. Du kannst die Knie unter zwei Schuppen klemmen, dann hast du Unterstützung und auch Halt, falls du selbst loslassen solltest oder deine Kräfte erlahmen. Und die Hände kannst du auf eine Ausläuferzacke meines Rückenkamms auf dem Hals legen.«

Ben tat wie geheißen, sein Herz klopfte vor Aufregung und Anspannung. Er würde fliegen! Er sah zum Himmel hinauf, der völlig klar war bis auf eine kleine Wolke weit im Norden. Sie war ferner als Trollfurt und bewegte sich nicht.

»Dann halt dich fest!« Lachend sprang Aiphyron in die Höhe und breitete die Flügel aus. Schnurstracks flog er auf den Wasserfall zu und drehte erst ab, als Ben schon die feinen Tropfen der Gischt auf seiner Haut spüren konnte. Mit kräftigen Flügelschlägen schraubte sich der Drache hoch in den Himmel.

Ben klammerte sich an den harten Schuppenrändern und der Rückenzacke fest, er presste die Beine so stark zusammen, dass es schmerzte, da halfen alle guten Ratschläge von eben nicht. Er verkrampfte sich doch. Er spürte Aiphyrons Muskeln unter den Schuppen arbeiten, spürte den Druck, den die schlagenden Flügel erzeugten, ihre Kraft. Ausgebreitet musste jeder der beiden gut zehn Schritt lang sein, auch der nachgewachsene. Bens Magen drehte sich, und das Frühstück purzelte hin und her. Zum Glück nur hin und her und nicht wieder hinauf.

Jetzt raste Aiphyron derart schnell dahin, dass der Gegenwind an Ben rüttelte wie einer der Großen Herbststürme, die jedes Jahr an der Bergkette vor Trollfurt entlangfegten. So nah er konnte, schmiegte er sich an den Rücken des Drachen, um nicht hinuntergeweht zu werden. Mit aufgerissenen Augen sah er hinab. Die Baumwipfel zogen tief unter ihnen vorbei, der weiß schimmernde Wasserfall und das Plateau blieben immer weiter zurück. Unterschiedliche Vögel flogen unter ihnen hindurch. Ben hatte schon von Berggipfeln ins Tal geblickt, doch da hatte er festen Fels unter den Füßen gehabt. Unter Aiphyron war nichts als Luft, nichts außer dem Drachen, das Ben tragen würde. Einen kurzen Moment lang schwindelte ihm, dann packte ihn wilde Begeisterung.

Er flog!

Laut schrie er seine Freude hinaus.

»Was hab ich dir gesagt?«, lachte Aiphyron und stürzte kopfüber in die Tiefe.

»Es ist unglaublich!« Ben jubelte, während es seinen Magen wieder hob. Das war egal, er fühlte sich frei. Das war das

Schönste, was er je erlebt hatte. Wie konnte nur irgendwer annehmen, Flügel seien von Samoth verflucht? Etwas, das so viel wilde, ungebändigte Freude brachte, konnte kein Fluch sein. Niemals! Immer wieder brüllte Ben lachend gegen den Wind.

Sie flogen hierhin und dorthin, ohne eine einzige menschliche Siedlung zu entdecken. Sie rasten der Sonne entgegen und stürzten sich in die Tiefe. Aiphyron breitete die Flügel gerade noch aus, bevor sie in den Wald eintauchten, und Ben konnte die Wipfel beinahe mit der Hand berühren, als sie darüber hinwegfegten. Aufgeschreckte Vögel stoben kreischend um sie davon. Schließlich flogen sie dem Sippalauf entgegen zu ihrer Höhle zurück.

Als Ben abstieg, zitterten seine Hände und Knie, er war es nicht gewohnt, sich an einem Drachen festzuklammern. Auf dem Fluss war es etwas ganz anderes gewesen. Mit wackligen Beinen taumelte er am Ufer entlang. Oder schwankte der Boden? Egal, er war geflogen! Das glückliche Grinsen wollte einfach nicht aus seinem Gesicht verschwinden. Alles drehte sich, und auch sein Magen fing wieder damit an. Ganz plötzlich entschied sich sein Frühstück, doch wieder hochzukommen. Ben ließ sich auf die Knie fallen und übergab sich an den Stamm einer jungen Schwurbelbirne.

»Mach dir nichts daraus, das ist normal. Das Fliegen ist euch Menschen einfach fremd. Aber das gibt sich mit der Zeit«, bemerkte der Drache freundlich.

»Hättest du das nicht früher sagen können? Dann hätte ich weniger gefrühstückt.« Ben wischte sich den Mund ab, blieb aber noch knien.

»Das hätte es nicht besser gemacht, glaub mir. Du wärst nur nervöser gewesen.«

Ben erwiderte nichts, es war im Moment besser, den Mund geschlossen zu halten. Und vielleicht hatte der Drache ja recht. Auch wenn *mit der Zeit* keine sehr genaue Angabe war. Wichtig war jetzt nur, dass Ben geflogen war, dass er dieses Gefühl einmal gespürt hatte. Langsam erhob er sich. Die Beine taten nun wieder ihren Dienst, er konnte ruhig und ohne zitternde Waden stehen und gerade laufen. Er starrte in den Himmel hinauf, wo er eben selbst noch gewesen war. Vögel kreisten, die kleine Wolke hatte sich verzogen.

Immer höher stieg die Sonne, bald war Mittag. Sie aßen einen Happen und ruhten sich aus, Aiphyron döste sogar eine Weile. Aber Ben konnte die Augen nicht lange geschlossen halten, und heute Nacht würde er auch kaum Schlaf bekommen. Am Abend wollten sie endlich los in Richtung Westen. Dort war das Land besiedelter, dort würden sie flügellose Drachen finden. Um selbst nicht von Ordensrittern gefunden zu werden, wollten sie in der Dunkelheit reisen.

Kurz nach Sonnenuntergang, im bleichen Licht von Mond und Sternen, hob Aiphyron ab. Ben klammerte sich nicht ganz so verkrampft fest wie beim ersten Flug. Wieder ließ er eine Höhle zurück und fragte sich, wann er das nächste Mal in einem Haus leben würde.

Alles an dem zweiten Flug war ruhiger, Aiphyron tollte nicht herum, sondern schlug gleichmäßig mit den Flügeln und behielt eine Richtung und eine Höhe bei. Weniger Tiere ließen im schwarzen Wald unter ihnen ihre Schreie hören, kein Vogelschwarm wurde von ihnen aufgescheucht. Sie verließen das bewaldete Gebiet und überquerten einen weiteren Fluss in einer welligen Ebene, vielleicht den Dherrn. An seinem Ufer entdeckten sie eine kleine Ortschaft, die aus nicht viel mehr bestand als einer riesigen Mühle und einer Handvoll Höfen. Ben erkannte kaum mehr als die Umrisse der Gebäude, doch Aiphyron sagte ihm, dass zwischen zwei Höfen ein schmaler Steg in den Fluss führte und dass ein paar kleinere Boote umgedreht am Ufer lagen. Nichts deutete auf einen Drachen hin.

Sie flogen an einer Burg vorüber, in deren höchsten Turmfenstern trotz der späten Stunde heller Lichtschein flackerte, und auch im Hof brannte ein verlassenes Feuer. Doch kein Geräusch drang zu ihnen herauf, keine menschlichen Stimmen, nicht das Muhen einer Kuh, nicht das Wiehern eines Pferdes, kein Schnattern von Federvieh und schon gar kein Fauchen eines Drachen.

Schließlich erreichten sie einen weiteren Wald, der sich im schwachen Mondlicht weiter nach Westen erstreckte, als selbst Aiphyrons Augen blicken konnten. Nach einigen Minuten entdeckten sie hier eine Stadt, die größer war als Trollfurt und zudem an der Kreuzung zweier breiter Straßen lag. Die Bäume, die bis vor die Stadtmauern gestanden haben mochten, waren gerodet worden, Felder erstreckten sich in alle Richtungen, mal mehr, mal weniger weit. Im Südosten begann das Waldgebiet bereits wieder nach gerade einmal gut zwei Meilen, dort wuchsen hohe alte Bäumen. Zwei oder drei Meilen tief drinnen erhob sich ein dicht bewachsener Hügel, auf dem eine längst verfallene und großteils überwucherte Ruine stand. Der Größe nach musste es sich um einen wehrhaften Tempel oder eine Burg gehandelt haben, vielleicht auch ein Kloster, auf jeden Fall mehr als die Hütte eines Jägers oder Fallenstellers. Zwischen den Überresten der Mauern landete Aiphyron.

Sie sahen sich um, konnten jedoch keine Spuren von Menschen entdecken. Dort, wo einst das Tor gewesen war, erkannte Ben den Ansatz eines Wegs, doch längst hatten sich Bäume und Sträucher auf ihm festgesetzt. Seit bestimmt hundert Jahren war hier kein Karren mehr hochgezogen worden, vielleicht länger. Vom Brunnen war nichts mehr übrig, doch in einer steinernen Wanne, die möglicherweise Teil eines Kamins gewesen war, hatte sich Regenwasser gesammelt – brackig und trübe, doch es löschte den Durst. Die Ruine war ein gutes Versteck, hier konnte Aiphyron warten, während sich Ben am nächsten Tag in der Stadt umhören würde, ob es Drachen gab, die sie befreien konnten.

»Wie willst du das rausfinden?«, wollte Aiphyron wissen. »So kannst du die Frage nicht stellen.«

»Ich tu so, als wäre ich älter, schon siebzehn und erwachsen, und sage einfach, ich suche Arbeit als Stallbursche und kann gut mit Drachen umgehen. Wenn ich damit nicht weiterkomme, lasse ich mir einfach irgendetwas anderes einfallen.«

Doch zuerst legte sich Ben ein paar Stunden aufs Ohr, denn er war hundemüde, und als arbeitssuchender Stallbursche war es weniger auffällig, wenn er nicht mitten in der Nacht an das verschlossene Stadttor pochte, um dann in den Straßen und auf den Plätzen herumzulungern; Geld für ein Gasthaus hatte er keines.

Die Stadt war von einer ungewöhnlichen Mauer umgeben, bemerkte Ben, als er sich ihr am nächsten Morgen näherte. Die Mauer und das turmhohe Stadttor waren aus unterschiedlichen Steinen gebaut, alle Farben saßen als Vierecke nebeneinander, ohne ein regelmäßiges Muster oder gar ein Bild zu ergeben. Im Licht der aufgehenden Sonne schimmerte jeder Mauerstein hell, als wäre er glatt geschliffen und würde jeden Tag vom Dreck gereinigt.

Die Stadt hieß Falcenzca, das erfuhr Ben schon auf dem Weg dorthin, denn er war nicht der Einzige auf der Straße. Aus den umliegenden Dörfern kamen ein paar Bauern, um ihre Ware zu verkaufen, und auch einen fahrenden Händler mit seinem voll bepackten Pferdewagen überholte Ben. So fiel er als Fremder nicht auf, die Torwächter beachteten ihn nicht und ließen ihn mit einem kaum merklichen Nicken passieren. Sie trugen gelb-grün-orangene Waffenröcke und passten somit bestens zur bunten Mauer.

Auch innen war Falcenzca ganz anders als Trollfurt, alles kam Ben hier schneller und hektischer vor. Die Leute liefen schneller und redeten schneller, rannten ihn beinahe über den Haufen und entschuldigten sich sogar schneller, als Ben sich beschweren konnte.

Er kam an einer Schmiede vorbei und hatte das Gefühl, als schlage der Schmied auch schneller auf den Amboss ein als Yankos Vater. Dabei war Yankos Vater kein zögerlicher Mann, er hatte stets das schnelle Handeln und auch Schlagen gepredigt, dies zu Trollfurter Tugenden erklärt und sonst nie viel gesagt.

Auch waren die Straßen Falcenzcas voller und die Häuser aus den unterschiedlichen Steinen erbaut, die schon in der Stadtmauer Verwendung gefunden hatten. Zwar waren sie nur selten derart bunt zusammengewürfelt, doch sah er gelbe und rote und weiße und blaue Wände, schwarze und rote und grüne Dächer. Die Leute auf den Straßen sprachen lauter und selbstverständlich schneller, und aus den Rinnsteinen und bretterverdeckten Kanälen stank es stärker, zumindest kam es ihm nach der Zeit im Wald so vor.

Ben folgte mal diesem, mal jenem Menschen, er hängte sich jenen an die Fersen, die wohlhabend aussahen, und denen, die wie Diener wirkten; so wollte er die Häuser der Reichen finden, weil nur sie im Besitz eines Drachen sein konnten. Doch keiner, dem er nachging, schien auf dem Heimweg zu sein. Ben fand den Weg zum Metzger und zum Bäcker, zu einer Weinstube, die recht gefüllt schien, obwohl es noch Vormittag war, und zum weitläufigen, offenen Tempel für die anderen Götter, der mit zahlreichen bunt glitzernden Tüchern geschmückt war. Hier und da schnappte er Gesprächsfetzen auf. Immer wieder war von einer Zeremonie die Rede, und auch von einer Hinrichtung.

»Dein Herr hat wirklich großes Glück«, sagte unweit des Tempels eine in staubiges Weiß gekleidete Frau mit einem Wasserkrug auf dem Kopf. Sie sprach zu einer jungen Frau mit sorgsam hochgestecktem schwarzem Haar, die ein eng geschnittenes, hellgrünes Livree mit glänzenden Messingknöpfen trug. Die goldenen Zierkordeln an den Schultern und das dezente Wappen auf der Brusttasche wiesen sie als eine angesehene Hausdienerin aus.

»Das ist kein Glück, er hat es verdient«, entgegnete die Hausdienerin in einem bestimmten Tonfall, der so gar nicht zu einer Dienerin passen wollte.

»So war es nicht gemeint«, ruderte die andere zurück. »Natürlich hat er den Drachen und seinen Titel verdient, das würde ich niemals anzweifeln. Und es wird bestimmt eine ganz wundervolle Zeremonie.«

Ben verharrte und lauschte. Auch wenn der Herr dieser herrischen Hausdienerin kein Glück hatte, Ben fand seines außerordentlich. Er wusste zwar nicht genau, was es mit dem Drachen und dieser Zeremonie auf sich hatte, doch schien er genau zum richtigen Zeitpunkt hergekommen zu sein. Vielleicht brachte das Rubbeln der Schulterknubbel eben doch

Glück, und niemand dürfte jemals mehr gerubbelt haben als er in den letzten Wochen.

»Das wird es ganz bestimmt. Nicht jede Erhebung in den Stand eines Drachenreiters kann mit der Hinrichtung eines Drachenketzers aufwarten.« Stolz lächelte die Hausdienerin, und die andere Frau stimmte ihr beflissen zu.

Ben war nicht sicher, ob sie wirklich Hinrichtung gesagt hatte. Vielleicht war es auch eine Herrichtung gewesen oder eine Hindichtung, wobei er in beiden Fällen nicht wusste, was das sein sollte.

Schließlich verabschiedete sich die Hausdienerin, und Ben folgte ihr. Nach ein paar Schritten fasste er sich jedoch ein Herz und sprach sie an. So würde er bestimmt mehr herausfinden als durch bloßes Hinterherrennen.

»Entschuldigung«, sagte er mit einem freundlichen Lächeln. »Zufällig habe ich euer Gespräch mit angehört, und ich bin fremd in dieser schönen Stadt und leider sehr unwissend. Ich habe auch nur die Worte *wundervolle Zeremonie* gehört und mich gefragt, ob ich mir diese vielleicht ansehen könnte? Wenn es denn gestattet ist.«

Die Hausdienerin maß Ben mit abschätzigem Blick, eine Augenbraue hochgezogen. Obwohl sie einen halben Kopf kleiner war als er, kam es ihm vor, als sähe sie ihn von oben herab an. Dachte man sich ihren verkniffenen Mundwinkel zu einem Lächeln, war sie sogar hübsch, vielleicht sogar sehr hübsch. Auch schien sie nicht viel älter als er, vielleicht siebzehn oder achtzehn Jahre alt. Es dauerte, bis sie etwas sagte, und Ben war sicher, sie würde ihn nach dieser Musterung einfach wortlos stehen lassen, doch er irrte sich.

»Natürlich kannst du. Jeder kann. Sie findet am Mittag auf dem Marktplatz statt.«

»Und wo finde ich den Marktplatz?«

»Du bist wirklich fremd, was?« War das etwa der Anflug eines Lächelns?

»Vor wenigen Minuten erst zum Stadttor herein.«

»Und was machst du hier?«

»Ich sehe mich erst einmal um«, erklärte Ben nach kurzem Zögern, so als hätte er alle Zeit und alles Geld der Welt. Vor ihr wollte er sich nicht als Stallbursche auf Arbeitssuche bezeichnen. Sie sah ihn schon hochnäsig genug an. Sollte sie ihn doch für einen geheimnisvollen Reisenden von weit her halten.

»Dann ist die Zeremonie sicher das Richtige.« Sie zeigte ihm den Weg zum Marktplatz und ging dann ihres Wegs; sie müsse noch vieles erledigen und vorbereiten. Sie hielt ihn wohl nicht für einen mysteriösen Abenteurer, sondern für einen Bauernburschen oder Halunken aus dem nächsten Dorf. Besah man sich sein Hemd und seine Hose, war das auch die naheliegendste Vermutung.

Ben konnte trotzdem nicht anders, er rief ihr nach: »Vielleicht sehen wir uns ja da.«

Natürlich drehte sie sich nicht um. Sie hob nicht einmal den Kopf in noch arrogantere Höhen, sie schritt einfach die Straße hinab.

»Rüschennasige Rinnsteinschnepfe«, brummte Ben und schlenderte in Richtung Marktplatz. Dabei wandte er sich zweimal nach ihr um, ob sie sich nicht doch einmal umschaute. Tat sie aber nicht.

Wehmütig dachte Ben an Nica. Inzwischen würde er es wagen, sie anzusprechen, da war er ganz sicher. Er fluchte, dass er vor wenigen Wochen noch zu feige gewesen war. Seitdem war er auf einem Drachen geflogen und einem Riesenfrosch entkommen, wieso sollte er jetzt noch Angst vor einem Mädchen haben? Vor ihrer Zurückweisung? Jetzt würden seine Knie nicht mehr weich werden, bloß weil sie ihn ansah, sagte er sich. Nur sah sie ihn im Moment gar nicht an, sie war nicht hier, sondern in Trollfurt. Und dort musste er vor allen anderen Angst haben. Ausgenommen vor Yanko natürlich.

»Irgendwann kehre ich zurück«, murmelte er vor sich hin. Sie würden Augen machen, wenn er auf einem großen Drachen eintraf. Ganz besonders, wenn es ein geflügelter war, dachte er grimmig.

Der Marktplatz war umgeben von einem bunt karierten Rathaus mit zahlreichen kleinen Ziertürmen und Erkern, einem strahlenden, gartenumsäumten Hellwahtempel mit massigen Säulen und verschiedenen herausgeputzten Geschäften, dem wuchtigen goldverzierten Handelskontor und nobleren Gasthäusern. Am Kopfende des länglich geformten Platzes, direkt vor dem Tempel, war ein mehrere Schritt durchmessendes, fast mannshohes Podest aus hellem Holz errichtet. Auf ihm standen vier bunte Ziersäulen, die mit Blumen umrankt waren. Ein Stück rechts daneben befand sich ein weiteres Podest, ebenso hoch, doch kleiner im Geviert und ganz und gar ungeschmückt. Darauf erhob sich ein einfacher Galgen mit einer grauen, abgegriffenen Schlinge.

Unter dem Galgen stand ein kleiner Schemel, auf dem ein bärtiger Mann in der bunten Uniform der Torwächter saß und einen Apfel verputzte. Das Treiben um ihn schien ihn nicht zu stören, er blickte stur in den Himmel und kaute vor sich hin.

Ben sah ihm eine Weile zu, und das Wasser lief ihm im Mund zusammen. Er blickte sich um und entdeckte am hinteren Rand des Platzes eine Reihe von Ständen aus Holz und schattenspendendem Segeltuch. Dort boten Händler Brot,

Obst, Gemüse, Käse, Fleisch und unterschiedliche gegarte Gerichte feil.

Er schlenderte hinüber. So langsam füllte sich der Marktplatz, die ersten Kinder suchten sich einen Platz ganz vorn am Podest und riefen einander aufgeregt Worte zu. Männer und Frauen schlossen sich ihnen ein wenig gemessener an, andere holten sich erst noch einen Happen an den Ständen. Die Händler schrien durcheinander und hielten sich dabei die Hände trichterförmig vor das Gesicht, um das ganze Spektakel und vor allem einander zu übertönen.

»Frische Birnen!«

»Zitronenschmalzbrötchen!«

»Käsehack auf Rostzwiebeln!«

»Flussbärpasteten!«

Bei jedem Wort lief Ben das Wasser mehr im Mund zusammen, er hatte lediglich ein paar Beeren gefrühstückt. Doch alles Gebratene und Gedünstete bereiteten die Händler hinter ihren Ständen zu; so lang waren seine Finger trotz aller Übung nicht. Wenigstens konnte er sich im Gewühl vor den Ständen eine weiße Birne und zwei Grapezwiebeln von der Auslage klauen. Kauend lief er zum Podest zurück, um sich einen der vorderen Plätze zu sichern.

Die Zeremonie begann mit einem langsamen Marsch, den zwei kantige sonnenblonde Frauen im Waffenrock der Stadt auf riesigen, mit Blattgold verzierten Pauken schlugen. Die Pauken standen auf dem Boden vor dem Podest, die Frauen darauf; trotzdem reichten die Instrumente ihnen bis an den breiten Ledergürtel, an welchen Schwerter in edelsteinbesetzten Scheiden steckten. Die tiefen, dumpfen Schläge des Marschs schwemmten wie Wellen über den Marktplatz, jeder einzelne hallte nach, und Ben spürte seinen Brustkorb im Rhythmus vibrieren. Kinder stampften mit den Füßen mit, und nicht wenige Männer standen nun aufrechter und drückte die Brust raus.

Zur Musik betrat ein älterer Hellwahpriester mit einer riesigen Hakennase das Podest. Er schritt von der Mitte der Rückseite nach vorn und hatte das sonnengoldene Gewand angelegt, das den wichtigsten Festen des Jahres vorbehalten war. Auf seinem spärlichen weißen Haupthaar thronte ein Sonnendiadem mit äußerst kunstvoll geschmiedeten Strahlen, die dem Himmel entgegenzüngelten. Das Diadem sah viel beeindruckender aus als das von Priester Habemaas, prunkvoller. Trotz seines Alters wirkte der Priester kräftig und ging aufrecht.

Von links betrat ein dicker Mann mit kleinen flinken Augen, glänzender Glatze und sorgsam gepflegtem dunklem Vollbart das Podest. Er trug leuchtend bunte Stoffe und zahlreiche Ketten und Ringe, die alle mit Edelsteinen verziert waren. Der Mann stellte sich mit dem Gesicht zum Priester vor diesen und schielte immer wieder nach rechts. Sein Gefolge, das ihn begleitet hatte, verharrte am Fuße des Podests. Unter ihnen erkannte Ben die hochnäsige Hausdienerin, auch wenn sie ihr Haar nun zu einem hohen langen Zopf mit glitzernden Zierbändern geflochten hatte und ein anderes Livree aus schimmerndem Stoff und überladen mit goldenen Knöpfen und Borten trug.

Doch die Augen der Menge richteten sich auf die rechte Seite des Podests. Dort wurde von einem gerüsteten Drachenritter ein flügelloser Drache auf die Bühne geleitet. Der Ritter war eine mächtige Erscheinung, sicherlich noch größer als Ritter Narfried, und sein knielanges Kettenhemd war so glänzend poliert, dass man meinen konnte, die Ringe wären aus feinstem Silber. Vielleicht waren sie das ja auch, Ben kümmerte es nicht.

Er konnte den Blick nicht von dem Drachen lassen, dessen Schuppen grün waren und bei jeder Bewegung den Anschein zitternder Grashalme im Wind vermittelten. Der Drache war nur etwa halb so lang wie Aiphyron, jedoch auch kompakter. Er besaß kräftige Beine, einen sehr kurzen Schwanz und einen kurzen Hals, dafür jedoch ein langes Maul mit kräftigem Kiefer und schmalen, spitzen Zähnen. Auf dem breiten Rücken verliefen zwei parallele Reihen gelbgrüner Zacken.

Die Schulterknubbel des Drachen waren so klein, dass Ben sie beinahe nicht erkennen konnte.

Die Musik verklang mit einem letzten tiefen Trommelwirbel, und die Menge verstummte fast augenblicklich. Nicht das geringste Gemurmel war mehr zu hören, doch von hinten drängten die Leute neugierig nach vorn, und so wurde Ben immer wieder in den Rücken gestoßen und Richtung Podest geschoben.

»Liebe Bürger Falcenzcas und Gäste von nah und fern«, hob der Priester mit tiefer, weit tragender Stimme an. »Wir sind heute in Hellwahs Namen zusammengekommen, um gemeinsam zu bezeugen, wie der hoch geschätzte Kaufmann Dicime in den Stand eines Drachenreiters aufgenommen wird. Wegen seiner außerordentlichen Verdienste um unsere Stadt und seiner Großzügigkeit den hiesigen Menschen gegenüber, wegen seiner heroischen und patriotischen Einsätze im Wettlauf um die Gewürzinseln und seiner Treue gegenüber Hellwah, wird ihm nun der befreite Drache Schilfrücken zugeführt.«

Tief und würdevoll verbeugte sich der Kaufmann vor dem Priester und hob dann wieder den Kopf. Der Ritter führte den Drachen an Dicimas Seite, und auch der Drache beugte sein Haupt; zudem knickte er die Vorderbeine ein, so dass es wirkte, als kniete er nieder.

»Herr Dicime, ich frage dich, willst du fortan für diesen Drachen sorgen, für ihn da sein in allen Zeiten und mit ihm streiten für Hellwahs Ehre und wider den bösen Samoth und all seine Diener?«

»Ja, ich will.« Die Stimme des Kaufmanns klang unerwartet hoch.

»Und dich, Ritter Buchenbrandt, frage ich: Willst du den von dir befreiten Drachen Schilfrücken in Herrn Dicimes Obhut übergeben?«

»Ja, ich will.«

»Und ich frage dich ferner: Will Schilfrücken ihm dienen, wie es sich für einen guten Drachen gehört, ihm zur Seite stehen wie ein guter Freund, selbst wenn die Zeiten stürmisch und karg werden sollten, was Hellwah verhüten möge?«

»Ja, er will«, sagte der Ritter, und der Drache beugte erneut sein Haupt.

Die Leute um Ben her murmelten und reckten die Köpfe, doch vorsichtig, keiner wollte den nahenden Höhepunkt der Zeremonie stören.

»Ich sehe die glatten Schulterknubbel und sehe, dass Samoths Fluch von diesem Drachen gewichen ist«, fuhr der Priester mit den rituellen Worten fort. »Und somit vertraue ich ihn nun mit Hellwahs Segen deiner Obhut an, Herr Dicime.«

»Habt Dank für Eure Güte, ich werde Hellwah und Schilfrücken nicht enttäuschen«, gab der Kaufmann die erforderliche Antwort.

»Dann nehmt hin diese Halsbänder aus Stahl und Edelstein. Sie sollen das Symbol eures unzerbrechlichen Bundes sein«, intonierte der Priester und legte Dicime und Schilfrücken je ein Halsband um. »Tragt es drei Tage und drei Nächte. Am Mittag des dritten Tages nimm beide Halsbänder ab, *Drachenreiter* Dicime, und verwahre sie gut. Von da an sollt ihr ohne sichtbare Fessel aneinander gebunden sein bis in den Tod.«

»So sei es«, sagte der Kaufmann, der nun ein Drachenreiter war, mit ergriffener Stimme.

»Nun, geh mit ihm, du gehst mit meinem Segen und dem des ganzen Ordens«, fügte der Drachenritter hinzu.

Sodann verstreuten der Priester, Ritter Buchenbrandt und der frisch gebackene Drachenreiter die Asche von Schilfrückens Flügeln in alle Winde, die jedoch nur schwach wehten. Dazu erklangen die großen Pauken, und die Menge begann zu johlen, während die graue Asche auf sie niederregnete. Niemand schien sich daran zu stören, im Gegenteil, die meisten drängten noch wilder als zuvor nach vorn, um wenigstens ein wenig von der Asche bestäubt zu werden.

Wahrscheinlich bringt das Glück, vermutete Ben, doch er ließ zu, dass sich Leute an ihm vorbeidrängelten und ihn zur Seite drückten. Verbrannte Drachenflügel waren nicht das Glück, nach dem er suchte.

»Hoch, Drachenreiter Dicime!«

»Hoch, Schilfrücken!«

Ben klatschte und jubelte mit den anderen, um nicht aufzufallen.

Als das Ritualbecken mit der Asche geleert war, verließ der Ritter das geschmückte Podest. Zum Abschied verbeugte er sich kurz und zackig vor dem lächelnden Priester. Dicime winkte strahlend und triumphierend in die begeisterte Menge. Nach einer Weile stieg sein Gefolge zu ihm hinauf und brachte ihm einen breiten, gepolsterten Prunkstuhl mit goldverzierter Lehne. Dicime setzte sich, so dass sein Blick in Richtung Galgen ging. Schilfrücken legte sich neben ihm auf die Bretter. Der Priester trat nach vorn und hob die Hände. Pauken und Menge verstummten.

»Einen neuen Drachenreiter zu feiern, ist immer ein erhebendes Ereignis. Solche Festivitäten erfüllen mich immer mit großer Freude und Stolz, denn sie bedeuten, dass eine herrliche Drachenseele, die durch die Tapferkeit eines Ritters und die reine Hingabe einer Jungfrau von Samoths Fluch befreit worden ist, nun mit Hellwahs Segen ein neues Heim erhalten hat. Ein wohlmeinendes Dach über dem Kopf. Doch heute können wir diese Feierlichkeiten noch krönen!« Der Priester hatte seine Stimme noch weiter erhoben. »Denn wir haben eben nicht nur einen Drachen und seinen Reiter zusammengeführt, wir werden nun auch einem Feind von Drache und Mensch, einem abtrünnigen Drachenketzer, der Hellwahs Herrlichkeit leugnet und seine Herrschaft anficht, seiner gerechten Strafe zuführen. Seine Schuld wurde in langen Befragungen erwiesen. Möge seine öffentliche Bestrafung ein gutes Omen für die frisch geschlossene Verbindung von Drachenreiter Dicime und Schilfrücken sein! Denn wo Gerechtigkeit waltet, da ist Hellwah nicht fern.«

Die verschwitzte Menge um Ben johlte und schrie nun noch lauter.

»Hängt ihn!«, brüllten die einen.

»Tod den Feinden Hellwahs!«, kreischten andere mit wutverzerrten und seltsam entrückten Gesichtern.

»Gerechtigkeit!«

»Nieder mit dem Ketzerpack!«

Ben verstand dies alles nicht. Er war nicht sicher, ob das nun wieder Politik war und er es deshalb nicht verstehen konnte, doch ihm kam es falsch vor, den Tod eines Menschen zu einer Feier zu machen. Aber die Leute um ihn her schrien und jubelten jetzt noch lauter als bei der Drachenreiterzeremonie. Ihr Toben war eine seltsame Mischung aus Wut und Freudentaumel. Manche nickten auch einfach nur zufrieden.

Vielleicht verstand Ben es nur nicht, weil er nicht wusste, was der Mann getan hatte, woher all der Zorn auf ihn kam. Vielleicht verstand Ben es aber auch nicht, weil er sich irgendwie in ihn hineinfühlen konnte; immerhin war er selbst auf der Flucht vor seiner Hinrichtung. Die Trollfurter hatten ihn für etwas hängen wollen, das er nicht getan hatte. Ohne ihn anzuhören, das hatte er noch nicht verwunden, und es hatte ihn misstrauisch gemacht. Hatte der Mann, der in diesem Moment von zwei Wachleuten zum Galgen hochgezerrt wurde, tatsächlich das getan, was man ihm zur Last legte? Oder war er unschuldig wie Ben?

Ben war während der Zeremonie immer mehr zu Seite gedrängt worden und bemerkte nun überrascht, wie nah er vor dem Galgen stand. Der Stadtwächter, der vorhin den Apfel gegessen hatte, schirmte mit einem guten Dutzend anderer das Podest ab, um niemanden außer den Henker und den Verurteilten mit seinen Wächtern durchzulassen. Der Henker trug eine weiße Hose, einen weißen Oberkittel und eine totenbleiche Gesichtsmaske mit einer aufgemalten roten Träne unter dem linken Auge.

Der Verurteilte war vielleicht dreißig Jahre alt und unrasiert, sein Oberkörper nackt. Frische Narben verliefen über seinem Rücken und den Armen, die Finger der linken Hand wirkten klobig, so als seien sie alle gebrochen und geschwollen. Die Nase war krumm und platt. Auf der linken Schulter hatte er einen gewundenen grünen Drachen tätowiert. Irgendwer hatte diesem die Augen mit einem Eisen ausgebrannt, so dass dort nur noch dicke rote Brandblasen zu sehen waren. Die Augen des Verurteilten blickten ausdruckslos und leer.

In so mancher Sage wurde der Held zum Tode verurteilt, verhöhnte seine bösen Richter im Angesicht von Schlinge oder Richtblock und wurde dann von seinen Gefährten gerettet. Der Drachenketzer sah nicht aus wie ein Held, und Ben glaubte nicht, dass er noch viele stolze Worte finden und befreit werden würde. Unter der Schlinge wartete ein Schemel aus dunklem Holz auf ihn. Darauf sollte er steigen, und dann würde der Henker ihn unter ihm wegtreten. Es war der Schemel, auf dem noch vor kurzem der Wächter gut gelaunt seinen Apfel verspeist hatte.

Ben spürte wieder drängende Arme in seinem Rücken, hörte die Wünsche, etwas sehen zu wollen, ein kleiner Junge wühlte sich an seinen Beinen vorbei. Er selbst wollte nichts sehen, er musste immer daran denken, dass er selbst dort oben stehen könnte.

Gegen die anströmende Masse bahnte er sich seinen Weg zum Podest zurück. Auch dort stellten sich Menschen auf die Zehenspitzen, um die Hinrichtung zu verfolgen. Der Verurteilte wurde als Ketzer, Verräter und Verbrecher beschimpft und mit allerlei Flüchen belegt. Ben hörte, dass es ihm recht geschehe, dass es auch langsam Zeit geworden sei, wieder einen von denen zu erwischen, und dass er bitteschön möglichst lange zappeln solle. Warum sie das alles wünschten und was der Mann wirklich getan hatte, das erfuhr er aus dem zornigen und gehässigen Gemurmel der Menge nicht.

Ein kleines Mädchen wollte wissen, ob der böse Mann wirklich jeden Sonntag ein Kind gefrühstückt hatte. Die Mutter sagte daraufhin: »Nein, du Dummerchen!« Und sie verpasste dem

Jungen neben ihr eine Backpfeife: »Du sollst deine Schwester doch nicht mit verlogenen Geschichten ängstigen!«

»Jetzt steigt er rauf zur Schlinge, die wird ihm dann um den Hals gelegt«, erklärte ein Vater ganz in der Nähe seinem kleinen Sohn, den er auf den Schultern trug. Der Junge zeigte mit dem ausgestreckten Finger Richtung Galgen, aber Ben interessierte das noch immer nicht, er drehte sich nicht um.

Inzwischen hatte er das Podest erreicht und sah dort hinauf; Schilfrücken interessierte ihn. Oben blickten alle gebannt zur Hinrichtung hinüber, außer dem Drachen, dessen kreisende Augen einem Insekt zu folgen schienen, das Ben nicht sehen konnte. Und außer der hochnäsigen Hausdienerin. Sie ließ den Blick über die Menge schweifen, als müsse sie diese beaufsichtigen. Dabei entdeckte sie Ben, der wiederum sie ansah. Er lächelte. Kurz wirkte es, als wolle sie das Lächeln erwidern, doch es zuckte nur kurz um ihre Mundwinkel, und sie hob die Augenbrauen und wandte den Kopf ab. Ben schüttelte den Kopf, sie war einfach eine rüschennasige Rinnsteinschnepfe und würde nie etwas anderes sein.

Noch einen Moment lang musterte Ben Schilfrücken und versprach ihm lautlos, ihn zu befreien, auch wenn er noch nicht wusste, wie. Am aufbrandenden Jubel erkannte er, dass in diesem Moment die Hinrichtung vollzogen worden war. Schnell schielte er zur Hausdienerin hinüber, um zu sehen, wie ein so hochnäsiges Geschöpf denn jubelte. Doch sie hielt die Augen geschlossen. Wollte sie eine Hinrichtung ebenso wenig sehen wie Ben, oder war es nur diese eine Hinrichtung, die sie nicht anschauen wollte? Kannte sie etwa den Verurteilten? Dann konnte sie ihm vielleicht sagen, weshalb er verurteilt worden war. Und was viel wichtiger war: Als Hausdienerin des dicken Kaufmanns wusste sie darüber hinaus, wo und wie Schilfrücken untergebracht war. Er würde ihr also weiterhin auf die Nerven gehen, egal, wie abweisend sie war.

Die Menge sah noch ein Weile zu, wie der Verurteilte baumelte, doch Drachenreiter Dicime erhob sich und befahl Schilfrücken wie einen Hund an seine Seite. Dann stiegen er und sein Gefolge vom Podest, wo er von zahlreichen Bürgern persönliche Glückwünsche entgegennahm, nickte, lächelte und wahllos Hände schüttelte.

»Hallo«, sagte Ben, als er sich zu der Hausdienerin durchgekämpft hatte. Hundertmal hatte er in Gedanken durchgespielt, wie er sich endlich trauen würde, Nica anzusprechen, hatte Tag für Tag Mut gesammelt, und das half ihm nun eben hier. Zumal das hier viel einfacher schien. Sie war nicht Nica, und er spielte einen weitgereisten Fremden, er war nicht er selbst. Er vergaß seine Schüchternheit, die ihm bei Nica und Ritter Narfried und so oft im Weg gestanden hatte, und schauspielerte sich Yirkhenbargs Souveränität herbei.

»Du schon wieder«, entgegnete die Hausdienerin.

»Ja, ich.« Ben lächelte. »Ich wollte fragen, ob du mit mir etwas trinken gehst.«

»Du siehst doch, ich muss arbeiten.«

»Dann morgen?«

»Sag mal, Junge, wie kommst du eigentlich auf die Idee, dass ich mit jemandem wie dir überhaupt rede?«

»Wieso sollte ich nicht darauf kommen? Du tust es doch gerade.«

Sie starrte ihn mit offenem Mund an.

»Morgen also«, beharrte Ben, der sich an seinem selbstsicheren Auftreten selbst berauschte. »Was hältst du von mittags dort drüben bei dem Gasthof mit dem lustigen Hahn im Schild?«

»Dem *Goldenen Hahn?* Das kannst du dir nicht leisten.« Herausfordernd sah sie ihn an.

»Das lass meine Sorge sein. Also?«

»Ich habe nicht ja gesagt.«

»Aber auch nicht nein.«

Mit blitzenden Augen starrte sie ihn an, doch jetzt war er fast sicher, dass ihr Mund zu lächeln versuchte. Da riss sich der Kaufmann Dicime doch von der Menge los und lief weiter, und sie musste folgen.

»Ich werde da sein«, rief ihr Ben hinterher, aber sie blickte nicht zurück, sondern wies eine andere Dienerin zurecht, die Einzige, die noch jünger schien als sie. Bevor der ganze Tross um die nächste Ecke bog, sah sie sich doch noch kurz um. Nun war Ben sicher, dass sie kommen würde. Es war seltsam, wie leicht es war, mit einem Mädchen zu reden, in das man nicht verliebt war.

Den Nachmittag über lief er noch ein wenig durch die Stadt, um sich die wichtigsten Straßen einzuprägen. Er belauschte die anderen Passanten, erfuhr aus ihren Gesprächen jedoch nichts Wesentliches. Hier und da stibitzte er eine Kleinigkeit und stahl schließlich den Geldbeutel eines unachtsamen Trinkers, der an einer Theke lauthals über die schöne Hinrichtung salbaderte. Ben brauchte das Geld für die hochnäsige Hausdienerin. Er hatte nachgesehen, die Preise im *Goldenen Hahn* waren wirklich hoch.

Schließlich fragte er eine alte Frau nach dem Haus des neuen Drachenreiters. Er habe die Zeremonie verpasst und würde unheimlich gern einen Blick auf den Drachen werfen.

»Haus? Palast passt wohl eher«, sagte die alte Frau und deutete die Straße hinab. »Da vorn die zweite rechts und dann immer geradeaus bis zum Stadtrand. Du kannst es nicht übersehen.«

»Aha. Aber wie sieht es denn aus?«, hakte er nach.

»Du kannst es nicht übersehen!«

Ben dankte ihr und folgte der Beschreibung. Die Alte hatte recht gehabt, dort befand sich ein Anwesen, das man nicht übersehen konnte. Zwischen den Herrenhäusern erstreckte sich eine ummauerte kleine Parkanlage, in deren Mitte ein buntes Gebäude mit zahlreichen Türmchen thronte; es wirkte wie ein Schloss der Elfen. Ausgelassenes Lachen drang auf die Straße heraus, aber die riesigen Wächter vor dem Tor sahen nicht so aus, als würden sie irgendjemanden einlassen. Schon gar keinen Fremden. Ben schlenderte pfeifend vorbei.

Dann lief er zu Aiphyron in den Wald hinaus, um ihm alles zu erzählen und einen Plan zu Schilfrückens Befreiung zu schmieden. Als er den Waldrand erreichte, fiel ihm plötzlich wieder die Tätowierung des Gehenkten ein, und er bildete sich ein, diese schon einmal gesehen zu haben. Aber wo sollte das gewesen sein? Aus Trollfurt war er eigentlich nie herausgekommen, doch ihm wollte kein Bürger seiner Heimatstadt einfallen, bei dem er diesen gewundenen grünen Drachen bereits gesehen hatte.

»Egal, wahrscheinlich bilde ich mir das nur ein«, brummte er. Viel wichtiger schien ihm, dass es so etwas wie Drachenketzer überhaupt gab. Er hatte nicht gefragt, worin ihre Ketzerei bestand, doch vielleicht wollten auch sie den Drachen ihre Flügel lassen. Vielleicht waren er und Aiphyron mit ihrem Wunsch, die Drachen wirklich zu befreien, ja nicht allein.

STADT OHNE ANGST

Trollfurt hatte sich in den letzten Wochen verändert. Dadurch, dass Ben nicht gefunden wurde, waren sich die meisten Bürger nun ganz sicher, dass er Hilfe von einer Mörderbande oder von dunklen Kräften haben musste. Oder von beiden. In der Stadt ging die Angst vor ihm um. Nur Yanko fühlte sich sicher, er wusste ja, dass Ben allein und weit weg war.

Bei ihrer Mördersuche waren Nica und er nicht recht vorangekommen. Immer, wenn sie sich im Geheimen trafen, küssten sie sich und konnten die Hände nicht voneinander lassen. Yanko nahm sich vor jeder Begegnung vor, sie würden das nächste Mal ihren spärlichen Hinweisen nachgehen, und dann küsste er Nica zur Begrüßung auf die Lippen, nur ganz kurz, und ihre Lippen waren so rot und weich und erwiderten den Kuss so zärtlich, dass alle Vorsätze sofort wieder dahin waren.

Die Jungfrau Ivallya war noch immer der umhegte Gast des Bürgermeisters und ließ sich noch immer kaum auf der Straße blicken, und nie ohne Begleitung. Diese war von derselben nachdrücklichen Freundlichkeit wie die gesamte Gastfreundschaft Odhulans.

Yirkhenbarg hielt an einem Samstag eine derart flammende Rede, dass am Sonntag darauf Habemaas' Predigt ganz dünn und einfallslos klang, fast kraftlos. Yirkhenbarg hatte vom Niedergang der Moral im ganzen Land – aber auch in Trollfurt – gesprochen. Von den Gefahren für Leib und Seele, die überall dort draußen lauerten, und davon, dass sich eine tapfere Stadt wie Trollfurt so leicht nicht einschüchtern ließe.

»Nicht von einem Jungen!«, hatte er mit Nachdruck und erhobener Faust geschrien. »Nicht von einem mordenden Taugenichts. Selbst dann nicht, wenn er tausend Kameraden von seinem Schlag in den Bergen versteckt hält! Denn ein jeder von uns ist mehr wert als tausend von seiner Art! Mir macht er keine Angst, nein, uns macht er keine Angst. Soll er doch dunkle Kräfte anrufen, wir gehen auch weiterhin aufrecht durch unsere Straßen. Denn wir wissen uns zu wehren! Ich werde auch meine Mine nicht schließen, nur weil sie außerhalb der Stadtmauern liegt. Ich werde sie verteidigen mit allem, was ich habe!«

Und immer so weiter. Alle hatten gejubelt, auch Yanko hatte sich fast anstecken lassen vom großen, herbeigeschrienen Gemeinschaftsgefühl. Doch weil er wusste, dass Ben nicht in den Bergen lauerte, und auch nicht dessen tausend Kameraden, erschien ihm der ganze Aufruf zum Widerstand eher komisch. Die Vorstellung, eine ganze Stadt rüste zum Kampf gegen einen eingebildeten Feind, ließ ihn schmunzeln, und dieses Schmunzeln brach den Zauber der Rede.

Aber sonst hatte niemand geschmunzelt, und so beschloss die Stadt tatsächlich, Maßnahmen zu ergreifen. Der Bürgermeister war der Erste, der mehr Schutz für jeden forderte. Byasso erklärte Yanko, sein Vater müsse das tun, bevor es Yirkhenbarg tat, so sei die Politik eben, und Yanko begriff langsam, warum Ben Politik nicht verstanden hatte. Manches davon ergab wirklich keinen Sinn. Und so wurde in der Stadt, die von sich behauptete, keine Angst vor Ben zu haben, das Verlassen des gesicherten Bereichs innerhalb der Stadtmauer während der Nacht verboten. Wer versuchte, nach Sonnenuntergang das Tor zu durchschreiten, wurde festgehalten. Jedem Büttel wurden nun sogar zwei Hilfsbüttel zugeteilt, und da war es ein großes Glück, dass längst weitere Minenarbeiter in die Stadt gekommen waren. Alles aufrechte, starke Männer, die anscheinend mit einer Waffe umzugehen verstanden.

Der alte Wächter des Bergtors hängte seinen Beruf endgültig an den Nagel und wurde zum Trinker.

»Der Taugenichts Ben hat ihn dazu getrieben«, sagten die Leute. »Ich habe gehört, er hat in jener Nacht den Jungen durch sein Tor aus der Stadt gelassen. Dieser Ben war dabei so aufgewühlt, dass er seinen Dolch verloren hat. Der alte Porque, der gute, hilfreiche Porque, hat es ihm hinterhergetragen, und jetzt plagen ihn Schuldgefühle, die wird er sein Leben lang nicht mehr los. Ohne den Dolch wäre der Mord nie geschehen.«

Yanko sprach den Torwächter auf dieses Gerücht hin an, doch Porque sagte, er könne sich an nichts mehr erinnern, was in der Nacht vorgefallen sei, und man solle ihn endlich in Ruhe lassen.

Zweimal stieg Yanko tagsüber zur Mine hinauf. Die schwere Tür war stets verschlossen, zum Schutz vor Bens Horden, wie Yirkhenbarg verkündet hatte. Wenn Yanko sein Ohr an das alte Holz legte, hörte er ferne, dumpfe Klopfgeräusche, auch mal ein Schaben. Die Arbeiter hatten also begonnen, nach Blausilber zu schürfen. Noch hatten sie in Trollfurt jedoch keine Funde stolz herumgezeigt.

Doch eigentlich war Yanko auf dem Berg, um zum Fonksee zu laufen, wo er mit Ben geangelt hatte. Er vermisste seinen Freund, aber ihm wollte einfach nicht einfallen, wie er den wahren Mörder finden sollte. Er war nicht einmal sicher, ob das Ben helfen würde, denn Ben lebte nun irgendwo anders.

Wenn er nicht den Wasserfall hinabgestürzt oder sonst wie zu Tode gekommen war. Immer wieder packte Yanko dieser Gedanke, auch wenn er ihn zu verdrängen versuchte.

Schniefend setzte er sich ans Ufer und starrte auf die Bergflanke gegenüber. Dies war einer der schönsten Orte, die er kannte. Die Felsen formten sich mit wechselndem Sonnenstand zu immer neuen Gestalten und Gesichtern, man konnte in ihnen Trolle, Elfen, Drachen, Wölfe, Adler und selbst ein verkniffenes runzliges Gesicht wie das des alten Jorque erkennen. Mauerfalken und Steinsegler nisteten in den zahlreichen kleinen Höhlungen. Ben war dort gern geklettert. Ohne Ben war der Anblick trotz aller Schönheit traurig.

Yanko warf einen Stein in den See, fluchte und stieg wieder ins Tal. Unterwegs dachte er an Nica, um die trüben Gedanken zu verscheuchen und weil er den ganzen Tag sowieso an nichts anderes denken wollte.

Und dann, eines Morgens, war die Jungfrau Ivallya verschwunden.

Weder der Bürgermeister noch seine Frau noch Byasso noch sonst wer hatte sie gehen hören. Auch die sonst so wachsamen Gänse hatten nicht geschnattert.

»Ihr nach!«, befahl Bürgermeister Odhulan seinen Dienern und den Bütteln.

»Ja, aber wohin denn?«, fragten diese.

»Den Dherrn entlang. Nach Süden, dorthin, wo ihr Orden seine Burgen hat! Was dachtet ihr denn? Zu den Trollen, oder was?«, brüllte Odhulan.

Doch wie sich herausstellen sollte, war sie tatsächlich nach Norden gegangen. Keiner wusste, was sie in den Bergen gewollt hatte, doch dort wurde sie von zwei Arbeitern auf dem Heimweg von der Mine gefunden, als die sich in die Büsche schlagen wollten, um Wasser zu lassen. Und dort lag sie. Tot. Niedergestreckt von zahlreichen Messerstichen.

»Sie hat den Mörder ihres Ritters auf eigene Faust gesucht, um seinen Tod zu rächen«, vermutete Yirkhenbarg. »Sie war eine tapfere Frau, die ein so schändliches Ende nicht verdient hat.«

Die Männer und Frauen, die ihn hörten, nickten. Und sie schauderten, denn ihr Tod war der Beweis, dass Ben noch in der Nähe war, und wahrscheinlich nicht allein. Oder er war besessen. Einundfünfzig Einstiche hätte Oberbüttel Gunnadrakh gezählt, wollte der alte Jorque wissen. »Einundfünfzig! Das tut keiner allein, der klar im Kopf ist.«

Und der Säufer Jorque musste ja wissen, was in einem nicht mehr klaren Kopf vorging.

Sie beerdigten die Jungfrau Ivallya neben Ritter Narfried, und Priester Habemaas und Bürgermeister Odhulan hielten lange, ergreifende Reden. Fast jeder Bürger Trollfurts war zugegen, und sie alle trugen nun offen Waffen bei sich. Mehr Wut als Trauer stand ihnen im Gesicht, und nicht wenige murmelten nach der Zeremonie, Ben müsse einen Verbündeten in der Stadt haben, oder gar mehrere.

Schon auf dem Heimweg und beim Totentrunk in den Gaststätten wurden alte Feindschaften ausgegraben und die Knechte der Konkurrenten verdächtigt. Jeder, der Ben mal einen Apfel zugesteckt hatte, wurde schief angesehen oder gar offen beschuldigt. Manchmal reichte sogar die Erinnerung an ein zurückhaltendes Lächeln. Es kam zu Prügeleien, Messer wurden gezogen, und nur die beherzten Hilfsbüttel konnten verhindern, dass es weitere Tote gab. Die brodelnde Stadt verlangte nach einem Schuldigen, sie wollte jemanden hängen sehen.

In ihrem Versteck grübelten Yanko und Nica, was Ivallya veranlasst haben könnte, nun doch zu gehen. Rache an Ben schien unwahrscheinlich. Es war natürlich möglich, dass sie ihrer verhassten Gastfreundschaft einfach hatte entfliehen wollen. Aber was hatte sie in den Bergen verloren? Es ergab keinen Sinn, sich dort zu verstecken, schließlich wurden diese noch immer regelmäßig durchkämmt. Wer sich verbergen wollte, musste dies woanders tun, und das hatte sie gewusst.

Was sie dort auch gewollt hatte, Yanko hatte nun zum ersten Mal Angst. Natürlich nicht vor dem dämonisierten Ben, nein, aber vor dem wahren Mörder – der sich noch immer in der Gegend befand.

»Vielleicht hat sie ihm verraten, dass wir ihn suchen? Und jetzt ist er hinter uns her«, flüsterte Nica.

»Das glaube ich nicht«, sagte Yanko, aber das war nur so dahingesagt. Er zitterte.

Sie küssten sich wilder als sonst und klammerten sich aneinander. Yanko schob seine Hände unter ihre Bluse, um ihre nackte Haut zu streicheln. Über der linken Brust fühlte sich ihre Haut seltsam an. Ihm kam sie rauer vor, aber das konnte er nicht sicher sagen. Sie war einfach anders, die Stelle ergab beinahe ein Muster. Als Yanko sie mit den Fingerspitzen abtastete, drückte Nica seine Hand weg, küsste ihn jedoch weiter, und er dachte nicht mehr darüber nach.

DIE RINNSTEINSCHNEPFE

Es war noch nicht Mittag, da saß Ben schon auf dem Marktplatz gegenüber dem *Goldenen Hahn* und wartete. Das große Podest war inzwischen wieder abgebaut worden, das kleine mit dem Galgen stand noch dort, die Schlinge baumelte leer und reglos herab. Ben hatte das Gefühl, sie wartete. Das war ihm unheimlich, und er sah fort, auch wenn hier niemand wissen konnte, dass er wegen Mordes gesucht wurde.

Die Bürger Falcenzcas beachteten weder ihn noch den Galgen, auch schnappte Ben nur selten eine Bemerkung zur Hinrichtung am vorangegangenen Tag auf. Die meisten Gespräche drehten sich um die Zeremonie und wer dabei welche Kleider getragen hatte, oder um alltägliche Dinge und den Ärger mit der Frau, dem Mann oder den Kindern.

Es wurde Mittag, aber die namenlose Hausdienerin kam nicht. Ben blieb sitzen und wartete weiter; Rinnsteinschnepfen ließen einen immer warten, hatte Yanko gesagt. Aus irgendeinem Grund wollten sie herausfinden, wie lange man auf sie wartet, ohne sauer zu werden. Doch Ben war gut darin, einfach herumzusitzen. Er ließ sich von der Sonne bescheinen und dachte über mögliche Beleidigungen für hochnäsige Hausdienerinnen nach. Er begann mit: *Mit deiner Nase könntest du Wolken pflügen, so hoch, wie du sie trägst.* Als er schließlich bei *Lachenloser Miesgrünling* angekommen war, ohne mit einer einzigen der mühsam gefundenen Beleidigungen zufrieden zu sein, sagte jemand neben ihm: »Hallo Fremder.«

Ben sah auf und sah die lautlos Beschimpfte neben sich stehen. Sie trug auch heute wieder ihr grünes Livree von gestern Vormittag, doch lächelte sie vorsichtig. Zumindest für einen kurzen Moment.

»Hallo Fremde«, antwortete er und erhob sich. »Wollen wir reingehen?«

»Hast du keine andere Kleidung?«, fragte sie.

»Nein. Wieso?«

»Dann werden wir im *Goldenen Hahn* keinen Platz bekommen.«

»Das wollen wir erst noch sehen!«, rief Ben und sprang zur schweren Eingangstür des vornehmen Gasthofs hinüber. Doch sie hatte recht, der blasse Türsteher wollte nicht mit sich reden lassen. »Alles besetzt.«

»Und was ist mit den freien Tischen da drüben?« Ben deutete in den nur leidlich gefüllten Saal.

»Reserviert. Für anständige Kaufleute, Ritter und ihre Begleitung.«

Ben öffnete den Mund, schloss ihn wieder und ließ es sein. *Was für ein Gockel!* Er ging zurück zu der Hausdienerin.

»Und?«, empfing sie ihn mit einem besserwisserischen Grinsen.

»Der ist so hochnäsig, der könnte mit seiner Nase die Wolken pflügen.« Das war zwar nicht für ihn gedacht gewesen, aber es passte. Es passte zu ihm viel besser als zu ihr, denn sie lachte jetzt los.

»Ich weiß, wohin.« Schnell hatte sie sich wieder beruhigt und Haltung angenommen. »Komm mit.«

Ben folgte ihr. »Aber sag mir erst einmal, wie du heißt, ich kann dich doch nicht einfach *du* nennen oder *hübsche Dienerin.«* Das Letzte war ihm einfach so rausgerutscht. Hätte er etwas Vergleichbares zu Nica gesagt, wäre er wahrscheinlich erst knallrot angelaufen, dann tot umgefallen und schließlich noch vom Blitz getroffen worden.

»Nenn mir deinen Namen, dann erfährst du meinen«, forderte sie. Natürlich.

»Ben.« Ein falscher Name schien ihm unnötig kompliziert, und er hatte Angst, darauf nicht zu reagieren oder ihn gar zu vergessen. Ben war schließlich ein leidlich verbreiteter Name.

»Anula.« Das passte.

Sie führte ihn in ein kleines, gemütliches und sehr sauberes Wirtshaus, das von Blumen überschwemmt war. Vor der Tür wuchsen sie in großen hellen Holzkästen, auf den Fensterbrettern in kleinen bunten Töpfen, und auf den Tischen standen sie in Vasen aus gefärbtem Venzara-Glas. Selbst die Wände waren mit leuchtenden Blumenbildern bemalt.

Da dieses Wirtshaus nur halb so teuer war wie der *Goldene Hahn,* sagte Ben großzügig: »Such dir aus, was du willst, du bist eingeladen.«

Sie sah ihn an, als sei das selbstverständlich und er solle nicht so einen Wind darum machen, dann bestellte sie das Flatterfischmenü mit einem süßen Weißwein. Ben schloss sich an und erntete den nächsten seltsamen Blick, jedoch eher belustigt als abschätzig.

»Du sprichst wirklich komisch«, sagte Anula. »Dein Dialekt ist so knödelig. Woher kommst du denn?«

Ben erfand rasch ein kleines Dorf an der nördlichen Grenze, wo sein Vater angeblich Bürgermeister war, das aber viele Meilen von Trollfurt entfernt lag. Er dürfe aber nicht verraten, was er so weit im Süden mache, dabei handle es sich um einen geheimen Auftrag.

Zu dieser Behauptung hob sie misstrauisch die Augenbraue,

doch ansonsten hatte sie tatsächlich ein paarmal gelächelt, während er große Abenteuer erfand.

»Nenn mich ruhig einen dummen Dörfler«, sagte Ben dann, »aber ich weiß wirklich nicht, was ein Drachenketzer sein soll. Wir kennen die nicht bei uns. Kannst du mir erklären, was sie so Schreckliches tun?«

»Ihr habt keine Ketzer? Wirklich? Ich dachte, die sind überall. So heißt es zumindest.«

»Vielleicht ist unser Dorf einfach zu klein.«

»Ja, vielleicht.« Sie lächelte, ohne dass Ben dies verstand. Möglicherweise hatte sie schon so lange nicht mehr gelächelt, dass sie jetzt, da sie einmal damit angefangen hatte, einfach nicht mehr aufhören konnte. Als hätte sie das Lächeln aufgestaut und angesammelt wie andere Leute Wut.

»Es ist so«, erklärte sie, »dass sich die Ketzer vor zwei oder drei Generationen vom Orden der Drachenritter abgespalten haben und sich nun *Orden der Freiritter* nennen. Sie folgen dem Irrglauben, dass Drachen ganz und gar Samoths Geschöpfe sind, dass der Herr der lichtlosen Orte nicht nur ihre Flügel geschaffen hat. Dabei ist ihm dies in Wahrheit ja nur gelungen, weil er der Mondgöttin ihr Wissen um die Vögel stahl. Und die Ketzer behaupten nun, dass der trickreiche Dieb Samoth über die Fähigkeiten eines Schöpfers verfügt, und heben ihn damit in Hellwahs Höhen. Was für eine Frechheit! Zudem bestreiten sie mit ihrem Unglauben, dass Drachen Hellwahs Geschöpfe sind und von einem Fluch befreit werden müssen. Sie halten Drachen für im Kern böse Kreaturen, die von ihnen, den Freirittern, bezwungen werden müssen.«

»Also töten sie Drachen?«, warf Ben ein. Die Hoffnung, dass er und Aiphyron bei diesen Ketzern Hilfe finden würden, war dahin.

»Natürlich nicht! Sie streben nach Herrschaft und wollen sich dafür der Macht und Kraft der Drachen bedienen. Sie unterwerfen Drachen.«

»Und wie gelingt ihnen das?«

»Sie hacken ihnen die Flügel ab.«

»Aber …« Ben schwirrte der Kopf. Er musste aufpassen, dass er sich jetzt nicht durch eine unbedachte Äußerung verriet, musste so denken wie ein guter Gläubiger und seine Frage unauffällig formulieren, um seine und Aiphyrons Pläne nicht zu verraten. »Ich weiß nicht, das klingt vielleicht naiv von mir, aber wenn sie ihnen die Flügel abhacken, befreien sie die Drachen dann nicht ebenso, wie es die Ordensritter tun?«

»Das ist aber nur Zufall!«, fuhr Anula auf. »Sie befreien sie, obwohl sie es bestreiten. Und dann nutzen sie die freundliche Sanftmut von Hellwahs Geschöpfen, um sie zu unterwerfen!«

»Hinterlistige Sumpfhornschlangen!«, schauspielerte Ben Empörung. Wenn er noch mehr erfahren wollte, musste er lautstark auf ihrer Seite sein. Noch hatte er nicht verstanden, wo der Unterschied zwischen Ordensrittern und Ketzern sein sollte; vielleicht war er für solche Erkenntnisse zu selten in der Tempelschule gewesen. Die einen Ritter wollten Drachen befreien, die anderen wollten sie unterwerfen, und beide schlugen ihnen deswegen die Flügel ab. Wie sie es auch begründeten, beide taten dasselbe, und letztlich kam es doch immer auf die Taten an. Trotzdem hassten sie sich so sehr, dass die einen die anderen aufknüpften. Oder hatte der verurteilte Ketzer doch noch etwas anderes verbrochen? Er fragte Anula danach.

»Was anderes verbrochen? Ich glaube nicht, davon war nie die Rede. Ist ja auch nicht so wichtig, auf Ketzerei allein steht schon die Todesstrafe.«

Gern hätte er sie gefragt, ob sie das für richtig hielt und weshalb sie gestern bei der Hinrichtung weggesehen hatte, doch er traute sich nicht. Er wollte nicht den Eindruck erwecken, als unterstelle er ihr Sympathien für das Drachenketzertum. Das würde sie ihm sicher krummnehmen.

In diesem Moment wurde ihr Essen auf großen Tellern in Blütenform gebracht, und sie redeten über Belanglosigkeiten, während sie aßen. Der Fisch hatte zartes, rosa-grünliches Fleisch und schmeckte vorzüglich. Der honigfarbene Wein stieg Ben rasch in den Kopf. Also trank er langsam. Schließlich fragte er Anula, ob es möglich wäre, den Drachen ihres Herrn noch einmal zu sehen. Vielleicht sogar aus nächster Nähe?

»Das kriegen wir schon hin.« Sie hatte rasch einen zweiten Krug Wein bestellt, auch diesen inzwischen geleert und zwinkerte Ben nun spitzbübisch zu.

Er zahlte, und sie schlenderten zusammen durch die belebten Straßen zum Palast des Kaufmanns und Drachenreiters Dicime. So schlimm kam Ben der Gestank in Falcenzca heute schon nicht mehr vor, und auch die allgemeine Hektik und Eile nicht.

»Herr Dicime hat gehört, dass der Drachenorden einen berühmten Ritter nach Norden geschickt hat«, raunte Anula ihm unterwegs zu. Dabei beugte sie sich ganz nah an sein Ohr, damit niemand sonst ihre Worte aufschnappen konnte. Sie roch nach Wein und einer betörend schweren Süße, die Ben nicht zuordnen konnte. Der Duft erinnerte ihn an eine große, weiß blühende, fleischfressende Pflanze, doch wahrscheinlich war es nur irgendein Parfum. »Und das nicht nur zum Drachenjagen. Sollte der Orden dort neue Kontakte aufbauen oder alte wieder aufleben lassen, will Dicime der Erste sein, der die entsprechenden Geschäftsverbindungen knüpft. In Drakenthal hat er eine kleine Niederlassung, doch nicht in Graukuppe oder Trollfurt. Du kommst aus dem Norden, er hat sicher Interesse an deinem Wissen über die ganze Gegend. Aber erwähne bloß nicht, dass ich dir davon erzählt habe, wenn wir ihm über den Weg laufen.«

»Ich sage keinen Ton«, flüsterte er, und seine Lippen berührten dabei ganz sachte ihr Ohrläppchen. Er war nicht in sie verliebt, das wusste er, doch trotzdem hätte er sie jetzt gern geküsst. Sicherlich lag das am Wein.

Die beiden Torwächter vor Dicimes Palast musterten Ben misstrauisch, nickten Anula zu und ließen beide passieren, ohne Fragen zu stellen. Anula führte Ben durch die sorgsam gepflegte Gartenanlage, die so groß war, dass man sie eigentlich einen Park nennen konnte. Vorbei an sauber zurechtgestutzten Büschen, neugierig grüßenden Bediensteten und dem bunten, verschnörkelten Palast gingen sie in den hinteren, verlassenen Bereich. Dort erreichten sie schließlich einen großen, neu errichteten Stall mit vergoldeten Gitterstäben im Fenster der schweren, beschlagenen Tür. Die Rückseite des Stalls war nicht gemauert, sie bestand gänzlich aus einem durchgehenden, ebenfalls vergoldeten Gitter und ließ viel Sonnenlicht hinein. Direkt am rückwärtigen Gitter lag Schilfrücken und schien zu dösen.

»Darf ich hinüber und ihn am Schulterknubbel reiben?«, fragte Ben.

»Was willst du?«

»Die Schulterknubbel reiben. Was sonst? Das bringt doch Glück.«

»Ehrlich?«

»Wenn ich's doch sage.«

»Dann will ich auch«, kicherte Anula in plötzlichem Übermut, packte Ben an der Hand und lief mit ihm um das Gebäude herum.

Der Drache öffnete gemächlich ein Auge, als sie sich dem Gitter näherten. Auch wenn er deutlich kleiner als Aiphyron war, so war er dennoch ein beeindruckendes Wesen. Er erinnerte Ben an Feuerschuppe, er strahlte dieselbe Ruhe aus. Beiden fehlte die überbrodelnde, wilde Lebendigkeit Aiphyrons. Ihnen fehlten die Flügel, sie konnten nicht fliegen.

Als Ben die Schulterknubbel entdeckte, verspürte er Mitleid mit Schilfrücken. Die wulstigen Narben waren noch ganz frisch, der Schorf sicher noch nicht lange abgeblättert. Lautlos versprach er dem Drachen noch einmal, dass er irgendwann wieder fliegen würde, und kniete sich ans Gitter.

»Hast du keine Angst?« Anula sah ihn bewundernd an.

»Nein. Was soll er mir denn tun? Er ist doch befreit«, antwortete Ben und versuchte, seine Stimme nicht verbittert klingen zu lassen.

»Aber er ist so groß. Und die drei Tage des Halsbandes sind noch nicht um.« Vorsichtig ging sie neben Ben in die Hocke. Die Edelsteine von Schilfrückens Halsband schimmerten in der Sonne.

»Du wirst uns doch nichts tun, Schilfrücken, nicht wahr?«, flüsterte Ben, schob die Hand durch das Gitter und legte sie auf den Flügelansatz. Sofort spürte er das vertraute Pulsieren und Kribbeln. Schilfrückens offenes Auge musterte ihn überrascht, und dabei begann der Drache, zufrieden zu brummen.

»Das ist unglaublich«, murmelte Anula.

»Gib mir deine Hand«, sagte Ben.

Sie tat es stumm, und er setzte sie auf den Schulterknubbel und legte seine Hand darüber, so dass seine Finger zwischen ihren auf dem Drachen zu liegen kamen. Das Pulsieren war nur unwesentlich schwächer als zuvor, ohne ihre Hand. »Spürst du das?«

»Ja«, hauchte sie. Sie zitterte, und Ben verstand, dass sie wirklich Angst vor dem Drachen hatte. Eine Angst, die sie sich auf keinen Fall anmerken lassen wollte. »Ist dieses Pochen das Glück?«

»So habe ich es gehört.«

»Das ist schön.« Sie bewegte ihre Finger ganz leicht hin und her und streichelte so den Schulterknubbel und auch Bens Finger. Schilfrückens Brummen wurde zu einem tiefen Schnurren, und er wälzte sich auf die Seite, so dass nun beide Flügelansätze direkt am Gitter lagen, gut erreichbar für Ben. Jedoch reagierte Anula schneller und berührte den neuen Knubbel zuerst. Ben sah ihr lächelnd zu, für einen Moment hatte sie ihre Angst überwunden.

»Ich spüre nichts«, sagte sie enttäuscht. Doch bevor sie ihre Hand zurückziehen konnte, hielt Ben sie mit seiner fest und suchte mit den Fingerspitzen den Kontakt zum Drachen. Augenblicklich setzte das Pulsieren ein, und Anula stieß ein leises »Doch!« aus.

Langsam wandte sie sich ihm zu und sah ihm überrascht in die Augen. Ihre glänzten, wahrscheinlich vertrug sie wirklich nicht viel Wein und hatte den zweiten Becher nur getrunken, weil Ben bezahlte. Verwirrt sah sie ihn an.

Ihr Gesicht war seinem so nah, auch ihr leicht geöffneter Mund, und es wäre einfach, sie jetzt zu küssen, dachte er weiter, doch er tat es nicht. Ihre Lippen sahen so verlockend aus, aber das konnte er Nica nicht antun. Zwar würde sie es nie erfahren, und natürlich wäre es keine Untreue, schließlich wusste Nica nichts von seinen Gefühlen und er hatte ihr auch keine Treue versprochen, nicht laut, aber bald würde er ihr seine

Liebe gestehen, und er würde von dem Kuss hier wissen, und wahrscheinlich würde er ihn gleichzeitig mit seiner Liebe gestehen, und dann würde Nica ihn sicherlich nie wieder ansehen. Also lächelte er Anula nur an und sagte: »Das ist schön, nicht?«

Sie forschte in seinen Augen, er sah ihre Unsicherheit, und weil er das nicht ertrug, streichelte er mit seinen Fingern über ihre. Nur ganz leicht, das musste er Nica nicht verraten.

»Ja«, sagte sie ganz leise und wandte ihr Gesicht einfach nicht ab. Wartete sie wirklich darauf, geküsst zu werden? Oder weshalb sah sie ihn so an?

Da galoppierten plötzlich Pferde in den Hof, Stimmen riefen, und ihr schien wieder einzufallen, dass es heller Nachmittag war und sie mit einem Fremden hinter dem Stall kauerte, viel zu nah an ihn geschmiegt. Jederzeit konnte jemand vorbeikommen und sie sehen. Rasch löste sie ihre Hände von Ben und stand wieder auf. Sie ging einen Schritt zur Seite, doch den Blick konnte sie nicht von ihm lassen.

Noch ein paar Augenblicke strich Ben mit den Händen über die Schulterknubbel, dann hatte er das Gefühl, dass sich unter den Narben etwas regte, etwas, das tot gewesen schien. Länger durfte Ben nicht warten, wenn er nicht auffallen wollte. Er nahm die Hände behutsam zurück und sah dem Drachen ins Auge. Schilfrücken hörte auf, behaglich zu brummen, doch er sah Ben dankbar an. Kurz hatte Ben sogar den Eindruck, als würde der Drache grinsen, als würde er nicken, während Ben dachte: *Wart's ab, wir holen dich hier raus.*

»Ich sollte wieder arbeiten«, sagte Anula nicht ganz so bestimmt, wie sie sicherlich gewollt hatte.

»Dann gehe ich besser mal.«

»Ich bringe dich noch zum Tor.«

Ben nickte, er wollte etwas Fröhliches sagen, doch ihm fiel nichts ein. Ihr Blick von vorhin hatte ihn durcheinandergebracht. Anscheinend mochte sie ihn wirklich, und er benutzte sie nur, um den Drachen zu befreien. Schilfrücken zu befreien war wichtig, sagte er sich, doch er konnte ihr trotzdem nicht in die Augen sehen. Schweigend gingen sie weiter. Die eben angekommenen Reiter waren in einem der Gebäude verschwunden, drei schweißnasse Pferde waren an den Balken im vorderen Hof gebunden und soffen gierig aus großen Wassereimern.

»Bist du noch länger in der Stadt?«, fragte Anula, als sie das Tor fast erreicht hatten. Es klang beiläufig, doch biss sie sich dabei auf die Unterlippe, und ihre Augen verrieten, dass es ihr wichtig war.

»Ich weiß es leider nicht.« Er bemühte sich um ein Lächeln und zwang sich, sie fest anzusehen. »Alles ist möglich, ich bin nicht mein eigener Herr.«

»Wer ist das schon?«

Ein Drache mit Flügeln, dachte Ben. Er zuckte mit den Schultern. »Solange ich noch in Falcenzca bin, kann ich dann hier nach dir fragen?«

»Ja.« Sie strahlte ihn an. »Abends ist die beste Zeit. Tagsüber habe ich selten frei.«

»Abends also, das kann ich mir merken.« Er ging und drehte sich erst nach einer Weile wieder um. Sie stand immer noch am Tor und blickte ihm nach. Zwischen den beiden riesigen, ins Leere starrenden Wachleuten wirkte sie verloren. Er winkte hastig und fühlte sich miserabel.

Ohne auf seine Umgebung zu achten, stapfte er durch die Straßen. Er wusste jetzt, wo der Drache untergebracht war, den sie befreien wollten, er hatte mit seiner Heilung begonnen und so seine Lebensgeister und Hoffnung auf Freiheit geweckt; alles war viel besser gelaufen als erwartet. Und trotzdem fühlte er sich konfus, nur weil er eine hochnäsige Rinnsteinschnepfe ausgenutzt hatte, die es gar nicht anders verdient hatte. Missmutig kickte er einen Kiesel davon.

Als er einige Querstraßen weiter wieder aufsah, überholten ihn vier schwer bepackte Diener, die von einer Reise in den Süden schwärmten und fluchten, dass sie nicht mit durften. Ein Passant nach dem anderen überholte ihn, manche schüttelten den Kopf, die meisten ignorierten ihn. Gesprächsfetzen umwehten ihn, huschten an seinen Ohren vorbei und wurden von ihm ignoriert. Kaum zwei vollständige Sätze hörte er, dann waren die Sprecher schon wieder aus seiner Hörweite verschwunden. Er war wirklich zu langsam für diese Stadt. Dann zogen sogar zwei Stadtwächter an ihm vorbei, obwohl der eine hinkte und der andere O-Beine hatte.

»Das hat er wirklich gesagt?«, fragte der Hinkende mit knarzender Stimme.

»Ganz sicher. Ich kenne Leon seit Jahren, er würde mich nicht belügen. Und er war bei der Befragung selbst dabei. Zwar musste er schwören, das Gehörte niemandem zu verraten, aber – wie gesagt – wir kennen uns seit Jahren. Und ich halte ja meine Fresse, da kann er sich drauf verlassen. Ich sag's nur dir, und du kannst schweigen, das weiß ich.«

Ben schüttelte belustigt den Kopf und sah den beiden nach, wie sie weitereilten. Wenn in Falcenzca alle so dachten, war das keine gute Stadt für Geheimnisse.

»Von mir erfährt keiner, was der Ketzer gesagt hat«, versicherte der Hinkende.

Der Ketzer? Sofort beschleunigte Ben seinen Schritt, er musste in Hörweite bleiben.

»Natürlich ist das alles Unsinn, Irrglaube und leere Drohungen. Deshalb wollen sie ja auch nicht, dass die einfachen Bürger und Bediensteten davon erfahren, die werden nur panisch.«

»Sind ja leicht zu verängstigen. Aber ehrlich gesagt, wenn das wahr wäre, würde ich mir auch in die Hosen machen. Und zwar gewaltig.«

»Ja.« Der Wächter mit den O-Beinen lachte. »Aber wer nimmt schon die Worte eines Verurteilten für bare Münze? Er wollte nichts weiter, als uns Angst machen. *Wir haben den König der Drachen, und wir werden ihn unterwerfen. Er wird eure Stadt niedertrampeln wie die Puppenhäuser einer verwöhnten Prinzessin. Er wird eure Häuser im Ganzen verschlingen, denn sein Rachen ist so groß wie eure Paläste. Alle werdet ihr sterben!* Wer nimmt das schon ernst? Niemand hat je von einem solchen Drachen gehört, und keine Folter brachte ihn dazu, den Aufenthaltsort dieses angeblichen Königs der Drachen zu verraten. Diese verfluchten Ketzer haben gar nichts!«

»Gar nichts«, wiederholte der Hinkende mit einem Lachen, das beinahe selbstsicher klang. »Mit so einem Unsinn muss man wirklich niemanden ängstigen. Die armen Kinder glauben das ja noch.«

»Die Tochter meines Bruders bestimmt«, sagte der erste Wächter und begann ausgedehnt von einer langweiligen Familienfeier zu erzählen.

Ben ließ sich wieder zurückfallen und suchte sich den Weg zum Tor hinaus. Der König der Drachen? Er musste Aiphyron dringend fragen, ob an dieser Geschichte etwas dran sein konnte.

HINTER GITTERN

Bei Sonnenuntergang saßen Ben und Aiphyron in der Ruine zusammen und aßen roh, was der Drache den Tag über gefangen hatte. Ben hatte ihm alles berichtet, und sie hatten beschlossen, es heute Nacht zu wagen.

»Ein Drache hinter Gittern!«, knurrte Aiphyron zum hundertsten Mal. Er war kaum zu bändigen gewesen, als er von der Gefangenschaft erfahren hatte und hatte sofort zu Schilfrückens Rettung losstürmen wollen – obwohl er wusste, dass sie tagsüber kaum Aussichten auf Erfolg hatten. Es gab zu viele Ritter in der Stadt. Doch er verabscheute Gitter fast ebenso sehr wie Feuer.

Ben erzählte auch von dem Gespräch der Stadtwächter, das er belauscht hatte.

»So ein Unsinn!« Aiphyron schüttelte den Kopf. »Wir haben keine Könige. Jeder ist sein eigener Herr.«

»Und was ist mit der sagenhaften Größe?«

»Na ja, ein bisschen übertreibt man natürlich, wenn man jemandem Angst machen will.«

»Ein bisschen? Ein Rachen so groß wie ein Palast? Schau dir doch deinen an.«

»Es geht doch nicht um meinen.« Aiphyron schnaufte. »Natürlich bin ich größer als die meisten von uns, aber ich kannte früher einen Drachen, der war bestimmt vier- oder fünfmal so groß wie ich.«

Ben starrte Aiphyron an. Bei ihrer Höhle hatte er ihn aus Langeweile und einer Laune heraus gemessen, er war dreizehn Schritt lang, und die ausgebreiteten Flügel spannten sich sogar noch deutlich weiter! Das Vier- oder Fünffache? Das waren ... furchtbar viele Schritte.

»Wo gibt es denn einen so großen Drachen?«

»Im Meer, er lebt irgendwo im Meer. Geboren wurde er auf dem Grund eines Sees, aber der wurde ihm später zu klein. Er konnte Wasser atmen wie Luft, und weil ihm Fische besser schmeckten als Vögel oder Landtiere, ging er nach ein paar Wochen zwischen den Wolken ins Meer. Schwimmen ist wie fliegen, sagt er, und die Luft ist ihm einfach zu trocken. Nur manchmal kurvt er auch über den Wellen dahin, zur Abwechslung.«

»Fünfmal so groß wie du?« Ben konnte es noch immer nicht fassen. »Du machst Witze!«

»Nein. Und es ist gut möglich, dass irgendwo ein noch größerer Drache lebt.«

»Noch größer? Davon hätte man gehört!« Ben schüttelte abwehrend den Kopf. »Nein, nein, wenn der nicht auch im Meer lebt, hätte irgendwer längst davon erzählt.«

»Ja, aber hätte man ihm auch geglaubt? Wenn dir vor unserem Zusammentreffen ein Seefahrer erzählt hätte, er habe auf einer riesigen Insel einen Drachen mit hundert Schritt Flügelspannweite gesehen, was hättest du gesagt?«

»Hundert Schritt? Hundert? Kein Wort hätte ich ihm geglaubt«, gab Ben zu.

»Na, siehst du.«

»Aber wenn es so einen Drachen geben könnte, und einer dieser Ketzer hackt ihm die Flügel ab, könnte er ihm dann Befehle erteilen?«

»Wahrscheinlich.«

»Und wer könnte einen solchen Giganten aufhalten?«

»Wahrscheinlich niemand. Vielleicht Ilmertoh, von dem ich dir gerade erzählt habe, doch das Meer ist riesig und tief, ich wüsste nicht, wie man ihn finden sollte.«

Ben sah Aiphyron an. Ihm war überhaupt nicht wohl. »Und was, wenn es dieser Ilmertoh ist? Wenn sie ihn gefangen und entflügelt haben? Wer hilft uns dann?«

»Mensch, Junge, mach dir keine Sorgen.« Aiphyron lachte. »Ilmertoh erwischen sie nicht, der ist zu alt und zu gewitzt. Außerdem: Nur weil es irgendwo einen gigantischen Drachen geben könnte, heißt das noch nicht, dass der Verurteilte die Wahrheit gesagt hat. Vielleicht hat auch der Stadtwächter Unsinn erzählt, weil er seinen Kumpel beeindrucken wollte. Und dann darfst du nie vergessen: Welcher Ritter will einem solchen Riesen die Flügel abhacken? Welcher Schmied will ein Schwert schmieden, das solche Flügel durchtrennt? Ich glaube, diese Gefahr durch einen gigantischen Drachen, der von ketzerischen Eroberern beherrscht wird, besteht nicht.«

Ben nickte und fiel zögerlich in das Lachen ein.

Aiphyron hatte recht. Niemand könnte einen Drachen von solch immenser Größe unterwerfen. Er sollte sich lieber Gedanken über das machen, was jetzt vor ihnen lag. Wieder und wieder sprach er mit Aiphyron die Befreiung Schilfrückens durch. Um sich auszuruhen und Kräfte zu sammeln, war er viel zu angespannt.

Es musste eine gute Weile nach Mitternacht sein, als sie sich auf den Weg machten. Ben saß nahe an Aiphyrons Ohren, um ihn später über der Stadt dirigieren zu können.

Aiphyron erhob sich mit kräftigen Flügelschlägen hoch in die Luft und flog im Süden an der Stadt vorbei; der Palast des Kaufmanns lag im Nordwesten nahe der Stadtmauer, sie würden also von dort kommen. Der Mond stand nur als schmale Sichel am Himmel und spendete kaum Licht, fast alle Bürger lagen in ihren Betten, und die wenigen, die wach, nüchtern und auf der Straße waren, würden hoffentlich nicht den großen Schatten bemerken, der sich langsam über die Stadt senkte. Hundert Schritt vor der Stadtmauer hörte Aiphyron auf, mit den Flügeln zu schlagen, fast lautlos glitt er dahin und näherte sich immer weiter dem Boden.

»Da vorne links«, rief ihm Ben ins Ohr. Sie näherten sich Dicimes Palast von der Rückseite. »Lande gleich hinter der Mauer, Wachen stehen sicher nur vorne am Tor.«

Der Drache setzte mit leisen Sohlen zwischen Palastmauer und der Rückseite des Drachenstalls auf. Sofort duckte er sich in den Schatten des großen Stallgebäudes, doch niemand schien sie gehört zu haben. Aiphyron knirschte mit den Zähnen, als er die goldenen Gitterstäbe sah.

»Ruhig«, zischte Ben und glitt zu Boden. »Wir dürfen keinen Lärm machen. Warte hier, ich schaue, ob ich die Tür knacken kann.« Er warf noch einen raschen Blick in den Stall, doch seine Augen konnten das Dunkel drinnen nicht durchdringen.

Dicht an die Mauer gepresst schlich er um das Gebäude. Bisher hatte alles perfekt geklappt, wenn jetzt noch die Tür nicht abgeschlossen wäre, dann … Doch Ben kam nicht dazu, an der Klinke zu rütteln. Als er um die Ecke zur Vorderseite biegen wollte, entdeckte er einen großgewachsenen Burschen, der neben der Tür an der Wand lehnte und Wache hielt. Er musste halb taub sein, da er sie nicht gehört hatte. Doch wenn sich Ben ihm noch weiter näherte, würde er bestimmt entdeckt werden. Leise zog er sich wieder um die Ecke zurück. Ein Glück, dass der Bursche ein knallrotes Livree trug und kein grünes wie die Hausdienerinnen, so hatte Ben ihn auch im Dunkeln sofort gesehen. Er schlich zurück zu Aiphyron und berichtete ihm von der Wache.

»Lass mich mal sehen«, flüsterte Aiphyron und schlängelte sich um die Ecke. Es war unglaublich, wie leise sich ein so großes Geschöpf bewegen konnte, beinahe geräuschlos. Wie eine Katze auf Beutejagd schlich er an der Wand entlang. Langsam schob er den Kopf um die Ecke. Ben atmete auf, als keine Wache Alarm schrie. Aiphyron hatte sich selbst von der Lage überzeugt, jetzt konnten sie gemeinsam einen Plan entwerfen, wie sie in den Stall kämen, ohne Aufmerksamkeit zu erregen.

In diesem Moment sprang der Drache knurrend um die Ecke. Nein, verdammt!

Lautlose Flüche auf den Lippen, raste Ben ihm nach.

Aiphyron hatte den Wächter mit der Klaue umschlossen und schüttelte ihn. »Feuermensch! Gesteh, du bist ein Feuermensch! Willst wohl friedfertige Drachen anzünden, was!«

Der Bursche im roten Livree wurde wild gebeutelt, war aber viel zu verdattert, um irgendwas zu rufen oder sich zu wehren. Vielleicht hatte er an der Wand gelehnt und gedöst und war noch gar nicht richtig wach.

»Gesteh schon, Feuermensch! Wolltest die ganze Stadt abfackeln, was?!«

»Ruhig, Aiphyron«, zischte Ben und trat dem Drachen in die Seite. Das konnte doch nicht wahr sein, dass er genau jetzt wieder mit diesem Unsinn anfing!

»Ruhe da unten!«, brüllte irgendwer aus dem Palast heraus.

Aiphyron hielt sich den Burschen prüfend vor das Auge, und der Wächter gluckste etwas Unverständliches. Weder Rauch noch Feuer kamen ihm aus Mund oder Nase.

»Hm. Kein Feuermensch, was?«, stellte der Drache fest. »Dann zieh dich doch nicht so missverständlich an.«

Der Bursche gluckste wieder, und Aiphyron setzte ihn auf den Boden und gab ihm einen Klaps auf den Hintern. Japsend rannte der Bursche in den Hof nach vorn.

»Ganz toll«, giftete Ben. »Und jetzt? Warten wir auf die anderen Wachen, und schaust du dann, ob es Feuermenschen sind, oder was?«

»Pah«, brummte Aiphyron und sprang mit einem gewaltigen Satz über den Stall hinweg.

Ben fluchte und rannte außen herum. Vom Hof her waren nun die rennenden Schritte mehrerer Stiefelpaare zu hören, und eine schrille Stimme schrie: »Alarm!«

Der ganze schöne Plan dahin, nur weil sich Aiphyron nicht zusammenreißen konnte!

Der Drache packte die beindicken Gitterstäbe mit seinen Klauen und riss sie einfach aus der Verankerung, immer gleich drei oder vier auf einmal.

Ben sprang hinzu und zischte in die Dunkelheit im Stall: »Schilfrücken, ich bin's. Wir sind hier, um dich zu holen, um dir deine Flügel zurückzugeben.«

Schilfrücken kam herbeigewatschelt, und Ben fasste ihn an den Schulterknubbel, während Aiphyron die letzten Gitterstäbe herausriss. Sofort spürte Ben das Pulsieren, und der Drache brummte zufrieden.

»Ganz ruhig«, murmelte Ben. »Aiphyron trägt dich hier raus.«

Schreie und schwere Schritte stürmten heran, immer lauter wurde das Gebrüll. Es waren sicherlich mehr als drei Wächter.

»Tu was! Spei Feuer!«, blaffte Ben Aiphyron an. Der Drache hatte es schließlich verbockt, sollte er es auch wieder hinbiegen!

»Nein, kein Feuer«, knurrte Aiphyron und schleuderte die Gitterstäbe, die er in der Hand hielt, nach den Heranstürmenden. Ben konnte in der Dunkelheit und zudem hinter dem Stall rein gar nichts sehen, doch ein Mann schrie voller Schmerz auf, andere vor Schreck. Die Stäbe, die mindestens einen der ihren getroffen hatten, waren bestimmt vier Schritte lang. Kein Mensch konnte einen davon werfen, schon gar nicht vier auf einmal.

»Ich hab es doch gesagt, ein Drache«, jammerte eine dünne Stimme.

»Holt Ritter herbei!«, brüllte jemand. Mehrere Fußpaare trampelten davon.

»He! Nicht alle zusammen!« Die Stimme des Rufers zitterte jetzt ein wenig. Er schien allein geblieben zu sein, zusammen mit dem Mann, der immer noch vor Schmerz fluchte.

Ritter würden nicht so schnell fliehen. Ritter würden überhaupt nicht fliehen.

Aiphyron packte Schilfrücken mit seinen Klauen und presste ihn sich an den Bauch. Schilfrücken klammerte sich fest, und Ben sprang auf Aiphyrons Rücken. Dieser murrte und stöhnte unter dem Gewicht und breitete die Flügel aus. Mühsam erhob er sich ein, zwei Schritte in die Luft und torkelte davon. Im Palast wurden Lichter entzündet, immer mehr Schreie waren zu hören. Irgendwer schoss mit Pfeilen nach ihnen.

»Ein Geflügelter! Ein Geflügelter!«

»Hellwah steh uns bei!«

Mit Müh und Not überwand Aiphyron die Gartenmauer, stieß sich auf ihrem Rand mit den Hinterbeinen noch einmal ab, taumelte weiter durch die Luft und fegte mit dem wild hin und her schlingernden Schwanz einen Schornstein von einem Nachbarhaus. Ziegel polterten auf die Straße, eine neugierige alte Frau wurde beinahe getroffen, als sie den Kopf aus dem Fenster steckte. Immer mehr Falcenzcaner erwachten.

Und dann hatte Aiphyron endlich einen Rhythmus gefunden und gewann an Höhe. Ohne schlimm zu schwanken, trug er Ben und Schilfrücken über die Stadtmauer hinaus. Letzte Pfeile sausten an ihnen vorbei, doch Ben wurde nicht getroffen. An den Drachenschuppen prallten sie wirkungslos ab.

Im großen Bogen flog Aiphyron um die Stadt und zurück zu ihrem Versteck. So würden Dicimes Leute zuerst in der falschen Himmelsrichtung suchen und dann hoffentlich aufgeben. Niemand würde davon ausgehen, dass sie sich so nah bei Falcenzca verbargen. Woher sollten sie auch wissen, dass Aiphyron den befreiten Drachen nicht weit schleppen konnte?

Ächzend schlug er im Hof ihrer Ruine auf den Boden. Ben fiel von seinem Rücken, konnte sich aber abrollen. Schilfrücken landete mit einem dumpfen Krachen im Dreck neben Ben. Er fletschte die Zähne, grinste und drehte Ben die Schulterknubbel zu.

»Morgen. Morgen wieder«, stöhnte Ben, aber dann strich er doch noch eine halbe Stunde über die Narben, bevor er nicht mehr konnte und in tiefen Schlaf fiel.

Es war der zweite Tag nach Schilfrückens Befreiung, und bislang hatte niemand in der Ruine nach ihnen gesucht. Aiphyron besorgte ihnen das Essen, und Ben verbrachte die meiste Zeit damit, die Flügelansätze von Schilfrücken zu reiben. Inzwischen war er nicht mehr so sicher, ob er die nächste Zeit wirklich ausschließlich mit dem Befreien von Drachen verbringen wollte, wenn dies bedeutete, nichts anderes zu tun, als Schulterknubbel zu reiben. Mit Aiphyron war er unterwegs gewesen, aber jetzt saß er einfach herum und berührte vernarbtes Fleisch. Das heilende Pulsieren zu spüren, war immer noch großartig, aber wollte er das jeden Tag machen, vielleicht dreißig, vierzig Jahre lang? Er war nicht sicher; die Vorstellung erschien ihm furchtbar langweilig. Vielleicht reichte es ja, wenn er eine Stunde am Tag die Hand auf den Knubbel legte, und den Rest machten die Flügel von allein? Das sollte er wirklich ausprobieren, er bekam schon Krämpfe in den Unterarmen.

»Meinst du, Schilfrücken heilt weiter, auch wenn ich eine Pause mache?«, fragte er zur Sicherheit Aiphyron. »Wie war das bei dir?«

»Ich heiße überhaupt nicht Schilfrücken«, brummte der grün geschuppte Drache, bevor Aiphyron antworten konnte. Es war der erste Satz, den er sprach.

»Du sprichst!«, freute sich Ben. Es war wie bei Feuerschuppe. Die Flügelstumpen waren auf die Länge eines Arms angewachsen, und nun war er so weit, sich über die Schweige-Anweisungen der Drachenritter und seines neuen Reiters hinwegzusetzen.

»Und wie ich spreche! Noch mal im Leben lass ich mir das Maul nicht verbieten! Von absolut niemandem.«

»Von uns hat das auch keiner vor.«

»Danke.« Der Drache nickte. »Danke fürs Rausholen und Heilen, meine ich. Diese verdammten Ritter! Nennen mich einfach Schilfrücken. Schilfrücken! Was für ein dämlicher Name! Und dazu einer mit Hellwahs Segen. Wer soll das überhaupt sein? Ganz egal, ich sag euch was, auf diesen Segen, der mit dem Schwert kommt, pfeif ich! Das ist doch kein Segen, nicht! Oder? Übrigens heiße ich Jurbenmakk. Einfach Jurbenmakk. Was sollte das überhaupt? Schilfrücken! So ein Unsinn. Sieht einer von euch Schilf auf meinem Rücken wachsen? Na also. Du kannst mich aber Juri nennen, wenn du magst.«

»Alles klar, Juri. Ich bin Ben«, sagte Ben und grinste zu Aiphyron hinüber.

»Vergiss es«, knurrte der. »Ich heiße Aiphyron, und so nennst du mich auch. Nenn mich einmal Aiphi, und ich kegel Wolken mit dir.«

»Wolkenkegeln! Tolle Idee; das würde ich auch gern mit diesen vermaledeiten Rittern!«, riss Juri sofort wieder das Wort an sich.

Minutenlang sprach er so weiter, er hatte lange kein Wort gesagt. Mit den neuen Flügeln kam die Verärgerung über die Drachenritter zurück, und beide würden noch ein gutes Stück weiter wachsen.

Ben und Aiphyron ließen ihn schimpfen und erzählen, wo er herkam, was er erlebt hatte, wie er erwischt worden war und noch mehr. Dabei keimte in Ben jedoch der Verdacht auf, dass Jurbenmakk nicht nur seiner Verärgerung Luft machte, sondern dass er von Natur aus ein ziemliches Plappermaul war.

Irgendwann wurde es Ben einfach zu viel, und er hörte nicht mehr zu. Obwohl Aiphyron über das Gespräch der Stadtwächter gelacht hatte, hatte Ben immer wieder an einen riesigen flügellosen Drachen denken müssen, der mit blinder Zerstörungswut über Häuser und schreiende Menschen hinwegstapfte. Der auf Befehl eines bösen Ritters in schwarzer Rüstung alles in seinem Weg niedertrampelte und zahlreiche Menschen verschlang, ohne zu kauen. Immer wieder verschwand Nica in seinem Rachen, ohne dass Ben es verhindern konnte. Manchmal auch Anula. Ben versuchte sich das Gesicht des verurteilten Ketzers in Erinnerung zu rufen und fragte sich, ob dieser Mann mit der Wahrheit gedroht oder gelogen hatte. Natürlich sah man keinem Menschen an, ob er ein Lügner war, aber Ben wollte sich einfach irgendwie Gewissheit erzwingen. Doch vergeblich, die Erinnerung an das ausdruckslose, zerschundene Gesicht des Ketzers verriet ihm nichts.

Während Jurbenmakk redete und redete, massierte Ben weiter dessen Flügelstumpen und starrte grübelnd auf die dunkelgrauen, verwitterten Mauersteine der Ruine. So nah an Falcenzca hatte dieses Gebäude gestanden, und es wirkte doch ganz anders als die bunten, verzierten Gebäude der Stadt. Es erinnerte Ben an den alten, ebenfalls verlassenen Raubritterturm vor Trollfurt.

Und plötzlich fiel ihm wieder ein, wo er die Tätowierung des Ketzers, den gewundenen grünen Drachen, schon einmal gesehen hatte. Vor Überraschung hielt er mit einem Mal die Hände ruhig. Doch je länger er nachdachte, desto sicherer wurde er. Der Arbeiter, der mit Yirkhenbarg in die Mine gegangen war und der für einen einfachen Arbeiter viel zu stolz gewirkt hatte, hatte genau die gleiche Tätowierung auf dem Oberarm getragen. In Trollfurt selbst war diese immer von seinem langen Ärmel verdeckt gewesen, nur Ben hatte ihn oben an der Mine ohne Hemd gesehen. Wie alle anständigen Menschen trugen sämtliche Arbeiter Yirkhenbargs lange Ärmel. Waren sie am Ende alle tätowiert? Zumindest Yirkhenbarg wusste von dem grünen Drachen des einen, er musste ihn gesehen haben.

Bens Gedanken sprangen durcheinander. Solange er in der Stadt gewesen war, hatten Yirkhenbargs Leute nicht einen Brocken Blausilber gefördert. Und sie hatten niemanden in die Mine gelassen. Was hatte ein Drachenketzer dort verloren?

»Aiphyron«, sagte Ben mit schwerer Stimme und unterbrach Jurbenmakks Redefluss. Vielleicht bildete er sich irgendwelche Verrücktheiten ein, nur weil er einen Grund finden wollte, nach Trollfurt zurückzukehren. Zu Nica. Doch das ungute Gefühl, das ihn plötzlich gepackt hatte, war echt. Ihm war beinahe schlecht, es ging nicht nur um Nica. Es ging darum, dass sie in Gefahr schweben könnte, so wie ganz Trollfurt und damit auch Yanko.

»Sag mal, Aiphyron, wie lange wächst ein Drache heran? Ich meine, im Baum oder in der Erde?«

Jurbenmakk starrte überrascht zu Ben, aber er schwieg.

Aiphyron grinste den anderen Drachen an und antwortete: »Lange, zumindest länger als ein Mensch. Das kann Jahre dauern, vielleicht Jahrzehnte. Es hängt von der Größe des Drachen ab und von dem Ort, der ihn gebiert. In einem Baum geht es vergleichsweise schnell, Holz ist weich und lebendig; in Lehm oder Sand dauert es länger, und im harten Fels dürfte allein die abschließende Schuppenschicht ein paar Jahre zum Wachsen brauchen. Zumindest bei einem Drachen von meiner Größe.«

»Und wenn der Drache größer ist?«, fragte Ben stockend.

»Dann dauert es länger. Doch welcher Drache sollte …?« Aiphyron blickte ihn scharf an. »Du machst dir doch nicht immer noch Gedanken über diesen angeblichen König der Drachen?«

»Doch«, sagte Ben mit dünner Stimme. Es klang alles so unsinnig, und doch passte es. Zufällig gleiche Tätowierungen. Arbeiter, die wie Krieger aussahen. Eine Mine, die nach Jahren wieder in Betrieb genommen wurde, obwohl sie nicht mehr ergiebig sein sollte, in der auch nichts gefördert wurde. Deren Eingang auf der Rückseite des schönsten Berghangs lag, den Ben kannte, so zauberhaft schön, dass Ben beim Klettern dort die Füße stets ganz ehrfürchtig aufgesetzt hatte. Und über deren Schließung zehn Jahre zuvor die absurdesten Gerüchte im Umlauf waren.

»Die Mine in Trollfurt«, stotterte Ben weiter, »da haben sie damals gesagt, die Arbeiter wären auf eine Gesteinswand gestoßen, die geblutet hätte. Ganz dunkel und dickflüssig. Was, wenn das stimmt? Wenn sie sich nicht durch Fels, sondern durch eine wachsende Schuppe gegraben haben? Wenn die blutende Wand kein dummer Aberglaube gewesen ist, sondern die Flanke eines Drachen?«

»Das ist ...« Aiphyron schüttelte den Kopf, aber er sagte nicht *Unsinn.* Er setzte mehrmals an, aber er sagte es nicht. Verärgert und verwirrt starrte er Ben an. »Wann soll denn das gewesen sein?«

»Vor zehn Jahren.«

»Vor zehn Jahren?« Er sah nun gar nicht mehr belustigt aus. Und seine Stimme war plötzlich beinahe so leise wie die Bens. »Dann wäre dieser Drache wirklich gigantisch.«

EIN GROSSES OPFER

Nica war nun den zweiten Tag hintereinander nicht in der Schule gewesen und ebenso nicht in der alten Hütte, die ihr geheimer Treffpunkt war. Doch weil ihre Beziehung zu Yanko ein Geheimnis war, konnte er nicht einfach zu ihren Eltern nach Hause laufen und sich nach ihr erkundigen. Er vermisste sie, das verborgene Hinüberschielen zu ihr, während der Schulmeister seinen langweiligen Sermon herunterbetete, und vor allem die zärtlichen Treffen am Abend. Schon gestern hatte ihr Fehlen ihn traurig und unruhig gemacht, doch heute hielt er es einfach nicht mehr aus, nicht zu wissen, wo sie war. Sie hatte ihm ihr Fernbleiben mit keiner Silbe angekündigt.

»Was ist eigentlich mit deiner Schwester?«, fragte er also Sidhy nach dem Unterricht. Ganz beiläufig, auf dem Weg nach draußen, zwischen anderen Belanglosigkeiten.

»Was geht dich meine Schwester an?«, fauchte Sidhy und trat in die Sonne.

»Äh, gar nichts. War nur 'ne Frage.« Yanko schlug ihm spielerisch mit der Faust gegen die Schulter. »Ich wollte das mit der Höflichkeit mal ausprobieren. Meine Mutter meint, ich hätte da noch viel zu lernen. Ich sag ihr nachher einfach, ich hab's probiert und es hat nicht geklappt.«

»Sie ist krank«, knurrte Sidhy und knuffte seinerseits Yanko.

»Was hat sie denn?«

»Bin ich Arzt, oder was? Sie ist eben krank.« Sidhy schlug

noch einmal auf Yankos Schulter, fester diesmal. »Und übertreib's bloß nicht mit der Höflichkeit, das sieht sonst aus wie Neugier.«

»Das soll es natürlich nicht, die Neugier überlasse ich gern meiner Mutter.« Yanko grinste, verzichtete aber darauf, Sidhy zu knuffen. Cirpas und Lugh kamen gerade heran und hätten sich sicher gerne beteiligt und gleich eine richtige Rangelei begonnen. Beide natürlich auf Sidhys Seite. Dieser lachte kurz auf und boxte Yanko ein letztes Mal, bevor er mit Cirpas und Lugh abzog.

Krank war sie also. Hoffentlich war es nichts Schlimmes. Mit trüben Gedanken an eine schwache, bleiche, ausgezehrte, bettlägrige, hilflose Nica schlenderte Yanko nach Hause. Sein Vater hatte ihm befohlen, an diesem Nachmittag die Schmiede aufzuräumen, während er wieder einmal auf Mördersuche war. Oder – wie Yirkhenbarg es ausgedrückt hatte – dem Schutz der Gemeinschaft in den Bergen diente.

Yanko hängte Werkzeug auf, sortierte alte Eisenreste, reinigte den schwarzen Blasebalg, fegte den Kohlestaub auf dem Boden zusammen und grübelte dabei. Mit einem einfachen Schnupfen oder Husten wäre Nica doch sicherlich zur Schule gekommen, hätte ihm wenigstens irgendwie Bescheid gegeben. Hatte Sidhy vielleicht sogar so schroff reagiert, weil sie im Sterben lag? Yanko wurde ganz übel bei dem Gedanken, und er versuchte schnell, sich zu beruhigen. So schlimm konnte es nicht sein, dafür hatte Sidhy zu viel gelacht – oder?

»Elendiges Drecksloch!«, brüllte Yanko und schleuderte den Besen in die Ecke. Wen kümmerte es schon, wie eine Schmiede aussah, wenn gerade das schönste Mädchen der Welt mit dem Tode rang? Aber anscheinend war Sauberkeit in Trollfurt ja wichtiger als Nicas Leben. Kein Wort hatte der Schulmeister über ihren Zustand verloren, und ihr eigener Bruder hatte mit Freunden gelacht.

»Wolfsbruder«, knirschte Yanko, während er den Besen wieder aufhob und weiterfegte. Nica hatte ihm ja erzählt, dass sie und Sidhy sich eigentlich gar nicht so nah standen.

Überhaupt hatte Nica vor drei Tagen noch völlig gesund ausgesehen. Sie hatte Yanko am nächsten Tag unbedingt wiedersehen wollen. Vielleicht war sie ja gar nicht krank, sondern hatte einen schlimmen Unfall gehabt. Vielleicht war sie von ihrem Balkon gefallen oder von ihrem Pferd und lag deshalb im Sterben.

So oft dachte Yanko daran, dass sie sterben könnte, dass er beim Abendessen der festen Überzeugung war, er müsse Nica heute Nacht noch sehen, sonst würde er selbst vor Sorge umkommen. Kaum einen Bissen bekam er herunter, obwohl es gutes Fleisch mit frischem Gemüse gab. Seine Mutter fühlte an seiner Stirn, ob er krank würde.

»Mir geht's gut«, erwiderte Yanko sofort.

Sein sonst so schweigsamer Vater redete die ganze Zeit davon, dass er in den Bergen zwar noch immer keinen Mörder gefunden hatte, jedoch eine ganz neue Kameradschaft mit den Männern, mit denen er auf Streife ging.

Die gegenseitigen Anfeindungen, die nach Ivallyas Beerdigung ausgebrochen waren, hatten sich inzwischen auf die Bauern, Knechte und Mägde dreier kleiner Höfe an der Südmauer konzentriert. Die Stadt hielt zusammen, niemand kaufte dort mehr Milch, Wolle oder Eier. Einige Bürger hatten deren Apfelbäume gefällt, von denen der böse Ben einst gegessen hatte.

»Yirkhenbarg ist ein guter Mann«, sagte Yankos Vater und hob den Becher. »Dass erst ein Fremder kommen muss, um uns Trollfurter zusammenzuschweißen, hätte ich nie gedacht. Aber der Yirkhenbarg ist einer von uns.«

Yanko und seine Mutter mussten mit ihm auf Yirkhenbargs Gesundheit anstoßen. Geistesgegenwärtig stieß Yanko noch hervor: »Und die seiner Familie.«

»Natürlich! Und die seiner Familie!«, rief Yankos Vater. Und seine Mutter sah Yanko ganz gerührt an. Vermutlich dachte sie, er lerne das mit der Höflichkeit so langsam.

Als seine Eltern Stunden später endlich schliefen, schlich er sich aus dem Haus. Es war beinahe Neumond, er konnte kaum etwas sehen – und er wurde kaum gesehen. Leise kletterte er über den Bretterzaun auf der Rückseite der Schmiede und weiter durch die Hinterhöfe der Nachbarn und schmale Gärten bis hin zu einem der Kanäle. Zwei großen Wachhunden begegnete er auf seinem Weg, doch die kannten ihn von klein auf und bellten nicht. Stattdessen ließen sie sich mit wedelndem Schwanz streicheln, erfreut über die Abwechslung in einer ansonsten stinklangweiligen Nacht.

Auf den Straßen durfte sich Yanko nicht zeigen. Dort patrouillierten zu viele eifrige Hilfsbüttel, die eine von Yirkhenbarg vorgeschlagene und Bürgermeister Odhulan lächelnd abgesegnete Ausgangssperre scharf überwachten. Nur wer einen triftigen Grund oder die schriftliche, besiegelte Erlaubnis des Bürgermeisters vorweisen konnte, wurde von ihnen nicht zum Oberbüttel Gunnadrakh geschleift.

Byasso hatte noch keine Zeit oder nicht den Mut gefunden, das Siegel seines Vaters zu entwenden und sich selbst und Yanko solche Passierscheine zu fälschen. Einen triftigen Grund hatte Yanko nicht; und die viel zu eifrigen Büttel prüften alles nach, egal, wie glaubwürdig man log.

Also schlich Yanko jetzt an diesem Kanal entlang, der hinter Dagwarts Haus vorbeiführte, und immer weiter, bis hinter Yirkhenbargs Anwesen. Er klopfte sich selbst auf die Schulter, dass ihm dieser Weg eingefallen war. Bestimmt war er der erste Junge, der darauf gekommen war, so den Hilfsbütteln zu entgehen.

Und sicher war er auch der erste Junge, der so bei Yirkhenbarg einstieg, dachte er Minuten später, während er seinen Fuß auf einen verzierten Rundbogen setzte, der über dem vergitterten Durchlass einer schmalen Wasserrinne angebracht war. Eine Tür gab es in der hohen Grundstücksmauer nicht.

Yanko krallte die Finger in die Oberkante der Mauer und zog sich hinauf. Kurz verharrte er und schnaufte durch, dann ließ er sich auf der anderen Seite wieder hinab. Das letzte Stück ließ er sich fallen und landete weich im hohen Gras. Als er ein tiefes, zitterndes Schnauben vernahm, fiel ihm siedend heiß Feuerschuppe ein, und er sagte sich, er war wohl auch der erste Junge, der einen Drachen vergessen hatte.

»Ich bin's nur, Feuerschuppe«, murmelte er und hoffte, der Drache würde ihn wiedererkennen und in Ruhe lassen.

Mit der feuchten Schnauze stupste der Drache Yanko gegen die Brust, und Yanko streichelte ihn und rieb kurz über seine Schulterknubbel. Und dann noch einmal. Ein wenig Glück konnte er jetzt gut gebrauchen. Der Drache brummte zufrieden und trottete neben Yanko her, während er zur Rückseite des Yirkhenbarganwesens hinüberging. Zielstrebig steuerte er auf einen Vorbau zu, dessen Dach auf Höhe des zweiten Stocks einen oben offenen, umzäunten Balkon bildete, der zu Nicas Zimmer gehörte.

»Schtt«, raunte er Feuerschuppe zu und griff nach dem dicken Strunk einer knorrigen Weinpflanze, die sich am Vorbau entlangrankte, ihn sogar beinahe überwucherte. Yanko zog sich nach oben und suchte mit dem Fuß einen sicheren Tritt. Stück für Stück arbeitete er sich durch raschelndes Laub hinauf. Immer, wenn ein Ast knackte, zuckte er zusammen und hoffte, niemand habe ihn gehört.

Feuerschuppe blickte ihm hinterher, er wirkte irritiert. Natürlich, das passierte sicher nicht jede Nacht, dass jemand zu Nica hochkletterte, dachte Yanko. Und es war gut, dass der Drache nicht reden konnte, sonst würde er das alles morgen sicherlich Yirkhenbarg verraten, so genau, wie er alles beobachtete. Yanko schnaubte amüsiert auf und hangelte sich dann weiter am hölzernen Pfeiler entlang nach oben. Schließlich schwang er sich über die Brüstung auf den Balkon. Sofort sank er in die Knie und verharrte lautlos. Er lauschte in die Nacht, doch nichts Ungewöhnliches war zu hören, niemand schrie: »Alarm!«

Langsam richtete er sich wieder auf, klopfte leise gegen die Balkontür und wartete. Nichts geschah. Er klopfte noch einmal, etwas lauter diesmal. Drinnen rührte sich noch immer nichts. Also zog er sein neues Messer, steckte es in die Ritze zwischen Balkontür und Wand und fuhr diese von unten nach oben entlang. Manchmal waren solche Türen nur durch einen kleinen Riegel oder Haken gesichert. Und tatsächlich hatte er Glück. Mit einem kleinen Stoß konnte er den Metallhaken aus seiner Verankerung drücken. Gut, dass er gerade eben noch Feuerschuppes Schulterknubbel berührt hatte.

»Nica?« Vorsichtig zog er die Tür auf und blickte in das dunkle Zimmer. Viel konnte er nicht erkennen, doch niemand rührte sich. Langsam ging er ins Zimmer und fragte noch einmal: »Nica?«

Dem Kleid nach, das sorgfältig über eine Stuhllehne gelegt

war, war es wirklich ihr Zimmer. Zärtlich streifte er mit den Fingerspitzen über den vertrauten grünen Stoff. Er erkannte einen massigen breiten Kleiderschrank an der linken Wand, ein Schreibpult unter dem Fenster und ein Bett hinter der Zimmertür auf der anderen Seite des Raums. Auf Zehenspitzen schlich er hinüber, doch schon auf halbem Weg bemerkte er, dass das Bett verlassen war. Und nicht nur einfach verlassen, sondern ordentlich gemacht. Das hieß, Nica war nicht nur kurz aufgestanden, sondern sie war heute nie zu Bett gegangen. Zumindest nicht hier.

Was sollte er jetzt tun? Vielleicht lag sie schwer krank in einem anderen Raum des Hauses, umsorgt von Mutter und Arzt oder schmählich allein gelassen. Er konnte doch nicht einfach in einem fremden Haus nach ihr suchen.

Doch was blieb ihm anderes übrig, die Hausdiener würden ihm sicher keine Auskunft erteilen.

Mit zwei leisen Schritten war er bei der Tür und zog sie langsam auf.

»Was tust du da?«, rief plötzlich eine herrische Frauenstimme, als er die Tür vielleicht eine Handbreit geöffnet hatte.

Nicas Mutter.

Yanko zuckte zusammen und wollte schon die Flucht ergreifen, als Nicas Vater antwortete: »Ich muss wieder zur Mine.«

Der Aufschrei hatte also nicht Yanko gegolten.

»Es ist so weit.«

»Warum sie?« Die Stimme von Nicas Mutter klang nun nicht mehr herrisch, sondern verzweifelt. »Warum konnte es keine andere sein? Die fremde Jungfrau, die hättest du nehmen sollen, sie nicht einfach töten wie den Ritter und dann in den Wald schmeißen. Du hattest eine fremde Jungfrau in den Händen!«

Yankos Kiefer klappte nach unten, als er begriff, was er da gerade gehört hatte. Yirkhenbarg hatte Ivallya und Ritter Narfried getötet? Er war der Mörder? Yanko stand reglos an der Tür und versuchte, nicht zu atmen, nicht das geringste Geräusch zu machen. Wenn Yirkhenbarg ein Mörder war, wollte er sicher nicht von ihm nachts im Zimmer seiner Tochter gefunden werden, auch wenn die Tochter nicht da war. Er wollte nirgends von ihm erwischt werden.

»Eine fremde Jungfrau, die noch dazu unsere Pläne durchkreuzen wollte? Was soll denn das für ein Opfer sein?«, antwortete Yirkhenbarg kalt. »Nein, ein Opfer muss einen Verlust bedeuten. Und die eigene Tochter ist ein Verlust. Selbst wenn sie einen verrät und sich heimlich mit einem Jungen trifft, ist sie noch immer mein Fleisch und Blut, und es schmerzt, sie zu verlieren.«

»Sie trifft sich mit einem Jungen? Mit wem?« Nicas Mutter keifte entrüstet, für einen Moment war die Opferung vergessen.

»Hat sie nicht gesagt, sie ...«

»Hast du auch richtig gefragt? Mit Nachdruck?«

»Natürlich. Aber sie wollte trotz aller Schläge nicht reden. Schließlich kann ich sie nicht foltern, sie ist meine Tochter, Hellwah noch mal!« Yirkhenbarg schlug mit der flachen Hand irgendwo gegen. »Die Hauptsache ist aber doch, dass sie noch Jungfrau ist. Wir können sie dem Drachen ehrenvoll vorsetzen.«

Fast hätte Yanko aufgeschrien. Was sollte das alles? Wieso wollte Yirkhenbarg seine Tochter dem Drachen vorsetzen? Ein Opfer wofür?

Yanko hatte immer gedacht, befreite Drachen wie Feuerschuppe fraßen keine Menschen. Nur geflügelte. Doch Feuerschuppe war der einzige Drache hier in der Gegend. Und wieso wollte er den Drachen in der Mine füttern? War das ein Ritual, um das Blausilber wieder wachsen zu lassen? Was waren das für Eltern?

All diese Fragen kreisten in seinem Kopf, und ihm wollte keine Antwort einfallen. Er konnte nicht klar denken. Er wusste nur, dass Nica nicht sterben durfte. Wilde Wut kochte in ihm hoch, nur mühsam konnte er sich zur Ruhe zwingen.

»Wird sie leiden?« Nicas Mutter sprach nun ganz leise, Yanko konnte sie kaum verstehen.

»Ich weiß es nicht. Aber er ist der König der Drachen, es wird schnell gehen. Er kann sie im Ganzen schlucken. Und ihr Opfer wird sie unsterblich machen. Noch in Generationen wird man von ihr singen.«

Sie seufzte. »Ich hatte nur gehofft zu sehen, wie sie alt wird.«

»Wir haben zwei prächtige Jungen«, sagte Yirkhenbarg mit rauer Stimme, »die gute Ritter und später einmal gute Herrscher werden. Sie werden in Freiheit aufwachsen können, das darfst du nie vergessen. Dafür lohnt es sich, ein Opfer zu bringen.«

Das sagte sich leicht, wenn man nicht selbst das Opfer ist, dachte Yanko zornig. Noch immer wurde er aus dem ganzen Gerede nicht schlau. Welcher König? Feuerschuppe konnte Nica jedenfalls nicht im Ganzen herunterschlingen.

»Ja«, sagte Nicas Mutter. »Verzeih meine Selbstsucht. Ich werde beten, dass sie nicht leiden muss.«

»Mach das. Und ich muss jetzt wirklich gehen. Der Drache regt sich. Wir müssen ihm die Flügel abnehmen, bevor er endgültig erwacht. Nicht zu früh und nicht zu spät. Sonst mögen uns die Götter gnädig sein. Dann steht das Ende der Welt bevor.«

Das Ende der Welt? Das wurde jetzt wirklich zu viel. Dieser Yirkhenbarg war doch vollkommen irre! Und überall in der Stadt patrouillierten seine Arbeiter als sogenannte Hilfsbüttel; sie waren zahlreicher als die alten Büttel. Yirkhenbarg hatte Trollfurt in der Hand, überall wurde er respektiert, von vielen verehrt. Drachenreiter, neuer Minenbesitzer und hochgejubelter Retter der Stadt. Niemand würde auf Yanko hören, kein Büttel würde ihm glauben, dass Yirkhenbarg gerade seine Tochter opferte. Sie würden auf die Ausgangssperre verweisen und ihn einfach heimschleifen, wo sein Vater ihn verprügeln würde, weil er sich für seinen Sohn schämen musste, und weil er es hasste, aus dem Schlaf gerissen zu werden. Yanko würde bei den Bütteln keine Hilfe erhalten. Nirgendwo.

Aber wie sollte er allein Yirkhenbarg und einen Drachen aufhalten?

Er wusste es nicht, doch er musste es versuchen.

Unten schlug die Haustür zu, und Yanko hörte, wie im Garten nach Feuerschuppe gerufen wurde. Lautlos hastete er auf den Balkon und blickte nach unten. Der Drache war verschwunden. Eilig kletterte Yanko an den Weinranken hinunter, ohne sich groß um Kratzer zu kümmern. Abgebrochene Äste stachen in seine Handflächen und rissen ihm Striemen ins Gesicht und Löcher in Hemd und Hose. Es war egal, nur Lärm durfte er keinen machen. Und auf keinen Fall durfte er Zeit verlieren! Sehen konnte man ihn von vorne, wo Yirkhenbarg das Haus verlassen hatte und immer zwei zu Hilfsbütteln ernannte Knechte Wache hielten, nicht. Yanko sprang das letzte Stück zu Boden, rollte sich ab und raste zur rückwärtigen Mauer, die an den Kanal grenzte. Auch auf der Innenseite fand er den Zierbogen, den er als Tritt benutzte, um sich hinaufzuziehen. Während er sich über die Mauerkrone wälzte, bemerkte er zwei Gestalten, die sich mit Prügeln in der Hand an den Vorbau heranpirschten. Waren das die wachhabenden Knechte? Es war zu dunkel, um sie zu erkennen, doch wer sollte es sonst sein?

Auch oben auf Nicas Balkon tauchte eine Gestalt auf. Er hatte es gerade noch geschafft. Schnell glitt er von der Mauer und rannte davon. Die drei würden den Garten nach ihm durchkämmen und sich dann in der Umgebung umschauen.

Während er am Kanal entlangstürmte, fragte er sich, woher sie von ihm gewusst hatten. Zielgerichtet hatten sie die Stelle eingekreist, wo er Augenblicke zuvor noch gewesen war. Das war kein Zufall gewesen, und nur Feuerschuppe hatte ihn gesehen. Anscheinend hatte er den Drachen völlig falsch eingeschätzt, er fraß nicht nur Jungfrauen, sondern konnte sich anscheinend doch verständlich machen und hatte ihn verraten.

»Verdammt!« Wenn das so war, wussten Yirkhenbargs Männer genau, hinter wem sie her waren. Sie würden ihn überall in der Stadt suchen, wahrscheinlich legte sich sogar einer vor der Schmiede auf die Lauer. Und ein Hilfsbüttel würde es von dem anderen erfahren. Yanko durfte sich auf keinen Fall erwischen lassen. Hoffentlich kam Yirkhenbarg nicht darauf, dass Yanko das Gespräch gehört hatte und ebenfalls zur Mine unterwegs war. Sollten sie ihn doch ruhig in der Stadt suchen, er würde Nica retten, und dann würden sie gemeinsam fliehen. Den Sippa hinab, und vielleicht würde er so doch wieder mit Ben zusammentreffen.

Als der Uferstreifen schließlich ganz schmal wurde, glitt Yanko in den Kanal. Mit kräftigen Zügen schwamm er zum Dherrn und folgte ihm gegen die Strömung zur Stadtmauer.

Immer wieder blickte er sich um, doch kein Hilfsbüttel bemerkte ihn im dunklen Wasser. Durch das lückenhafte Gitter in der Stadtmauer tauchte Yanko aus Trollfurt hinaus. Dort eilte er im Schatten der Bäume in Richtung Berge. Er hoffte, dass er wenigstens seine Verfolger losgeworden war. Die Tore waren bewacht, und da er dort nicht zu entkommen versucht hatte, vermuteten sie ihn sicher nicht hier draußen.

»Nica, halte durch«, flüsterte er und rannte weiter. Er würde alles versuchen, doch um sie zu retten, bräuchte er Glück. Er hoffte, er hatte diese Nacht noch nicht alles aufgebraucht.

BENS ENTSCHEIDUNG

Ben raste auf Aiphyrons Rücken durch die Nacht, der Boden flog unter ihnen nur so dahin. Sie hatten Jurbenmakk in der Ruine zurückgelassen und ihm gesagt, er solle sich gut verborgen halten. Ben hoffte, Jurbenmakks Flügel würden noch ein Stück weit ohne seine ständigen Berührungen wachsen. Aber er hatte ein ungutes Gefühl, was Nica, die Ketzer und Trollfurt betraf, ein mehr als ungutes Gefühl. Und so hatte er Aiphyron überredet, bei Einbruch der Dunkelheit loszufliegen.

Ben presste sich möglichst nah an den Drachen, doch der Wind rüttelte an ihm und drohte, ihn in die Tiefe zu reißen. Bens Finger waren schon ganz steif vom Festklammern, ihn fröstelte. Seine Oberschenkel waren eiskalt, die Knie und Füße hatte er zum Schutz vor dem Gegenwind so gut es ging hinter ein paar Schuppen geklemmt. Während sie durch die Nacht rasten, fragte sich Ben, ob Yirkhenbarg wirklich zu den Ketzern gehörte, oder ob der Arbeiter oder mehrere ihn hintergingen. Und wenn Yirkhenbarg ein Ketzer war, was bedeutete das dann für Nica? Ben konnte sich nicht vorstellen, dass sie etwas Böses im Sinn hatte. Ihr Bruder Sidhy vielleicht, bei ihm konnte er sich ganz leicht ausmalen, dass der mit Vergnügen Drachen wie Menschen unterdrückte.

An Aiphyron geklammert dachte Ben an Nica, und wie er sich freute, sie wiederzusehen. Er stellte sich ihr lächelndes Gesicht vor, doch immer wieder kamen ihm Anulas Züge dazwischen. Das war nicht zum Aushalten! Jetzt störte diese Rinnsteinschnepfe schon seine Träume von Nica. Anula lächelte in seinen Gedanken, aber er zwang sie dazu, wieder diesen hochnäsigen Ausdruck anzunehmen, damit er nicht vergaß, was für ein verkniffenes Biest sie war.

»Ich hab nur ein schlechtes Gewissen, weil ich dich ausgenutzt habe, nur deshalb spukst du in mir herum«, knurrte Ben leise.

»Was hast du gesagt?«, rief Aiphyron. »Gegen den Wind versteh ich dich so schwer.«

»Nichts!«

»Na gut.«

Schweigend flogen sie weiter. Ben konnte sich in der Dunkelheit nicht orientieren, doch er hatte Aiphyron den Berg Laukom beschrieben, an dessen Fuß Trollfurt lag, den Gipfel, der beinahe wie eine Nase geformt war. Irgendwann hatte der Drache behauptet, er könne ihn sehen. Seitdem flog er schnurstracks geradeaus.

Einen Plan hatten sie nicht.

»Lande einfach vor der Mine, dann sehen wir weiter«, hatte Ben gesagt, und Aiphyron hatte gegrinst: »Das erinnert mich an unser ausgefeiltes Vorgehen bei Jurbenmakks Befreiung.«

»Dann lass dir diesmal gesagt sein, dass in Trollfurt keine Feuermenschen herumlungern. Klar? Keine Feuermenschen, keine Feuerhunde, keine Feuerkühe und keine Feuervögel. Keine Feuerwölfe, keine Feuerfelsen und keine …«

»Ich hab's verstanden! Trollfurt ist feuerfrei!«

Doch es stimmte nicht ganz. Als sie sich der Stadt näherten, bemerkte Ben selbst aus ihrer Höhe erstaunlich viele Fackeln und Laternen durch die Straßen ziehen. Nicht alle gemeinsam, sondern meist paarweise und über das ganze Stadtgebiet verteilt. Wie die Nachtwächter, die er von früher kannte, nur eben viel mehr.

»Wusste ich doch, dass irgendwas nicht stimmt«, murmelte er, während Aiphyron weiter auf den Berg zuhielt, der für Ben nichts weiter als eine finstere Wand war.

»Da vorne ist der Mineneingang. Er scheint verschlossen zu sein«, teilte der Drache ihm mit. »Und ein ziemlich junger Mann steht davor. Verhält sich seltsam für einen Wachtposten. Blickt nur manchmal umher und fummelt meist am Schloss herum. Mit einem Messer oder so. Was sollen wir tun?«

»Einfach landen. Überraschen wir ihn. Und wenn er wegläuft, pack ihn dir.«

»Mit Vergnügen.« Aiphyron hörte auf, mit den Flügeln zu schlagen, und wechselte in einen lautlosen Gleitflug. Langsam konnte auch Ben die Gestalt erahnen, die sich an der Minentür zu schaffen machte. Er nahm nicht mehr als einen grauen Schemen wahr, und dann setzte der Drache auch schon auf dem Boden auf, nur wenige Schritte von der Gestalt entfernt. Sie wirbelte herum und blieb stocksteif stehen. *Wahrscheinlich macht er sich gerade vor Angst in die Hose,* dachte Ben.

Für einen Trollfurter war Aiphyron eine riesige, von Samoth verfluchte, böse Kreatur. Erstaunlich rasch kam jedoch wieder Leben in die Gestalt, und anstatt wegzurennen, riss sie die Rechte in die Höhe, mit der sie einen Dolch umklammert hielt, und sprang auf Aiphyron zu. Was wollte dieser Mensch gegen einen Drachen ausrichten? Er hatte nicht einmal ein Schwert.

»Du wirst sie nicht fressen!«, schrie er. Seine Stimme zitterte gleichermaßen vor Wut und Angst.

»Erst mal fress ich dich«, antwortete Aiphyron trocken und grabschte sich den harmlosen Angreifer aus vollem Lauf.

Kaum hatte sich die Drachenklaue um ihn geschlossen, versuchte der Angreifer mit dem Messer auf Aiphyrons Daumen einzuhacken. Doch sein Arm hatte so wenig Spielraum, dass er nur sehr klägliche, kraftlose Angriffe zuwege brachte.

»Lass ihn leben!«, schrie Ben, der die Stimme sofort erkannt hatte.

»Warum?«, fragte Aiphyron.

»Ben?«, fragte die Gestalt und hörte mit seinen sinnlosen Angriffen auf. Und fragte noch einmal, ungläubig und lauter diesmal: »Ben? Bist du das?«

»Ja!« Er lachte und sprang auf den Boden. »Lass ihn frei, Aiphyron. Das ist Yanko, der einzige vernünftige Junge hier, und außerdem mein Freund.«

Der Drache brummte, öffnete aber seine Klaue. Yanko torkelte zu Ben und wäre fast gestrauchelt. Morgen würde er sicher überall blaue Flecken haben. Die beiden Jungen umarmten sich.

»Ich dachte, du bist tot.« Yanko schüttelte erleichtert den Kopf und heulte fast.

»Warum denn das?«

»Na, wegen dem Wasserfall.«

»Du wusstest von dem Riesenfrosch?«

»Welcher Riesenfrosch?«

»Na ja …«

»Egal«, fiel ihm Yanko ins Wort und nickte in Richtung Aiphyron. »Wir müssen erst Nica retten. Und wer ist überhaupt der da?«

»Was ist mit Nica?«

»Sie …« Plötzlich sah Yanko ihn ganz verlegen an, dann seufzte er. »Es ist einfach zu viel passiert, um jetzt alles zu erzählen. Aber ihr Vater ist komplett verrückt geworden und will sie in der Mine an einen Drachen verfüttern.« Yanko beugte sich vor und flüsterte Ben zu. »An einen geflügelten.« Wieder nickte er in Richtung Aiphyron und hob fragend die Augenbrauen.

»Nicht an ihn«, sagte Ben. »Er wird uns helfen.«

Während die beiden sich begrüßt und hektisch ausgetauscht hatten, hatte der Drache mit spitzen Krallen das Schloss aus der schweren Bohlentür gerissen und stieß eben den Eingang zur Mine auf. »Wenn die Herren mir bitte folgen wollen.«

Wollten sie nicht, sie wollten vorausgehen. Ben drängte sich an Aiphyron vorbei, doch in der Mine war es natürlich stockfinster. Nahe der Tür konnten sie den Weg noch erahnen, doch schon nach wenigen Schritten nicht mehr das Geringste erkennen. Hilflos starrten sie in die Schwärze vor ihnen und setzten nur noch vorsichtig tastend einen Fuß vor den anderen.

»Steigt auf«, brummte Aiphyron. »So wie ihr schleicht, werdet ihr noch von einer altersschwachen Krustenschnecke überholt, die rückwärts kriecht.«

Ben packte Yanko, bevor dieser protestieren konnte, und schob ihn auf den Hals des Drachen, dann setzte er sich selbst davor. Ganz dicht schmiegten sich die Jungen an den Drachen, um nicht an der tief hängenden Felsdecke anzustoßen.

Aiphyron legte die Flügel ganz eng an den Körper und passte so gerade durch den Gang. Hin und wieder hörte Ben seine Schuppen über den Stein schleifen, während Aiphyron in einer Art kriechendem Trab durch die Dunkelheit eilte. Ben hoffte inständig, dass es nicht plötzlich doch ein Stück enger werden würde und Aiphyron stecken blieb. Schließlich waren die Gänge für Menschen gegraben worden.

Die Luft hier unten war feucht und kühl und legte sich seltsam klamm auf Lippen, Zunge und die Innenseiten der Nasenlöcher. Ben atmete sie nicht gern ein. Er hörte, wie Aiphyron immer wieder prüfend schnupperte, als misstraue er dieser Luft ebenfalls und suche nach irgendwelchen Gerüchen, die ihn warnen würden, wovor auch immer. Oder er folgte wie ein Hund einer Spur.

Flüsternd erzählte Yanko von Nicas Verschwinden und dem Gespräch zwischen Yirkhenbarg und seiner Frau, das er belauscht hatte. Von Yirkhenbargs wahnsinnigem Gerede, die eigene Tochter als Opfer darzubringen. Im Gegenzug berichtete Ben von seinem Verdacht, dass hier im Berg ein riesiger Drache heranwuchs, von den Drachenketzern und dass geflügelte Drachen keinesfalls böse und verflucht waren, sondern frei. Und dass Freiheit weder den Ordensrittern noch den Drachenketzern passte und deshalb beide verfeindeten Gruppen Drachen die Flügel abhackten. Dass die Ketzer ihren Drachen jedoch auch Jungfrauen opferten, war ihm neu.

»Du weißt, wo du langmusst?«, flüsterte Ben nach einer Weile in Aiphyrons Ohr.

»Ja. Ich kann riechen, dass hier vor kurzem ein Drache entlanggelaufen ist. Und die Geräusche vor uns klingen, als würden dort Menschen miteinander reden.«

Ben lauschte, doch er hörte gar nichts außer Aiphyrons erstaunlich leisen Tapsern und Yankos und seinen keuchenden Atemgeräuschen. Er hörte nichts, roch nichts, sah nichts. Warum mussten nur alle Sinne eines Drachen besser sein!

Erst eine ganze Weile später vernahm Ben fernes Rufen, ein Klopfen und Schleifen, ja fast ein Kreischen. Als sie um eine Ecke bogen, sah er einen bläulich-silbernen Lichtschein am Ende des Gangs. Offenbar öffnete er sich dort in eine größere Höhle.

»Halt's Maul!«, schrie eine überschnappende Männerstimme, die hallend von den Wänden zurückgeworfen wurde.

»Schneller«, zischte Ben, den plötzlich eine neue Welle Angst um Nica durchlief. »Schneller!«

Selbst Yanko traute sich plötzlich, Aiphyron direkt anzusprechen, und er klopfte ihm mit der flachen Hand auf die Schuppen und rief: »Hüh!«

»Hüh?«, knurrte der Drache, während er schneller wurde. »Sag das noch mal, und ich dreh den Spieß um. Dann trägst du mich auf dem Rückweg.«

»Und das meint er so«, fügte Ben hinzu, weil er dachte, Yanko könnte den Satz für einen Scherz halten und lustig kommentieren. »Er macht aus Freundschaft den Menschenträger, wir beide sind keine Drachenreiter.«

Bevor der verwirrte Yanko etwas erwidern konnte, stürmten sie in einen unterirdischen Saal, der wohl überwiegend von Menschenhand aus dem Fels geschlagen worden war.

Leuchtende Blausilberadern verliefen wie ein gezacktes Gitter aus Blitzen über Decke und Wände und tauchten alles in ein diffuses, blausilbernes Licht. Die Mine war tatsächlich nicht erschöpft, doch nichts in dem Saal ließ vermuten, dass irgendwer hier Rohstoffe abbaute.

Eigentlich hätte man diesen Saal als weiträumig und groß bezeichnen müssen, doch wurde er zum großen Teil von einem Kopf, Hals und den Flügelansätzen eines gigantischen Drachen mit dunkelgrauen Schuppen voller sternförmiger weißer und roter Einsprengsel eingenommen, der wie schlafend in der Mitte lag. Die Flügel selbst verschwanden in mehreren Schritt Höhe in der groben Decke, während der ganze Körper noch tief in der rechten Wand steckte, niemand hatte diesen freigelegt. Der gewaltige Drache zitterte, und aus dem oberen Zwischenraum zwischen Körper und Fels lösten sich kopfgroße Gesteinsbrocken und polterten zu Boden. Nicht wenige von ihnen wiesen leuchtende Blausilbereinsprengsel auf.

Vor dem Flügel, der dem Eingang zugewandt war, war eine seltsame Konstruktion aus dicken Holzbohlen und stählernem Gestänge und Rädern errichtet, deren Sinn Ben erst auf den zweiten Blick aufging. Am hinteren Ende der Konstruktion war eine Art riesiges Laufrad befestigt, in dem vier schweißüberströmte Arbeiter wild rannten und es so in Schwung hielten. Ihre Oberkörper waren nackt, und jeder trug irgendwo die Tätowierung eines gewundenen grünen Drachen. Über ein breites schwarzes Band und ineinandergreifende Zahnräder wurde der Schwung des Rads auf ein mehr als zwei Schritt durchmessendes Sägeblatt übertragen, dessen schimmernde Zähne aus hartem Blausilber gefertigt waren und das immer schneller kreiste und von drei weiteren muskulösen Männern mit Tätowierung auf den Flügelansatz des Drachen zugeschoben wurde.

Erst jetzt bemerkte Ben, dass der hintere Flügel bereits durchtrennt war und nur noch vom Fels aufrecht gehalten wurde. Zähes Blut schimmerte im Schein des Blausilbers.

Auch Yirkhenbarg hatte sein Hemd ausgezogen, das Abbild des gewundenen grünen Drachen schlängelte sich rings um seinen mächtigen Brustkasten. Er ritt auf Feuerschuppe vor der ganzen Szenerie auf und ab und brüllte Befehle.

Die fenstergroßen Augen des gigantischen, felsgeborenen Drachen waren geöffnet. Ein milchiger Schleier lag wie Schlaf über ihnen, doch sie bewegten sich ruckartig in alle Richtungen, die nachtschwarzen Pupillen zuckten. Langsam schienen sie zu erwachen, doch noch spiegelte sich kein Leben oder Erkennen in ihnen, sondern nur tiefer Schmerz.

Der Anblick dieser Augen stach Ben unerwartet in die Brust.

Die Lefzen des Drachen hoben sich bebend und entblößten fast mannshohe, messerscharfe Zähne. Ein leichtes Grollen wie ferner, Unheil verkündender Donner drang zwischen ihnen hervor, Speichel troff von einer großen grauen Zunge zu Boden.

Zwischen zwei übermannshohen stählernen Ölfackeln, direkt vor dem Drachenmaul, war ein mit grünen Schuppen bemalter Holzpfahl in den Boden gegraben worden. An diesen war Nica gefesselt, das Gesicht vom Weinen verquollen, die kunstvolle Frisur aufgelöst. Sie trug ein weißes Kleid und rief mit heiserer Stimme immer wieder: »Vater! Bitte!«

Das alles nahm Ben wahr, während sie in die Höhle stürmten, und dann fraß sich die Säge in den zweiten Flügel, und dem Drachen entrang sich ein gurgelndes Stöhnen, so tief und grollend, dass die Erde bebte. Dabei riss er sein Maul weit auf, und Nica brüllte panisch, warf den Kopf hin und her und zerrte vergeblich an ihren Fesseln. Gigantische Wirbel knackten, es klang, als würde ein mächtiger gefällter Baum durch splitterndes Geäst stürzen. Sollte der Drache seinen Kopf nur ein Stück nach vorn recken, würde er Nica einfach aus Versehen zerquetschen.

»Zu ihr!«, schrie Ben.

»Ich bring die Säcke um«, knurrte Aiphyron und raste voll Wut auf die riesige Säge zu.

Yanko sprang zu Boden, stürzte, rappelte sich auf und rannte zu Nica. Ohne nachzudenken, folgte ihm Ben. Unterwegs riss er seinen Dolch aus dem Gürtel.

Yanko erreichte Nica zuerst und säbelte mit seinem Dolch an ihren Handfesseln herum. Ben warf sich neben Yanko zu

Boden, reckte seinen Dolch zwischen dessen Beinen nach dem Strick, der um Nicas Füße geschlungen war. Das Maul des Drachen stand noch immer offen, sein hervorquellender Atem stank nach Moder und verschimmeltem Moos.

Endlich waren alle Seile durchtrennt, und sie zerrten Nica gemeinsam von dem Pfahl und dem drohenden Schlund fort. Ben hatte sein Messer fallen gelassen und lächelte, Nica heulte hemmungslos, zitterte und warf sich dann Yanko an den Hals.

»Yanko!«, schluchzte sie und küsste ihn und umklammerte ihn verzweifelt, während Ben dastand und sein Lächeln zerbrach.

Der Magen krampfte sich ihm zusammen, seine Hände begannen zu zittern, Ben starrte reglos auf die beiden und ins Nichts. So hatte er sich Nicas Rettung nicht vorgestellt. Wieso taten sie ihm das an? Yanko hatte doch gewusst, dass …

»Dafür stirbst du!« Hasserfüllt gebrüllte Worte rissen Ben aus seinen trüben Gedanken, und er wirbelte herum.

Yirkhenbarg stürmte mit erhobenem Schwert auf sie zu, aber es war unklar, wen er mit diesem *du* meinte. Die fleckige Klinge schimmerte von selbst wie mattes Sternenlicht, sie war aus Blausilber geschmiedet. Feuerschuppe kämpfte weiter hinten in der Höhle mit Aiphyron. Irgendein Arbeiter schrie anhaltend voll Schmerz.

Ben brüllte auf und rannte Yirkhenbarg entgegen. Der wollte ihn also tot sehen? Ja und? Nica küsste gerade Yanko! Wegen Yirkhenbarg hatte er sein Haus verloren und fliehen müssen! Hatte Nica Yanko überlassen müssen! Und jetzt wollte der ihn auch noch töten?

Mit heißer Wut riss Ben eine der hohen Stahlfackeln aus dem Boden, packte sie mit beiden Händen am unteren Ende und wirbelte herum. Brennendes Öl spritzte im Kreis durch die Höhle, Yirkhenbarg starrte die handgroße Flamme an, die wie ein gieriges Insekt gegen seine bloße Brust klatschte, dort hinabrutschte und die Hose in Brand setzte. Yirkhenbarg strauchelte, bremste, schlug nach den Flammen zwischen seinen Beinen und auf den Oberschenkeln und stocherte dabei wild mit dem Schwert herum.

Während er noch panisch das Feuer zu ersticken versuchte, wurde er mit voller Wucht von der Stahlfackel getroffen, die Ben bereits in der zweiten Runde herumschleuderte.

Der Aufprall ließ die Fackel vibrieren und schlug sie Ben aus den Händen, hämmerte Yirkhenbarg jedoch zur Seite. Dieser wurde gegen die entblößten Zähne des Drachen geschleudert und kippte über sie hinweg in das riesige Maul. Augenblicklich schloss es sich, öffnete sich jedoch sofort wieder und spuckte Yirkhenbarg in hohem Bogen aus. Er prallte viele Schritte weiter gegen die Wand und blieb verrenkt liegen. *Tot,* dachte Ben, dann eilte er zu Aiphyron, ohne noch einen Blick auf Yanko und Nica zu werfen.

Fünf Arbeiter lagen reglos auf dem Boden herum, keiner schrie mehr. Die anderen mussten geflohen sein.

Aiphyron wälzte sich mit Feuerschuppe über den Boden. Die beiden Drachen hatten sich ineinander verbissen und rissen sich mit den Klauen die Schuppen vom Fleisch. Schnaubend krachten sie gegen die Wände, so dass Gesteinsbrocken von der Decke prasselten. Ansatzlos schlug der kleinere Feuerschuppe immer wieder mit den spitzen Krallen nach Aiphyrons Augen, als wolle er ihn blenden. In der engen Höhle konnte er seine Wendigkeit ausspielen, Aiphyron wurde durch seine Flügel behindert, die nutzlos über seinen Rücken hingen.

Als er Ben herbeieilen sah, umklammerte er Feuerschuppe und ließ sich auf den Rücken fallen.

»Heil ihn!«, knirschte er.

»Was?« Ben starrte auf den zappelnden, umklammerten Drachen, der weiterhin nach Aiphyron schnappte.

»Heil ihn, verdammt! Bring ihn zur Vernunft!« Aiphyron keuchte vor Anstrengung. »Ich will ihn nicht töten!«

Feuerschuppe knurrte etwas, das ein *»Ich dich schon!«* hätte sein können.

Kurz zögerte Ben und starrte auf die beiden Drachenleiber. Würde Aiphyron nur kurz die Kontrolle verlieren und sie wälzten sich über Ben hinweg, wäre er Mus.

»Was soll's!«, brüllte er, es war doch sowieso alles egal, und er sprang mit Anlauf auf den rot geschuppten Rücken. Verbissen klammerte er sich an einer gebogenen Zacke fest und zog sich zu den Flügelansätzen vor. Feuerschuppe bäumte sich in Aiphyrons Griff auf, doch vergebens. Eilig rutschte Ben bis zu den Knubbeln und umklammerte sie. Augenblicklich setzte das vertraute Pulsieren ein, er spürte das Kribbeln, das von ihm zum Narbengewebe des Drachen hinüberwanderte.

»Ganz ruhig«, flüsterte er und versuchte, gleichmäßig und tief zu atmen. Sein Herz schlug wild.

Feuerschuppe warf den Kopf herum, doch Aiphyron erwischte ihn, bevor er nach Ben schnappen konnte.

»Ruhig. Wir kennen uns doch«, sagte Ben noch einmal und konzentrierte sich auf die fließende Kraft. Ganz anders als vor wenigen Wochen hatte er inzwischen das Gefühl, sie leiten zu können. Seine Unterarme kribbelten, und allmählich erlahmte der Widerstand des Drachen. Schließlich gab er ganz auf. Mit klaren Augen sah er Ben an, und mit einem Mal stand Erkennen in seinem Blick.

»Rotgeschuppter Freund, glaub mir, der Bursche kriegt deine Flügel wieder hin«, sagte Aiphyron und musterte ihn dann mit zusammengekniffenen Augen.

Feuerschuppe brummte, antwortete aber nicht.

»Sag schon, wie sieht's aus? Feuerdrache oder nicht?«

»Nein!«, rief Ben. »Er ist kein Feuerdrache! Keine Feuerwesen in Trollfurt, hab ich gesagt!«

»Ja, schon gut. Das ist doch kein Grund, so herumzuschreien«, sagte Aiphyron und rümpfte die Schnauze. »Und jetzt heil den Großen, bevor er ganz erwacht und Schmerz sein ganzes Sein erfüllt.«

»Was soll ich?« Kopfschüttelnd drehte sich Ben nach dem Drachen im Berg um. Das riesige grau geschuppte Wesen erwachte langsam. Und es erwachte verstümmelt und im Schmerz, so wie Aiphyron von versengenden Flammen zu früh aus seinem Geburtsort gerissen worden war. Doch dieser Drache hier musste zehnmal größer sein.

Zwischen Ben und dem erwachenden Giganten standen Yanko und Nica, sie waren inzwischen herangekommen und starrten Ben an.

»Was hast du mit Feuerschuppe getan?«, fragte Nica und sah ihn zugleich dankbar und verwirrt an.

»Ich heile Drachen. Das ist meine Gabe.« Mit versteinertem Gesicht stapfte er an ihnen vorbei. »Und jetzt lasst mich in Ruhe, ich habe zu tun.«

»Du willst dieses Riesenvieh auch heilen?«, fragte Yanko ungläubig.

»Ja«, knurrte Ben, obwohl er sich noch nicht sicher war.

»Und was, wenn er nicht so freundlich ist wie dein Aiphyron?«, sprach Yanko seine Zweifel aus, während er neben ihm herlief. »Er ist gigantisch, er könnte die Welt beherrschen.

Aber wenn wir ihm auch den zweiten Flügel abschlagen, dann können wir ihn beherrschen und aufpassen.«

»Auf was aufpassen?«, mischte sich Aiphyron ein und lief nun hinter Ben und Yanko her.

»Dann lassen wir ihn gegen die Bösen kämpfen und helfen den Unterdrückten.«

»Indem du ihn unterdrückst? Das kommt mir nicht sehr prinzipientreu vor«, brummte der Drache. »Außerdem wirst du lange vor ihm sterben. Weißt du, wer ihn nach deinem Tod befehligt? Oder willst du ihn dann töten und mit in dein Grab nehmen? Es wird gemordet werden, um die Kontrolle über diesen Drachen zu erlangen. Und es werden rücksichtslose Männer und Frauen wie Yirkhenbarg sein, die solche Morde begehen. Der Drache wird ein Instrument zur Herrschaft sein, nur mit Flügeln ist er frei. Und Drachen streben nicht nach Herrschaft. Wenn du seine Hilfe willst, musst du ihn darum bitten und kannst ihm nicht befehlen.«

»Schön und gut, aber ich trau ihm nicht«, rief Yanko. »Ich habe seine Zähne gesehen. Ohne Probleme kann er uns alle hier verschlingen. Dich muss er vielleicht kauen, bevor er dich runterkriegt, aber er kriegt dich runter. Da ist es mir lieber, ich kann bestimmen, wen er verschlingt, wenn er schon Hunger bekommt. Der frisst doch ein ganzes Dorf zum Mittag!«

Ben hörte ihrem Streit nicht zu. Was Yanko, der Verräter, zu sagen hatte, war ihm sowieso egal, der hatte doch keine Ahnung. Schweigend stapfte er weiter zu dem Drachen hinüber, der vor Schmerz mit den Zähnen knirschte und die Augen verdrehte. Er litt sichtlich, und es fiel Ben schwer, seine Gedanken zu ordnen, während er über die Bruchstücke der hölzernen Sägenkonstruktion zu den Flügeln hinaufstieg. Er sollte sich schnell entscheiden, aber nicht unüberlegt. Eigentlich war es einfach. Er könnte mit Yirkhenbargs Schwert den zweiten Flügel vollständig durchtrennen, den Drachen Granitschwinge nennen und mit ihm gegen den Orden der Drachenritter ziehen. Nur was unterschied ihn dann von dem Orden, wenn auch er einem Drachen die Flügel abschlug? Nichts, zumindest nichts Wesentliches.

Er hatte sich entschieden, Drachen zu befreien, er konnte doch nicht sofort eine Ausnahme wegen der Größe machen. Auch wenn er sich eingestehen musste, dass er Angst hatte. Aiphyron hatte durch das Feuer bei seiner Geburt den Tick entwickelt, wahllos Menschen und Tiere mit roter Kleidung, Federn oder Haut als Feuerwesen zu beschimpfen. Was, wenn dieser Drache nach seinen Erfahrungen jeden mit einer Säge verdächtigte, ein *Flügelstutzer* oder *Verstümmler* zu sein? Selbst wenn er dann wie Aiphyron zurückrudern würde, mit seinen riesigen Pranken würde er dennoch zahlreiche Zimmerleute und Schreiner aus Versehen zerquetschen.

»Dann heil ich ihn eben so, dass auch die Erinnerung an den Schmerz verschwindet«, murmelte Ben trotzig vor sich hin und stieg über den Drachen zu dem vollkommen abgetrennten Flügel hinüber. Der Blutfluss war inzwischen zum Erliegen gekommen, der Flügel wurde noch immer im Fels gehalten und hing direkt über dem offenen Schulterknubbel, nur einen drei Finger breiten Spalt entfernt.

Behutsam schob Ben seine Hände in den Spalt, dabei presste er die Handfläche der rechten in die obere Wunde, die der linken auf den Schulterknubbel unten. Die Wunden waren so frisch, er würde versuchen, sie wieder zusammenwachsen zu lassen.

Als er das erstaunlich helle, fast weiße Fleisch berührte, riss ihn die brodelnde Lebenskraft des Giganten fast von den Beinen. Gierig fraß sich der Schmerz des Drachen Bens Arme hoch, bis hinauf zu den Schultern wurden sie schlagartig taub, dann stachen tausend unsichtbare, mit glühenden Widerhaken versehene Nadeln unter seine Haut und bohrten in ihm herum. Ihm schwindelte, alles verschwamm vor seinen Augen, er taumelte und wäre fast vor Schwäche gestürzt, doch verbissen presste er die Hände weiter auf die Wunden.

»Heile!«, knirschte er. Nicht, weil er an die Macht des Flüsterns glaubte, sondern, um sich selbst anzuspornen. »Heile, verdammt!«

Seine Knie zitterten, wollten einknicken, doch er zwang sich, stehen zu bleiben. Der Schmerz wanderte ganz langsam über seine Schultern in die Brust. Er biss sich auf die Lippen und versuchte, ihn mit seinem Willen zurückzudrängen.

»Raus hier, verschwinde. Lass mich in Ruh und lass ihn in Ruh!«, schnaubte er, und endlich fühlte er durch den Schmerz des Drachen und die Taubheit seiner Hände hindurch das vertraute, erlösende Pulsieren. Die stechenden Schmerzen tropften von seinen Armen, die Taubheit löste sich kribbelnd auf. Ben spürte, wie sich das wunde Fleisch des Drachen regte, wie die frischen Verkrustungen knackten und aufbrachen. Nicht um zu bluten, sondern um frischem wachsendem Fleisch Raum zu geben. Er vergaß die Zeit und alles um ihn her, dieser gigantische Flügel verlangte ihm alles ab, mit jeder Faser dachte er ans Heilen, mit jedem Schnaufen atmete er den Schmerz aus, den er dem Drachen entzog. Er hörte, wie das Röcheln des Giganten versiegte, wie daraus ruhiges, regelmäßiges Atmen wurde. Bis Ben irgendwann völlig ausgelaugt und leer seine Hände von den Wunden löste und auf die Knie sank. Zusammengekauert blieb er einfach sitzen, bis Yanko ihn irgendwann packte und zum Höhlenboden hinunterführte.

»Trink«, sagte Nica und hielt ihm einen Holzbecher mit Wasser hin.

Hastig leerte er ihn und bemerkte erst jetzt, dass seine Lippen völlig ausgetrocknet und aufgerissen waren. Zweimal ließ er sich nachfüllen, dann reichte ihm Yanko einen Kanten Brot und geräucherten Speck. »Wir haben die Vorräte der Arbeiter gefunden.«

»Danke.« Langsam kauend blickte sich Ben um. Feuerschuppe döste nahe des Eingangs vor sich hin, sonst sah er niemanden.

Yanko bemerkte seinen suchenden Blick und erzählte, dass er die Toten aus der Höhle geschafft, mit einfachen Gesteinsbrocken begraben und ein paar Worte zu den Göttern gemurmelt hatte. Nica hatte nichts gesagt und auf das Grab ihres Vaters gespuckt.

»Wo ist Aiphyron?«, wollte Ben völlig ausgelaugt wissen, Tote interessierten ihn im Augenblick nicht. Nichts interessierte ihn wirklich, er plapperte einfach vor sich hin.

»Vorne, beim Eingang. Er bewacht die Mine.«

»Bewachen? Vor wem denn?«

»Vor allen.« Yanko lachte bitter. »Zwei von den Ketzern sind entkommen und haben in Trollfurt Alarm geschlagen. Du bist ein gesuchter Mörder und weißt gar nicht, wie viel Angst die Leute vor dir haben. Dann kommst du in Begleitung eines geflügelten Drachen zurück und greifst die Mine an. Die ganze Stadt belagert uns, doch zum Glück will keiner hereinkommen, solange Aiphyron dort lauert.«

Ben seufzte und brachte ein müdes Grinsen zuwege. »Wie lange …?«

»Ein paar Stunden. Wie lange genau, ist in der Dunkelheit hier schwer zu schätzen.«

»Muss schlafen«, brachte Ben noch hervor, dann übermannte ihn die Müdigkeit, und er sank einfach zu Boden.

Als er wieder erwachte, lag Yanko schnarchend neben ihm, und Nica saß vor ihm und starrte ihn an. Er hatte schrecklich unruhig geschlafen, konnte sich aber an seine Träume nicht erinnern. Ihren Blick wusste er nicht zu deuten, doch verliebt war dieser sicher nicht. In seinem Inneren herrschte Leere, er wusste nicht, ob er selbst noch etwas für sie empfand. Und dann fiel ihm ein, dass ihr das wahrscheinlich egal war, schließlich hatte er ihren Vater getötet. Der wiederum versucht hatte, ihn zu töten, und sie an einen Drachen verfüttern wollte. Wie lange hatte sie an diesem Pfahl gehangen und das gigantische Maul angestarrt, das sie verschlingen sollte? Er mochte sich nicht vorstellen, wie sie sich fühlte.

»Kannst du auch Menschen heilen?«, fragte sie, als er sich mühsam aufrappelte.

»Nein. Leider. Bist du verletzt?«

Zögernd schüttelte sie den Kopf.

»Kommst du mit, während ich mich um Feuerschuppe kümmere?« Seine Lebensgeister waren inzwischen auch erwacht, und er fühlte sich ausgeruht und erfrischt. Er musste lange geschlafen haben.

»Ich leg mich lieber hin.«

»Komm schon. Ich muss dir was zeigen.« Er wusste zwar nicht, ob es etwas nutzte, aber er wollte es ausprobieren. Langsam folgte sie ihm.

»Guten Morgen, Feuerschuppe«, sagte Ben und rieb dem Drachen über die Schnauze. Der brummte zufrieden. »Ich nenn dich erst mal weiter Feuerschuppe, ja? Bis du mir deinen wahren Namen verrätst.«

Dann legte er seine Hände auf die Flügelansätze, die seit gestern ein kleines Stück gewachsen waren. Sanft strich er über sie hinweg und bat Nica, sie solle ihre Hände zu seinen legen. Er hatte sich erinnert, wie glücklich es Anula gemacht hatte, das Pulsieren zu fühlen, vielleicht tat es auch Nica gut. Und sie brauchte dringend etwas, das ihr guttat.

Als ihre Fingerspitzen die Knubbel berührten, zuckte sie überrascht zusammen. Bevor sie jedoch die Hände wegziehen konnte, schob Ben seine Finger zwischen ihre und drückte sie fest auf das Narbengewebe. Gleichmäßig floss seine Kraft in den Drachen, und Nica sah ihn mit offenem Mund an.

»Ich kann es spüren«, flüsterte sie. Und dann schwieg sie und hielt ihre Hände fest an seine gepresst. Sie schloss die Augen und atmete ganz leise.

So standen sie noch immer da, als Yanko erwachte. Schnell zog Nica ihre Hände zurück, als er schlaftrunken zu ihnen herübertorkelte. Dabei hauchte sie Ben ein leises »Danke« zu.

»Hmm.« Er sah sie an, wie sie ihre Hände verlegen an die Schenkel schmiegte und sich Yanko zuwandte. Doch er verspürte keinen Stich, wie er erwartet hatte. Irgendwann würde er das schon noch verstehen.

»Schaust du gleich mal nach Aiphyron?«, begrüßte Ben Yanko und klopfte Feuerschuppe auf die Flanke. »Ich muss nach dem großen Burschen sehen.«

»Mach ich«, versprach Yanko mit einem Gähnen. »Nur erst einen Becher Wasser.«

Ben ging zum Drachen im Berg hinüber. Schon auf halbem Weg erkannte er, dass der Heilungsprozess überraschend schnell eingesetzt hatte. Vielleicht lag es daran, dass der Gigant noch nicht ganz geboren war und noch in seinem Element gebettet lag, auf jeden Fall hatten sich zwischen Schulterknubbel und Flügel über Nacht bereits erste Verbindungen aus Muskeln und Knochen gebildet, sie wuchsen wieder zusammen. Die verschleierten Augen lagen friedlich in ihren Höhlen und irrlichterten nicht mehr umher, der Schmerz spiegelte sich nicht mehr in ihnen. Das Maul war geschlossen, die Lefzen bedeckten die Zähne. Und als Ben seine Hände auf die Wunde legte, setzte das vertraute Pulsieren ein, ohne dass der fremde Schmerz ihn zu übermannen versuchte.

Ben lief über den Drachenrücken zwischen beiden Flügeln hin und her und heilte abwechselnd hier und da.

Irgendwann stieg Yanko zu ihm hinauf und sagte: »Sieht heute viel gesünder aus, was du da tust.«

»Wie geht's Aiphyron?«, entgegnete Ben knapp.

»Gut. Nur wird er langsam hungrig, hat er gesagt, aber er will uns unser weniges Brot nicht wegessen. Ansonsten trauen sich die Trollfurter nicht herein, und er langweilt sich einfach.«

»Das ist erträglich.«

Eine Weile sagte keiner von beiden etwas.

»Du, Ben«, begann Yanko schließlich schwammig. »Das mit Nica tut mir leid.«

»Was?«, blaffte Ben und stellte sich dumm.

»Na ja, du weißt schon. Aber ich wusste doch nicht, ob du wiederkommst, es war nicht sehr wahrscheinlich, und plötzlich hab ich mich in sie verliebt, ohne es zu wollen, und so richtig.« Er war immer leiser geworden. »Außerdem hast du immer gesagt, du bist nicht in sie verliebt.«

»Jetzt bin ich also selbst schuld, oder was?«, fuhr Ben auf. Aber eigentlich war er ja genau das. Er hatte weder Yanko noch ihr verraten, wie es in ihm aussah. Aber Yanko hatte es trotzdem gewusst, darauf kam es doch an? Er hatte ihn hintergangen, zumindest irgendwie … Verdammt, Ben musste sich eingestehen, dass er selbst nicht anders gehandelt hätte. Trotzdem trat er Yanko in den Hintern, während er die Hände weiter auf der Wunde hielt. Nicht allzu fest, aber es tat gut.

»Matschschmatzender Wasserghul!«

»Du mich auch!«, grinste Yanko und trat nicht zurück, sondern klopfte ihm erleichtert auf die Schulter. »Es ist großartig, dass du wieder hier bist.«

»Da bist du aber der Einzige, der das findet.« Er erwiderte Yankos Grinsen. »Frag mal die vor der Tür.«

»Vergiss Nica nicht.«

»Das tu ich nicht, sicher nicht. Ich werde aber trotzdem nicht bleiben.«

Yanko nickte. »Dachte ich mir. Aber da bist du nicht allein. Ich weiß nicht, ob ich bleiben will, ich weiß nur, dass ich ebenso wenig bleiben kann. Für die da draußen bin ich dein Komplize, so wie Nica. Keiner wird uns glauben, wenn unser Wort gegen das der Hilfsbüttel steht. Und niemand wird hier einen Drachen mit Flügeln akzeptieren.«

»Dann kann wohl keiner von uns bleiben«, sagte Ben. Ein Lächeln konnte er nicht unterdrücken.

In den folgenden Tagen bewachte Aiphyron weiterhin die Tür, doch irgendwann würden erfahrene Ritter mit Blausilberklingen und ohne Angst kommen, und dann würde er kämpfen müssen. Die Ketzer hatten sicher nach ihren Glaubensbrüdern geschickt, der Bürgermeister wahrscheinlich einen Hilfeschrei an den Orden. Sie mussten fort sein, bevor die erste Gruppe eintraf.

Auch die Vorräte neigten sich dem Ende zu, und Yanko holte den letzten Zwieback aus dem Vorratsfass, als endlich Feuerschuppes Flügel ganz nachgewachsen waren. Die Wunden des großen Drachen waren wenige Stunden zuvor endgültig verheilt. In der folgenden Nacht fiel der Schleier von seinen Augen, und er erwachte.

Bevor sie irgendetwas tun konnten, schüttelte er seine mächtigen Flügel, die im Berg steckten, und Felsbrocken lösten sich aus der Decke und stürzten herab.

»Raus!«, schrie Yanko, und Ben floh mit ihm, Nica und Feuerschuppe in den Gang. Sie hörten es hinter sich poltern. Plötzlich spürten sie einen Windzug, und frische Luft wehte heran. Das Poltern klang nicht mehr dumpf wie in einer Höhle, sondern wie eine kleine Gesteinslawine, die zu Tal rutschte. Dann kehrte wieder Ruhe ein.

Eilig kletterte Ben über das lose Gestein, das bis in den Gang gerollt war, zurück in die Höhle. Der Drache mit den gesprenkelt grauen Schuppen war verschwunden, in der gegenüberliegenden Wand klaffte ein Loch, breiter als das Anwesen des Kaufmanns Dicime. Er konnte in den Sternenhimmel hinaussehen.

Schnell eilte er an die neu entstandene Felskante hinüber und sah unter sich den Fonksee im Mondlicht liegen. Am Himmel schraubte sich ein riesiger Schatten in die Höhe, der Drache schien die Sterne weit im Norden von hier anzusteuern.

»Ich hoffe, du weißt etwas mit deiner Freiheit anzufangen«, murmelte Ben ihm hinterher.

Dann stopften er, Yanko und Nica sich die Taschen mit wertvollem Blausilber voll. Ben lief zu Aiphyron, der seit Tagen auf die Überreste der niedergerissenen Tür starrte und jeden anknurrte, der sich dort blicken ließ.

»Der Drache ist weg. Es wird Zeit, dass wir auch verschwinden.«

»Endlich!« Aiphyron seufzte auf und ließ ein fürchterliches Brüllen hören, um jeden vor der Mine in Panik zu versetzen. Tatsächlich rannte draußen irgendwer davon.

Ben schwang sich auf Aiphyrons Rücken, und gemeinsam jagten sie hinaus, sprangen in die Luft und flogen lachend über die verbliebenen, verängstigten Trollfurter hinweg. Sie flogen um den Berg zu der aufgerissenen, einst wunderschönen Steilwand über dem Fonksee hinüber, wo Feuerschuppe mit schlagenden Flügeln auf sie wartete. Auf seinem Rücken klammerten sich Yanko und Nica fest, und Feuerschuppe brüllte: »Endlich wieder fliegen!«

Und dann flogen sie gemeinsam Richtung Süden, wo Jurbenmakk auf sie wartete. Ben würde kein Drachenritter werden, doch er würde das tun, wovon er immer geträumt hatte: Er würde Drachen befreien.

ANHANG

VON DRACHEN UND MENSCHEN

Vieles wird im Großtirdischen Reich und den angrenzenden Ländern über Drachen und Menschen erzählt. Sagen, Kurioses, Historisches, Erlogenes, Abergläubisches und gar Rezepte machen die Runde. Die folgenden Geschichten gehören zu den bekanntesten.

DER DRACHENZAHN VON VENZARA

In der befestigten Einfahrt in den berühmten Hafen von Venzara thront eine 42 Schritt hohe Drachenstatue auf einem breiten Sockel aus blauem Marmor. Der majestätische Kopf blickt mit aufgerissenem Maul und sonnengolden schimmernden Augen auf Neuankömmlinge herab und zeugt von der Größe und Macht der reichen Handelsstadt. Jede der fünfzigtausend Schuppen der Statue ist eigens aus buntem, steinhartem Glas gefertigt, in höchster Sorgfalt geschliffen und mit den Tränen ruinierter fremder Händler poliert. Die unterschiedlichen, schillernden Farben reihen sich fugenlos aneinander und ergeben ein buntes Mosaik. Nachts brennen grüne Signalfeuer in den Nüstern und weisen ankommenden Schiffen den Weg.

Der rechte obere Eckzahn besteht dagegen aus reinem Kristall und verleiht angeblich jedem Mann, der ihn berührt, Fruchtbarkeit. Und so klettern im Schutz der Dunkelheit – denn niemand will für unfruchtbar gehalten werden – immer wieder frisch Verheiratete und kinderlose Greise hinauf, auch Schwerenöter, Abenteurer, Neugierige, Betrunkene und Seeleute aus fernen Ländern. Außerdem werden zahlreiche Erstgeborene zum siebzehnten Geburtstag von ehrgeizigen Müttern hinaufgejagt, damit die Familienlinie erhalten bleibt.

Nicht wenige machen den Kristallzahn für den fast schon legendären Kinderreichtum der berühmten Hängenden Stadt verantwortlich.

Da jedoch bereits zahlreiche Männer auf der Kletterpartie zum heiligen Zahn an den polierten, gläsernen Schuppen abgeglitten und in den Tod gestürzt sind, bleibt die Bevölkerungsgröße Venzaras trotz sagenhaften Kinderreichtums seit Jahrzehnten unverändert.

DER UNVERWUNDBARE PRINZ

Vor tausend Jahren herrschte König Thechagam über das Großtirdische Reich. Seine Gemahlin, die Königin Nystra, gebar ihm zwölf Töchter und nur einen Sohn, den schmächtigen Prinzen Calasdin.

Als Calasdin älter wurde und den Umgang mit Schwert und Schild erlernte, bekam die Königin Angst um sein Leben. Jede

Nacht träumte sie von seinem Tod, sah ihn im Kampf gegen einen Feind fallen oder von einem Verräter aus den eigenen Reihen von hinten aufgespießt. Sie träumte von Meuchelmördern und wilden Bestien, wurde beinahe irrsinnig darüber und klagte ihrem Gemahl ihr Leid. Doch König Techagam lachte nur und nannte sie ein schwaches Weib. Und so beschloss sie, selbst zu handeln, der König war schließlich keine Mutter, er konnte sie nicht verstehen.

Drachenblut mache einen Mann unverwundbar, sagten die Zofen und Mägde und manch alte Geschichte, und so steckte Königin Nystra ihren Sohn eines Nachts, als ihr Gemahl fern war, in die goldene Badewanne mit den Drachenkopfverzierungen und befahl der Leibgarde, den zweiten königlichen Drachen zu töten und all sein Blut in die Wanne zu füllen. Schweigend und mit grimmigen Mienen taten sie, wie ihnen geheißen, nur Prinz Calasdin beklagte den Tod des majestätischen Wesens tränenreich.

»Sei still!«, herrschte die Königin ihn an und wusch seinen Kopf und die Schultern eigenhändig; der übrige Körper des Jungen steckte vollständig im warmen Blut. »Dein Leben ist mir wichtiger als das aller Drachen der Welt.«

Dann wusch sie sich das Blut von den Händen und befahl ihrem Sohn, bis zum Morgen in der Wanne zu bleiben.

Am Morgen war nun das Blut getrocknet und steinhart, der Prinz konnte sich in der Wanne nicht mehr bewegen und saß dort fest wie eingemauert. Und tatsächlich war das Drachenblut von keiner Waffe zu durchdringen, auch kein Werkzeug verursachte einen Kratzer auf dem rotbraunen Block.

Die wehklagende Königin wurde vom heimkehrenden König sofort verbannt, und als dieser schließlich starb, ging Prinz Calasdin als Wannenkönig in die Geschichte des Reiches ein.

Weil er von der Welt so wenig gesehen hatte und in Angst erzogen worden war, hatte er klare Vorstellungen davon, wie das Leben verlaufen sollte, und erließ zahlreiche Verbote. Er konnte jedoch keine eigenen Kinder zeugen, und so endete mit seinem Tod die Linie seiner Familie auf dem Thron. Und es begannen die Ersten Tirdischen Erbfolgekriege, in denen zahlreiche junge Männer fielen und ebenso viele trauernde Mütter Königin Nystra verfluchten.

DER FAHRENDE PIRAT

Ist Samoths Fluch von einem Drachen genommen, werden dessen abgetrennte Flügel üblicherweise rituell verbrannt. Drei Flügel jedoch, der größte zwölf Schritt lang und schwarz wie ein sternenloser Nachthimmel im dunkelsten Winter, gelangten in die Hände des Räuberhauptmanns Algenbarth, der schon als Dreijähriger Pirat hatte werden wollen. Da er jedoch unter chronischer Seekrankheit und dem seltenen und beißenden Gelben Wellenhusten litt, konnte er nicht zur See fahren und musste so zwangsläufig Menschen an Land berauben. Jahrelang war er ein Wegelagerer unter vielen, bis er zum ersten Mal die *Schattenschwinge* durch die Ebene der Rollenden Winde lenkte.

Die *Schattenschwinge* war ein dreizehn Schritt langer Wagen mit dreizehn Rädern, der einem Schiff nachempfunden war und am Bug einen stählernen Rammsporn trug. Drei Drachenflügel hatte Algenbarth auf Deck wie Segel aufgerichtet, und auf ihnen flatterten drei Totenkopffahnen.

Warnungen, dass er mit den Flügeln auch Samoths Fluch auf die *Schattenschwinge* gelassen hatte, entlockten ihm und seinen dreizehn Landpiraten nicht mehr als ein wildes Lachen: »Was ist schon ein Fluch mehr oder weniger? Soll uns die ganze Welt verfluchen und einst auf unseren Gräbern tanzen, doch solange wir leben, sollen sie vor uns zittern!«

Und so raste er durch die Ebene der Rollenden Winde, beraubte reiche und auch arme Reisende und verschwand schneller, als jedes Pferd galoppieren konnte, ja sogar schneller als jeder flügellose Drache. Dabei wirbelte er Staub auf, der sich tintenschwarz färbte und jede Flucht deckte.

Einige Überlebende dieser Überfälle wollten gesehen haben, wie der Wagen sogar vom Boden abhob und einfach durch die Luft segelte, aber das waren wohl eher verängstigte Phantastereien. Doch alle berichteten, der Wind jammere furchterregend in den flatternden Schwingen, die als Segel dienten, so als würde in seinem Wehen Samoths Fluch ein ums andere Mal wiederholt. Den Beraubten kroch dieses Jammern in die zitternde Seele und bescherte ihnen über Jahre hinweg Alpträume. Wie Algenbarth und seine dreizehn Mannen mit diesem Jammern umgingen, wusste niemand. Manche sagten, sie hätten einfach nicht geschlafen und wären so ihren Träumen entwichen, andere meinten, sie wären taub oder stopften sich Wachs in die Ohren, um nichts zu hören. Und wer sich keine Gedanken machen wollte, zuckte einfach mit den Schultern und brummte: »Sie sind eben wahnsinnig.« Mehr musste man schließlich nicht wissen, um den Piraten einen Strick um den Hals zu wünschen.

DIE DRACHENLAUTE

Nur wenige Musikinstrumente erlangten je die Berühmtheit von Dirdaques Drachenlaute. Sie wurde vor beinahe tausend Jahren von dem berühmten Barden und Instrumentenbauer aus den Knochen und Stimmbändern der sieben Drachen gefertigt, die in den Ersten Tirdischen Erbfolgekriegen gefallen waren.

Ein volles Jahr arbeitete Dirdaque von Sonnenuntergang bis Sonnenaufgang am knöchernen Corpus der Laute, dann spannte er in sieben aufeinander folgenden Neumondnächten die Stimmbänder und stimmte sie bei Sonnenfinsternis. Fortan ritt Dirdaque, der seine gesamte Familie im Krieg verloren hatte, durch die Lande und spielte auf der Laute tieftraurige Lieder von Tod, blutrünstigen Schlachten und Leid.

Jeder, der diese Lieder vernahm, wurde von einer unsäglichen Abscheu auf Kriege ergriffen. Soldaten warfen ihre Waffen fort, Hauptleute verbrannten ihre Uniformen, Söldner aus allen Armeen taten sich zusammen, um ein fahrendes Handelsimperium aufzubauen, das jede Stadt im Großtirdischen Reich mit Blumen und weißen Tauben versorgte. Kein Zuhörer vermochte seine Tränen zurückzuhalten, und viele verzweifelten sogar ob des gehörten Elends.

»Tod den Kriegsfreunden!«, brüllte schließlich ein Zuhörer mit verweintem, pausbäckigem Gesicht und erschlug einen Soldaten an seiner Seite. Nicht wenige folgten seinem Beispiel, bis Dirdaque die Drachenlaute angewidert in den Dherrn schleuderte und hoffte, sie würde ins Meer gespült. Von jenem Tag an ward er nicht mehr gesehen.

Die Laute jedoch tauchte über die Jahrhunderte immer wieder auf, irgendwer musste sie aus dem Fluss oder Meer gefischt haben. Bis sie auf dem berühmten Bardenfest zum hundertjährigen Bestehen von Aphrasehr zum letzten Mal erklang.

Die erst siebzehnjährige Lautenspielerin Kheeya galt als Wunderkind der Musik. Ihr ebenmäßiges Gesicht mit der sommersprossigen Stupsnase wurde von blonden Locken umspielt, das süße unschuldige Lächeln war der dutzendfachen Herzensbrecherei schuldig. Ihre langen schlanken Finger flogen flink und zugleich zart über die Saiten. An jenem Abend trug sie schimmernde dunkle Tücher und hatte Strähnen ihres Haars schwarz gefärbt. Sie sang auf der zinnenbewehrten Stadtmauer vom Schlimmsten, das ihr bislang zugestoßen war, mit klarer, glockenheller Stimme sang sie Lieder voll leidvollen Liebeskummers. Und dazu spielte sie auf Dirdaques Drachenlaute, die ihr ein reicher Verehrer, der Sohn eines wohlhabenden Tauben- und Blumenhändlers, zum Geschenk gemacht hatte.

Tieftraurige Klänge schwebten durch die nächtliche Stadt, und als dann noch eine winzige, klare Träne von Kheeyas Wange auf die klagenden Saiten tropfte und an ihnen zerschellte, da mischte sich ein kaum wahrnehmbares Zittern in die Musik, und zahlreiche Herzen, die staunend gelauscht hatten, zerbrachen.

Noch bevor das Lied zu Ende war, kam es zu einem verheerenden Massenselbstmord. Einhundertneunzehn einsame Frauen, Männer und Kinder stürzten sich über die Zinnen hinab, unter ihnen auch Kheeya selbst, die in ihrer eigenen Kunst gefangen war und von ihr in den Tod getrieben wurde. Sie landete mit gebrochenem Rücken auf der Laute, die daraufhin zerbarst.

Die Bruchstücke wurden fortan im örtlichen Aphratempel aufbewahrt, doch das berühmte Instrument zu reparieren, war bei Todesstrafe verboten.

DER GESTIEFELTE DRACHE

Im Furchenwald soll sich ein gestiefelter Drache mit aufrechtem Gang und grünem Umhang herumtreiben. Der aufrechte Gang wurde ihm von seinem vormaligen Drachenreiter beigebracht, dem Betrüger und Heiratsschwindler Selfysto. Dieser fiel daraufhin in Ungnade, und als die Drachenritter mit gezogenen Schwertern in seinem Landhaus standen, konnte er dem Drachen noch zuschreien: »Flieh! Versteck dich im Wald!«

Der Drache stürmte davon, um diesen letzten Befehl auszuführen, und dies tut er nun schon seit vielen Jahrhunderten. Selfysto wurde abgeführt und wegen Verunglimpfung des heiligen Drachentums und Reitereidbruchs hingerichtet.

Einen Beweis für die Existenz des gestiefelten Drachen gibt es nicht, doch seit Jahrzehnten melden sich immer wieder Reisende, die ihn gesehen haben wollen.

Celine Kiernan

Schattenpfade

496 Seiten, ISBN 978-3-570-30679-6

Als die 15-jährige Wynter, Tochter des Hohen Protektors Moorhawke, nach einer langen Reise in ihre Heimat zurückkehrt, ist nichts mehr, wie es einmal war. Der junge Prinz Alberon ist verschwunden und sein Vater, der früher so gütige König, scheint im Bann dunkler Mächte zu stehen und will seinen illegitimen Sohn, Wynters besten Freund Razi, zwingen, den Platz seines Bruders einzunehmen.

6446

cbt FANTASY

www.cbt-jugendbuch.de

Andreas Gößling

Die Dämonenpforte

512 Seiten ISBN 978-3-570-30491-4

Der 15-jährige Marian kann es nicht fassen: Ein uralter Fluch liegt auf seiner Familie, aber niemand außer Marian selbst weiß von dieser apokalyptischen Bedrohung. Denn Marian ist der Abkömmling von Magiern und Alchemisten. Und das Unheil, das sein finsterster Vorfahr einst in teuflischen Beschwörungen erschaffen hat, soll 333 Jahre später endgültig zum Leben erwachen – in allernächster Zukunft! Da entdeckt er über eine magische Pforte den Zugang in die Vergangenheit ...

6404

cbt FANTASY

www.cbt-jugendbuch.de